DUMONT

Detective Chief Inspector John Luther ist ein exzellenter Ermittler. Keiner hat mehr Fälle gelöst. Er ist geachtet unter den Kollegen. Doch ab und zu, wenn es spät wird und ein, zwei Drinks zu viel über die Theke gehen, erzählt man sich, dass John Luther böse ist. Und in der Tat: Eine heftige Wut brodelt in ihm, eine Wut, die er manchmal nur schwer kontrollieren kann. Manchmal lässt sie ihn Dinge tun, die er nicht tun sollte. Dinge, die weit über die Grenze des Legalen hinausgehen.
Luthers aktueller Mordfall strapaziert diese Grenze über die Maßen: Ein Ehepaar ist auf bestialische Weise ermordet worden, und das gemeinsame Kind hat der Mörder entführt. Die Chancen stehen gut, dass es noch lebt. Doch Luther weiß nicht, ob er ihm das wünschen soll …

*Neil Cross* wurde 1969 in Bristol geboren. Er veröffentlichte mehrere Romane und arbeitet als Drehbuchautor für das Fernsehen, u.a. schrieb er das Drehbuch zur BBC-Erfolgsserie ›Luther‹, die ab Februar 2012 im ZDF zu sehen ist. Im DuMont Buchverlag erschien bislang sein Thriller ›Vergraben‹ (DuMont Taschenbuch 2011).

Neil Cross

# LUTHER

## Die Drohung

Thriller

Aus dem Englischen
von Marion Herbert

DUMONT

Von Neil Cross ist im DuMont Buchverlag außerdem erschienen:
Vergraben

FSC
www.fsc.org
MIX
Papier aus verantwortungsvollen Quellen
FSC® C083411

Deutsche Erstausgabe
Februar 2012
DuMont Buchverlag, Köln

Die Originalausgabe erschien 2011 unter dem Titel
›Luther. The Calling‹ bei Simon & Schuster, London

Umschlag: Zero, München
Umschlagabbildung: © BBC Photo Library
Gesetzt aus der Adobe Garamond
Druck und Verarbeitung: CPI – Clausen & Bosse, Leck
Gedruckt auf säurefreiem und chlorfrei gebleichtem Papier
Printed in Germany
ISBN 978-3-8321-6198-9

www.dumont-buchverlag.de

Im Andenken an
Gwen Kooznetzoff

# 1

John Luther, ein großer Mann mit großen Schritten, überquert den im nächtlichen Regen glitzernden Krankenhausparkplatz. Er geht durch die Schiebetüren zur Notaufnahme, steuert auf den Empfang zu und zeigt der philippinischen Triage-Schwester seine Dienstmarke.

»Ich suche Ian Reed.«

»Ist das der Polizist?« Sie schaut auf den Monitor. »Er ist in Kabine 18. Drüben auf der anderen Seite.«

Luther marschiert durch den Wartebereich, schlängelt sich zwischen Krankenschwestern in Gummiclogs hindurch. Er ignoriert das Stöhnen der Komasäufer, der geschlagenen Frauen, der Selbstverstümmeler, der Überdosis-Kandidaten.

Er schiebt den schweren Vorhang vor Kabine 18 zur Seite, und da ist Ian Reed, er sitzt ohne Krawatte auf der Bettkante.

Reed ist blond und dünn, von Natur aus sehnig. Das Blut auf seinem weißen Hemd ist stellenweise getrocknet. Er trägt eine weiche Halskrause.

»O Mann«, sagt Luther und schließt den Vorhang.

»Tja. Es ist nicht so schlimm, wie's aussieht.«

Reed wurde an der Kopfhaut mit ein paar Stichen genäht, er hat einen Bänderriss, geprellte Rippen. Und gequetschte Nieren, er wird eine oder zwei Wochen lang Blut pissen.

Luther zieht einen Plastikstuhl heran. »Was ist mit deinem Hals?«

»Verstaucht. Sie hatten mich im Schwitzkasten. Haben mich aus dem Auto gezerrt.«

»Wer?«

»Lee Kidman. Barry Tonga.«

Luther kennt Lee Kidman, er ist Bodybuilder, Türsteher, Schuldeneintreiber. Macht ab und zu Pornos. Der zweite Name sagt ihm nichts.

»Barry Tonga«, wiederholt Reed. »Samoaner. Rasierter Schädel, überall Tattoos. Breit wie ein Schrank. Macht gelegentlich Cage Fights.«

Luther senkt die Stimme zu einem Flüstern. »Und warum haben sie das getan?«

»Kennst du Julian Crouch? Immobilienhai. Er besaß einige Nachtclubs: *House of Vinyl, Betamax, Intersect*. Und ein Tonstudio in Camden. Aber es geht bergab mit ihm.«

»Geht es nicht mit allen bergab?«

Reed erzählt, dass Crouch eine halbe Häuserreihe in Shoreditch besitzt, sechs Häuser. Er hat einen Käufer dafür gefunden, irgendeinen Russen, der alles umbauen will, um rechtzeitig vor Olympia ein Fitnessstudio daraus zu machen.

Crouch ist hoch verschuldet. Und er lässt sich scheiden. Er braucht einen Käufer, aber er kann nur fünf der sechs Reihenhäuser verkaufen.

»Und«, fragt Luther, »wer wohnt in Haus Nummer sechs?«

»Ein Typ namens Bill Tanner. Alter Seemann.«

Luther stöhnt, denn Reed hat eine Schwäche für ehemalige Soldaten. Das hat ihm früher schon Ärger eingebracht.

»Und nun?«, fragt Luther. »Dieser Crouch will ihn rausschmeißen?«

»Ja.«

»Und warum zieht er dann nicht einfach weg?«

»Weil es sein *Zuhause* ist, Mann. Er mietet es schon seit 1972. Seine Frau ist in dem Haus gestorben, Herrgott noch mal.«

Luther hebt die Hände. Okay, okay.

Reed beschreibt Einschüchterungsversuche: Drohanrufe, vermummte Jugendliche, die Hundescheiße in den Briefkasten des alten Mannes werfen, seine Fenster einschlagen, einbrechen, das Wohnzimmer mit Graffiti beschmieren.

»Hat er die Polizei gerufen?«

»Die Sache mit Bill Tanner ist die«, sagt Reed, »er ist ein zäher alter Bursche. Er hat ein Herz.« Das ist Reeds größtes Kompliment. »Er macht Fotos von den Jugendlichen, gibt sie als Beweise ab. Er hat eine Heidenangst, er ist ein alter Mann, der allein lebt und jede Nacht schikaniert wird. Also kommen Polizisten vorbei, nehmen die Jugendlichen fest. Sie erwähnen Crouch nicht. Und sie sind wieder frei, bevor die Sonne aufgeht. Am nächsten Tag, vielleicht am übernächsten, bekommt Bill richtigen Besuch. Zwei schwere Jungs.«

»Das sind dann wohl Kidman und Tonga?«

Reed nickt.

Luther verschränkt die Arme und starrt hinauf zu der Neonröhre, die von innen mit den vertrockneten Körpern toter Fliegen gesprenkelt ist. »Und, was hast du gemacht?«

»Na was wohl? Ich bin zu Crouch gegangen. Hab ihm gesagt, er soll Bill Tanner in Ruhe lassen.«

Luther schließt die Augen.

»Ach, komm schon«, sagt Reed. »Es ist ja nicht so, als hätten wir so was noch nie gemacht.«

Luther gibt es mit einem Achselzucken zu. »Wann warst du da?«

»Vor ein paar Tagen. Dann komme ich heute Abend nach Hause, ich will gerade parken, da fährt dieser Mondeo rückwärts in mich rein. Bevor ich kapiere, was los ist, steigen zwei Typen aus, rennen auf mich zu, zerren mich aus dem Auto und verprügeln mich.«

Luther blickt auf die Halskrause. »Und das war bei dir zu Hause? Vor deiner Wohnung?«

»Auf meiner eigenen Türschwelle.«

»Waren es sicher Kidman und Tonga?«

»Ich weiß, dass es Tonga war, weil er das fetteste Arschloch ist, das ich je gesehen habe. Und wegen der Tattoos. Und ich weiß, dass es Kidman war, weil, na ja, ich kenne Kidman. Wir hatten schon mal miteinander zu tun.«

»Wobei?«

»Er steckt bei allem irgendwie mit drin. Immer in der Grauzone.«

»Erstattest du Anzeige?«

»Nein.«

»Warum nicht?«

»Ich kann nicht beweisen, dass sie es waren. Und selbst wenn – Crouch besorgt sich ein paar neue Arschlöcher, die den armen alten Bill Tanner unter Druck setzen. Bill wird nicht wegziehen. Am Ende bringen sie ihn um, so oder so. Er kriegt einen Herzinfarkt. Einen Schlaganfall. Was auch immer. Armer alter Bursche.«

»Aber es gibt bessere Arten, mit so was umzugehen«, sagt Luther.

»Der alte Mann hat seinem Land gedient.« Reed spannt immer wieder die Kiefermuskeln an. »Er war bei der Landung der Alliierten in der Normandie dabei. Er ist verdammte fünfundachtzig Jahre alt, und er hat versucht, alles richtig zu machen, und sein Land hat ihn im Stich gelassen.«

»Schon gut«, sagt Luther. »Komm wieder runter. Was soll ich machen?«

»Schau einfach bei ihm vorbei. Vergewissere dich, dass es ihm gut geht. Bring ihm Milch und Brot mit. Ein paar Dosen Hundefutter. Nicht das Billigzeug. Fleischstücke in Sülze. Er liebt seinen kleinen Kläffer.«

»Was ist eigentlich mit den alten Leuten los?«, fragt Luther. »Sie würden lieber erfrieren, als ihren Haustieren billiges Futter zu geben.«

Reed würde mit den Schultern zucken, wenn er könnte.

Der Mörder geht durch die leeren, nächtlichen Straßen: Platanenalleen, viktorianische Reihenhäuser, Bezirksamtsgebäude aus Beton, kleine Läden mit dunklen Schaufenstern. Steinkirchen mit verblassten, verzweifelt flotten Spruchbändern: *Gottes Haus steht Ihnen offen. Beten Sie ein!*

Der Mörder ist ein gedrungener und muskulöser Mann. Kurzes Haar, sauber gescheitelt. Dunkle Kapitänsjacke. Jeans. Ein Laptop-Rucksack.

Der Rucksack enthält keinen Laptop.

In der Clayhill Street fährt ein Smart rückwärts in eine kleine Parklücke. Die Fahrerin, eine junge Asiatin, steigt aus, eilt zu ihrer Haustür und umklammert dabei ihre Handtasche. Sie sieht den Mörder im Vorbeigehen, nimmt ihn aber nicht bewusst wahr.

Der Mörder geht weiter. Er biegt in die Bridgeman Road ein mit dem Gefühl, etwas Bedeutendes zu tun.

Er schreitet den vom Frost rissigen Bürgersteig entlang, bis er bei Nummer 23 ankommt.

Hinter dem rostigen Tor zum Vorgarten und der wild wuchernden Hecke ist Nummer 23 ein hübsches, zweiflügeliges viktorianisches Haus.

Der Mörder öffnet das Tor. Es quietscht, aber das kümmert ihn nicht: Es quietscht bestimmt jede Nacht und jeden Tag.

Er steht im Vorgarten, einer kleinen, gepflasterten Terrasse, die von hohen Hecken umschlossen ist. Eine grüne, fahrbare Mülltonne steht in einer Ecke.

Er verweilt im Schatten des Hauses. Es wirkt wie eine Kirche, zukunftsschwanger.

Er denkt daran, wie es ist, wenn man unter einer großen Eisenbahnbrücke steht, während eine Lokomotive kreischend darüberfährt, an die erschreckende Kraft, die dem innewohnt. Genau das spürt der Mörder jetzt in seinem Inneren: das Kreischen und Rattern und Donnern einer riesigen Maschine.

Er streift sich die Latexhandschuhe über, die er zusammengerollt in eine Jackentasche gesteckt hatte. Dann holt er aus der anderen Tasche eine Spitzzange.

Er geht ums Haus herum. Seine Beine zittern. Sein Blick folgt dem senkrecht verlaufenden Regenrohr nach unten, bis es auf den kleinen, quadratischen Abfluss trifft, um den spärliches Londoner Gras wächst.

Er kniet sich hin, um das Telefonkabel nahe am Boden durchzuknipsen. Dann steckt er die Zange wieder ein und geht zurück zur Eingangstür.

Er holt einen Bund Hausschlüssel aus seiner Tasche.

Er beißt die Zähne zusammen. Sehr vorsichtig steckt er den Sicherheitsschlüssel ins Schloss und dreht ihn langsam herum. Die Tür geht auf, als er mit der Schulter dagegendrückt. Leise, so leise.

Als der Spalt breit genug ist, schlüpft er blitzschnell hindurch.

In die Wand neben der Tür ist ein Plastikgerät mit ein paar Tasten montiert. Ein rotes Lämpchen blinkt. Der Mörder ignoriert es und gleitet wie ein Hai durch den Geruchsschleier der Lamberts: ihre Kleidung, ihre Deos, ihre Parfums, ihre Putzmittel, ihre Körper, ihr Sex.

Er betritt das dunkle Wohnzimmer und nimmt den Rucksack ab.

Er streift seine Jacke ab, faltet sie und legt sie aufs Sofa. Er öffnet den Reißverschluss des Rucksacks und holt ein Paar Maler-Überschuhe heraus. Er zieht sie sich über.

Dann schlüpft er in einen papiernen Schutzanzug. Er setzt sich die Kapuze mit Gummizug auf. Er steht da in dem weißen Overall und den dünnen Gummihandschuhen.

Er greift in den Rucksack und holt sein Werkzeug heraus: eine Elektroschockpistole, eine Rolle silbernes Klebeband (mit einer umgeknickten Ecke, um es leichter zu handhaben), ein Skalpell, ein Teppichmesser.

Ganz unten im Rucksack, zu einer Wurst zusammengerollt, liegt eine kleine Fleecedecke mit Satinettesaum.

Er legt die Decke aufs Sofa. Schaut auf sie hinunter, ein bleiches Rechteck.

Der Geist des Mörders steigt auf und scheint seinen Körper zu verlassen. Er schwebt über sich selbst.

Er sieht sich selbst dabei zu, wie er die Treppe hinaufgeht: sachte jetzt, sachte.

Er vermeidet die fünfte Stufe, schlüpft zurück in seinen Körper und dringt weiter in die Dunkelheit vor.

Luther blättert im Wartebereich ein zerfleddertes, altes *Heat*-Magazin durch, um die Zeit totzuschlagen.

In der anderen Ecke brüllt ein Penner mit aschgrauen Dreadlocks Gott an, oder vielleicht auch, dass er Gott ist. Es ist schwer zu sagen.

Reed humpelt gegen 3.15 Uhr heraus. Luther nimmt seinen Mantel und hilft ihm durch die Türen, durch den grell erleuchteten Haupteingang.

Sie gehen quer über den nassen Parkplatz zu Luthers schäbigem, altem Volvo.

Luther fährt Reed nach Hause, zu einer gemieteten Zweizimmerdachwohnung in Kentish Town.

Das Apartment ist kahl und unordentlich, als wäre es eine Übergangslösung – was es auch ist. Reeds Wohnungen sind immer Übergangslösungen.

Reed sehnt sich nach einem großen Haus, einem großen Garten mit einem Trampolin, einer Horde Kinder, die darauf herumspringen – seinen eigenen Kindern, ihren Freunden, ihren Cousins, ihren Nachbarn.

Reed träumt von Gemeinschaft, von sonntäglichen Mittagessen in Pubs, von Straßenfesten, von gut besuchten Grillpartys, bei denen er in Comic-Schürzen Würstchen brät. Er träumt davon, von seinen Kindern vergöttert zu werden und sie ebenfalls zu vergöttern.

Mit nun achtunddreißig Jahren war er viermal verheiratet und ist kinderlos.

Er reicht Luther eine graue Mappe.

Luther lehnt sich an die Wand und blättert die Akte durch. Sieht Festnahmeprotokolle, Fahndungsfotos, Überwachungsberichte.

Die obersten Blätter enthalten die Daten der Jugendlichen, die festgenommen, in Gewahrsam behalten und wieder freigelassen wurden, nachdem sie Bill Tanner schikaniert hatten: fiese Typen mit leeren Augen, englischer *White Trash*.

Hinter den Festnahmeprotokollen befinden sich ausführlichere Berichte über Lee Kidman, Barry Tonga und ihren Auftraggeber Julian Crouch.

Luther steckt den Ordner in eine Plastiktüte und sieht auf die Uhr.

Es ist spät. Er überlegt, nach Hause zu fahren. Aber was würde das bringen? Er denkt an die Toten und kann nicht schlafen. Er liegt da und brodelt wie ein Vulkan kurz vor der Explosion.

Also fährt er zu Crouchs Haus, einem Stadthaus mit Blick auf den Highbury-Fields-Park.

Er hält an und bleibt am Steuer sitzen. Er überlegt, was er Julian antun und wie er damit ungestraft davonkommen soll.

Schließlich öffnet er den Kofferraum per Knopfdruck, geht um den Volvo herum und holt den Hickorystiel einer Spitzhacke heraus. Er spürt sein beruhigendes Gewicht.

Er durchquert den Park und wartet in der Dunkelheit, den Spitzhackenstiel fest umklammert.

Kurz nach halb fünf fährt ein makelloser Jaguar-Oldtimer vor.

Julian Crouch steigt aus. Er hat widerspenstiges, lockiges Haar, den Ansatz einer Glatze. Wildledermantel, Paisleyhemd. Weiße Adidas-Schuhe.

Er schließt die Haustür auf und schaltet das Licht ein – bleibt aber auf der Schwelle stehen, vom Kronleuchter hinter ihm angestrahlt. Er wittert etwas wie Wild an einem Wasserloch. Er weiß, dass jemand da draußen ist und ihn beobachtet.

Er runzelt die Stirn und schließt die Tür, schlurft über Marmorfliesen.

Luther starrt auf das Haus, atmet heftig.

Lichter gehen an.

Crouch kommt an sein Schlafzimmerfenster. Er schaut herunter wie ein verwirrter König aus seinem hohen Schloss, späht in die schwarze Nacht. Dann zieht er die Vorhänge zu und schaltet das Licht aus.

Luther steht Wache. Sein Herz gleicht einem Feuerkessel.

Irgendwann huscht ein Fuchs die leere Straße entlang. Luther kann das schnelle, klare Klacken seiner Krallen auf dem Asphalt hören.

Er sieht dem Fuchs nach, bis er verschwindet, und geht zurück zu seinem Auto.

Er wartet, bis die Wintersonne aufzugehen beginnt und die ersten Jogger vorbeilaufen. Dann fährt er nach Hause.

## 2

Um kurz vor sechs geht Luther durch die rote Tür.

Zoe ist schon auf. Sie ist in der Küche und macht Kaffee, noch ungekämmt und hinreißend in ihrem Seidenpyjama. Sie riecht nach Schlaf und Zuhause und diesem Duft hinter ihren Ohren, dem Duft ihrer Haut.

Sie nimmt eine Packung Orangensaft aus dem Kühlschrank, schenkt sich ein Glas ein. »Und, hast du es ihr gesagt?«

»Babe«, sagt er, während er sich den Mantel auszieht. »Es tut mir leid. Ich hatte keine Gelegenheit.«

Sie trinkt fast das ganze Glas Saft aus und wischt sich mit dem Handrücken den Mund ab. »Was genau meinst du damit?«

Luther nickt in Richtung Fußboden. Das verrät ihn, es ist das Zeichen, dass er lügt. Er weiß das. Er sagt: »Es war einfach nicht der richtige Zeitpunkt.«

»Es ist nie der richtige Zeitpunkt.« Sie stellt den Saft zurück in den Kühlschrank. Dann verschränkt sie die Arme, zählt im Kopf von fünf an rückwärts. »Willst du es wirklich machen?«

»Ja«, antwortet er. »Ja, auf jeden Fall.«

»Denn du siehst aus wie ein Zombie, John. Du siehst wirklich krank aus. Wann hast du zum letzten Mal geschlafen?«

Er weiß es nicht. Aber er weiß, dass mit seinem Kopf etwas

nicht stimmt. In der Nacht springt sein Schädel auf und Spinnen krabbeln hinein.

»Wann hast du zum letzten Mal überhaupt irgendwas gemacht«, fragt sie, »außer zu arbeiten?«

Zoe ist Anwältin, spezialisiert auf Menschenrechte und Immigration. Sie verdient gut; sie haben ein hübsches viktorianisches Haus mit einer roten Tür. Drinnen ein wenig abgenutzt. Zerkratzte Fußleisten. Siebzigerjahre-Heizung. Keine Kinder. Viele Bücher.

Eines Morgens drehte sie sich im Bett zu ihm um, den Kopf auf die Hand gestützt, das Haar zerzaust und wild. Winterregen schlug wie Kieselsteine gegen das Fenster. Die Zentralheizung hatte den Geist aufgegeben: Sie hatten in Socken geschlafen. Es war zu kalt, um aufzustehen.

Sie sagte: »Scheiß drauf. Lass uns irgendwohin fahren.«

»Wohin?«, fragte er.

»Keine Ahnung. Irgendwohin. Egal. Wann waren wir das letzte Mal im Urlaub?«

»Wir waren doch auf dem Boot.«

Er meinte einen Urlaub mit Zoes Kollegin und ihrem Mann. Fotos zeigten vier lächelnde Menschen, die am Steuer eines Hausboots standen und Weingläser hoben. Aber es war eine Katastrophe gewesen: Luther isoliert und zurückgezogen, Zoe gereizt und verkrampft fröhlich.

»Das kann nicht der letzte Urlaub gewesen sein«, sagte Luther.

»Welcher dann? Wo sind wir gewesen?«

Er wusste es nicht.

»Wir beide haben einander so viel versprochen«, sagte Zoe und beendete das Schweigen. »Wie es sein würde. Dass wir reisen. Dass wir Zeit miteinander verbringen. Wie kommt es also, dass nichts davon wahr geworden ist?«

Er lag auf dem Rücken und lauschte dem eisigen Regen. Dann drehte er sich um, stützte sich auf den Ellbogen und fragte: »Bist du glücklich?«

»Nein, eigentlich nicht. Und du?«

Sein Herz hämmerte in der Brust.

»Wir leben von einem Tag zum nächsten«, sagte sie. »Wir reden kaum miteinander. Ich will einfach ein bisschen mehr von dir haben. Wir sind verheiratet, und ich möchte, dass es sich auch so anfühlt.«

»Ich auch«, sagte er. »Aber sieh mal – wenn unser größtes Problem ist, dass wir mehr Zeit miteinander verbringen wollen, na ja … das ist nicht so schlecht, oder? Im Vergleich zu anderen Leuten.«

Sie zuckte mit den Schultern.

Luther liebt seine Frau. Sie ist der Strohhalm, an den er sich klammert. Er kann nicht begreifen, dass er ihr das sagen muss. Wenn er es versucht, wird sie verlegen: Sie lacht und macht ein gespielt entsetztes Gesicht.

Als er an jenem kalten Morgen im Bett lag, schob er die Gedanken an den toten Teenager beiseite und fragte: »Also, was schlägst du vor?«

»Wir nehmen uns ein Jahr frei«, antwortete sie. »Vermieten das Haus, um den Kredit weiter abzuzahlen.«

»Ich will nicht, dass Fremde in meinem Haus wohnen.«

Sie tätschelte ihm ungeduldig den Oberarm. »Lässt du mich ausreden? Kann ich wenigstens ausreden?«

»Sorry.«

»Na ja, es gibt eigentlich nicht mehr viel zu sagen. Wir … wir packen einfach und fahren los.«

»Wohin?«

»Egal. Wo willst du hin?«

»Ich weiß nicht.«

»Irgendwohin musst du wollen.«

»In die Antarktis.«

»Gut«, sagte sie. »Fahren wir in die Antarktis. Man kann von Südamerika oder Neuseeland aus hinfliegen. Ich glaube, es kostet gar nicht mal so viel. Nicht wirklich. Zumindest verhältnismäßig.«

»Kann man das wirklich?«

»Anscheinend schon.«

Er setzte sich auf, kratzte sich am Kopf, plötzlich angesteckt von der Idee. »Neuseeland fand ich schon immer toll«, sagte er. »Keine Ahnung, wieso.«

»Auf meiner Liste steht die Türkei«, sagte sie. »Die Türkei ist schön. Fahren wir in die Türkei.«

»Ich bin kein Strandmensch.«

Er mochte es nicht, in der Sonne zu sitzen, während andere Leute danach spähten, was er las.

»Du kannst im Hotel lesen«, sagte sie. »Wir könnten uns zum Mittagessen wiedertreffen. Siesta halten. Miteinander schlafen. Am Abend ins Theater.«

»Du hast dir das schon ganz genau überlegt, stimmt's?«

»Jep. Wir müssen deinen Pass verlängern lassen.«

»Echt?«

»Er ist abgelaufen.«

»Tatsächlich? Wann?«

»Vor zweieinhalb Jahren.«

Er rieb sich den Kopf. »Okay. Scheiß drauf. Machen wir's.«

Sie lachte und umarmte ihn und sie liebten sich, als wären sie schon im Urlaub.

Das war fast ein Jahr her.

Jetzt steht er erschöpft in der Küche, kurz nach sechs Uhr morgens, benommen vom Schlafmangel, und stellt zwei Schüsseln Müsli auf die Frühstückstheke – ein Nachtimbiss für ihn, Frühstück für sie. Er sagt: »Ich wollte sie heute fragen.«

Er meint seine Vorgesetzte, Detective Superintendent Teller.

Zoe formt mit den Fingern und dem Daumen einen Mund: bla bla bla. Alles schon mal gehört.

Luther nimmt eine Müslischüssel, kehrt ihr den Rücken zu, schaufelt sich Cornflakes in den Mund. »Ian ist verletzt, weißt du.«

Er lässt ihr einen Moment Zeit. Schämt sich.

»O Gott«, sagt sie. »Schlimm?«

»Nicht so schlimm. Ich hab ihn aus der Notaufnahme abgeholt und nach Hause gefahren.«

»Was ist passiert?«

»Er wurde überfallen. Wir wissen nicht sicher, von wem. Aber sie haben ihn ziemlich übel zusammengeschlagen. Uns fehlt also ein Detective.«

»Okay«, sagt sie, erleichtert, dass es Ian gut geht. »Aber das heißt nicht, dass du es ihr nicht sagen kannst, oder? Sie wird sowieso ein paar Wochen Zeit brauchen, um eine Vertretung für dich zu organisieren. Das weißt du. Dass Ian im Krankenhaus war, ist keine Entschuldigung.«

»Nein, ist es nicht«, antwortet er. »Du hast recht.«

»Also sagst du es ihr?«

»Ja.«

»Im Ernst«, bittet sie. »Sag es ihr.«

Sie fleht ihn an. Aber es geht nicht um den Urlaub. Es geht um etwas anderes.

Manchmal hat Zoe Eingebungen, die sie für übersinnliche Visionen hält. Oft kommt er darin vor. Vor zwei Nächten schrie sie im Schlaf auf. »Markiert«, rief sie.

Er wollte sie fragen, was das bedeute. Was war markiert? Was hatte sie in jenem geheimnisvollen Moment hinter geschlossenen Lidern gesehen?

Er sagt: »Ja. Ich frage sie. Versprochen.«

»Denn sonst …, John«, droht sie. »Im Ernst.«

»Denn sonst was?«

»Du kannst nicht so weitermachen«, sagt sie. »Es geht einfach nicht.«

Er weiß, dass sie recht hat.

Er schleppt sich gerade nach oben zur Dusche, als sein Handy klingelt. Er schaut auf das Display: *Teller, Rose.*

Er nimmt den Anruf entgegen, hört zu.

Sagt ihr, er werde so schnell wie möglich da sein. Dann wäscht er sich das Gesicht, putzt sich die Zähne, zieht ein sauberes Hemd an. Er küsst seine Frau.

»Ich frag sie heute«, sagt er und meint es ehrlich. »Ich frag sie noch heute Morgen.«

Dann fährt er los zum Tatort.

## 3

Er muss etwas entfernt parken und zu Fuß zum Tatort gehen.

Der Morgen ist feucht und kühl, er spürt ihn in den Knien. Er glaubt, das kommt von all dem Bücken, all dem Ducken unter Türen und Absperrband; ein halbes Leben hat er damit verbracht, sich in Räume hineinzuzwängen, die viel zu eng für ihn sind.

Die Sonne geht gerade auf, aber Beamte in Zivil und in Uniform führen bereits eine Befragung der Nachbarschaft durch. Neugierige Anwohner stehen blinzelnd in Eingangstüren, tragen

Jogginghosen und Nachthemden. Einige werden die Polizei hineinbitten, niemand wird etwas gehört oder gesehen haben. Aber alle werden das Gefühl haben, etwas Finsterem und Unergründlichem entkommen zu sein, etwas, das an ihnen vorbeigeglitten ist wie ein Hai auf Beutezug.

Das Haus ist von Absperrband umgeben. Zweieinhalb Stockwerke, zweiflügelige viktorianische Doppelhaushälfte. Wahrscheinlich anderthalb Millionen.

Luther drängt sich zwischen den Schaulustigen hindurch, den Hobbyjournalisten, die iPhones hochhalten, nicht um hineinzuschreien, sondern um zu filmen; er stößt die echten, altmodischen Journalisten zur Seite. Er zeigt dem Einsatzleiter seine Dienstmarke, seine Anwesenheit wird vermerkt, dann duckt er sich unter das Band.

Detective Superintendent Rose Teller kommt auf ihn zu, um ihn zu empfangen. Eins zweiundsechzig, zarte Statur, hartes Gesicht. Teller hat den verkniffenen Ausdruck beibehalten, den sie sich als junge Frau angewöhnt hat, um sich dem Weltbild höher stehender Beamter anzupassen, Männern, die Charme für Frivolität hielten. Sie trägt einen Schutzanzug, Überschuhe.

»Morgen, Chefin. Was liegt an?«, fragt er.

»Was ziemlich Übles.«

Luther klatscht in die Hände, reibt sie kräftig aneinander. »Haben Sie vorher einen Augenblick Zeit? Ich muss Sie um einen Gefallen bitten.«

Sie wirft ihm einen vielsagenden Blick zu. Sie trägt nicht umsonst den Spitznamen »die Herzogin«.

»Da haben Sie sich aber wirklich den allerbesten Moment ausgesucht, was?«, sagt sie.

»Später«, lenkt er ein, er hat den Wink verstanden. »Wann immer es Ihnen passt. Dauert nicht lang.«

»Okay. Gut.«

Sie schnippt mit den Fingern, und Detective Sergeant Isobel Howie eilt herbei, ordentlich in ihrem weißen Ganzkörper-Schutzanzug, das rotblonde Haar trägt sie kurz und stachelig. Howie ist Polizistin in zweiter Generation, spricht nicht gerne darüber. Irgendein Problem mit ihrem Vater.

Sie nickt Luther grüßend zu, reicht ihm eine Mappe.

»Die Opfer sind Tom und Sarah Lambert. Er ist achtunddreißig, sie dreiunddreißig.« Sie zeigt ihm Fotos: Mr Lambert ist dunkelhaarig, gut aussehend, durchtrainiert. Mrs Lambert blond, sportlich, sommersprossig. Umwerfend.

»Mr Lambert ist Sozialpädagoge. Arbeitet mit verhaltensgestörten Jugendlichen.«

»Was eine Menge Leute mit emotionalen und geistigen Problemen bedeutet«, sagt Luther. »Und Mrs Lambert?«

»Sie ist Eventmanagerin, organisiert Hochzeiten und Partys, so was eben.«

»Erste Ehe?«

»Erste Ehe für beide. Keine eifersüchtigen Expartner, soweit uns bekannt ist, keine einstweiligen Verfügungen. Nichts dergleichen.«

»Wie ist der Mörder reingekommen?«

»Durch die Eingangstür.«

»Was? Er ist einfach reinspaziert?«

Howie nickt.

»Um wie viel Uhr war das?«, fragt Luther.

»Der Notruf ist etwa um vier eingegangen.«

»Wer hat angerufen?«

»Ein Mann, war mit dem Hund draußen, hat keinen Namen genannt. Gab an, Schreie zu hören.«

»Ich muss mir die Aufnahme anhören.«

»Das lässt sich machen.«

»Und die Nachbarn? Haben die keine Schreie gemeldet?«

»Sie haben angeblich keinen Mucks gehört.«

»Keine Autos? Keine zuschlagenden Türen?«

»Nichts.«

Er dreht sich wieder zur offenen Haustür.

»Also, wer hat Ersatzschlüssel? Nachbarn, Babysitter, Mütter, Väter, Cousins? Hundesitter, Haussitter, Putzfrau?«

»Wir überprüfen das alles.«

»Okay.«

Luther nickt in Richtung Hauseingang. Howie folgt seinem Blick, sieht ein in die Wand eingesetztes Plastikgerät mit Tasten. Ein rotes Lämpchen blinkt. Kläfft wie ein stimmloser Hund. Ein Einbruchalarm.

Howie gibt Luther nickend ein Zeichen, führt ihn über die Trittplatten, die die Spurensicherung um das Haus herum gelegt hat.

Nahe des Regenrohrs steckt Luther die Hände tief in die Manteltaschen; das verringert die Versuchung, Dinge anzufassen. Er geht in die Hocke, nickt in Richtung des Punkts, wo das Telefonkabel durchtrennt wurde. Dann nimmt er eine Hand aus der Tasche und mimt eine Schere. Die Schnittstelle ist nahe am Boden, halb verdeckt vom dürren Stadtgras, das um das Ende des Regenrohrs wächst.

»Er hat also einen Schlüssel. Er weiß auch, dass sie eine Alarmanlage haben. Und er weiß, wie man sie deaktiviert.« Er steht auf, dreht den Kopf, um seinen steifen Nacken zu lockern. »Wir müssen herausfinden, wer die Alarmanlage installiert hat. Beginnen Sie mit dem Lieferanten, dem Typen, der sie tatsächlich eingebaut hat. Ich habe so was schon erlebt. Wenn Sie mit ihm kein Glück haben, gehen Sie zu der Sicherheitsfirma, die ihn beschäftigt. Überprüfen Sie jeden. Rechnungsabteilung, IT-Abteilung, den Chef, seinen persönlichen Assistenten. Das Verkaufsteam. Alle. Wenn Sie nicht weiterkommen, weiten Sie die Suche aus. Überprüfen Sie die Ehefrauen der Angestellten. Und hoffen Sie, dass Sie damit Erfolg haben. Denn wenn nicht …«

Er lässt das so stehen, betrachtet den durchgeknipsten Draht im bleichen Gras, hat dieses Gefühl.

Howie neigt den Kopf und sieht Luther auf seltsame Weise an. Sie hat leichte Sommersprossen auf den Wangen, die sie jünger aussehen lassen, ihre Augen sind grün.

Er blickt über ihre Schulter, und da steht Teller, die ihn auf dieselbe Weise ansieht.

»Okay«, sagt er. »Schauen wir uns drinnen um.«

Howie sammelt sich, holt Luft, hält sie eine Sekunde lang an. Dann führt sie Luther zurück über die Trittplatten, vorbei an den Beamten der Spurensicherung und den uniformierten Polizisten ins Haus.

Es ist ein Haus der wohlhabenden Mittelklasse: Familienfotos, alte Tische, Dielenboden, folkloristisch angehauchte Teppiche.

Es herrscht ein heißer, schwarzer Zoogestank, der nicht an diesen hellen, sauberen Ort gehört.

Er geht die Treppe hinauf. Will nicht, lässt es sich aber nicht anmerken. Schleppt sich den Flur entlang.

Er betritt das Schlafzimmer.

Es ist ein Schlachtfeld.

Tom Lambert liegt nackt auf der Seegrasmatte. Er wurde von der Kehle bis zum Schambein aufgeschlitzt. Luthers Blick gleitet über ein Durcheinander aus nassen Eingeweiden.

Mr Lamberts Augen sind offen. Seine toten Hände stecken in forensischen Tüten. Der Penis und die Hoden wurden ihm abgeschnitten und in den Mund gestopft.

Luther spürt, wie der Boden unter ihm schwankt. Er betrachtet die Blutspritzer, den blutgetränkten Teppich.

Er steht mit gesenktem Kopf und den Händen in den Taschen da und versucht Tom Lambert zu sehen, achtunddreißig, Jugendberater, Ehemann. Nicht diese Masse von Grausamkeiten.

Ihm ist bewusst, dass Howie hinter ihm steht.

Er atmet langsam und tief ein, dann dreht er sich zum Bett um.

Darauf ausgebreitet liegt der Körper, der bis vor kurzem Sarah Lambert war.

Mrs Lambert war in der Mitte des achten Monats schwanger. Es sieht aus, als wäre sie geplatzt.

Er zwingt sich, hinzusehen.

Er will zurück in sein sauberes Zuhause, duschen und unter eine frisch gewaschene Decke schlüpfen. Er will sich zusammenrollen und schlafen und aufwachen und mit seiner Frau zusammen sein, in Jogginghose und T-Shirt fernsehen, sich zärtlich über Politik zanken. Er will mit ihr schlafen. Er will in einem sonnigen, ruhigen Zimmer sitzen und ein gutes Buch lesen.

Mrs Lambert trägt noch die Überreste eines Babydoll-Nachthemds, wahrscheinlich das scherzhafte Geschenk einer jungen Kollegin. Es muss sich über ihrem dicken Bauch lächerlich gespannt haben, der hohe Saum muss noch höher gerutscht sein.

Sie hatte schöne Beine, auf denen sich schwangerschaftsbedingte Krampfadern abzeichnen.

Luther stellt sich vor, wie Mr Lamberts Fingerspitzen den weichen, braunen Streifen nachzeichnen, der von Mrs Lamberts Schamhaar über die Halbkugel ihres Bauches bis zu ihrem hervorstehenden Nabel verlaufen war.

Er wendet sich ab von der Ungeheuerlichkeit auf dem Bett, vergräbt die Hände tiefer in den Taschen. Ballt sie zu Fäusten.

Auf dem Boden nicht weit von seinen Füßen, markiert mit gelben Beweisfähnchen, liegt Sarah Lamberts Plazenta. Er starrt darauf. »Was ist mit dem Baby geschehen?«

»Das ist es ja, Chef«, antwortet Howie. »Wir wissen es nicht.«

»Ich ziehe Boss vor«, sagt er stirnrunzelnd, fast völlig geistesabwesend. »Nennen Sie mich Boss.«

Er wendet sich von Howie weg und geht hinunter.

In der Küche fällt ihm ein Blatt auf, das aus einer Zeitschrift herausgerissen und mit einem Magnet-Teddybären in Grenadier-Guards-Uniform an den Kühlschrank gehängt worden war.

Zehn Fehler, die Sie davon abhalten, glücklich zu sein

1) Wenn Sie etwas wirklich tun wollen, warten Sie nicht, »bis Sie Zeit haben«. Wenn Sie warten, werden Sie sie nie haben!
2) Wenn Sie unglücklich sind, ziehen Sie sich nicht zurück. Greifen Sie zum Telefon!
3) Warten Sie nicht darauf, dass etwas perfekt wird. Wenn Sie warten, bis Sie schlank genug oder verheiratet genug sind, könnten Sie vielleicht ewig warten!
4) Sie können andere nicht zwingen, glücklich zu sein.
5) Aber Sie können ihnen dabei helfen.

Er starrt lange, lange auf diese Liste.

Die Tür zum Gärtchen hinter dem Haus ist offen, Kälte und Nässe dringen herein.

Irgendwann geht er durch die Tür, zieht dabei den Kopf ein.

Teller ist draußen, sitzt auf der niedrigen Gartenmauer und nippt an einem großen Pappbecher mit Kaffee. Sie sieht müde und abgespannt aus. Das fahle Licht der Morgensonne scheint durch ihre Brille; er kann einen Daumenabdruck auf einem der Gläser erkennen.

Sie trinkt den Kaffee aus und ruft *»hey!«*, um die Aufmerksamkeit eines jungen Detective Constable auf sich zu lenken. »Schmeißen Sie das in den Müll, Sherlock.« Sie wirft ihm den leeren Becher zu.

Luther setzt sich neben sie, verkriecht sich in seinen Mantel. Als er auf ihren Scheitel hinunterschaut, überkommt ihn eine Welle der Zärtlichkeit. Er liebt Rose Teller dafür, wie tapfer sie durch die Welt marschiert.

Sie sagt: »Also, was wollten Sie mich fragen?«

»Nichts.«

»Sind Sie sicher?«

»Es hat Zeit.«

»Gut.«

Sie steht auf, bohrt sich eine Faust ins Kreuz. Dann führt sie ihn zum Gerichtsmediziner.

Fred Penman ist ein Hüne von Mann in einem dreiteiligen Nadelstreifenanzug. Breite, graue Koteletten, das weiße Haar zu einem Pferdeschwanz gebunden.

Er würde gerne eine Rothmans paffen, aber er darf nicht, nicht mehr. Stattdessen kaut er auf einer Plastikzigarette herum, dreht sie im Mund wie einen Zahnstocher.

Luther spürt die Kälte, als er Penman die Hand schüttelt und ihn mit einem Nicken begrüßt. Das Adrenalin lässt nach. Er muss bald etwas essen, sonst wird er anfangen zu zittern.

Er fragt: »Also, wie stehen die Chancen des Babys? Im schlimmsten Fall.«

Penman nimmt die Ersatzzigarette aus dem Mund. »Was heißt ›im schlimmsten Fall‹ in solch einer Situation?«

Luther zuckt mit den Schultern. Er weiß es nicht.

»Sie haben da einen gesunden Fötus im fortgeschrittenen Stadium«, sagt Penman. »Und Sie haben einen Irren, der Ahnung davon hat, was er oder sie tut: Er hat Mrs Lamberts Bauch Schicht für Schicht aufgeschnitten. Er hat saubere, scharfe Instrumente benutzt. Also würde ich sagen, das Baby könnte erfolgreich herausgeholt worden sein.«

»Mit ›erfolgreich‹ …«

»Meine ich ›lebend‹, jawohl.«

»Und wie lange wird es leben?«

»Angenommen, es bekommt angemessene Nahrung und Wärme. Aber das ist nur meine ganz persönliche Meinung, das ist Ihnen klar?«

Luther nickt.

Penman sieht niedergeschlagen aus. Er ist Großvater. »Wir halten Babys für schwach«, sagt er. »Wegen der Instinkte, die sie in uns wecken, unbewusst, sehr stark. In Wirklichkeit können sie zähe Scheißerchen sein. Kämpferische kleine Überlebensmaschinen. Viel zäher, als man denkt.«

Luther wartet. Schließlich sagt Penman: »Geben wir ihm achtzig Prozent.«

Luther steht stumm und regungslos da.

»Ding dong. Jemand zu Hause?«, fragt Penman.

»Ja. Tut mir leid.«

»Ich dachte einen Moment lang, wir hätten Sie verloren.«

»Ich überlege nur gerade, was ich von Ihrer Antwort halten soll.«

»Beten Sie zu Gott, dass das Kind von einer Frau entführt wurde.«

»Und wieso das?«

»Wenn eine Frau es entführt hat, dann wenigstens in der Absicht, sich darum zu kümmern.«

Er verstummt. Kann nicht weitersprechen.

»Das war keine Frau«, entgegnet Luther. »Frauen attackieren andere Frauen nicht zu Hause im Bett mit ihren Ehemännern.«

Penman stößt ein lang gezogenes, dumpfes Pfeifen aus. »Wir haben schon zu viel gesehen«, sagt er. »Für solche Gedanken dürften wir gar keinen Platz in unseren Köpfen haben.«

Dann steckt er sich die Plastikzigarette wieder in den Mund, kaut darauf herum, schiebt sie von einer Seite zur anderen. Er klopft Luther auf den Arm und sagt: »Ich werde an Sie denken.«

Luther dankt ihm, dann geht er zurück zu DS Howie.

Sie wartet beim Absperrband auf ihn.

Sie gehen durch die sich langsam auflösende Menge, die Leute hinten müssen sich auf die Zehenspitzen stellen.

Sie erreichen den schmuddeligen Volvo. Luther wirft Howie seinen Schlüssel zu.

Im Auto ist es kalt, es riecht ein bisschen nach Fast Food und verrotteter Polsterung.

Howie lässt den Motor an, guckt, wie die Heizung funktioniert. Dreht sie voll auf. Sie ist laut.

Luther schnallt sich an. »Haben die Opfer irgendwelchen Dreck am Stecken?«

»Es ist noch zu früh, um das zu sagen, aber ich denke nicht. Soweit uns bekannt ist, haben sie sich wirklich geliebt. Die einzige Trübsal war anscheinend ein Fruchtbarkeitsproblem.«

»Und? Haben sie eine künstliche Befruchtung machen lassen?«

»Das ist ja das Komische, Chef.«

»Boss.«

»Das ist ja das Komische, Boss. Fünf Jahre lang künstliche Befruchtungen. Kein Glück. Dann geben sie auf, weil sie es für aussichtslos halten, fangen an, über Adoption nachzudenken. Mrs Lambert hört vor zwölf oder dreizehn Monaten mit den künstlichen Befruchtungen auf. Und dann – bingo. Sie ist schwanger.«

»Sind sie gläubig?«

»Mrs Lambert ist in der Church of England, also nein. Mr Lambert scheint sich für Buddhismus und Yoga interessiert zu haben. Hat es eine Weile mit makrobiotischer Ernährung versucht.«

»Ist sein Vater früh gestorben?«

Howie sieht in den Unterlagen nach. »Steht hier nicht.«

»Wenn Männer sich dem Alter nähern, in dem ihr Vater gestorben ist, fangen sie an, über Ernährung und Sport nachzudenken. Mr Lambert war ziemlich gut in Form.«

»Mehr als ziemlich gut. Spielte Tennis. Squash. Er mochte Fechten, Mountainbikefahren. Ist ein, zwei Marathons gelaufen. Er war ganz schön muskulös.«

»Sonst noch was?«

»Wir haben das mit der Alarmanlage überprüft«, sagt sie. »Tom Lambert benutzte sie sehr häufig in dem Jahr, als sie eingebaut wurde, dann immer seltener. Das ist ein recht typisches Verhaltensmuster, wahrscheinlich trifft es auf vier von fünf Leuten zu, die eine installiert haben. Der Gebrauch geht fast bis auf null zurück. Dann, vor vier, fünf Monaten, fängt er an, sie wieder einzuschalten.«

»Das muss nichts heißen«, meint Luther. »Mrs Lambert war schwanger. Manchmal werden Männer besonders wachsam, wenn ihre Partnerin ein Kind erwartet. Das bringt den Höhlenmenschen in uns zum Vorschein.«

»Oder«, entgegnet Howie, »vielleicht war er wegen etwas Bestimmtem beunruhigt. Etwas, was er gesehen oder gehört hatte.«

»Meinen Sie, bei der Arbeit?«

»Sie haben es selbst gesagt: die Leute, mit denen er jeden Tag zu tun hat.«

Luther nickt ihr zu. Erfreut gibt sie die Adresse ins Navi ein.

Während sie fährt, fragt Luther: »Kann ich die Aufnahme des Notrufs hören?«

Sie tätigt einen Anruf, reicht ihm ihr Handy.

Er hört zu.

Zentrale: Polizeinotruf

Anrufer: Ja, ich möchte was echt Komisches melden. Ich bin mit meinem Hund die Bridgeman Road langgelaufen. Da hab ich so ein Geräusch gehört. Und ich hab was echt Krasses gesehen.

*(Tippgeräusche)*

Zentrale: Und wie ist Ihr Name?

Anrufer: Will ich nicht sagen. Muss ich?

Zentrale: Nein, müssen Sie nicht. Was haben Sie gesehen?

Anrufer: Einen Mann. Der ist irgendwie aus so 'nem Haus rausgeschlichen.

Zentrale: Haben Sie einen Einbruch beobachtet?

Anrufer: Ich weiß nicht. Er hat nicht ausgesehen wie ein Einbrecher. Er war zu alt für einen Einbrecher.

Zentrale: Wie alt war er?

Anrufer: Um die vierzig? Keine Ahnung. Ein etwa vierzigjähriger Mann.

*(Tippen)*

Zentrale: In Ordnung. Beruhigen Sie sich. Was hat er gemacht?

Anrufer: Ich weiß nicht. Er hatte was dabei. Er hatte so was wie ein Bündel bei sich. Er war voller Blut. Blut im Gesicht und so. Er ist irgendwie die Crosswell Street langgerannt, mit dem Bündel im Arm. Es hat echt schlimm ausgesehen. Hat richtig, richtig schlimm ausgesehen.

Zentrale: In Ordnung, die Polizei ist unterwegs. Können Sie dranbleiben?

Anrufer (schluchzt): Nein, geht nicht. Geht nicht. Sorry. Ich muss los. Ich muss jetzt los.

Luther hört es sich dreimal an. »Haben wir die Nummer zurückverfolgt?«

»Es ist die Nummer eines Handys, das ein Robert Landsberry, Lyric Mews, Sydenham, als gestohlen gemeldet hat. Vor zwei Tagen.«

»Hat Mr Landsberry irgendeine Vermutung, wer sein Handy geklaut hat?«

»Nein, gar nicht. Aber wir werden ihn später noch einmal befragen. Er ist nicht einmal sicher, wann genau es verschwunden ist.«

»Und was schließen wir daraus? Vielleicht, dass der Anrufer ein Einbrecher auf Beutezug ist? Oder jemand, der ein Ding drehen, jemandem eins auswischen will?«

Howie zuckt mit den Schultern.

Luther kaut während der Fahrt auf seiner Lippe herum. »Und das ist unser einziger Zeuge?«, fragt er.

»Wenn er nicht angerufen hätte«, antwortet Howie, »würden die Lamberts noch immer dort liegen. Niemand würde etwas ahnen.«

Luther schließt die Augen und geht die Checkliste durch: Freunde und Familie genauer überprüfen. Außereheliche Affären. Wurde das Kind mit Spendersamen gezeugt? Gab es Geldsorgen? Rivalitäten am Arbeitsplatz?

Wenn sie nicht schnell zu einem Ergebnis kommen, wird das Problem nicht ein Mangel an Informationen sein, sondern eine überwältigende, exponentiell wachsende Menge davon.

Er seufzt und ruft den besten Forensik-Techniker an, mit dem er je zusammengearbeitet hat.

»John Luther«, sagt Benny Deadhead am anderen Ende der Leitung. »Ich fass es nicht.«

Sein richtiger Name ist Ben Silver, aber niemand nennt ihn so. Nicht einmal seine Mutter.

»Benny«, beginnt Luther. »Wie steht's bei der Sitte?«

»Deprimierend. Was Menschen einander alles antun.«

Luther lässt das unkommentiert. Er fragt: »Sag mal, wie sieht's aus mit deinem Arbeitspensum?«

»Nicht zu bewältigen.«

»Irgendwas Dringendes?«

»Na ja, kommt drauf an, was du mit dringend meinst.«

»Ich meine, dass ich deine Hilfe bei einem wirklich üblen Fall brauche. Wenn ich meine Chefin bitte, deinen Chef zu fragen, ob ich dich ausleihen kann, wie wäre das?«

»Bin schon dabei, meine Sachen zu packen«, antwortet Benny.

## 4

Bis gestern war Anthony Needham Tom Lamberts Partner in einer kleinen Zwei-Mann-Beratungsstelle in der Nähe des Clissold Parks.

Needham ist Mitte dreißig, trägt ein bordeauxrotes Hemd, maßgeschneidert, und eine graue Hose, das Haar akkurat gegelt. Er ist braungebrannt, durchtrainiert und sportlich. Teure Uhr. Er entspricht nicht im Geringsten Luthers Vorstellung von einem Therapeuten. Neben ihm fühlt Luther sich schmutzig und krank.

Das Zimmer ist so eingerichtet, dass es gemütlich wirkt: drei bequeme Sessel in einem Halbkreis, niedrige Bücherregale. Ein

Schreibtisch, leer bis auf einen Laptop und ein paar gerahmte Fotos von Needham, wie er an einem Ironman-Triathlon teilnimmt: Er rennt mit einem Mountainbike auf der Schulter, verzieht gequält das schlammverschmierte Gesicht.

Needham macht das Fenster auf, es klemmt und lässt sich nur schwer öffnen. Stadtgeräusche dringen zu ihnen herein, der Geruch des Verkehrs und der Geruch des Winters.

Luther schlägt die Beine übereinander und faltet die Hände auf dem Schoß, um die nervliche Anspannung unter Kontrolle zu bringen. Howie beobachtet Needham mit stillem Ernst. Sie hat ihr Notizbuch vor sich und einen Stift in der Hand.

Needham öffnet die unterste Schreibtischschublade und holt ein platt gedrücktes, ramponiertes Päckchen Zigaretten heraus. Er kramt in der Schublade herum, bis er ein Einwegfeuerzeug findet. Dann zündet er sich eine Zigarette an und nimmt einen Zug.

Er muss trocken würgen und tut dies diskret, lehnt sich mit der Zigarette zwischen zwei Fingern ans Fensterbrett.

Er drückt die Zigarette nach dem einen Zug aus, kommt bleich und triefäugig zurück. Er setzt sich in den dritten bequemen Sessel, verschränkt die Hände auf dem Schoß.

Luther lässt ihm Zeit, es zu begreifen. Blättert eine Seite in seinem Notizbuch um, gibt vor, einen früheren Eintrag zu lesen.

»Mein Gott«, sagt Needham schließlich. Er ist Australier.

»Tut mir leid«, sagt Luther. »Ich weiß, es ist schwer zu verarbeiten. Aber leider sind diese ersten paar Stunden nach der Tat entscheidend.«

Needham reißt sich zusammen. Luther gefällt das.

Needham schluckt, dann löst er die Finger und macht eine Geste, die so viel bedeutet wie: *Fragen Sie ruhig.*

»Also«, beginnt Luther. »Sie haben hier mit einigen schwer verhaltensgestörten jungen Leuten zu tun. Gewalttätigen Leuten, vermutlich.«

»Sie wissen doch, dass das unter die ärztliche Schweigepflicht fällt?«

»Ja, das weiß ich.«

»Dann weiß ich nicht, was Sie von mir hören wollen.«

»Ganz allgemein – wissen Sie, ob Mr Lambert wegen eines seiner Patienten besorgt war?«

»Nicht mehr als sonst.«

»Was heißt das?«

»Sie haben es selbst gesagt. Wir haben mit vielen verhaltensgestörten jungen Leuten zu tun.«

»Kann ich in dieser Sache ehrlich zu Ihnen sein? Das war kein zufälliger Angriff. Das war ein sehr gewalttätiges, sehr persönliches Verbrechen.«

Needham ändert die Position in seinem Sessel. »Ich kann Ihnen nur sagen, dass Tom wegen einiger seiner Patienten in erhöhter Besorgnis war.«

»Besorgnis welcher Art?«

»Würde eine Beratung ihnen tatsächlich helfen? Könnte er sie tatsächlich davon abbringen, andere zu schikanieren? Würde einer von ihnen einmal zu oft die Beherrschung verlieren?«

»Kommt das vor? Verlieren sie hier drin die Beherrschung?«

»Es handelt sich um wütende junge Männer. Selbstbeobachtung liegt nicht in ihrer Natur, aber wir ermutigen sie, sich schwierigen persönlichen Problemen zu stellen. Das kann hart sein.«

»Probleme wie Gewalttätigkeit?«

»Und üblicherweise die Geschichte der Misshandlung, die dazu geführt hat.«

»Viele Kinder werden misshandelt«, sagt Luther. »Das gibt ihnen nicht das Recht, anderen wehzutun.«

»Das hat auch niemand gesagt.« Needham reagiert so unendlich geduldig wie jemand, der diesen Einwand schon tausendmal gehört hat. »Im Leben geht es um Entscheidungen. Wir versuchen, ihnen das Handwerkszeug zu geben, um bessere Entscheidungen zu treffen.«

Luther schaut in seine Notizen, um den Blickkontakt zu unterbrechen. »Also keine speziellen Sorgen? Keine Drohungen, keine komischen Anrufe?«

»Nichts, was er mir mitgeteilt hätte.«

»Er hat nicht etwas mehr getrunken? Sich vielleicht irgendwie selbst behandelt? Schlaftabletten? Zigaretten?«

»Nein. Nichts dergleichen.«

Howie schaltet sich ein. »Was ist mit jungen Frauen?«

Needham wendet sich ihr zu. »Nicht Tom.«

»Ich meine, behandeln Sie in dieser Praxis junge Frauen?«

»Glauben Sie, eine Frau hat das getan?«

»Es ist möglich«, sagt Luther.

»Tom ist ein starker Mann. Er ist durchtrainiert. Eine Frau. Das ist einfach …«

Stille breitet sich aus. Die Uhr tickt.

»Ja, wir behandeln auch Frauen«, sagt Needham. »Aber ich weiß nicht. Es kommt mir irgendwie merkwürdig vor. Wieso eine Frau?«

»Wir versuchen nur, alle Möglichkeiten in Betracht zu ziehen.« Luther steckt seinen Notizblock in die Tasche. »Nur noch eins: Kennen Sie irgendjemanden, der einen Hausschlüssel der Lamberts haben könnte?«

»Ich fürchte nein. Tut mir leid. Wahrscheinlich ihre Putzfrau. Aber mehr weiß ich nicht.«

Luther bedankt sich und steht auf. Howie folgt einen halben Schritt hinter ihm.

Needham führt die beiden hinaus. An der Tür fragt er: »Werden Sie den Mann schnappen?«

»Wir tun, was wir können.«

»Nun, ich möchte nicht unhöflich sein, aber das klingt für mich wie typisches Polizeigerede.«

Luther zögert, lässt Howie den Vortritt.

Sie fragt: »Mr Needham, haben Sie irgendeinen Grund zur Sorge um Ihre eigene Sicherheit?«

»Objektiv betrachtet wahrscheinlich nicht mehr als sonst. Aber ich habe Frau und Kinder, wissen Sie. Ich bin auch nur ein Mensch.«

»Dann helfen Sie uns. Zeigen Sie uns Tom Lamberts Patientenakten.«

»Das kann ich selbstverständlich nicht machen.«

»Das wissen wir«, sagt Howie. »Natürlich. Aber halten Sie es wirklich für moralisch vertretbar, die Sicherheit Ihrer Kinder aufs Spiel zu setzen?«

Needham betrachtet sie mit prüfendem Blick.

Howie erwidert ihn.

Leise sagt Luther: »Wer immer das getan hat, ist in das Haus eingedrungen, während Tom und Sarah schliefen. Er hat Toms Genitalien abgeschnitten und ihn damit erstickt. Er hat Sarahs Bauch aufgeschlitzt, und er hat ihr Baby entführt. Das Baby lebt vielleicht noch. Wir wissen beide, was Mr und Mrs Lambert durchgemacht haben, um dieses Kind zu zeugen. Wenn Sie ihnen helfen wollen, Mr Needham, dann helfen Sie mir, es zu finden – bevor wer immer der Entführer ist tut, was auch immer er damit vorhat.«

Needham blickt auf seine Hand, die noch immer den Türgriff umklammert. Er muss sich einen Moment konzentrieren, damit die Hand loslässt. Dann wischt er sie an seinem Hemd ab. »Wie gesagt, ich vermute, die Putzfrau muss einen Schlüssel haben. Das muss sie doch, oder?«, fragt er.

»Sehr wahrscheinlich«, sagt Luther. »Hat Mr Lambert die Kontaktdaten der Leute gespeichert, die Zugang zum Haus haben könnten? Putzfrauen, Handwerker und so weiter?«

»Ja«, antwortet Needham. »Tom ist sehr gewissenhaft, wenn es darum geht, Daten zu speichern.«

»Wo hat er diese Daten gespeichert?«

»Auf seinem Arbeitscomputer.«

»Haben Sie Mr Lamberts Passwort und Zugangsdaten?«

»Ja. Aber Sie verstehen ja, dass ich darauf vertraue, dass Sie weder seine Patientendatenbank noch seinen Terminkalender öffnen. Diese Dinge fallen unter die ärztliche Schweigepflicht.«

»Selbstverständlich«, sagt Luther.

»Dann sehe ich kein Problem.«

Needham führt sie in Tom Lamberts Büro, das seinem eigenen gleicht. Tom benutzt ein älteres IBM ThinkPad. Seine Sessel sind aus weichem, dunklem Leder. Needham setzt sich an Toms Computer, loggt sich ein, sieht dann ostentativ auf die Uhr. »Ich muss ein paar Anrufe erledigen, Toms Termine absagen und so weiter. Ich bin in etwa fünfzehn Minuten wieder da?«

»Das ist mehr als ausreichend«, sagt Luther.

»Hervorragend«, antwortet Needham.

Ein Augenblick verstreicht. Dann geht Needham rückwärts aus dem Zimmer wie ein Diener und lässt Howie und Luther mit Tom Lamberts Computer allein.

»Okay. Legen Sie los«, sagt Luther.

Howie streift ihre Jacke ab und hängt sie über die Lehne von Tom Lamberts Stuhl.

Sie legt los.

Sie gehen, ohne Needham noch einmal zu sehen. Sie nicken der Sprechstundenhilfe zum Abschied zu, die mit dem rohen, leeren Gesichtsausdruck eines Menschen, der kürzlich jemanden verloren hat, am Empfangstisch sitzt.

Luther macht sich eine Notiz, sie befragen zu lassen. Aber nicht heute.

Während Howie sich durch den Verkehr schlängelt, dabei auf der Unterlippe herumkaut und leise flucht, liest Luther in Tom Lamberts Kalender und seinen Patientenakten.

Schließlich ruft er Teller an.

»Was haben Sie für mich?«, fragt sie.

»Ein paar Leute, die infrage kommen. Leute, die man unter die Lupe nehmen sollte. Aber im Moment sticht ein Name heraus: Malcolm Perry. Hat Lambert mehrfach mit dem Tod gedroht, über zwölf, achtzehn Monate hinweg.«

»Aus irgendeinem besonderen Grund?«

»Lambert hat versucht, ihm wegen seiner Paraphilie zu helfen.«

»Welche Art von Paraphilie?«

»Sex mit Leichen.«

»Nett. Er war also wütend genug, um Mr Lambert zu bedrohen. War er auch wütend genug, um die Drohungen wahr zu machen?«

»Lamberts Notizen zufolge ist Perry der Grund, weshalb sie angefangen haben, abends den Einbruchalarm zu aktivieren.«

»Was für eine Welt«, sagt Teller am anderen Ende der Leitung. »Also, wo finden wir diesen Goldjungen?«

## 5

Clive, Zoes Chef, hat seine Teilnahme an einer seit langem geplanten, öffentlichen Informationsveranstaltung abgesagt. So wird ein Tag, der schlecht anfing, bald noch schlechter; Zoe muss einer schnatternden Schar Oberstufenschüler die Arbeit der Kanzlei *Ford und Vargas* und die Prinzipien der Menschenrechtsgesetzgebung vorstellen.

Sie erzählt ihnen von Lisa Williams, die im Alter von zwölf Jahren bei einem Unfall mit Fahrerflucht ums Leben kam. Das war 2003. Der Fahrer war Aso Ibrahim, ein irakischer Asylant, der bereits beim Fahren ohne Fahrerlaubnis erwischt worden war.

Aus Mangel an eindeutigen Beweisen für Ibrahims verkehrswidriges Verhalten klagte der Crown Prosecution Service ihn wegen Fahrens ohne Fahrerlaubnis an – das Gesetz zum schwereren Delikt des Tötens durch Fahren ohne Fahrerlaubnis trat erst 2008 in Kraft.

Ibrahim kam für zwei Monate ins Gefängnis. Seit seiner Freilassung erhebt er Einspruch gegen seine Abschiebung.

Zoe erklärt der Klasse, dass Aso Ibrahim den Steuerzahler in neun Jahren mehrere hunderttausend Pfund an Prozesskostenhilfe für Anwälte und Dolmetscher gekostet hat. Es fanden Anhörungen bezüglich seiner Einwanderung sowie Gerichtsverhandlungen statt, bei denen er abwechselnd wegen Belästigung, illegalen Drogenbesitzes und, drei Jahre nach Lisa Williams' Tod, wegen Fahrens ohne Fahrerlaubnis verurteilt wurde.

Dann fragt sie die Schüler, was sie mit ihm machen würden.

Der Konsens lautet, wie sie vermutet hatte: *heimschicken.*

»Aber er hat das Recht zu bleiben«, erklärt sie, »weil er mit einer Britin zwei Kinder hat. Obwohl er in Wirklichkeit nicht mit diesen Kindern zusammenlebt, würde es seine in Artikel acht des

Human Rights Act festgeschriebenen Rechte verletzen, wenn man ihn von seiner Exfreundin und den Kindern trennt.«

Sie fragt die Schüler, was sie davon halten.

Sie lehnt sich zurück und hört zu. Die Jugendlichen diskutieren über die Gefahr, der Ibrahim im Irak ausgesetzt wäre. Sie sprechen über seine beiden Kinder und ihr Recht auf einen Vater. Sie sprechen über Lisa Williams' trauernde Eltern und deren Recht auf eine Tochter.

Zoe lässt sie eine Weile debattieren, dann schildert sie, wie die British National Party Lisa Williams' Tod bei den Kommunalwahlen in Barking für Propagandazwecke instrumentalisierte.

Sie erzählt ihnen, wie Lisa Williams' Vater, ein gutherziger und gebrochener Mann, die Einwohner von Barking öffentlich dazu aufrief, nicht die BNP zu wählen, weil diese Ungerechtigkeit nichts mit der Hautfarbe seiner Tochter zu tun habe.

Einer der Schüler, ein gut aussehender, arroganter Junge namens Adam, schlägt vor, Aso Ibrahim solle gehängt werden.

»Jetzt klingst du wie mein Mann«, sagt Zoe, und alle lachen.

Dann erzählt sie ihnen von Artikel fünf der Allgemeinen Erklärung der Menschenrechte: »Niemand darf der Folter oder grausamer, unmenschlicher oder erniedrigender Behandlung oder Strafe unterworfen werden.« Dieser Artikel verlangt, dass Ibrahim im Vereinigten Königreich Asyl gewährt wird, da die Ablehnung der Folter ein rechtlicher und moralischer Grundsatz ist.

Sie erkundigt sich, ob es noch Fragen gebe.

Es gibt immer Fragen. Adam versucht, ihren Blick festzuhalten, aber Zoe war schon ein Profi bei diesem Spielchen, bevor der Junge auf die Welt kam.

»Keine Fragen?«, sagt sie. »Kommt schon. Es muss welche geben. Wer hat eine Frage?«

Das stille Mädchen ganz hinten hebt schüchtern die Hand.

»Ja?«

»Stephanie.«

»Ja, Stephanie?«

»Bekommen Sie einen Kleidungszuschuss oder so?«

Zoe sieht sie ernüchtert an.

»Denn Ihre Klamotten sind echt voll schick«, fährt Stephanie fort.

Ihre Klassenkameraden verdrehen entnervt die Augen, zischen verächtlich.

Stephanie wird rot, und plötzlich steht Zoe völlig auf ihrer Seite. Es liegt in ihrer Natur.

»Gute Frage«, antwortet sie. Und während sie das sagt, fängt sie an, es zu glauben. »Nein, wir bekommen keinen Kleidungszuschuss, aber es wird erwartet, dass unser Äußeres jeden Tag einem gewissen Mindestmaß entspricht. Und wenn ich *Mindestmaß* sage, meine ich – die Garderobe für eine königliche Hochzeit.«

Stephanie lächelt engelsgleich. Zoe lächelt zurück, möchte ihr helfen, möchte, dass sie von dieser sinnlosen kleinen Diskussionsveranstaltung etwas Wertvolles mitnimmt.

»Für Männer ist es leichter«, sagt Zoe zu ihr. »Das mit den Klamotten. Ihre Frauen kaufen ihre Krawatten.«

»Rassistin«, sagt Adam.

»Wie bitte?«

Adam sinkt in sich zusammen, aber nur ein wenig, verschränkt die Arme, lässt sich in seinen Stuhl zurückfallen, sieht ihr in die Augen. »Das ist rassistisch gegen Männer.«

Zoe spürt, wie ihr Mundwinkel zuckt. Sie weiß, dass es zwecklos ist, auf diesen Jungen einzugehen. Schließlich ist er freiwillig hier; er versucht einfach nur, sich so undurchschaubar und selbstzerstörerisch zu verhalten, wie pubertierende Jungen das anscheinend müssen. Aber er ist trotzdem ein Arsch.

Sie fragt: »Entschuldige, wie war dein Name noch mal?«

»Adam.«

»Okay, Adam. Ich habe einen Vorschlag. Wie wär's, wenn wir rausgehen und hier vor Ort eine Umfrage starten? Dann finden wir heraus, wie viele Männer in dieser Kanzlei – das sind übrigens etwa fünfundsechzig Prozent der Mitarbeiter und etwa achtzig Prozent der Seniorpartner – ihre Krawatte selbst gekauft haben.«

Adam grinst, als wäre er der Sieger. Zoe ist hin- und hergerissen, ob sie aufgeben oder sich mit ihm anlegen soll.

Dann klopft es leise an der Tür, und Miriam, ihre persönliche Assistentin, steckt den Kopf in den Besprechungsraum und signalisiert ihr mit dem Daumen und dem kleinen Finger einen Anruf. Ihre Lippen formen die Worte: *John hat angerufen.*

Zoe bedankt sich bei allen dafür, dass sie gekommen sind, sammelt ihre Notizen ein, wirft Adam einen vernichtenden Blick und Stephanie ein ermutigendes Lächeln zu und geht.

Sie eilt in ihr Büro und wählt Johns Nummer.

»Zoe«, sagt er.

Sie hört, dass er draußen ist. »Wo bist du?«

»Jetzt gerade? An einem Kanal.«

»Was machst du?«

»Ich schaue auf eine tote Taube, die in einem Einkaufswagen gefangen ist.«

»Hübsch.«

»Wie geht's dir?«

»Clive hat mich gezwungen, mit den Schülern zu sprechen.«

»Ich hab dir ja gesagt, dass er das macht.«

»Tja, du hattest recht. Er ist ein Arschloch.«

»Irgendwelche Fortschritte bei der Hattem-Sache?«

Die Hattem-Sache ist Zoes größter aktueller Fall. »Der Typ

kommt später noch vorbei, oder morgen, will mit uns zusammenarbeiten«, sagt sie.

»Welcher Typ?«

»Mark Dingsbums. Von *Liberté Sans Frontière*.«

»Hippie?«

»Scheckbuchhippie«, sagt sie und hasst sich selbst dafür. »Alles Gras und Yeah.«

Luther lacht. »Du wirst es überleben.«

»Das hoffe ich. Ich bereue, dass ich mich überhaupt darauf eingelassen habe.«

Sie fährt sich mit einer Hand durchs Haar, merkt, dass sie dringend eine Zigarette braucht.

Sie fasst ihren Pony zusammen und zieht leicht daran, gerade genug, dass es ein kleines bisschen wehtut.

Das macht sie schon, seit sie sieben Jahre alt war. Es hilft bei Stress. Sie weiß nicht, warum. Manchmal fürchtet sie, eine kahle Stelle zu bekommen, wie jene gestressten Papageien, die sich alle Federn ausreißen bis auf die, die sie nicht erreichen können, sodass sie am Ende auf ihrer Stange sitzen wie ofenfertige Hähnchen mit Halloween-Masken.

Sie fragt: »Hast du mit Rose gesprochen?«

»Ja. Ja, hab ich.«

Und jetzt weiß sie, warum sie an ihren Haaren zieht. Es hat nichts mit dem Hattem-Fall zu tun. Es ist wegen John und seiner Unfähigkeit, zu anderen Nein zu sagen – außer zu seiner Frau.

»Was ist passiert?«, fragt sie.

»Darüber kann ich nicht sprechen«, antwortet er. »Zu viele Leute in der Nähe. Aber ich kann sie nicht heute fragen. Ich kann einfach nicht.«

Wenn jemand anders lügt, merkt John das normalerweise auf den ersten Blick. Seine Geschwindigkeit und Sicherheit dabei sind ihr manchmal unheimlich. Aber er merkt nie, wenn er sich selbst belügt.

»Diesmal ist es ziemlich schlimm«, sagt er.

»Es ist immer schlimm«, erwidert sie. »Genau darum geht es ja.«

Zoe schämt sich, gleichzeitig ist sie wütend. Und es ärgert sie, dass John ihr das antun kann – dass sie sich schuldig fühlt, weil sie sich ein Eheleben wünscht.

Und hier sind sie nun, wie Nachtwächter, die immer wieder dasselbe Terrain abschreiten, denselben Weg, Nacht um Nacht um Nacht.

»Ich muss das jetzt zu Ende bringen«, sagt er. »Dann rede ich mit ihr.«

»Nein, das wirst du nicht.«

»Zoe.«

»Das wirst du nicht, John. Denn nach diesem Fall kommt noch einer, und danach wieder einer. Und danach dann noch einer, und so geht es einfach immer weiter und weiter und weiter.«

Ein langes Schweigen folgt.

»Scheiß auf Rose Teller«, sagt Zoe. »Die Frau hat es geschafft, mehr Ehen zu versauen, als sonst irgendjemand, den ich kenne.«

»Zoe …«

Sie legt auf.

Ihre Hand zittert.

Sie schnappt sich die Tabakdose aus ihrer Schublade und stiehlt sich nach draußen, an die Ecke, wo keine Überwachungskamera hängt.

Sie ruft Mark North an. »Du hattest recht«, sagt sie. »Ich gebe ihm Chancen. Ich gebe ihm eine Chance nach der anderen, und er *lügt* einfach. Er lügt und lügt einfach.« Sie zieht an ihrem Haar und schließt: »Gott. Du hattest so recht.«

Mark sagt nichts.

Zoe raucht die Selbstgedrehte, pickt sich eine bittere Tabakfaser von der Zunge. »Ich zittere«, sagt sie.

»Warum zitterst du?«

»Ich hab das noch nie gemacht.«

»Was gemacht?«

»Harrington Hotel«, sagt sie. »In zehn Minuten.«

Stille tritt ein. »Bist du sicher?«, fragt er schließlich. »Denn du musst dir dabei sicher sein.«

»Nein«, lacht sie, »ich bin nicht sicher. Aber ich hab genug. Ich bin fertig damit. Es reicht.«

Mark legt nicht auf, und sie auch nicht.

Sie hört ihre eigenen Atemzüge in der Leitung widerhallen, rau vor Anspannung und Erregung.

Zoe ruft Miriam an und bittet sie, ihre Termine bis nach der Mittagspause abzusagen.

Miriam ist beunruhigt – das hat Zoe noch nie gemacht.

»Es ist was Privates«, sagt Zoe. »Keine Sorge. Ich bin etwa um zwei wieder da.«

Sie geht zu Fuß zum Harrington, einem Boutique-Hotel in der Tabernacle Street. Sie hat keinen Mantel dabei, und es regnet. Sie schlingt die Arme um ihren Körper, um sich zu wärmen.

Sobald das Hotel in Sicht ist, beginnt sie zu laufen. Klack klack klack machen ihre Absätze.

Mark hat bereits ein Zimmer reserviert und eingecheckt.

Er sitzt in der durchgestylten Lobby und tut so, als läse er den *Guardian*. Er hat eine weiße Schlüsselkarte mit einem schwarzen Magnetstreifen in der Hand.

Sie sprechen nicht miteinander. Treten direkt in den Aufzug.

Drinnen stehen sie Schulter an Schulter.

Zoe kann ihr Herz hören.

# 6

Das besetzte Haus besteht aus acht verlassenen Sozialwohnungen, die miteinander verbunden wurden. Darin wohnen Künstler, Studenten, Anarchisten, Junkies und Geistesgestörte.

Eine Heizung gibt es nicht. Bröckelnde Wände sind bedeckt mit Graffiti, gebatikten und bedruckten Bettlaken, Postern.

Malcolm Perry regt sich erst, als er die Schreie unten hört. Es ist noch früh, und solches Geschrei kommt gewöhnlich von Random Andy, dem Schizophrenen, den man oft in einer Ecke der hintersten Wohnung kauern sieht, geduldet von den Kunst-Rebellen mit Dreadlocks, für die unerträgliche geistige Qualen eine berechtigte Form der Selbstverwirklichung sind.

An diesem Morgen sind die Schreie lauter als sonst, aber Malcolm war drei Tage am Stück wach wegen eines gepanschten Amphetamins namens *Pink Champagne*, das er vor ein paar Stunden mit etwas Temazepam runtergespült hat.

Deshalb liegt er noch im Bett, als die Polizisten die Tür eintreten und ins Zimmer strömen wie Lachse bei der Laichwanderung.

Ein großer, schwarzer Bulle in einem Tweedmantel bildet das Schlusslicht, stampft herein mit einem höhnischen Grinsen hinsichtlich Malcolms Poster und Siebdruckutensilien.

Malcolm ist ein hagerer Mann mit langem, dünnem Haar und stoppeligem Bart. Von der Taille abwärts ist er nackt, sein Schwanz ist infolge der Kälte und des *Pink Champagne* zu einem runzligen Klümpchen zusammengeschrumpelt.

Er trägt Wandersocken an spindeldürren Beinen, und eins seiner selbstbedruckten T-Shirts.

Der große Bulle kommt näher. Er baut sich vor Malcolm auf, sieht aus, als würde er ihm gleich den Kopf abreißen. Stattdessen beugt er sich über ihn und liest laut die auf Malcolms T-Shirt gedruckten Worte:

»Arbeite Gehorche Konsumiere«.

»Das ist richtig«, bestätigt Malcolm streitlustig und verwirrt.

»Durchsuchen Sie das Haus«, ruft der große Bulle. »Nehmen Sie alle hier drin fest. Verhören Sie jeden.«

Der große Bulle geht mit angewidertem Gesichtsausdruck in die Hocke. Mit spitzen Fingern zupft er eine speckige Trainingshose aus einem Kleiderhaufen neben dem Fußende des Bettes. Er wirft sie Malcolm zusammen mit einem Paar Gummi-Flipflops zu, wobei er dessen Springerstiefel komplett ignoriert. »Zieh das an«, befiehlt er.

»Wo gehen wir hin?«

»Zu mir«, sagt der Bulle. »Es ist nichts Besonderes. Aber besser als dieses Rattenloch.«

Luther ordnet eine Durchsuchung der besetzten Wohnungen und der unmittelbaren Umgebung an.

Ein zweites Team nimmt mehrere Leute fest wegen Drogendelikten, Bewährungsverstößen, Hehlerei, ausstehender Haftbefehle, wegen Verdachts auf dieses, Verdachts auf jenes.

Und sie fahren Malcolm mit Blaulicht und Sirene in die Hobb Lane.

Howie hält unterwegs an, damit Luther sich einen Burger holen kann. Er isst ihn verkehrt herum direkt aus dem Wachspapier.

Er wischt sich mit einer Hand den Mund ab, als sie die Polizeiwache in der Hobb Lane, Ecke Abbadon Street betreten.

Das Gebäude ist ein geschmackloses altes Monstrum: eine Zweck-Konstruktion aus den 1950ern, die plump auf ein viktorianisches Grundgerüst gesetzt wurde. Es ist ein Schreckbild und dadurch wie geschaffen für eine Polizeiwache.

Und es riecht, wie in jeder Polizeiwache, in der Luther je gewesen ist, nach Linoleum, Bohnerwachs, Achselschweiß, Druckertoner, Staub auf Heizkörpern.

Er zerknüllt seine Papierserviette, während er die Treppe hinaufeilt, indem er drei Stufen auf einmal nimmt, und geht durch die Türen der Serious Crime Unit.

Aus anderen Abteilungen geklaute Möbel, schäbige Bürostühle und billigste Schreibtische, in einen Raum gestopft, der dreimal so groß sein müsste.

Er marschiert zu seinem Büro, einem schmalen, winzigen Arbeitsplatz, den er mit Ian Reed teilt.

Benny Deadhead wartet vor der Tür auf ihn, streckt ihm eine magere, weiße Hand entgegen. Luther schüttelt sie.

»Alles klar, Ben? Danke, dass du gekommen bist«, sagt Luther.

»Wo soll ich sitzen?«

Sie betreten das enge, unordentliche Büro. Luther deutet auf Reeds Schreibtisch.

Benny lehnt sich mit seinem mageren Arsch an die Tischkante. Er ist schlaksig und hat einen Bart, trägt ein ausgewaschenes *Chrome*-T-Shirt.

»Du bist doch in den Pädophilen-Foren zu Hause, oder, Ben?«, fragt Luther.

»Kann man so sagen.« Luther beugt sich näher heran, um sein Belfaster Genuschel zu verstehen. »Diese Kuschelecken im Internet, wo die Kinderfummler aus ihrem faszinierenden Fantasieleben erzählen. Dort verbringe ich meine Arbeitstage.«

»Hat man dich über diesen Fall informiert?«

»Man hat mir alles gesagt, was es zu sagen gab.«

Luther schließt die Tür. »Wie geht es dir? Wirklich?«

Benny hatte aufgrund seiner Arbeit ein paar Probleme mit seiner geistigen Gesundheit. Das ist nicht selten bei Leuten, die diesen Job machen. Die Ursache liegt in den Dingen, die sie sich ansehen müssen.

»Mir geht es gut. Mir geht es sogar richtig super. Ich kämpfe auf der Seite der Guten.«

»Denn ich möchte dich bitten zu bleiben, bis die Sache abgehakt ist. Du kennst dich aus mit so was.«

»Ich wünschte, das wäre nicht so.«

»Aber es ist so.«

»Hast du mit der Herzogin abgeklärt, dass ich hier bin?«

»Nein, aber das werde ich.«

»Denn ich glaube, sie mag mich nicht.«

Benny neigt zu Lederjacken und Patschuli-Öl.

»Das liegt nicht an dir«, sagt Luther. »Sie hasst jeden.«

»Na gut. Gehen wir davon aus, dass das Kind am Leben ist?«

»Das fürchten wir, Ben.«

Benny knallt seine Nylon-Aktentasche auf den Tisch, öffnet den Reißverschluss, holt seinen Laptop heraus. »Wo kann ich mich einstöpseln?«

Malcolm Perry wartet im Vernehmungsraum. Er hat einen widerlichen Geschmack im Mund. Er spürt den kalten Boden, Linoleum auf Beton, durch die dünnen Gummisohlen seiner Flipflops.

Irgendwann kommen der große Bulle und sein hübscher, grünäugiger DS herein und setzen sich. Sie stellen sich vor, gehen den ganzen Zirkus mit den Tonbandaufnahmen durch.

Der DCI lehnt sich zurück, streckt die Beine aus. Sitzt einfach da und beobachtet Malcolm leicht amüsiert, während die Frau mit dem Verhör beginnt.

»Malcolm Perry«, sagt sie. »2001, im Alter von vierzehn Jahren, stießen Sie zufällig auf die Todesanzeige von Charlotte James, die eine Woche zuvor bei einem Motorradunfall gestorben war. Sie machten sich zum St.-Charles-Friedhof auf, ausgerüstet mit«, sie runzelt leicht die Stirn, liest im Bericht nach, »Grabwerkzeugen und einer Plane, die Sie offenbar von einem Nachbarn gestohlen hatten.«

Malcolm begegnet ihrem Blick durch langes, in der Mitte gescheiteltes Haar.

»Sie wurden festgenommen bei dem Versuch, Miss James auszugraben, um allem Anschein nach mit ihrer Leiche Geschlechtsverkehr zu haben.«

Malcolm zuckt mit einer Schulter. Schiebt sich eine Haarsträhne hinters Ohr.

»Da Sie minderjährig waren und da sexuelle Handlungen mit menschlichen Leichen erst durch den Sexual Offences Act 2003 illegal wurden, hat man Sie mit einer Verwarnung wegen geringfügiger Delikte gehen lassen. Und mit der Auflage, sich in psychiatrische Behandlung zu begeben.

Als Sie jedoch 2005 bei einem Bestattungsinstitut arbeiteten, wurden Sie dabei erwischt, wie Sie die Leiche eines achtundzwanzigjährigen weiblichen Verkehrsunfallopfers sexuell missbrauchten. Sie haben Blut und Urin aus ihr herausgesaugt, ihr ins Gesäß gebissen, dann Analverkehr mit ihr gehabt. Dafür erhielten Sie eine Haftstrafe von sechs Monaten, von der Sie vier Monate abgesessen haben. Sie wurden entlassen mit der Auflage, zweimal wöchentlich eine Beratungsstelle aufzusuchen.«

Howie schließt den Ordner, legt die Hand flach darauf und richtet ihre grünen Augen auf Malcolm.

»Also«, fragt sie, »wie läuft's mit der Beratung? Machen Sie Fortschritte?«

»Na ja«, antwortet Malcolm. »Kommt drauf an, was Sie mit ›Fortschritte‹ meinen.«

»Ich meine damit, wollen Sie noch immer Sex mit toten Frauen?«

Es folgt ein langes Schweigen.

»Also gut«, sagt Howie. »Wann hat das angefangen? Diese besondere Art der Liebesgefühle?«

»Als ich klein war«, antwortet er. »Ich hab Bestattungszeremonien für meine Haustiere abgehalten. Ich hatte einen kleinen Tierfriedhof. Das steht alles in der Akte, vermute ich.«

»Wie wählen Sie sie aus? Ihre Opfer.«

»Geliebten.«

»Wie auch immer.«

»Man braucht einen Job bei einem Bestattungsinstitut, in einem Krankenhaus, auf einem Friedhof. In einem Leichenschauhaus hat man eindeutig die besten Karten.«

»Also mögen Sie sie frisch?«

»Frisch wie der junge Morgen.«

Sie sieht ihn gleichgültig an. »Aber natürlich ist das schwierig für Sie, nicht wahr? Wo es Ihnen doch verboten ist, mit oder auch nur irgendwo in der Nähe von Toten zu arbeiten.«

»Ich praktiziere nicht«, sagt er. »Ich bin keine Leichenratte mehr.«

»Und wie kommt das?«

»Ich habe nicht vor, als politischer Gefangener zu enden.«

»Ist Leichen zu vergewaltigen also eine politische Haltung?«

»Eine Leiche ist ein Gegenstand. Gegenstände kann man nicht vergewaltigen.«

»Und was ist mit den Familien?«

»Die Toten gehören ihnen nicht.«

»Ihnen ist alles gleichgültig, nicht wahr, Malcolm? Sie nehmen sich von den Toten, was Sie wollen. Wen kümmert es, wie die Familien sich möglicherweise fühlen. Und Sie zahlen keine Miete.

Dieser ganze Frieden-und-Liebe-Scheiß, den Sie auf Ihre T-Shirts drucken …«

»Das ist kein Scheiß.«

»Bei Frieden und Liebe geht es um gegenseitigen Respekt. Und Sie haben vor niemandem Respekt.«

»Das stimmt nicht.«

»Sie sind also keine Leichenratte mehr. Was sind Sie dann? Ich meine, ich glaube nicht, dass die Beratung Ihnen auch nur im Geringsten geholfen hat, oder? Ich glaube, Sie sind schlau genug, um das zu sagen, was man von Ihnen hören will. Aber die ganze Zeit über haben Sie weiter fantasiert. Masturbiert beim Gedanken an tote Mädchen.«

»Natürlich fantasiere ich, die Gedanken sind frei. Ich kann denken, woran ich will, wenn ich mir einen runterhole. Das hier ist kein Polizeistaat. Noch nicht.«

»Das ist richtig«, sagt Howie. »Solange niemand verletzt wird.«

»Worauf wollen Sie hinaus?«

»Was halten Sie von Dr. Tom Lambert?«

»Was, mein Berater?«

»Ja«, sagt Howie. »Ihr Berater.«

»Er ist ein scheinheiliges Arschloch. Wieso?«

»Scheinheilig inwiefern?«

»Vor hundert Jahren haben Faschisten wie er sich dafür eingesetzt, Homosexuelle kastrieren zu lassen.«

»Haben Sie deswegen gedroht, ihn umzubringen?«

»Geht es darum?«

»Ich weiß nicht. Was meinen Sie?«

»Denn das habe ich nicht gesagt. Er lügt.«

»Sehen Sie«, sagt Howie. »Ich bin nicht sicher, ob das wahr ist.«

»Hat er Ihnen das erzählt? Wenn ja, dann ist er ein verdammter Lügner.«

»Was ist mit seiner Frau?«

»Was soll mit ihr sein?«

»Haben Sie sie jemals gesehen?«

»Nein.«

»Das ist auch nicht wahr, oder?«

»Worauf wollen Sie hinaus?«

»Wir würden Ihnen ja die Fotos vom Tatort zeigen«, sagt Luther, es sind seine ersten Worte seit Beginn der Vernehmung, »aber wir wollen Sie damit nicht antörnen.«

Malcolms Blick huscht von Luther zu Howie. »Was für Fotos, und welcher Tatort?«

»Also, was war los?«, fragt Luther. »Hatten Sie genug von ihm? Glaubt er den ganzen Müll nicht, den Sie ihm in Ihren Sitzungen erzählen?«

»Was meinen Sie?«

»Was ist mit dem Baby?«, fragt Luther. »Was macht ein Mann wie Sie mit einem Baby?«

»Ehrlich«, sagt Malcolm nun viel schneller, »was hat er erzählt? Denn er ist ein verlogenes Arschloch.«

»Wo ist das Baby, Malcolm?«

»Welches Baby?«

»Haben Sie irgendeine Vorstellung davon, wie es Ihnen im Gefängnis ergehen wird?«, fragt Luther. »Ein Freak zu sein ist eine Sache. Kindern wehzutun eine andere. In Wandsworth sind sie ganz schön sentimental. Sie werden mit Ihnen dasselbe machen, was Sie mit Mr Lambert gemacht haben.«

»Moment. Was habe ich gemacht? Worum geht es hier?«

»Wo ist das Baby?«

»Welches Baby?«

»Wo ist es?«

»Das mit dem Baby ist eine Lüge von ihm. Es war kein Baby.«

Ein Augenblick verstreicht.

»Was war kein Baby?«

»Er darf Ihnen so was gar nicht erzählen, verdammt noch mal. Er darf nicht. Er ist ein beschissener Heuchler.«

Luther bewegt sich nicht. Howie ebenso wenig.

Nach einer Ewigkeit fragt Luther: »Malcolm, was war kein Baby?«

»Ein Baby würde ich nie anfassen. Wenn er das gesagt hat, dann ist er ein verdammter Lügner. Ich steh auf Mädchen. Frauen.«

Vor dem Vernehmungsraum verzieht Howie angewidert das Gesicht, schüttelt ihre Hände, als hätte sie etwas Verseuchtes angefasst.

Luther klopft ihr auf den Rücken, sagt ihr, sie habe das gut gemacht.

Dann wendet er sich an Detective Sergeant Mary Lally: dreißig, lockiges Haar mit kurzem, praktischem Schnitt.

Lally ist eine methodische und einfühlsame Kriminalbeamtin, einfallsreich bei Verhören. Aber sie verfügt auch über einen außergewöhnlichen, verächtlichen Blick. Manchmal setzt Luther sie als Geheimwaffe ein, lässt sie einfach dasitzen und Verdächtige mit diesem beispiellos verurteilenden Blick durchbohren.

Sie wird »Scary« Mary genannt.

Sie schaut vom Computer auf, nimmt ihr Headset ab. Sieht Luther so an, als wüsste sie, was kommt.

Luther fragt: »Was halten Sie davon, ein bisschen raus an die frische Luft zu gehen?«

»Scary« Mary Lally trifft den Van der Polizeihundestaffel vor dem besetzten Haus im Hill Park Crescent an. Sie begrüßt Jan Kulozik, einen uniformierten Diensthundeführer.

Ein stattlicher Deutscher Schäferhund wartet an der Leine. Kulozik ermutigt Lally, sich hinzuknien und den Hund zu begrüßen.

Dann wirft Lally alle Beamten aus dem besetzten Haus hinaus und lässt sie zusammengekauert und nörgelnd im Nieselregen stehen.

Sie folgt Kulozik und dem Hund nach drinnen, wobei Kulozik ihm leise mit ermunternden Worten zuredet. Die offensichtliche Freude des Tiers lässt Lally unwillkürlich lächeln.

In der hintersten, dunkelsten Ecke der hintersten, dunkelsten Wohnung wird der Hund unruhig. Er scharrt und kratzt über den Boden unter Malcolm Perrys grauer Matratze.

Kulozik zieht den Hund zurück und flüstert ihm Lob zu, tätschelt ihn, während Lally die dünne Matratze zur Seite tritt.

Ihr Fuß findet ein loses Dielenbrett. Und dann noch eins. Lallys Gesicht verfinstert sich, dann kniet sie sich hin, schiebt die losen Bretter weg und legt einen kleinen Hohlraum frei.

In dem Hohlraum ist ein schwarzer Müllsack.

Sie holt den Müllsack heraus.

In dem Müllsack ist eine graue Wolldecke.

In die graue Wolldecke eingewickelt ist der Kopf einer Frau.

## 7

Henry ist überrascht, wie gut das Baby auf dem Nachhauseweg geschlafen hat.

Sie liegt auf der Rückbank des Autos, eingewickelt in die weiche Decke mit Satinettesaum. Die Straßenlaternen leuchten im Takt über ihr auf, während Henrys Sohn Patrick knapp unter dem Geschwindigkeitslimit fährt.

Hin und wieder betrachtet Henry sie über die Schulter hinweg, und es überkommt ihn eine warme Woge der Erfüllung. Ein müdes, glückliches Grinsen breitet sich auf seinen Lippen aus.

Patrick hält in der Nähe des Parks, er will ein paar Kaninchen mitnehmen. Also rutscht Henry hinüber ans Steuer.

Bald jagt er die Scheinwerfer durch das elektrische Tor am Ende der langen Kieszufahrt.

Das Haus ist sehr groß. Es steht direkt am Park. Sein Wert liegt bei etwa zweieinhalb Millionen Pfund, aber Henry hat im Garten viel zu viele Geheimnisse vergraben, um daran zu denken, es zu verkaufen.

Er wohnt seit zwölf Jahren hier. Elaine, seine betagte Vermieterin, liegt seit elfeinhalb davon eineinhalb Meter tief unter der Erde. Manchmal ertappt er sich dabei, wie er mit ihr spricht. Weiß eigentlich nicht warum.

Sein Nachbar zur Linken ist ein Bankier mit einer jungen Familie; sie sind zwei Jahre nach Elaines Tod eingezogen. Sie halten Henry für Elaines Sohn. Henry ist das recht.

Elaines wirklicher Sohn ist ein weiteres im Garten vergrabenes Geheimnis.

Die Nachbarn auf der rechten Seite sind Ausländer, wahrscheinlich Araber; er sieht sie selten und hat noch nie mit ihnen gesprochen.

Henry parkt, steigt aus, betrachtet den Morgen, öffnet dann die hintere Tür des Wagens und greift hinein. Das Baby richtet seine schwarzen Augen auf ihn.

Sie ist überraschend warm. Sie ist mager und hat diese merkwürdige dunkelviolette, an manchen Stellen fast knallrote Farbe.

Henrys Hand ist dreckig, trägt noch Blutspuren, aber er hat nicht daran gedacht, einen Schnuller mitzubringen. Also bietet er dem Baby seinen Daumen an. Sie saugt ihn in ihren heißen, zahnlosen kleinen Mund. Unter einer weichen, gummiartigen Schicht ist das Zahnfleisch überraschend fest. Das Gefühl ist nicht unangenehm.

Er hat beschlossen, sie Emma zu nennen.

Er nimmt sie auf den Arm, hebt sie sanft vom Autositz hoch und hüllt sie schön fest in die Decke. So wickelt man ein Baby ein.

»Willkommen zu Hause«, sagt er. »Willkommen zu Hause. Möchtest du dein Zimmer sehen? Ja, ganz bestimmt möchtest du das. Ganz bestimmt möchtest du das, mein Kleines.«

Henry ist erstaunt und seltsam gerührt, als er feststellt, dass er, obwohl er leise redet und obwohl keine Gefahr besteht, belauscht zu werden, mit dem Baby in dem brabbelnden, singenden Tonfall spricht, den man *Babysprache* nennt.

»Willsudeinzimmersehen?«, fragt er und genießt es. »Ja ja ja? Ja und wie du das willst! Ja und wie du dein Zimmer sehen willst! Ja!«

Er trägt sie durch die Haustür in die holzgetäfelte Eingangshalle. Natürlich ist sie altmodisch – Elaine war über achtzig, als Henry sie erstickte. Sie hatte seit mindestens einer Generation nichts mehr renoviert. Aber Henry gefällt die Eingangshalle ganz gut. Er findet sie zeitlos.

Das Baby liegt in seinen Armen, saugt und kaut noch immer an seinem Daumen. »Bist du hungrig?«, fragt er. »Bist du hungrig, mein Kleines? Ja, dasbisu! Dubisein hungriges kleines Mädchen.«

Er bringt sie auf ihr Zimmer, das schönste Zimmer des Hauses. Darin stehen ein nagelneues Gitterbett von *John Lewis*, ein nagelneuer Wickeltisch mit Auflage von *Mothercare*. Ihre neuen Kleider, viele noch mit Preisschildern versehen, hängen an einer Chromstange. (Da ist noch eine zweite Stange mit Jungenkleidung, aber Henry ignoriert sie. Wenn Emma schläft, wird er die Jungensachen wegbringen und stillschweigend verbrennen. Im Keller gibt es einen Holzverbrennungsofen. Der ist praktisch.)

An der Wand hängen Drucke von Winnie Puuh und Ferkel. Henry hat den Eichenboden gebohnert und poliert und hübsche Teppiche ausgelegt. Das Einzige, was nicht neu ist, ist eine schmuddelige, einäugige, stellenweise kahle Teddybärin. Sie heißt Mummy Bear. Sie gehört Henry.

Er legt das Baby auf den Rücken. Die schrumpelige, violette Haut ist mit Blut und anderen, ockerfarbenen Substanzen verschmiert. Aber Henry hat gelesen, dass Babys nicht gerne sauber sind: Der Geruch von Schweiß und Scheiße und Talg beruhigt sie. Also deckt er Emma gut zu und starrt mit tränenfeuchten Augen auf sie hinab.

Sie öffnet und schließt den Mund wie ein animiertes Alien. In ihren ebenholzfarbenen Augen liegt ein seltsam außerirdischer Blick vollkommener Weisheit. Sie hat eine perfekte Stupsnase mit feinen, kleinen Nasenlöchern, die so rosa sind, dass sie schwach zu leuchten scheinen. Die zitternde Wut und das Leid liegen in ihren heruntergezogenen Mundwinkeln, die Fäuste sind geballt an den spindeldürren Armen. Und ihre krummen Beine! Komisch, dass ihre Mutter so schöne Beine hat, während die des Babys geformt sind wie eine Wünschelrute! Er vertraut darauf, dass sie noch gerade werden.

Das Baby beginnt zu wimmern, als Henry vom Bettchen weggeht. Sein Weinen ist leise und leiernd, feucht in der Kehle und nicht so laut, wie er befürchtet hatte. Aber es ist durchdringend, ein dünner Ton, der durch Wände zu schneiden scheint wie ein Draht durch Käse.

»Isjaguuut, kleines Baby«, sagt er. »Isjaguuut.«

Er verlässt das Zimmer. Sein Herz schlägt schwach und bange

in seiner Brust. Er eilt hinunter in die Küche. Sie ist vor Kurzem so gründlich geschrubbt worden, dass der Gestank des Putzmittels ihm in den Augen brennt und er gezwungen ist, ein Fenster zu öffnen.

Er greift in den Kühlschrank. Darin sind zwölf oder dreizehn sterilisierte Fläschchen Muttermilchersatz aufgereiht.

Henry nimmt eine Flasche heraus und wärmt sie kurz in der Mikrowelle. Er prüft die Temperatur an seinem Unterarm, dann eilt er die Treppe hinauf, den stockenden, aber kräftiger werdenden Schreien seiner neuen Tochter entgegen.

Luther geht zu Benny, der sich an Ian Reeds Arbeitsplatz eingerichtet hat.

Reeds Reserve-Sakko, Krawatte und Hemd hängen innen an der Tür, noch im Zellophan der chemischen Reinigung. In Reeds Schreibtischschublade liegt ein Wasch- und Rasierset: Seife, Einwegrasierer, Deo, Feuchtigkeitscreme für empfindliche Haut.

Benny ist bereits umgeben von leeren Energy-Drink-Dosen, Kaffeebechern, Vitamintablettenfläschchen, halb aufgegessenen Eiweißriegeln.

»Wie läuft's?«, fragt Luther.

»Langsam«, antwortet Benny. »Ich hab die Telefonverbindungen und die geschäftlichen E-Mail-Accounts der Lamberts überprüft. Keine berufsbegleitenden Flirts, soweit ich das überblicken kann. Nichts wirklich Interessantes.«

Luther zieht einen Stuhl heran. »Keine bei Facebook aufgetauchten Jugendlieben?«

»Wir überprüfen jetzt gerade alle Freunde«, sagt Benny.

»Gut, aber das sind …«

»Fast dreihundert Leute.«

»Fast dreihundert Leute. Wir müssen dieses Baby heute finden.«

»Was soll ich dann machen?«

»Wenn wir ein Sexualverbrechen untersuchen, forschen wir normalerweise nach Vorläuferstraftaten in der Gegend, richtig? Einen Anstieg an Meldungen über Spanner, Höschenschnüffler, Unterwäschediebe, Exhibitionisten. Aber es gab keinen Anstieg.«

»Okay …«

»Jemand mit einer so gestörten Sexualität«, erklärt Luther, »jemand, der getan hat, was dieser Mann den Lamberts angetan hat, müsste uns also schon bekannt sein, sehr wahrscheinlich ein Schizophrener aus der näheren Umgebung. Aber das fühlt sich nicht richtig an, oder?« Er spielt mit der beigefarbenen Tastatur seines Computers. Tippt QWERTZ. »Die Leute geben so viel von ihrem Leben preis. Bei Facebook oder sonst wo. Es gibt so viele Informationen darüber, wer wir sind, wie wir uns fühlen, was wir machen. Ich weiß nicht. Ich will einfach sicher sein.«

Benny nickt, wendet sich seinem Bildschirm zu.

Zwei Sekunden später klopft Howie und kommt mit einer Mappe in der Hand herein.

»Womb Raider«, sagt sie, während sie die Tür schließt. »Frauen, die anderen Frauen die Kinder aus dem Bauch stehlen.«

»Ja, aber das hier war ein Mann.«

»Einen Moment bitte, Boss.«

Luther macht eine Handbewegung: *Sorry.*

»Normalerweise sind Womb Raider weiblich. Im Schnitt dreißig Jahre alt. Meist keine Vorstrafen. Emotional unreif, zwanghaft, niedriges Selbstwertgefühl. Versuchen, einen verlorenen Säugling zu ersetzen oder einen, den sie nicht empfangen konnten.«

»Richtig«, sagt Luther. »Aber sie suchen sich auch leichte Beute. Verletzliche und isolierte Frauen. Keine mittelständischen Eventmanagerinnen.«

»Genau. Aber ich bin Mr Lamberts Terminkalender durchgegangen. Jeden Donnerstagabend um 19.30 Uhr hatten sie ein Treffen mit der, ich zitiere, USG.«

»Was ist die USG?«

»Also, wir wissen, dass Mrs Lambert lange Zeit wegen Unfruchtbarkeit in Behandlung war. Mr Lambert ist Sozialpädagoge, also wissen wir auch, dass sie auf Therapien und so was stehen. Da denke ich mir … USG: *Unfruchtbarkeits-Selbsthilfegruppe*? Ich gehe zurück zum ersten Eintrag, rufe die Nummer an, die er notiert hat …«

»Und?«

»Und ich lande bei der Clocktower Unfruchtbarkeits- und IVF-Selbsthilfegruppe. Ich hab sie gegoogelt. Die Gruppe trifft sich weniger als eine Meile vom Haus der Lamberts entfernt.«

»Und was heißt das jetzt?«

»Wenn man sich das Einzugsgebiet ansieht, leben dort Menschen mit einem Einkommen, das weit über dem nationalen Durchschnitt liegt. Das trifft wahrscheinlich auch auf die Selbsthilfegruppe zu. Aber jede unfruchtbare Frau kann eine Psychose bekommen, ob sie nun zur Mittelschicht gehört oder nicht.«

»Ich glaube immer noch nicht, dass es eine Frau war.«

»Sicher nicht«, sagt Howie. »Aber es ist eine Gruppe für Paare. Viele Männer.«

Luther erkennt an ihrem Lächeln, dass noch mehr kommt.

Sie reicht ihm den Ausdruck einer Seite aus Tom Lamberts Kalender.

Er überfliegt ihn. »Was soll ich hier sehen?«

Sie nimmt ihm das Blatt aus der Hand, deutet auf einen hervorgehobenen Termin. »Sie haben die Gruppe zum letzten Mal vor drei Monaten besucht.«

Luther grinst, er versteht.

»Sie ist weiter zu den Gruppentreffen gegangen«, sagt Howie. »Selbst als ihre Schwangerschaft sichtbar war. Stellen Sie sich das vor. All diese verzweifelten Paare …«

»Und hier kommen Tom und Sarah Lambert«, ergänzt Luther. »Bildhübsch. Wohlhabend. Verliebt. Überglücklich. Gute Arbeit. Holen Sie Ihren Mantel.«

Strahlend verlässt Howie das Büro.

Luther greift nach seinem Mantel. Hält plötzlich inne, während er ihn anzieht.

Benny sieht ihn an.

»Machtgier«, sagt Luther. »Geldgier. Eifersucht. Was wir einander alles antun. Am Ende geht es immer um Sex. Aber bei Sex geht es um Babys. Schau dir ein Baby an, es ist das Reinste, was es gibt auf der Welt. Das Beste. Vollkommen unschuldig. Wie passt das also zusammen? Diese ganze Bösartigkeit, mit dem Ziel, Unschuld zu zeugen. Kommt dir das nicht falsch vor?«

Benny sieht ihn lange an. Dann sagt er: »Wenn es dir nichts ausmacht, werde ich versuchen zu vergessen, was du eben gesagt hast.«

»Gut«, sagt Luther. »Gut.«

Er knöpft seinen Mantel zu und geht hinaus, um sich mit Howie zu treffen.

Die Clocktower Unfruchtbarkeits- und IVF-Selbsthilfegruppe trifft sich in einer kleinen Privatklinik im Norden Londons.

Die Gruppe wird von einer Ärztin namens Sandy Pope betreut. Auf Luther wirkt sie ein wenig zu abweisend und streng, um solch eine Gruppe zu leiten. Aber was weiß er schon?

Luther und Howie sitzen in ihrem Sprechzimmer; es riecht leicht nach Kampfer.

»Die Gruppe ist so konzipiert, dass man einfach vorbeikommen kann«, erklärt sie. »Es gibt also keine Datenbank, keine Telefonliste. Manche Leute kommen jahrelang. Manche kommen einmal und merken, dass das nichts für sie ist. Die meisten liegen irgendwo dazwischen.«

»Aber im Durchschnitt?«

Sie zögert mit ihrer Antwort. Luther kennt diesen Typ Frau: gebildet, Mittelschicht, leicht linksliberal. Eine gutherzige Dame aus behütetem Hause. Interessiert sich nicht für die Polizei, nicht zuletzt, weil sie sie nie gebraucht hat.

»Einen Durchschnitt gibt es nicht«, sagt sie. »Aber oft bleiben die Leute ein oder zwei Jahre dabei. Was nicht heißt, dass sie jede Woche kommen. Drei oder vier Monate lang kommen sie jede Woche. Dann zweimal im Monat, dann einmal im Monat. Dann gar nicht mehr.«

»Und es gibt keine Anwesenheitsliste?«

»Die Leute müssen nicht einmal ihren richtigen Namen nennen.«

Howie übernimmt. »Wie ist Sarah Lamberts Schwangerschaft bei der Gruppe angekommen?«

»Ich verstehe nicht recht, worauf Sie hinauswollen.«

»Wir versuchen herauszufinden, warum die Lamberts weiterhin zu den Treffen gegangen sind, selbst nachdem Sarah schwanger wurde. Das scheint ungewöhnlich.«

»Das ist es nicht. Es kann schwierig sein – ein Paar kommt dahin, sich mit seiner Unfruchtbarkeit abzufinden, dann steht es plötzlich vor dieser ganz neuen Herausforderung. Es wendet sich an eine Selbsthilfegruppe.«

»Und wie ist Sarah mit ihrer Schwangerschaft klargekommen?«

»Im ersten Drittel litt sie unter starker Anspannung. Sie hatte Albträume.«

»Albträume welcher Art?«

»Dass dem Baby etwas zustößt.«

»Was zum Beispiel?«

»Das hat sie nicht näher beschrieben. Es ist übrigens nicht ungewöhnlich.«

»Sie war also nicht glücklich?«

»Sie war nicht enthusiastisch. Das ist nicht das Gleiche wie unglücklich. Sie hat ihr Glücksgefühl unterdrückt. Aus Angst, das Kind zu verlieren.«

»Und Mr Lambert?«

»Er war verständnisvoll. Wahrscheinlich verständnisvoller als die meisten Männer.«

»Und wie sind die meisten Männer?«

Sie wirft Howie einen bedeutungsvollen Blick zu und sagt: »Es kann sein, dass Männer, die sich einmal als unfruchtbar definiert haben, bei einer Schwangerschaft auf Distanz gehen. Es ist eine Art Schutzmechanismus. Hinzu kommt das Bedürfnis, für ihre Frau stark zu sein. Nur für den Fall, dass etwas schiefgeht.«

»Also«, Howie blickt in ihre Notizen, geht einen oder zwei Schritte zurück, »der Rest der Gruppe. Wie haben die anderen es aufgenommen, als sie von der Schwangerschaft erfahren haben?«

»Ich würde sagen, die Reaktionen waren gemischt. Einerseits gibt eine Schwangerschaft Hoffnung …«

»Und andererseits?«

»Na ja, selbstverständlich kann sie Neid hervorrufen.«

»Tat sie das bei irgendjemandem in der Gruppe?«

»Es wäre überraschend, wenn nicht. Frauen können diesen Aspekt, die offenbare Zufälligkeit, oft sehr schwer akzeptieren. Sie sehen es als eine Frage der Gerechtigkeit – oder Ungerechtigkeit, wie immer man es betrachten will.«

»Und die Männer?«

»Ihre Art, damit umzugehen, ist oft ...« Sie bricht ab, sieht Luther an. »Die männliche Reaktion kann sehr primitiv sein. Potenz und Fruchtbarkeit können eine zentrale Rolle dabei spielen, wie ein Mann seine Geschlechtsidentität wahrnimmt.«

Luther stellt sich die verunsicherten Teilnehmer der Selbsthilfegruppe vor: die erschütterten Frauen, die um Kinder trauern, die nie empfangen werden, nie geboren werden, nie sterben werden. Bedauernswerte Menschen in Gap-Jeans und Marks& Spencer-Blusen, die auf Plastikstühlen in einem Kreis sitzen. Der schäbige Raum. Die Haare auf ihren Unterarmen, die Sommersprossen. Die Intimität ihrer Geschlechtsorgane. Haare, die aus aufgeknöpften Kragen sprießen. Männer, die versuchen abzunehmen, ihren Bauch loszuwerden, um ihre Fruchtbarkeit zu erhöhen, die vom einen zum anderen schauen und überlegen, wer potent ist und wer nicht, die einander in ihrer Fantasie Hörner aufsetzen.

Und Sarah Lambert, die sich fürchtet, von ihrem Glück zu erzählen, falls das Baby sich nicht ans Dasein klammern sollte, sondern loslässt, sich vom Strom der Zeit mitreißen lässt: eine Ansammlung von Zellen, ein purzelnder Ball Leben.

Er erinnert sich an ein kleines Plastikding, das er einmal hinter dem Mülleimer in seinem Bad gefunden hat.

»Ich kann nicht ins Detail gehen«, sagt er, »aber bei diesem Fall gelten besondere Umstände. Es war ein Verbrechen aus Wut. Und so persönlich, wie es nur sein kann. Die beste Spur, die ich im Moment habe, ist diese Selbsthilfegruppe.«

»Dann kann ich Ihnen wirklich nicht helfen.«

»Ich weiß. Aber vielleicht wären Sie bereit, die Gruppenmitglieder zu bitten, sich zu melden, damit wir sie aus der Untersuchung ausschließen können?«

»Das kann ich machen«, antwortet sie. »Natürlich. Sehr gerne.«

Er macht sich bereit zu gehen. Dann sagt er: »Nur eine Sache noch.«

Sie wartet.

»Gab es da vielleicht ein Paar, das Ihnen komisch vorgekommen ist?«, fragt Luther. »Es kann regelmäßig teilgenommen haben. Oder nur einmal.«

»Komisch inwiefern?«

»Tja, das können Sie uns sagen. Ich fordere Sie nicht auf, zu urteilen. Aber Sie kennen alle Verhaltensweisen, die üblicherweise mit Unfruchtbarkeit einhergehen. Also, ist Ihnen vielleicht ein Paar aufgefallen als, ich weiß nicht … untypisch? Ein Sonderfall? Gab es da irgendwelche Leute, vielleicht konnten Sie es nicht richtig benennen, aber sie waren irgendwie merkwürdig?«

»So etwas sollte ich eigentlich nicht sagen, oder?«

»Dieses eine Mal vielleicht schon.«

»Na ja, da waren Barry und Lynda«, sagt sie.

Luther lehnt sich zurück. Schlägt die Beine übereinander. Streicht seine Hose am Knie glatt. Er weiß, dass ihn das verrät, es ist das typische Verhalten eines Mannes, der versucht, seine Aufregung zu verbergen. Er arbeitet daran. »Wer sind Barry und Lynda?«

»Sie waren ein- oder zweimal da. Haben nicht viel gesagt.«

»Wann war das?«

»Keine Ahnung, vor drei oder vier Monaten?«

»Also … während Sarah Lamberts Schwangerschaft?«

»Ja, vermutlich. So muss es gewesen sein.«

»Und was an ihnen empfanden Sie als unangenehm?«

»Sie waren einfach … merkwürdig. Als Paar. Er war sehr gut in Form. Drahtig. Wie ein Marathonläufer. Anzug und Krawatte. Mantel. Kurzes Haar, sehr ordentlich frisiert. Seitenscheitel.«

»Und die Frau? Lynda?«

»Na ja, eben das ist mir seltsam vorgekommen. Sie war stark übergewichtig.«

Luther nickt. Wartet darauf, dass noch mehr kommt.

»Wir wissen, dass es Überwindung kostet, Leute in irgendeiner Weise zu beurteilen«, sagt Howie, »aber das hier ist enorm wichtig. Wenn dieses Paar nichts mit all dem zu tun hatte, werden sie nie erfahren, dass Sie uns von ihnen erzählt haben. Wenn doch, glauben Sie mir, dann wollen Sie, dass wir sie erwischen.«

Pope lacht. Sie fühlt sich unwohl. »Wir haben so viele Trainingsseminare«, sagt sie. »So viele Sitzungen zum Einfühlungsvermögen.«

»Wir auch«, sagt Luther.

Pope lacht, nun ein wenig offener. »Kann ich mir vorstellen.«

»Sie würden's nicht glauben«, fährt Luther fort und lächelt. »Auf der Wache soll ein Teeautomat aufgestellt werden, weil man glaubt, wir holen uns Stromschläge, wenn wir am Arbeitsplatz einen Wasserkocher stehen haben.«

Pope öffnet eine Schublade, nimmt ein Pfefferminzbonbon heraus und wickelt es aus.

»Sie wirkten einfach merkwürdig«, sagt sie. »Weil der eine Partner so fit war und der andere … na ja, der andere so fett. Es kam mir skurril vor, wie ein Pärchen auf einer anzüglichen Postkarte. Außerdem, wenn man übergewichtig ist und Schwierigkeiten hat, ein Kind zu bekommen, wird einem gesagt, dass man abnehmen soll. Viele IVF-Kliniken weigern sich, übergewichtige Patienten zu behandeln, bis sie nicht ihren Body-Mass-Index reduziert haben.«

»Also hat der Körperumfang dieser Frau Sie überrascht?«

»Ich glaube, uns alle.«

Luther notiert sich, alle Anträge auf künstliche Befruchtungen daraufhin zu prüfen, wer wegen Übergewichts abgewiesen wurde. Die Liste wird lang sein, aber sie könnte ihnen weiterhelfen.

Er fragt: »Was war ihre Geschichte?«

»In welchem Sinne?«

»Ich meine, was haben sie über sich erzählt?«

»Wir sind nicht die Anonymen Alkoholiker. Wir sind eine Anlaufstelle. Wir setzen neue Paare nicht unter Druck. Für viele von ihnen ist es schon ein riesiger Schritt, überhaupt vorbeizukommen. Wenn sie nur zuhören wollen – okay.«

»Wie haben Barry und Lynda sich verhalten?«

»Sie war … süß.«

»Wenn Sie süß sagen«, hakt Luther nach, »sagen Sie das mit einem gewissen Unterton.«

»Sie war … sie war sehr hübsch, auf eine seltsame Art. Aber sie hatte etwas Groteskes an sich. Ich meine nicht bezüglich ihres Gewichts. Ich meine, sie hatte etwas … Shirley-Temple-Artiges. Sie trug sehr mädchenhafte Kleidung, Blümchen und Schleifchen. Kniestrümpfe. Und sie hatte so eine niedliche, dünne, zarte Mäuschenstimme.«

Luthers Herz rast. »Und er?«

»Er war …«

»Dominant? Unterwürfig?«

»Weder noch. Er war distanziert. Sie wirkten einfach nicht wie ein Paar.«

»Hat er seiner Partnerin keine Aufmerksamkeit geschenkt?«

»Nein. Sie saßen nebeneinander. Sie lächelte alle an. Zarte rosige Lippen.«

»Und er war …«

»Arrogant und übertrieben selbstsicher. Saß so da, mit gespreizten Beinen.«

»Tut mir leid, wenn ich vulgär werden muss«, sagt Luther.

»Aber so eine Zurschaustellung des Schritts – eine bestimmte Art von Männern hält das für antörnend. Er sitzt mit weit geöffneten Beinen da, stellt die Waren aus. Gab es irgendwelche Anspielungen, Zweideutigkeiten, unpassende Bemerkungen? Vielleicht scherzhafte Angebote, Frauen zu schwängern?«

»Nichts dergleichen«, antwortet Pope. »Außerdem weiß ich, wie man so etwas ziemlich schnell und ziemlich wirkungsvoll im Keim erstickt.«

Darauf könnte Luther wetten. Er nickt einmal, ihre Professionalität anerkennend. »Dann frage ich mich: Hat Barry irgendeinem Gruppenmitglied besondere Aufmerksamkeit geschenkt?«

Popes Augen blicken nach oben und dann nach rechts. Sie sucht in ihrer Erinnerung.

Dann sieht sie Luther an.

Sie denkt lange über ihre Antwort nach.

»Er saß da«, sagt sie, »und schielte gierig nach Sarah Lambert, als wäre sie ein reifer Pfirsich. Beide fühlten sich seinetwegen unwohl. Tom und Sarah. Ich glaube, das war das letzte Mal, dass sie zu einem Treffen gekommen sind.«

Luther und Howie gehen hinaus in den dröhnenden Londoner Lärm, den Dreck und den Schmutz.

»Denken Sie je darüber nach? Kinder?«, fragt Luther.

Howie zuckt mit den Schultern. »Was ist mit Ihnen?«

»Nee«, antwortet er. »Meine Frau und ich haben einen Pakt geschlossen. Als wir zusammengekommen sind.«

»Im Ernst?«, fragt Howie. »Wessen Idee war das?«

»Unser beider, glaube ich.«

»Und er gilt noch?«

»Offensichtlich.«

Sie wirft ihm einen prüfenden Blick zu.

»Wer weiß«, sagt er. »Was man mit einundzwanzig so alles Dummes sagt.«

»Ist alles in Ordnung, Boss?«, fragt Howie.

Er fängt sich wieder. »Sorry«, sagt er, »ich war gerade meilenweit weg.«

Detective Sergeant Justin Ripley, krauses Haar und ein vertrauensvolles Gesicht, ist dem Ermittlungsteam im Fall Lambert zugeteilt worden. Er fährt zu *Y2K Cleaning*. Seine Partnerin ist Detective Constable Theresa Delpy.

Die Leitung von *Y2K Cleaning* sitzt in einem Büro zwischen einem kleinen Kiosk und einer chemischen Reinigung auf der Green Lanes.

Ripley zeigt der älteren Empfangsdame seine Dienstmarke. Er und Delpy warten zehn Minuten, trinken Wasser aus dem Wasserspender und lesen in Fachzeitschriften – *Cleaning and Hygiene Today, Cleansing Matters* –, bis der Firmenbesitzer erscheint: ein kleiner, bärtiger, dicker Mann in einem karierten Pullunder.

Er schüttelt Ripley die Hand, fragt, was das Problem sei.

Ripley erkundigt sich nach Tom und Sarah Lamberts aktueller Putzfrau.

Der Besitzer kommt nach fünf Minuten wieder. »Ihr Name ist Sheena Kwalingana. Ich kann Ihnen eine Kopie ihres Visums zeigen, wenn Sie wollen.«

Ripley lehnt ab. »Seit wann arbeitet Sheena Kwalingana bei den Lamberts?«

»Seit drei Jahren und vier Monaten. Keine Beschwerden.«

Ripley dankt dem Besitzer und fährt in die Finsbury Park Road, wo Sheena Kwalingana einmal in der Woche die Souterrainwohnung eines Grafikdesigners putzt.

Er parkt an der Ecke des Queen's Drive.

Die Nutten sind noch draußen, blasse Mädchen mit blau gefrorenen Beinen, die Männern auf dem Weg zur Arbeit Blowjobs anbieten.

Ripley und Delpy gehen zur Tür von Nummer 93, betätigen die Klingel und warten. Von drinnen hören sie das Geräusch eines Staubsaugers.

Delpy ruft die Handynummer an, die der *Y2K*-Besitzer ihnen gegeben hat.

Keine Antwort.

Sie warten, bis das Staubsaugen aufhört, dann klingeln sie noch einmal an der Tür. Die Qualität der Stille verändert sich; es ist so ein Gefühl, dass jemand in der Wohnung ihre Anwesenheit wahrgenommen hat.

Weiterhin Stille, dann Schritte in der Diele, die glänzende schwarze Tür geht auf.

Dahinter steht Sheena Kwalingana, eine kleine, ältere schwarze Frau mit hoch aufgetürmtem Haar. Sie trägt einen altmodischen Nylonkittel, der auf der Brust mit dem Logo ihrer Firma bestickt ist. Sie hat Flipflops an; ihre Schuhe hat sie vor der Wohnung gelassen, sie stehen ordentlich neben der Fußmatte.

Den Staubsauger hat sie mit zur Tür gebracht. Sie steht im Eingang und umklammert den Schlauch.

Ripley zeigt ihr seine Dienstmarke. »Sheena Kwalingana?«

»Ich wohne hier nicht, Junge. Ich arbeite nur hier.«

Sie hat einen Akzent, ein angenehmer Singsang. Ripley muss sich ein wenig anstrengen, um sie zu verstehen.

»Ich weiß, dass Sie nicht hier wohnen«, sagt er betont höflich. Er zeigt ihr noch einmal seine Dienstmarke. »Ich bin DS Ripley von der Serious Crime Unit in der Hobb Lane. Das ist DC Delpy.«

»Was bitte?«

»Dürften wir vielleicht reinkommen?«

Sheena Kwalingana sieht Ripley tief beunruhigt an, schaut nach hinten über ihre Schulter. »Das ist nicht mein Haus«, sagt sie. »Also nein. Nein, Sie können nicht reinkommen. Es ist nicht mein Haus.«

»Gut, wir können auch hier draußen reden …«

»Was ist das Problem?«

»Mrs Kwalingana, Sie sind keineswegs in Schwierigkeiten.«

Das scheint ihre Wachsamkeit nur zu erhöhen.

Delpy seufzt. Weniger höflich als Ripley. »Wir untersuchen einen Einbruch …«

»Ich breche nicht bei Leuten ein.«

»Das behaupten wir auch nicht. Sie sind wirklich keineswegs in Schwierigkeiten, Mrs Kwalingana. Ehrlich.«

Sheena Kwalingana nickt, sagt aber nichts. Ihre Hand tastet die gerippte Hülle des Staubsaugerschlauchs ab, drückt zu, lässt wieder locker.

Ripley sagt: »Sie putzen bei Tom und Sarah Lambert aus der Bridgeman Road 23.«

»Ja?«

Ripley sagt eine Weile nichts, wartet darauf, dass Mrs Kwalingana das Wort ergreift.

Irgendwann fragt sie: »Warum?«

»Wie meine Kollegin bereits erwähnte, untersuchen wir einen Einbruch bei dieser Adresse.«

Kwalingana drückt den Schlauch zusammen.

Ripley fragt: »Mrs Kwalingana, wäre es Ihnen angenehmer, auf der Polizeiwache mit uns zu sprechen? Dort wären wir ungestört.«

Sie starrt Ripley lange an. »Kann ich zwei Minuten haben, um hier fertig zu werden?«

»Zwei Minuten«, antwortet Ripley. »Kein Problem.«

Mrs Kwalingana schickt sich an, die Tür zu schließen. Sehr sanft, aber sehr bestimmt streckt Delpy die Hand aus, um sie offen zu halten. »Wir warten hier.«

Sheena Kwalingana dreht ihnen den Rücken zu, murmelt vor sich hin.

Dann geht sie wieder hinein, um das Bad fertig zu putzen.

Henrys Sohn Patrick ist zwanzig Jahre alt. Er ist mager und wirkt zerbrechlich, sieht wild aus in Jeans und einer graubraun-khakifarbenen Kampfjacke.

Er hat im Park acht Kaninchen gefangen. Jetzt zappeln sie quiekend in seinem Spezialrucksack. Wenn man sie lang genug drinlässt, nagen sie sich durch ihre jeweiligen Beutel und fangen an, sich gegenseitig zu beißen wie Haifischjunge im Mutterleib.

Patrick geht durch das elektrische Tor in den riesigen, überwucherten Garten. Das Tor schließt sich hinter ihm.

In der Stille hört man die angenehmen Geräusche von Nieselregen auf totem Laub, dicken Tropfen, die von mächtigen Bäumen fallen, entferntem Straßenverkehr. Hinter all dem kann er die gedämpften, kläglichen Schreie eines weinenden Babys ausmachen.

Er geht hinten ums Haus herum zum am besten abgeschirmten Teil des Gartens. Er öffnet eine schwere Wellblechtür und betritt den Betonboden der langen, halbdunklen Garage.

Er geht am Laufband vorbei, auf dem sie die Hunde trainieren, um ihre kardiovaskuläre Fitness und ihre Ausdauer zu steigern.

Er erreicht die Zwinger. Die stillen Hunde warten, stämmige, muskulöse Terrier mit breiten Köpfen, ausgeprägten Nackenmuskeln und großen Froschmäulern. Alle tragen eine schwere Kette um den Hals. Die Ketten kräftigen Hals und Oberkörper.

Die Hunde begrüßen ihn in aufgeregter Stille. Henry hat Gewebe aus ihren Stimmbändern entfernt.

Die Hunde verehren Henry wie einen launischen Gott, aber sie wissen, dass sie ihr Futter von Patrick bekommen – und dass er am Morgen oft lebendige Nahrung bringt; manchmal Welpen oder Kätzchen, die »kostenlos an gutes Zuhause« abgegeben wurden. Manchmal im Park gefangene Kaninchen oder Ratten.

Als er den Sack mit den Kaninchen hochhebt, folgen die Hunde ihm mit gierigen, blöden Augen.

Patrick stülpt den Sack in einen Drahtkäfig und sieht dem darauf folgenden Gemetzel zu. Die Kaninchen sind schlauer als die Hunde, verfügen über funkelnde Intelligenz und einen selbstverständlichen Überlebenswillen.

Er sieht zu, wie die Hunde sie zu feuchten, schlaffen Fetzen zerfleischen, als die Garagentür über den Beton schabt und Henry mit ratlosem Gesichtsausdruck hereinkommt.

»Emma will ihr Fläschchen nicht«, sagt er. »Ich weiß nicht, was ich machen soll.«

Patrick folgt Henry ins Haus und die Treppe hinauf.

Er wäscht sich am Waschbecken die Hände mit Flüssigseife, die sie nach Orangen duften lässt.

Dann geht er weiter zum Kinderzimmer. Wieder überrascht ihn die krötenartige Hässlichkeit des Babys.

Einmal hat Patrick ein Knäuel Rattenbabys gefunden. Zu der Zeit, als er ein kleiner Junge war und im schalldichten Keller schlief. Die Ratten waren eingezwängt zwischen einem losen Stück Gipsplatte und Henrys gepfuschter Lärmdämmung, eine Handvoll rosafarbener, blinder und quiekender Neugeborener, miteinander verflochten und verknotet an ihren reptilienhaften Schwänzen, die sich gegenseitig in alle Himmelsrichtungen zerrten.

Patrick hatte in Panik losgeheult und mit seinen kleinen Fäusten gegen die massive Tür gehämmert. Er weinte und weinte, aber natürlich kam niemand. Henry kam erst zur Abendessenszeit herunter. Er brachte Patrick ein Schüsselchen warme Milch und ein paar Scheiben Weißbrot. Als er den Rattenkönig sah, wich selbst der aalglatte, raubgierige Henry entsetzt zurück.

Manchmal muss Patrick schmunzeln, wenn er sich daran erinnert, wie er und Henry an jenem lange zurückliegenden Tag reagiert haben. Wenn Patrick heute einen Rattenkönig hinter der Fußleiste fände, würde er sich glücklich schätzen. Es ist ein seltenes Phänomen.

Er würde ihn – noch blind quiekend – mit einer Schaufel aufheben und in einem Glasballon in Alkohol einlegen. Er würde ihn sich in seinem Zimmer ins Regal stellen.

Ein Teil von ihm verspürt Hass gegenüber dieser wütenden, hilflosen Kreatur, die sich auf einer mit Teddybären bedruckten Kunststoffmatratze windet. Aber er verspürt auch Mitleid.

»Sie hustet«, sagt Henry.

»Dann bring sie zum Arzt.«

»Das kann ich nicht.«

»Hast du versucht, sie zu füttern?«

»Natürlich habe ich versucht, sie zu füttern, verdammt noch mal«, antwortet Henry.

»Ist die Milch zu heiß?«

»Nein.«

»Zu kalt?«

»Nein. Sie … sie wirkt einfach schwach. Und sie schläft viel. Glaubst du, sie schläft zu viel?«

»Keine Ahnung.«

»Sie sollte lang genug wach bleiben, um zu essen, oder? Babys kriegen Hunger.«

»Hat sie Fieber?«

Henry greift ins Gitterbett, schiebt Emmas Gliedmaßen so zurecht, dass er unter ihrer Achsel die Temperatur messen kann. Patrick ist davon angewidert, wie leblos und puppenhaft sie wirkt.

»Vierunddreißig vier«, sagt Henry. »Das ist niedrig. Fuck.«

»Sie ist ganz zittrig.«

Henry hat Emmas bebendes Kinn und ihre zitternden Hände bemerkt. Aber jetzt scheint ihr ganzer Körper zu erschauern.

»Eine Flasche ist nicht das Gleiche«, sagt Henry. »Wir brauchen eine Amme.«

Sie schweigen.

»Könntest du das machen?«, fragt Patrick.

»Ich?«

»Ja. Bitte, Dad.«

»Warum ich?«

»Weil es mir peinlich ist.«

Henry ist kein großer Mann, aber er ist durchtrainiert und angriffslustig wie ein Raubtier. »Und was glaubst du, wie es aussehen würde, wenn ich das mache, hä? Du feiger kleiner Spast. Wie würde das verdammt noch mal aussehen?«

»Bitte«, sagt Patrick.

Henry zischt ihm durch die Zähne ein »scht« zu, dann stößt er ihn auf den oberen Treppenabsatz.

Er macht die Kinderzimmertür behutsam zu.

Er packt Patrick an den Haaren und rammt seinen Kopf gegen die Wand.

Patrick taumelt. Er ist verwirrt. Henry schlägt ihm ein paar Mal ins Gesicht und schleudert ihn auf den Boden.

»Nimm einfach was von dem Geld«, sagt er, »und mach es, verdammt noch mal.«

# 8

Zoe und Mark haben sich vor etwa einem Jahr kennengelernt. Er arbeitet bei *Liberté Sans Frontière* und wurde ihr als persönlicher Ansprechpartner im Munzir-Hattem-Fall zugeteilt.

Mark sieht gut aus, seine Tweed- und Kordsachen erinnern leicht an den Bohème-Stil; er ist gelassen und ehrlich, manchmal ein wenig ernst.

Als sie sich zum vierten Mal trafen, lud er sie zum Mittagessen ein. Sie saßen irgendwo draußen, beobachteten die Passanten.

Sie sprach über John.

Sie spricht immer über John.

Am Ende gab Mark auf und ging darauf ein. »Also, wie seid ihr beide zusammengekommen?«

»Wie kommt man denn zusammen?«

»Keine Ahnung«, sagte er. »Meine Exfrau war meine Sandkastenliebe.«

»Nein!«

»Doch!«

»Das ist so *süß*.«

»Wir gingen zusammen in die Grundschule«, sagte Mark, »Stockwood Vale Primary. Emily Edwards. Sie trug einen Pferdeschwanz. Sie konnte auf Bäume klettern. Alles. Das volle Programm.«

»Also war sie deine Erste und Einzige?«

»O Gott, nein. Nein, nein, nein. Wir gingen ein paar Jahre miteinander, keine Ahnung, drei Jahre? Vier Jahre? Trennten uns vor der Oberstufe. Sie wurde ein bisschen politisch. Ostermärsche, Socialist Workers Party. Greenham Common Friedenscamp.«

Er lachte, als er sich daran erinnerte.

Ein Funke geteilter Traurigkeit entzündete sich zwischen ihnen. Zoe wollte die Hand ausstrecken und Marks Handrücken berühren, Trost spenden und von ihm erhalten.

Stattdessen warf sie ihre Haare zurück, rührte in ihrem Latte Macchiato. »Und was ist dann passiert?«

»Ach, wir trafen uns wieder. Jahre später. Eigentlich durch Zufall, bei einer Silvesterparty in Brighton. Und als wir uns sahen, war alles wie früher. Sie hatte ihre Phase durchgemacht und hinter sich gelassen. Und ich meine.«

»Und was war deine?«

Er zuckte verlegen mit den Schultern. »Echo & The Bunnymen, im Wesentlichen.«

»Echo & The … was?«

»Bunnymen. Kennst du The Bunnymen nicht?«

»Soviel ich weiß, habe ich noch nie einen Bunny Man gesehen.«

»Hast du schon mal vom *Eric's* gehört?«

»Nein.«

»Das war ein Club«, sagte er. »In Liverpool. Elvis Costello hab ich dort gesehen. The Clash. Joy Division. Die Banshees. Die Buzzcocks. Hast du noch nie von den Buzzcocks gehört?«

Sie schüttelte den Kopf.

Er sang ein paar Takte von »Ever Fallen in Love (With Someone You Shouldn't've)«.

Als ihm bewusst wurde, was er da sang, brach er ab. Es folgte ein peinlicher Moment.

»Es ist ein gutes Lied«, sagte er.

Sie zahlten und verließen das Lokal, liefen eingepackt in ihre Mäntel durch die herbstliche Stadt.

Mark sagte: »Ich hab keine Lust, schon zurückzugehen.«

»Ich auch nicht«, antwortete sie.

Also gingen sie in den Park, fanden eine Bank und setzten sich. Sie saß mit geradem Rücken ganz vorne auf der Kante. Mark breitete sich aus, holte eine flache Tabakdose aus der Tasche und begann, sich eine Zigarette zu drehen. »Stört es dich?«

»Überhaupt nicht. Blas den Rauch zu mir rüber.«

»Rauchst du?«

»Ab und zu.«

»Ich kann dir eine drehen, wenn du willst.«

Sie saßen schweigend da, während er ihr eine Zigarette drehte, sie ihr reichte. Sie steckte sie in den Mund. Das schwache Brennen unentzündeten Tabaks.

Er holte ein Feuerzeug hervor, und sie beugte sich zu ihm hinüber, roch ihn, dann lehnte sie sich zurück, paffte ihre erste Selbstgedrehte, seit sie Studentin gewesen war. Sie mochte den Geschmack und den Geruch, fragte sich, wie das wohl aussah mit diesen Kleidern, diesen Schuhen, dieser Frisur.

»Und wie lange hat es gehalten?«, fragte sie, pickte sich eine Tabakfaser von der Zungenspitze; sie wusste, dass er ihr dabei zusah.

»Was, mit Emily und mir? Elf Jahre insgesamt.«

»Kinder?«

»Stephen. Er ist sechzehn. Chloe ist neun. Sie wohnen bei ihrer Mum. Und ihr?«

»John und ich? Gott, nein.«

»Was bedeutet das?«

»Was bedeutet was?«

»Dieser Unterton.«

»Keine Ahnung. War da ein Unterton?«

»Auf jeden Fall. Da war auf jeden Fall ein Unterton.«

Sie schnaubte, bedeckte dann verschämt ihre Nase mit dem Handrücken. Mark grinste sie an.

Sie sagte: »Allein der Gedanke. John und ich mit Kindern.«

»Was ist so verrückt daran?«

»Wir haben uns darauf geeinigt, keine zu bekommen. Damals, als wir selber noch Kinder waren.«

»Ehrlich? Wie lange kennst du ihn schon?«

»Seit dem Urknall.«

Das sollte witzig klingen, aber es hörte sich traurig an. Sie beobachtete eine Weile die Tauben. Dann sagte sie: »Wir haben uns in der Uni kennengelernt.«

»Gleiches Fach?«

»Nein. Ich hab selbstverständlich Jura studiert. Er Anglistik im Hauptstudium.«

Sie vergrub ihr Kinn in den warmen Mantel und lächelte, als sie daran dachte, so wie manchmal, wenn sie alte Fotos durchsah.

»Wir haben uns nur getroffen, weil wir beide dieses Wahlfach in Vergleichender Religionswissenschaft machten. Ich saß neben ihm in diesem winzig kleinen Hörsaal. Alle anderen kannten sich schon, außer John und mir. Ich kannte seinen Ruf.«

»Und was für einen Ruf hatte er?«

»Er ist sehr groß«, sagte sie schüchtern wie ein Schulmädchen. »Sehr stark. Sehr gut aussehend. Und sehr, sehr leidenschaftlich.«

Sie lachte erfreut laut auf, fühlte sich befreit, darüber sprechen zu können. »Alle Mädchen standen total auf ihn, und er bemerkte sie nicht einmal, weißt du? Und je weniger er sie bemerkte, desto mehr standen sie auf ihn. Er brachte Mädchen dazu, in seiner Gegenwart die dümmsten Sachen zu machen. Blitzgescheite, brillante junge Frauen, die es hätten besser wissen müssen, haben sich aufgeführt wie Idiotinnen, um seine Aufmerksamkeit zu erregen. Und er merkte es nie.«

»Jeder merkt so was.«

»Mein Ehrenwort. Es war nicht einmal Arroganz. Es war eine Art … Kurzsichtigkeit.«

»Und das gefiel dir?«

»Ich fand das niedlich.«

»Es ging also nicht um die Herausforderung?«

»Gott, nein.«

Diesmal lachten sie beide.

»Also, wie seid ihr … du weißt schon … zusammengekommen?«, fragte Mark.

Sie rauchte die Selbstgedrehte bis zum letzten halben Zentimeter auf, dann drückte sie sie mit den Fingernägeln aus.

»Es gab keinen bestimmten *Moment*«, sagte sie. »Wir trafen uns in dieser Vorlesung und gingen danach irgendwie ganz selbstverständlich einen Kaffee trinken. Keiner fragte den anderen. Zumindest erinnere ich mich so. Wir saßen einfach im Café und unterhielten uns. Ich erzählte ihm alles, was es über mich zu erzählen gab – was damals nicht so besonders viel war.«

»Wie alt warst du?«

»Zwanzig? Also Mädchenschule, Abitur, Auslandsjahr, Uni. Damals fühlte es sich an wie eine Menge Lebenserfahrung. Also erzähle ich ihm das alles über mich. Dann frage ich nach ihm, und er erzählt mir von Büchern. Als würde er aus diesen ganzen Büchern bestehen, die er gelesen hat oder noch lesen wollte. Und später bringt er mich nach Hause. Ich hab das nicht eine Sekunde lang in Frage gestellt. Und ich kann dir eins über John sagen: Wenn man ein zwanzigjähriges Mädchen ist und sich in der Welt nicht besonders gut auskennt und in einer zwielichtigen Gegend wohnt, fühlt man sich unglaublich sicher, wenn man mit ihm nach Hause läuft. Und er bleibt vor meiner Tür stehen und fragt: ›Hier wohnst du also?‹ Und ich sage: ›Hier wohne ich.‹ Und ich denke: Küss mich, du Arsch, küss mich oder ich sterbe auf der Stelle.«

»Und, hat er?«

»Nein. Er lässt nur die Schultern hängen und nickt mir zu – er hat manchmal so ein Wackel-Dackel-Nicken. Dann steckt er die Hände in die Taschen und geht.«

»Guter Schachzug.«

»War es aber nicht«, sagte sie. »Es war keine Taktik. Ich schwöre! Es war einfach er. So war er. Ist er. Wie auch immer.«

Und dann verfiel sie in Melancholie – wie immer, wenn sie an jenen Jungen und jenes Mädchen dachte. Der Gedanke an John Luther, zweiundzwanzig, der davonschlendert, ohne sie zu küssen. Und die Leichtigkeit ihres Herzens in jener Nacht – wie sie nicht schlafen konnte und sich selbst nicht wiedererkannte: die ernsthafte, vernünftige, fleißige Zoe, die in ihrem ganzen Leben mit zwei Männern geschlafen hatte, einem festen Freund in der Schule, als eine Art Abschiedsgeschenk, und einem etwas älteren Mann, den sie während ihres Auslandsjahrs kennengelernt hatte.

Es passte nicht zu ihr, im Bett zu liegen und sich zu fragen, was ein Junge wohl genau *jetzt* machte, in genau dieser Sekunde. Aber sie verbrachte die ganze Nacht damit.

Und sie verbrachte die nächsten paar Tage damit, so zu tun, als versuchte sie nicht, es so einzufädeln, dass sie ihn zufällig auf dem Flur traf, im Anglistischen Institut, in der Mensa.

»Alles in Ordnung?«, fragte Mark, der noch immer ausgestreckt auf der Parkbank saß und die Tauben beobachtete.

»Ja«, sagte Zoe. »Sorry. Ich war gerade meilenweit weg.«

Er streckte seine Arme. »Wir sollten besser zurückgehen.«

»Ich will nicht zur Arbeit«, stöhnte sie und reckte ihren Nacken. »Ich will mir heute freinehmen. Ich bin müde.«

»Wir könnten blaumachen«, sagte Mark. »Ins Kino gehen oder so. Ich war schon ewig nicht mehr im Kino. Schon gar nicht nachmittags.«

»Ich auch nicht.«

»Wir sollten das wirklich machen«, schlug er vor. »Wir sagen, wir sind in einem Meeting. Gehen ins Kino. Holen uns nachher was beim Chinesen.«

»Das würde ich gerne«, sagte sie. »Aber nein.«

Also steckte er seine Tabakdose ein und sie spazierten zurück zur Arbeit.

In ihrer Erinnerung gingen sie Arm in Arm, obwohl das natürlich nicht stimmen kann. Noch nicht. Nicht zu dem Zeitpunkt.

An jenem Nachmittag war sie zerstreut und ungeschickt gewesen. Sie kippte eine Kaffeetasse auf ihrem Schreibtisch um.

Einfach weil sie dort gesessen und über die Vergangenheit gelacht hatte, hatte sie gespürt, dass John, jener Junge, nur noch eine Erinnerung für sie war.

Manchmal erwischte er sie, nachdem sie ein Weinglas zu viel gehabt hatte. Dann war sie rührselig, sah sich die alten Fotos von ihnen wieder an.

»Schau dir meine Haare an«, sagte sie dann. Oder: »Himmel, schau dir diese Stiefel an. Wie konnte ich nur?«

Oder sie fragte: »Gott, erinnerst du dich an diese Wohnung? Die in der Victoria Road?«

Und dann tat ihr Luther den Gefallen und blätterte die Alben durch, ohne zu bemerken, dass der Mann, der die Bilder ansah, nicht der Junge war, den sie zeigten.

Irgendwann im Lauf der Zeit hatte jener Junge sich zu den Toten gesellt, und Zoe hatte Jahre damit verbracht, ihm von einem fernen Ufer aus zuzuwinken und zu versuchen, ihn zurückzurufen.

Und jetzt ist es noch nicht einmal Mittag, an diesem merkwürdigen Tag ein Jahr später, und sie liegt nackt auf einem Hotelbett mit Mark North, im warmen Nachglühen eines Orgasmus.

Sie schmiegt sich an seinen Hals, küsst ihn. Er dreht sich um, küsst sie.

Sie weiß, dass sie sich schuldig fühlen wird. Sie wird aufstehen und nackt in die Dusche gehen und herauskommen und sich abtrocknen, und Mark wird zusehen; natürlich wird er das – er wird ihr bei diesen alltäglichen Dingen zusehen, denn hier und jetzt ist alles, was sie tut, faszinierend, atemberaubend, bezaubernd. Genau wie alles, was er tut, faszinierend und bezaubernd für sie ist.

Sie wird sich vor diesem Mann abtrocknen, der gerade in ihr gekommen ist, zweimal. Und sie wird sich anziehen: Unterwäsche und Strumpfhose und Hemdbluse und Hosenanzug und Schuhe, und sie wird mit ihrem Haar herumspielen und ihr Make-up neu auftragen. Sie wird einen Arzttermin machen, um sich die Pille danach zu holen, denn keiner von ihnen hatte das hier geplant und keiner hatte daran gedacht, bei einer Apotheke vorbeizugehen, um Kondome zu kaufen.

Von der Pille danach wird sie vielleicht Kopfschmerzen und spannende Brüste bekommen, und vielleicht wird ihr davon schlecht werden; sie wird sich eine gute Ausrede ausdenken und sie immer wieder einstudieren müssen, bis sie sie nicht mehr für erfunden hält. Das ist die einzige Möglichkeit, den Mann, den sie geheiratet hat, erfolgreich anzulügen.

Sie wird Mark einen Abschiedskuss geben, und weil sie nun weiß, dass ihre Körper zusammenpassen, wird es keine Verlegenheit zwischen ihnen geben. Sie mag seinen Geruch, den Hauch von frischem Tabak in seinem Schweiß, die paar grauen Haare auf seiner Brust, die Narbe auf seinem Oberarm.

Sie kann das alles spüren wie die schwache Vorahnung eines Katers am nächsten Morgen, die vom hellen, gleißenden Licht überstrahlt wird, in dem die Betrunkenen tanzen.

Aber jetzt gerade spürt sie nur die Befriedigung, fasziniert zu sein. Und zu faszinieren.

Als sie widerwillig vom Bett aufsteht und nackt in die Dusche geht, weint sie nicht und lacht sie nicht. Sie wäscht sich einfach und versucht, nicht nachzudenken.

Paula arbeitet schon seit mehr als zwölf Jahren im ältesten Gewerbe der Welt. Während dieser Zeit hat sie so ziemlich alles verkauft, was sie zu verkaufen hat. Aber sie fand ihre persönliche Nische erst, als sie mit der erotischen Laktation anfing. Das war ein paar Monate nach Alex' Geburt.

Nun bietet sie ihre Dienste unter dem Namen Finesse an. Im Vergleich zu so mancher Scheiße, die sie als jüngere Frau durchgemacht hat, ist es leicht verdientes Geld – sie kann ihre Arbeitszeit in einer sauberen kleinen Wohnung verbringen, und die meisten ihrer Milchliebhaber sind treue Kunden, Männer mittleren Alters, die eine Erwachsenen-Stillbeziehung suchen, wie sie es nennen. Manchmal wollen sie das komplette Programm durchspielen und in die Rolle eines Säuglings schlüpfen, mit Windeln und allem drum und dran.

Manche Männer wollen mit Muttermilch bespritzt werden, während sie masturbieren. Einer oder zwei mögen es, wenn sie Milch mit einer Handpumpe abpumpt, während sie zusehen und sich einen runterholen. Sie nehmen die Milch mit nach Hause, um sie zu trinken oder damit zu kochen oder weiß Gott was zu machen. Paula kümmert das nicht sonderlich, welchen Schaden kann so ein kleines bisschen Milch schon anrichten?

Eine sehr kleine Minderheit sind lesbische Kundinnen. Sie hat sogar ein lesbisches Paar. Sie mögen es, sich jeweils an einen Nippel zu hängen und zu trinken, bevor sie ihr Ding machen.

Paula urteilt nicht. Sie macht einfach weiter, nimmt ihr *Domperidon*, ihr Benediktenkraut, ihre Himbeerblätter und ist dankbar für das, was sie hat.

Deswegen ist sie überrascht, als sie diesen unschuldig wirkenden jungen Mann vor ihrer Tür stehen sieht, der behauptet, Gary Braddon habe sie empfohlen.

Braddon ist einer dieser tough aussehenden Männer mit Tattoos und kahl rasiertem Schädel, aber eigentlich ist er eine gute Seele, ein Softie. Liebt seine Hunde, liebt es, Milchtitten zu küssen und daran zu knabbern und zu saugen.

Paula versucht den Jungen einzuschätzen. Er ist mager, angespannt. Er riecht nicht unangenehm nach frischer Erde. Sie kann sich vorstellen, dass er ein Freund von Gary ist. Also bittet sie ihn herein.

Er betrachtet die Kunstdrucke, die sie in der kleinen Diele aufgehängt hat – christliche Kunst, andeutungsweise erotisch –, die die Lactatio des Heiligen Bernhard zeigen, bei welcher der Heilige Milch aus der Brust der Jungfrau Maria empfängt.

Paula hat ihren Nachbarn von unten, einen Innenarchitekturstudenten, damit beauftragt, die Wohnung für sie zum Selbstkostenpreis zu dekorieren. Er ist ein netter Hetero-Junge, ihr Chris von unten, also hat sie ihm die Materialkosten erstattet und ihn zusätzlich in Naturalien bezahlt, und alle waren glücklich.

Zusammen mit der gedimmten Beleuchtung verleihen die Drucke den Vorgängen den richtigen Hauch von Feierlichkeit. Im Gegensatz zu den meisten Apartments, in denen ähnliche Dienste angeboten werden, ist dies hier ein Ort der Erbauung und Verehrung.

Nun mustert der Junge sie von oben bis unten. Er wagt es

nicht, ihr ins Gesicht zu sehen, aber das wagen sie anfangs nie. Viele der Jüngeren hatten nie eine Mama. Sie sehen ihr erst dann in die Augen, wenn sie auf ihrem Schoß liegen und nuckeln. Manchmal streicht sie ihnen durchs Haar und flüstert sanfte, ermutigende Worte. Manchmal weinen sie, wenn sie kommen, wichsen Paulas Bauch ganz voll.

Finesse macht das nichts aus. Sie freut sich. Es scheint zu helfen.

Der Junge greift in die Tasche seines Army-Mantels und holt ein Bündel Zehner heraus. Er versucht es ihr aufzudrängen – eine Faustvoll schmieriges Geld in ihren hübschen, sauberen Händen mit der hübschen Maniküre.

Sie sagt: »Das muss nicht jetzt sein, Schätzchen.«

Er blinzelt sie an, beschämt und verwirrt.

»Komm doch kurz rein, zieh deinen Mantel aus, setz dich, und wir unterhalten uns ein bisschen«, schlägt sie vor.

Aber der Junge entspannt sich nicht. Er sieht nervös aus, verlagert sein Gewicht von einem Fuß auf den anderen, als müsste er aufs Klo.

Er folgt ihr in das kleine Empfangszimmer. Auch hier herrscht eine angenehme Atmosphäre, wie in einem Boutique-Hotel, es ist in Erdtönen und künstlich gealtertem Holz gehalten. Paula verdient ganz gut, aber es geht ihr nicht darum, das zu zeigen: Es geht ihr darum, anzudeuten, dass sie das hier nicht tun *muss* – dass sie im Wesentlichen eine Altruistin ist, eine Therapeutin, die einen Dienst anbietet.

Sie fordert den Jungen auf, sich zu setzen.

Er lässt sich auf eine Stuhlkante nieder. Wischt sich die Handflächen an den Schenkeln ab. Er zappelt mit einem Bein. Er schlingt die Hände zu schwitzigen Knoten ineinander. Er sieht zu ihr, er sieht weg.

Sie schlägt die Beine übereinander, zeigt ein wenig Oberschenkel und beugt sich nach vorne. Und da ist das Dekolleté. Wumm. »Möchtest du einen Tee?«

Er schüttelt einmal den Kopf, schaut weg.

»Ich habe verschiedene Kräutertees«, sagt sie mit ihrer rauchigen Stimme. Sie spricht nun schon so lange mit dieser Stimme, dass sie kaum noch darüber nachdenkt. Sie hatte Unterricht bei einem Schauspiellehrer. Er war kein Hetero-Junge, also bezahlte sie ihn in bar. »Pfefferminz wirkt sehr entspannend«, sagt sie zu dem Jungen. »Und Kamille.«

Er schüttelt den Kopf, sieht aus, als wollte er weinen.

Paula sitzt da und wartet. Manchmal ist das das Beste.

Den Blick auf den Boden gerichtet, sagt der Junge: »Es ist wegen meinem Dad.«

»Ach, Liebling«, sagt sie, »was ist mit ihm?«

»Er hat mich hergeschickt. Er will, dass Sie mit zu uns kommen.«

»Hat er eine Behinderung?«, fragt Paula. »Denn das ist kein Problem. Das Gebäude hat einen Rollstuhlzugang.«

»Das ist es nicht.«

Sie macht ein besorgtes Gesicht, und ihre wahren Emotionen folgen. Auch das hat ihr ein Schauspiellehrer beigebracht, und das Komische ist, sie fühlt sich deswegen nicht wie eine Schwindlerin. Sie fühlt sich wie ein besserer Mensch. »Ist er bettlägerig?«

»Nein.«

Sie wartet darauf, dass noch mehr kommt, beginnt daran zu zweifeln. Während sie gegen den Drang ankämpft, auf die Uhr zu sehen, fragt sie: »Was ist es dann, Schätzchen?«

Er wippt mit dem Fuß, zupft an einem der spärlichen blonden Haare auf seinem dürren Unterarm.

»Wir haben ein Baby, das gefüttert werden muss.«

Stille. Paula hört Autos vorbeifahren wie das Geräusch des Blutes in ihren Ohren.

Als sie als Mädchen auf der Straße arbeitete, war das erste Anzeichen dafür, dass etwas nicht stimmte, die Tatsache, dass das Gehör plötzlich sehr scharf wurde. Der Körper machte sich bereit zu reagieren, bevor das Gehirn merkte, dass irgendetwas nicht in Ordnung war.

Als sie nun den Straßenverkehr hört, weiß sie, dass sie ihrem ersten Instinkt hätte folgen und den jungen Mann nicht hereinbitten sollen. Aber er hatte am Telefon sanft und sympathisch geklungen, und sie hatte kein Problem darin gesehen, eine oder zwei Stunden früher anzufangen, sie konnte danach immer noch ein Nickerchen halten.

Nichts davon äußert sich in ihrer Stimme oder ihrer Körpersprache. Sie sagt nur: »Ich verstehe nicht ganz.«

»Wir haben ein Baby«, wiederholt er. »Es muss gefüttert werden.«

»Ein kleiner Junge oder ein kleines Mädchen?«

Der junge Mann zögert, als würde er darüber nachdenken. »Kleines Mädchen. Emma.«

»Kann ihre Mum sie nicht stillen?«

»Ihre Mum ist tot.«

»Ach, das tut mir so leid, Liebling.«

»Schon okay. Sie war nicht meine Mum oder so.«

Der Junge kneift die Augen zusammen, als würde er sich innerlich für etwas zurechtweisen. Er wird rot.

»Wie alt ist sie? Die kleine Emma?«, fragt Paula.

»Sehr jung. Ein Baby halt.«

»Was sagen die Ärzte?«

»Mein Dad traut Ärzten nicht. Er sagt, ein Baby braucht richtige Milch. Von einer Frau.«

»Nun, viele Leute würden ihm darin recht geben«, sagt sie. »Meine ganz speziellen Freunde finden, dass das auch im späteren Leben zutrifft. Die Milch einer Frau hat etwas Besonderes.«

Der Junge nickt.

»Aber Muttermilchersatz schadet einem Baby nicht«, sagt sie.

»Sie will kein Fläschchen. Sie spuckt es einfach aus.«

Paula lächelt liebevoll. »So was kommt vor. Man muss nur Geduld haben.«

»Dad glaubt, dass sie krank ist.«

»Dann sollte er zum Arzt gehen. Ich finde es rührend, dass du zu mir gekommen bist: Es zeigt, dass dein Dad deine Schwester sehr lieb hat. Das berührt mich. Ein Kind zu stillen stellt eine innige Verbindung her. Und es ist wundervoll zu denken, dass wir das miteinander teilen könnten. Aber es ist nicht das Richtige. Das Richtige wäre, zum Arzt zu gehen. Danach könntet ihr euch vielleicht an die örtliche Stillberatung wenden. Vielleicht findet ihr ein paar junge Mütter, die bereit sind zu helfen. So was nennt sich heutzutage Cross-Nursing, aber das ist nur eine neumodische Bezeichnung für die Tätigkeit einer Amme. Das solltet ihr meiner Meinung nach tun.«

Der Junge wird noch unruhiger. Er greift in seine andere Tasche, holt eine weitere Faustvoll Geld hervor. »Das ist alles, was ich habe.«

»Es geht nicht um Geld, Liebling.«

»Bitte. Er bringt mich um.«

»Ich mach dir einen Vorschlag«, sagt Paula. Sie spürt, dass ihre Handflächen feucht sind. Sie muss diesen Jungen aus der Wohnung rausbekommen. Sie ärgert sich, dass sie ihn hereingelassen hat, lässt sich aber nichts anmerken.

»Bitte«, sagt der Junge. Sein Gesicht ist grau vor Elend und Furcht.

»Gib mir die Telefonnummer von deinem Dad«, sagt sie. »Ich rede mal mit ihm.«

»Kann ich nicht.«

»Dann ruf du ihn doch selber an und gib mir dein Handy. Ich rede ein Wörtchen mit deinem Dad, sag ihm, wie toll du warst.«

»Er bringt mich um.«

»Komm schon. Nicht weinen.«

»Ich meine das ernst«, sagt er. »Ich meine, er bringt mich wirklich um. So was hat er schon mal gemacht. Bitte.«

Jetzt kann Paula nichts anderes mehr hören oder sehen als diesen verzweifelten, aufgelösten Jungen am Ende eines Tunnels.

Hinter einer falschen Rückwand in der linken Schublade der kleinen Kommode befinden sich ein Pfefferspray und eine Elektroschockpistole. Oben auf der Kommode, neben dem Festnetztelefon, liegt ein kleiner Block mit parfümiertem Papier.

»Wo gehen Sie hin?«, fragt der Junge.

»Ich schreibe deinem Dad einen Zettel.«

Der Junge springt auf. Seine schmalen Schultern zucken.

»Kommen Sie«, fleht er, »bitte. Nur einmal. Kommen Sie nur ein einziges Mal mit zu uns.«

»Ich kann nicht, Schätzchen«, sagt Paula. Ihre Stimme ist noch immer ruhig, ein wenig fester nun. Aber ihre Hand zittert, während sie so tut, als suchte sie einen Stift. Ihr Gesicht ist angespannt. Sie versucht, es zu überspielen, aber ihre Gesichtszüge fühlen sich grotesk und unnatürlich an. »Ich bin sicher, wenn er den Brief liest, passiert dir nichts.«

Der Junge geht auf und ab, murmelt vor sich hin. Paula wagt es nicht, sich umzusehen, aber sie glaubt, dass er sich die Haare rauft.

»Bitte«, sagt er, »bitte bitte bitte.«

Sie macht die Schublade auf. Holt die kleine *Mace*-Dose heraus und dreht sich zu ihm um.

»So«, sagt sie. »Ich habe dich freundlich gebeten, und ich bitte dich noch einmal freundlich. Bitte geh.«

Der Junge sieht sie bestürzt an.

Er weicht zurück, stolpert über die Möbel.

»Raus jetzt«, sagt sie.

Der Junge rappelt sich auf, greift in seine andere Tasche. Sie braucht einen Moment, um zu erkennen, was er aus der Tasche zieht.

Es ist ein Drehmomentschlüssel.

Der Junge holt aus, noch immer heulend.

*Nein,* denkt Paula, *nicht so.*

Luther und Howie betreten den Vernehmungsraum.

Sheena Kwalingana sitzt an einem schäbigen Tisch, eine Tasse Tee mit viel Milch in der Hand.

Luther bleibt stehen, zwingt sich, sich zu entspannen. Er deutet auf einen Stuhl. »Darf ich?«

Sheena Kwalingana bejaht.

Howie reißt neue Tonbänder auf, steckt sie in den Rekorder, schaltet das Gerät ein. Versichert sich, dass Mrs Kwalingana weiß, dass die Vernehmung aufgezeichnet wird.

Mrs Kwalingana gibt ihr Einverständnis.

Sanft, mit einer Stimme, die die Zeugin gleichermaßen beruhigen wie informieren soll, wiederholt Luther seinen Namen und Dienstgrad. Er bittet Mrs Kwalingana, ihren Namen, ihre Adresse und ihr Geburtsdatum zu bestätigen, was sie tut, nachdem sie sich geräuspert und einen Schluck bitteren Tee getrunken hat.

Da er weiß, dass ihre Kehle vor Nervosität trocken ist, holt Luther ihr einen Becher Wasser aus dem Wasserspender vor der Tür. Sie nimmt ihn mit einem Ausdruck scheuer Dankbarkeit an.

Dann, ebenso sanft, fragt Luther: »Können Sie mir sagen, was am siebzehnten Januar dieses Jahres geschehen ist?«

»Das habe ich Ihnen schon gesagt.«

»Fürs Protokoll. Nur noch einmal, bitte. Es könnte sehr wichtig sein.«

»Ich verstehe nicht, wieso.«

»Bitte«, sagt er.

»Bei mir wurde eingebrochen«, erzählt Mrs Kwalingana. »Ein Mann ist in meine Wohnung eingebrochen. Er hat ein paar Dinge mitgenommen und ist abgehauen. Keine große Sache.«

Howie schaltet sich ein. »Aber das ist noch nicht alles, oder?«

»Wie meinen Sie das?«

»Bitte sagen Sie uns alles, was Sie den anderen Beamten über die Ereignisse jener Nacht erzählt haben.«

Sie seufzt. »Ich hab den Fernseher ausgemacht. Ich bin ins Bett gegangen.«

»Gegen wie viel Uhr war das?«

»Keine Ahnung, die übliche Zeit. Ich fange früh an zu arbeiten. Ich stehe vor Tagesanbruch auf. Also nicht allzu spät, halb elf vielleicht?«

»Sie leben allein?«

»Seit mein Mann gestorben ist.«

»Keine Kinder, Enkel?«

»In Manchester. Anscheinend ist es toll dort.«

»Und Ihre Wohnung befindet sich in einer kommunalen Wohnanlage, ist das richtig?«

»Nettes Haus«, sagt sie, »modern, sehr sauber. Nette Nachbarn. Bodenständig.«

»Sie haben großes Glück.«

Mrs Kwalingana schnieft, um anzudeuten, dass sie das weiß.

»Also, was ist passiert?«

»Ich wache auf«, sagt sie. »Ich höre jemanden herumgehen.«

»Jemanden in Ihrer Wohnung?«

Mrs Kwalingana nickt.

»Um wie viel Uhr war das?«, fragt Howie.

»Nicht so spät. Viertel nach elf? Viertel vor zwölf?«

»Waren Sie noch wach?«

»Nein. Ich war sehr müde. Ich arbeite hart, Schätzchen, ich stehe früh auf. Als ich also aufgewacht bin, dachte ich, ich träume. Aber nein.«

»Was geschah dann?«

»Ich muss mich bewegt haben, denn er hat mich gehört. Was immer er gemacht hat, ich habe gehört, wie er innehielt. Dann kam er ins Schlafzimmer.«

»Das war bestimmt nicht sehr schön.«

»Es war viel schlimmer als nicht sehr schön. Ich suche nach etwas, womit ich ihm eine knallen kann. Dann kommt er rein. Steht in der Tür und …«

»Was macht er?«

»Atmet komisch.«

»Erregt komisch? Oder angestrengt komisch?«

»Erregt«, sagt Mrs Kwalingana, »auf diese Art. Wie Männer eben werden.«

Luther macht sich eine Notiz.

»Ich lag einfach da«, sagt Mrs Kwalingana, »und hab ihn durch einen Spalt meiner Augenlider beobachtet.«

»Was machte er?«

»Spielte an sich rum.«

»Entschuldigen Sie«, sagt Howie, »ich muss das fragen: Hat er sich entblößt?«

»Nein. Er hat ihn durch die Hose gerieben. Ganz langsam. Nicht« – sie schaut auf den Tisch – »nicht rauf und runter, sondern rundherum. Und er hat gelächelt. Dabei so geatmet.« Sie macht ihn nach. »Und immer im Kreis rum gerieben.«

»Haben Sie sein Gesicht gesehen?«

»Ich habe ihn lächeln sehen.«

»Ist Ihnen sonst noch irgendwas an ihm aufgefallen? Hatte er lange Haare? Kurze Haare?«

»Ich weiß nicht mehr. Kurze, glaube ich. Er hatte einen Hut auf.«

»War er weiß?«

»Weiß, mager. Jung. Aber Muskeln, wissen Sie?«

»Wie konnten Sie seine Muskeln sehen?«

»An seinen Unterarmen, als er … daran gerubbelt hat.«

»Trug er vielleicht eine Uhr? Schmuck?«

»Keine Uhr. Keinen Schmuck.«

»Haben Sie ein Tattoo gesehen?«

»Er war ein dünner, junger Mann. Ziemlich stark.«

»Sauber rasiert?«

»Ja. Nicht so ein Ziegenbart.«

»Und während er … an sich herumspielte, sagte er irgendwas?«

»Nein.«

»Und er hat Sie nicht angefasst?«

»Nein. Ich hab so getan, als würde ich schlafen, und nach einer Minute ist er gegangen.«

»Was nahm er mit?«

»Nur meine Tasche. Meine Schlüssel.«

»Ihre eigenen Schlüssel?«

»Ja, meine eigenen Schlüssel.«

»Also nur Ihre Schlüssel?«

»Nein.«

»Was für andere Schlüssel noch?«

»Schlüssel von Leuten, deren Häuser ich putze.«

»Mrs Kwalingana«, sagt Howie. »Das ist jetzt wichtig. Waren diese Schlüssel mit Adressen versehen?«

»Halten Sie mich für dumm?«

»Nein, ich halte Sie nicht für dumm.«

»Gut. Bin ich nämlich nicht.«

»Haben Sie zu Hause einen Computer?«

»Wozu das denn?«

»Schon gut. Haben Sie die Adressen Ihrer Kunden irgendwo aufgeschrieben?«

Sie tippt sich an den Kopf. »Nicht nötig.«

»Und am Morgen meldeten Sie den Diebstahl der Polizei?«

»Ja.«

»Was geschah?«

»Ich hab Wasser aufgesetzt, rumgesessen und gewartet. Und irgendwann kreuzen sie dann tatsächlich auch auf. Ich erzähle ihnen, was passiert ist, sie geben mir eine Tagebuchnummer für die Versicherung. Ich sage ihnen: ›Diese Schlüssel, wenn mein Boss rauskriegt, dass sie weg sind, feuert er mich.‹ ›Wir können nichts für Sie tun‹, sagt die Dame von der Polizei. Ich beschimpfe sie, und sie geht. Ich sehe die Polizisten nie wieder.«

»Und wie hat Ihr Arbeitgeber reagiert«, fragt Luther, »als Sie ihm vom Verlust der Schlüssel erzählt haben?«

»Das habe ich nicht.«

»All diese Schlüssel wurden gestohlen, und Sie haben es nie jemandem erzählt?«

»Nein.«

Er blickt in seine Notizen, weiß, dass ihm etwas fehlt. »Sie brauchen diese Schlüssel, um in die Häuser reinzukommen, die Sie putzen, richtig?«

»Richtig.«

»Hatten Sie Ersatzschlüssel?«

»Nein.«

»Also?«

Er lehnt sich zurück. Verschränkt die Arme. Wartet.

»Also«, sagt sie. »Die Schlüssel wurden am Freitag gestohlen. Keine Putztermine am Samstag. Am Sonntagmorgen stehe ich auf – kann nicht schlafen, wissen Sie. Muss immer wieder Fenster und Türen überprüfen.«

»Und?«

»Und da liegt ein Umschlag in der Diele.«

»Was ist in dem Umschlag?«

»Meine Schlüssel.«

Luther blickt zu Howie.

»Was?«, fragt er. »Alle?«

»Alle.«

»Er hat Ihnen Ihre Schlüssel zurückgegeben?«

»Ja.«

»Haben Sie sich je gefragt, warum?«

»Oft.«

»Irgendwelche Vermutungen?«

»Weil er damit nichts anfangen kann?«

»Warum hat er sie dann nicht einfach weggeworfen?«

»Vielleicht ist er tief in seinem Inneren ein guter Junge.«

»Könnte sein«, sagt Luther. »Haben Sie die Polizei benachrichtigt?«

»Ja. Sie sagten, sie schicken den Special Air Service.«

Luther lacht, er mag diese Frau. Er sagt: »Es tut mir leid, dass man Sie nicht besser behandelt hat.«

»Nicht Ihre Schuld. Der junge Mann heute Morgen war sehr nett. Er hatte ein freundliches Gesicht. Wie hieß er doch gleich?«

»Das weiß ich leider nicht.«

»DS Ripley«, sagt Howie.

»Ich kenne DS Ripley nicht«, sagt Luther. »Aber wenn ich ihn treffe, werde ich ihm ganz bestimmt Ihre freundlichen Worte ausrichten. Schlafen Sie jetzt besser?«

»Ein bisschen. Ich hätte gerne einen Hund.«

»Das ist eine gute Idee.«

»Ich habe Angst, mir einen zu holen; vielleicht falle ich hin und dann kann ich ihn nicht mehr füttern.«

Luther steckt das Notizbuch ein. »Sie haben den Umschlag, in dem die Schlüssel lagen, nicht zufällig aufbewahrt, oder?«

»Ich weiß nicht. Ich glaube nicht.«

»Also haben Sie ihn möglicherweise doch aufbewahrt? Um ihn noch mal zu verwenden, eine Rechnung zu bezahlen, eine Weihnachtskarte zu verschicken?«

»Das ist nicht ausgeschlossen.«

»Würde es Ihnen etwas ausmachen, wenn ich jemanden mit zu Ihnen schicke, um nachzusehen?«

»Fährt er mich dann nach Hause?«

»Ja. Und es wird eine Sie sein.«

»Gut. Dann gerne.«

»Falls Sie sich erinnern«, fragt er, »war da auf dem Umschlag irgendwas drauf? Irgendwelche Worte oder Zeichnungen oder …«

»Ich glaube nicht. Tut mir leid.«

»Kein Problem. Sie haben uns sehr geholfen.«

Luther und Howie stehen auf, gehen zur Tür.

Mrs Kwalingana fragt: »Haben Sie irgendwelche Vermutungen?«

»Worüber?«

»Warum er mir meine Schlüssel zurückgegeben hat?«

Luther zögert. Er überlegt, was er sagen soll.

Der Einbrecher brauchte Schlüssel, um sie nachmachen zu lassen, denkt er. Deswegen hat er sie sich von Ihnen geholt. Aber er wollte nicht, dass Sie es Ihrem Boss sagen. Denn Ihr Boss würde es den Leuten sagen müssen, denen die Schlüssel gehören. Und diese hätten die Schlösser ausgetauscht.

Das kann er nicht sagen. Aber ihm fällt auch nichts Beruhigendes ein, was er sonst sagen könnte.

Er lächelt Mrs Kwalingana an, nickt ihr aufmunternd zu und verlässt das Vernehmungszimmer.

Als Patrick nach Hause kommt, sitzt Henry auf der untersten Stufe der Treppe, den Kopf in die Hände gestützt.

Er schaut auf, als Patrick durch die Tür kommt. Er reibt sich über die Augen. Er ist seit Stunden wach. Er fragt: »Und, wo ist sie?«

Patrick wappnet sich. »Sie wollte nicht mitkommen.«

»Und warum hast du sie dann verdammt noch mal nicht dazu *gezwungen*?«

»Ich konnte nicht, Dad.«

Henry steht auf. Er tritt näher an Patrick heran. »Konnte nicht? Oder wollte nicht?«

»Es tut mir leid, Dad.«

Henry verzieht die Lippen und grinst höhnisch. »Es tut mir leid, Dad«, äfft er Patrick nach.

»Ich hab's echt versucht«, sagt Patrick.

»Ich hab's echt versucht«, wiederholt Henry.

»Ehrlich.«

»Ehrlich.«

Henry schlägt Patrick.

Er packt Patricks Haar mit der Faust und drückt ihn hinunter. Ein Hagel harte Hiebe auf Ohr und Wange, dann dreht Henry

Patrick herum und schleudert ihn gegen die Wand. Vier bösartige kleine Stöße in die Nieren.

Dann beißt er in Patricks Kopfhaut.

Patrick schreit auf. Er fleht und bettelt.

Henry spuckt einen münzgroßen Fetzen Haare und Haut aus.

Einmal – vor langer Zeit, vor mehreren Jahren – zwang Henry Patrick, einen Hund zu quälen. Es war ein Deutscher Schäferhund, ein intelligentes und edles Tier. Henry band ihn im Garten fest und gab Patrick eine Kette, um ihn damit zu schlagen.

Während Patrick auf den Hund eindrosch, schnappte und knurrte dieser zunächst, fletschte die zusammengebissenen Zähne, schnappte und sprang auf ihn zu. Aber gegen Ende, nachdem er alles vollgeschissen und vollgepisst und Patrick mit seinem Kot und seinem Blut beschmiert hatte, robbte er mithilfe der Vorderpfoten zu ihm. Seine Ohren waren angelegt. Er winselte und versuchte mit dem Schwanz zu wedeln.

»Siehst du?«, sagte Henry. »Jetzt liebt er dich.«

Henry hat Jahre damit verbracht, Liebe in Patrick hineinzuprügeln. Aber das hier sind keine Prügel aus Liebe. Es sind einfach nur Prügel. Patrick kennt den Unterschied.

Als es vorbei ist, stellt Henry sich über ihn. Sein Haar ist durcheinander. Sein Gesicht ist bleich vor Hass. Zwei blasse Rotzströme laufen von seinen Nasenlöchern in seinen Mund.

»Und was zum Teufel machen wir jetzt?«, schreit er. »Was zum Teufel soll ich machen? Alle werden denken, ich bin ein beschissener Kinderfummler.«

Er tritt Patrick. Dann zieht er sich in die Küche zurück, den Kopf in den Händen.

Patrick rollt sich auf dem Boden zu einer Kugel zusammen. Er liegt da und bewegt sich nicht.

# 9

Maggie Reilly ist einundfünfzig und äußerst gepflegt – selbst im Studio, wo nur ihr Produzent und der Techniker sie sehen können. Grauer Hosenanzug, kirschrote Hemdbluse, Lack-High-Heels.

Maggie ist auf einem kurvenreichen und nun vergessenen Weg hierher gelangt: *Bristol Evening Post* mit achtzehn, direkt nach dem Abitur. Mit fünfundzwanzig wechselte sie zum Fernsehen, arbeitete als Reporterin bei *Westward!*, einer Vorabendsendung zum Tagesgeschehen. Zwei Jahre später begann sie bei den Fernsehnachrichten in London.

Sie wurde für ein paar Preise nominiert, unter anderem für den Hintern des Jahres. Man ernannte sie zur Korrespondentin in einem recht medienwirksamen Scheidungsfall. Es gab ein paar wenig schmeichelhafte Fotos in den Zeitungen, das bekannteste zeigte Maggie, die im Schlabberlook und verkatert das »Liebesnest« verlässt; ein unglückliches Zusammenspiel von Licht und Schatten addierte zwanzig Jahre und mehrere Kinnfalten hinzu. Daraufhin verschwand sie für ein oder zwei Jahre in der Versenkung und schrieb eine Zeitungskolumne, in der sie Meinungen vertrat, die eigentlich nicht ihre waren, oder zumindest nicht völlig.

Und hier ist sie nun, wieder auferstanden, und erfreut sich stabiler, aber unspektakulärer Einschaltquoten während der Sendezeit von *Talk London Drivetime*, 15 bis 19 Uhr. Gestern wurde eine ältere Einwanderin direkt in der Nähe des Camberwell Art College von einem Ziehharmonikabus erfasst und getötet – über nichts können die Londoner sich so aufregen, wie über einen Tod durch einen Ziehharmonikabus. Maggie hat zu dem Thema schon drei Anrufe in Folge entgegengenommen, langsam wird es öde. Da sie mit etwas anderem weitermachen will, drückt sie die Dump-Taste und schaltet auf Leitung vier.

»Pete Black aus Woking«, sagt sie. »Sie sind hier bei Maggie Reilly auf *London Talk FM*.«

»Hallo Maggie«, sagt Pete Black aus Woking. »Zum ersten Mal angerufen, aber schon immer ein Fan.«

»Tja«, kichert sie mit Blick auf den Monitor an der Ecke ihres Tisches, »davon kann ein Mädchen nie genug haben.«

»Seit '95, um genau zu sein«, sagt Pete aus Woking. »Ich hab früher in Bristol gewohnt.«

»Tatsächlich, Schätzchen?«

Er lacht über den übertriebenen Akzent. »Ich erinnere mich an diese Sache, über die Sie berichtet haben«, sagt er. »Die Sache mit dem kleinen Adrian York.«

Maggie lacht ihr beinahe berühmtes Raucherlachen. »Also wenn ich jetzt ein wenig einsam wäre, würde ich sagen, daraus könnte ich auf Ihr Alter schließen. Also, was hat Sie heute auf die Palme gebracht, Pete?«

»Okay. Eigentlich rufe ich an, um zu sagen, dass ich derjenige bin, der Tom und Sarah Lambert getötet hat. Ich war das.«

Es folgen zwei volle Sekunden Funkstille, während derer Maggie aufschaut und Blickkontakt mit ihrem Produzenten Danny sucht. Er greift schon nach dem Telefon, um den Senderchef anzurufen.

Der Techniker Fuzzy Rob twittert bereits.

Mit dem Telefon in der Hand gestikuliert Danny: *Mach weiter.*

Maggie schluckt. Ihre Kehle ist trocken. Sie fragt: »Sind Sie noch dran, Pete?«

Luther ist gerade dabei, sich einen Instantkaffee zu machen und Cracker aus der Packung zu essen, als Detective Sergeant »Scary« Mary Lally zu ihm kommt.

Sie reicht ihm eine dünne Mappe. »Der Kopf, den wir in dem besetzten Haus gefunden haben. Die Besitzerin ist eine Chloe Hill.«

Luther schaltet den Wasserkocher ein, dann blättert er die Mappe durch. »›Besitzerin‹«, wiederholt er. »Besitzen Sie Ihren Kopf?«

»Wie auch immer. Er gehört Ms Hill. Sie war neunzehn. Starb bei einem Motorradunfall. Canvey Island.«

»Also hat er es nicht nur auf tote Mädchen abgesehen. Sondern auf tote Mädchen und Motorräder. O Mann.«

»Ihr Grab ist geschändet worden«, sagt Lally. »Das war vor sieben oder acht Monaten. Wir glauben, dass er sie entweder selbst ausgegraben oder einen Freund dafür bezahlt hat, es für ihn zu tun.«

»Und wo ist der Rest von ihr?«

»Noch immer im Grab vermutlich.«

»Das können wir nur hoffen, was?«

»Soll ich eine Exhumierung anordnen?«

»Ja, bringen wir die Dinge in Gang. Das hat also nichts mit dem Lambert-Mord zu tun?«

»Ich denke nicht, Chef.«

»Nennen Sie mich Boss.«

Luther massiert sich die Stirn, gibt ihr die Mappe zurück. Er will gerade noch etwas sagen, als die Tür aufgerissen wird und Teller hereinstürmt.

»Hören Sie jemals *London Talk FM*?«, fragt sie.

»Nein«, antwortet Luther. »Wieso?«

»Kommen Sie mit«, sagt sie. »Das hier wird Ihnen gefallen.«

Luther folgt ihr durch ein merkwürdig stilles und aufmerksames Großraumbüro und fragt sich, was los ist.

Teller knallt ihre Bürotür zu, bedeutet ihm, zu schweigen und zuzuhören.

Sie hackt mit einem Finger auf ihre Tastatur, um den Ton einer gestreamten Radiosendung wieder einzuschalten.

»Pete«, sagt die Frau mit der Reibeisenstimme im Radio. »Ich flehe Sie auf Knien an. Bitte. Ob das nun wahr ist oder nicht, Sie brauchen Hilfe. Sie müssen sich bei den zuständigen Behörden melden.«

»Tom und Sarah Lambert haben meine Tochter sexuell missbraucht«, sagt der Anrufer. »Sie waren nicht dazu geeignet, Eltern zu werden.«

Luther blickt zu Teller.

Sie reagiert nicht. Sie geht mit verschränkten Armen und gesenktem Kopf im Büro auf und ab.

Luther senkt den Kopf. Schließt die Augen. Hört zu.

»Sie wirkten wie ein nettes Pärchen«, sagt der Anrufer. »Sie waren kinderlieb. An einem Abend ließen wir sie auf unser kleines Mädchen aufpassen …«

»Pete, ich muss Sie hier unterbrechen.«

»Okay. Schon klar. Ich meine nur, es gab Gründe.«

»Was immer Ihre Gründe waren«, sagt Maggie Reilly, »es geht hier um ein hilfloses Baby. Also, wo befindet sich die kleine Emma jetzt?«

Luther formt lautlos die Worte: *Emma? Seit wann?*

Teller zuckt mit den Schultern.

»Das kann ich Ihnen nicht sagen«, antwortet Pete Black.

»Ein Neugeborenes muss ärztlich betreut werden, Pete. Das müssen Sie doch wissen.«

»Sie ist gesund und munter. Sie ist glücklich. Sie ist ein sehr zufriedenes kleines Baby. Sie ist wundervoll.«

»Sie wissen doch, dass Sie sie nicht behalten können. Sie müssen sie den zuständigen Behörden übergeben.«

»Deswegen rufe ich an. Ich will, dass man sich gut um sie kümmert. Ich will, dass sie zu einer liebevollen Familie kommt, die richtig für sie sorgen kann.«

»Also was schlagen Sie vor?«

»Ich setze sie heute Nacht irgendwo ab. Bei einem Krankenhaus. Oder sonst wo. Bei einem Kloster oder so.«

»Warten Sie nicht bis heute Nacht. Machen Sie es jetzt. Machen Sie es, so schnell Sie können, Pete.«

»Ja. Aber ich brauche schon eine Absicherung.«

»Was für eine Absicherung? Von wem?«

»Von der Polizei.«

Teller stemmt sich gegen den Tisch. *Jetzt kommt's.*

»Eine Absicherung welcher Art?«, fragt Maggie.

»Ich will, dass die Polizei mir vor ganz London verspricht, dass sie mich Emma sicher absetzen lässt. Dass die Krankenhäuser nicht überwacht werden.«

Teller verlassen ihre Kräfte, und sie setzt sich.

»Alles, was ich will«, sagt Pete Black, »alles, was ich will, ist, dass die kleine Emma gesund und unversehrt bleibt. Die Polizei muss mir dabei helfen. Ich ruf später noch mal an.«

Man hört ein Klicken, die Leitung ist tot.

Drei endlose Sekunden Funkstille.

»Okay, London«, sagt Maggie Reilly. »Zu Ihren Reaktionen kommen wir gleich. Vorher machen wir direkt weiter mit den Nachrichten.«

Nach einer Weile fragt Teller: »Also, was halten wir davon?«

Luther fährt sich mit den Händen übers Gesicht. Kratzen von Haut auf Stoppeln.

»Er ist es.«

Es ist die Selbst-Rechtfertigung, die moralische Leere. Das Kontrollbedürfnis.

Er reibt seine müden Augen. Schaut zur Decke.

»Heilige Scheiße«, sagt er.

*London Talk FM* hat seinen Sitz in einem Bürogebäude auf der Gray's Inn Road. Grau und chromfarben, Rauchglas. Luther und Howie kommen am frühen Abend dort an, sie müssen sich durch ein Knäuel bereits draußen versammelter Medienvertreter drängen.

Am Empfang steht ein uniformierter Wächter. Er fordert Luther und Howie auf, sich einzutragen, gibt ihnen jeweils ein Gästeschildchen, schickt sie zu den Aufzügen.

Sie fahren fünf Stockwerke hoch, betreten dann einen anonymen Vorraum. An den Wänden hängen ein paar eingerahmte Werbeplakate.

Sie werden von einer hübschen und dynamischen jungen Praktikantin begrüßt, die sie in ein Konferenzzimmer mit Glaswand führt. Plundergebäck auf dem langen Tisch.

Auf der gegenüberliegenden Seite des Tisches sitzen ein schmuddeliger Mann und eine gut aussehende Frau mittleren Alters. Danny Hillman und Maggie Reilly.

Die vier schütteln sich über den Tisch hinweg die Hände, freundlich und wachsam. Hillman holt zwei Visitenkarten aus seiner Brieftasche und schiebt sie über den Tisch zu Luther und Howie.

Luther sieht sich die Karte flüchtig an. »Tut mir leid, dass ich sofort zur Sache kommen muss«, sagt er, »aber wie Sie wissen, befinden wir uns hier in einem Wettlauf gegen die Zeit, also …«

Maggie Reilly schenkt ihm ihr Lächeln. »Fragen Sie ruhig.«

»Selbstverständlich«, sagt Luther, »ist es unsere oberste Priorität, Sie zu bitten, diesem Mann nicht noch mehr Sendezeit zu gewähren.«

»Mal im Ernst«, sagt Hillman. »Wie könnten wir je rechtfertigen, dieser Bitte zu folgen?«

»Weil er nicht der ist, der er zu sein vorgibt?«

»Das wissen Sie ebenso wenig wie wir – solange Sie nicht den wahren Mörder erwischt und festgenommen haben. Haben Sie das?«

Luther zuckt mit den Schultern, steckt die Visitenkarte in seine Brieftasche.

»Ich werde mit Ihnen nicht über laufende Ermittlungen sprechen, Mr Hillman. Sie müssen mir da einfach vertrauen.«

»Wenn Sie wüssten, wer er ist«, sagt Danny Hillman, »dann hätten Sie den Medien bereits seinen Namen genannt.«

»Denken Sie, was Sie wollen. Aber ich garantiere Ihnen eins: Wenn Sie mit diesem Mann kooperieren, wird niemand dieses Baby je lebend zu Gesicht bekommen. Menschen wie Pete Black wenden sich nur dann an die Medien, wenn es ihren Zwecken dient.«

»Und können wir Sie mit alldem zitieren?«, fragt Maggie mit einem drohenden Grinsen. »Leitender Ermittlungsbeamter will *London Talk FM* zwingen, nicht bei der Suche nach Baby Emma zu helfen?«

Hillman greift ein, übergeht Luthers sichtliche Verärgerung. »Sehen Sie«, sagt er, »hier handelt es sich ganz klar um öffentliches Interesse. Wir haben die Sache unseren Anwälten vorgelegt. Sie sind einverstanden. Wenn Sie versuchen, uns mundtot zu machen, senden wir das, behandeln es als eine Story. Und sobald bekannt wird, dass die Polizei versucht hat, uns davon abzuhalten, bei der Rettung eines Kindes zu helfen – was passiert dann?«

Luther lehnt sich zurück. »Ich kann eine D-Notice beantragen.«

Er meint eine Defence Advisory Notice, eine offizielle Aufforderung an Nachrichtenredakteure, gewisse Berichte nicht zu veröffentlichen beziehungsweise zu senden.

Hillman sagt: »Wir geben keine Informationen heraus, die die nationale Sicherheit betreffen oder damit in Zusammenhang stehen.«

Luther geht nicht darauf ein. »Na, wie sind die Einschaltquoten?«, fragt er. »Schwindelerregend hoch, nicht wahr? Killer ruft an. Sie twittern, Sie stellen es auf Scheiß-Facebook, es verbreitet sich wie ein Lauffeuer. Sie nähren dieses neue Interesse, indem Sie den Anruf als Titelthema alle, was?, alle fünfzehn Minuten in den Nachrichten bringen. Killer-Anruf bei *London Talk FM*! Andere Nachrichtensender greifen die Story auf. So etwas verbreitet sich wie eine Explosion. In ein paar Stunden sitzen Sie auf der fettesten Story in Großbritannien. Was aus Ihnen, dieser Radiostation, die fetteste Story in Großbritannien macht. Wir haben sie unten gesehen. Die Hyänen.«

»Das hier ist eine kommerzielle Strategie, absolut«, sagt Hillman. »Aber ob Sie's glauben oder nicht, uns liegt das Interesse unserer Hörer tatsächlich am Herzen. Und unsere Stadt. Von Baby Emma ganz zu schweigen.«

»Sie heißt nicht Emma. Sie hat noch keinen Namen. Ihre Eltern sind vor ihrer Geburt gestorben.«

»Jetzt hat sie einen Namen«, sagt Maggie. »Wohl oder übel.«

»In Ordnung«, sagt Hillman. »Jetzt beruhigen wir uns alle mal.« Er steht auf und geht zum Fenster. Starrt hinaus aufs abendliche London – unwirkliche Stadt. Er dreht sich zu ihnen um, lehnt sich ans Fensterbrett. »Als Sie hier hereinkamen«, sagt er, »wussten Sie, dass wir die Story niemals kippen würden. Sie mussten darum bitten, aber Sie wussten es. Also was wollen Sie wirklich?«

Luther will nicht antworten, deshalb sagt Howie: »Wir wollen, dass Sie uns helfen, ihn zu erwischen.«

Die Praktikantin kommt mit Kaffee herein. Sie stellt ihn beinahe ehrfürchtig auf den Konferenztisch und schlüpft wieder hinaus. Als sie weg ist, ist ein Teil der Anspannung aus dem Raum gewichen.

Nachdem er die herausgeberischen Grundsätze erfolgreich verteidigt hat, erklärt Hillman sich mit dem verdeckten Einsatz eines polizeilichen Ermittlungs- und Beobachtungstrupps widerspruchslos einverstanden. Die Beamten werden in zivil erscheinen und alle Anrufe beim Sender überwachen und zurückverfolgen. (Sie werden auch die Umgebung überwachen, für den Fall, dass Pete Black persönlich auftaucht. Aber Luther hält es nicht für nötig, dieses Detail zu erwähnen.)

Die Besprechung endet recht herzlich. Luther und Howie knöpfen ihre Mäntel zu. Dann bleibt Luther in der Tür stehen. »Eine Sache noch«, sagt er.

»Fragen Sie ruhig«, sagt Hillman.

Doch Luther wendet sich an Maggie. »Es gibt jede Menge Journalisten auf der Welt«, sagt er. »Wieso hat er sich an Sie gewandt?«

»Ich nehme Ihnen das nicht übel«, sagt sie. »Offensichtlich hört er die Sendung. Wenn man in der Öffentlichkeit steht, stellen die Leute sich vor, eine Beziehung zu einem zu haben. Also, na ja. Er vertraut mir.«

»Aber er wusste ziemlich genau Bescheid.« Luther schaut in

seine Notizen und zitiert: »Diese Sache, über die Sie berichtet haben. Adrian York.«

»Ach«, grinst sie. »1995. Mein annus mirabilis. Die einzige Reportage, die ich je für *Newsnight* geschrieben habe. Herzensangelegenheit. Wurde nommed.«

»Nommed?«

»Nominiert. Der Margaret-Wakely-Preis für einen Beitrag zur Wahrnehmung weiblicher Interessen im Fernsehjournalismus.«

»Haben Sie ihn gewonnen?«

Das Grinsen wird breiter. »Ich spiele immer die zweite Geige.«

»Tut mir leid«, sagt Luther. »Ich möchte nicht unhöflich sein. Aber der Name, Adrian York. Er sagt mir nichts.«

»Genau darum ging es im Prinzip«, erklärt sie. »Es war wirklich ein ungeheuerlicher Fall. Macht mich immer noch wütend, wenn ich daran denke.«

Luther und Howie nehmen ihre Plätze wieder ein und lassen Maggie auf ihre Art erzählen.

»Kurz gesagt«, beginnt sie, »eine anständige Frau aus der Arbeiterklasse heiratet den Falschen. Chrissie York. Sie bekommt ein Kind, Adrian. Die Ehe scheitert. Der Mann hat einen australischen Pass. Chrissie fängt an, sich Sorgen zu machen, dass er das Kind entführen, es mit nach Hause nehmen würde.«

»Das kommt vor«, sagt Luther.

»Und ob das vorkommt. In der Zwischenzeit erhebt der Sohn gewisse Anschuldigungen gegen seinen Vater. Drogenkonsum, Prostituierte und so weiter. Die Mutter meldet die Anschuldigungen. Irgendein vom Gericht beauftragter Psychologe entscheidet, dass sie Adrian zur Lüge angestiftet hat, um den Vater zu diskreditieren. Dadurch fügt sie ihm sogenannten ›emotionalen Schaden‹ zu, was der nichtssagendste Sammelbegriff ist, den man sich nur vorstellen kann. Und als Adrian dann *tatsächlich* verschwindet, reagiert die Polizei langsam, da sie annimmt, dass die Mutter spinnt und der Vater es zum Besten des Kindes getan hat. Deswegen ist der Vater der Hauptverdächtige und auch einzige Verdächtige, wenn ›Verdächtiger‹ das richtige Wort ist.

Schließlich machen sie den Vater etwa achtzehn Monate später in irgendeinem Rattenloch in Sydney ausfindig. Er streitet kategorisch ab, seinen Sohn gekidnappt zu haben, will nichts mit ihm zu tun haben. Streitet sogar ab, dass der Junge von ihm ist. Aber zu dem Zeitpunkt liegt der Fall schon auf Eis und die Geschichte ist nicht mehr aktuell. Wurde nie von den Medien aufgegriffen. Oder von der Polizei. Nichts für ungut.«

»Kein Problem. Ist bekannt, wo der Vater jetzt ist?«

»Keinen Schimmer.«

»Aber er war definitiv nicht Pete Black?«

»Er war Australier. Pete Black klingt für mich eindeutig nach London.«

»Für mich auch. Was geschah mit der Mutter?«

»Als ich zuletzt von ihr gehört habe, war sie im Krankenhaus. Überdosis. Aber das ist lange her.«

Luther schüttelt den Kopf.

Lautlos formt Howie die Worte: *O Mann.*

»Chrissie York hat ihren Sohn nie wiedergesehen«, sagt Maggie Reilly mit mehr als nur einem Anflug des alten Ärgers; hier spricht der ungezähmte Geist der Nachrichtenjournalistin, die sie einmal war – gerne immer noch wäre. »Sie hatte nie irgendeine Ahnung, was mit ihm geschehen ist. Obwohl, Ahnungen hatte sie natürlich jede Menge. Aber keine Beweise. Und niemanden schien das zu kümmern. Es war eine scheußliche kleine Story. Alles, was es zu zeigen gab, war diese Frau, die ihr Bestes getan hatte, die von allen im Stich gelassen worden war – weil sie den Falschen geheiratet hatte, weil sie der Arbeiterklasse angehörte, weil sie wie eine Hysterikerin klang. Und weil es noch andere, attraktivere Storys gab. Simplere Storys.«

»Und darüber war Ihr Beitrag? Der Beitrag, den Pete Black erwähnte?«

»Ja. Es war der beste Beitrag, den ich je verfasst habe.«

»Kann ich ihn sehen?«

Sie zeigt ihm ein kühles Grinsen. »Er ist auf meiner Website. Klicken Sie auf ›Archiv‹.«

Er nickt. Dann fragt er: »Hat Sie jemals jemand deswegen angerufen? Ungewöhnliches Interesse gezeigt? Briefe geschrieben? Sonst irgendwas?«

»Nie. Vergessen Sie nicht, die Entführung ist lange her, niemand erinnert sich daran.«

»Außer Pete Black aus Woking.«

»Anscheinend.«

»Und er hat Sie noch nie zuvor kontaktiert?«

Maggie bekommt ihren gebührenden Anteil an komischen Telefonanrufen. Eine kurze Google-Suche, und da ist sie: ihr lächelndes Grübchen-Gesicht, mit Photoshop aufgesetzt auf irgendeinen jüngeren, vollbusigeren und definitiv nackteren Frauenkörper.

»Ich hatte so meine Probleme«, sagt sie. »Einstweilige Verfügungen und all so was. Das gehört eben dazu.«

»Haben Sie eine Namensliste?«

»Nein, aber meine Agentur hat eine.«

»Und die würde sie weiterleiten?«

»Ganz sicher.«

Sie gibt ihnen die Kontaktdaten ihrer Agentur. Howie schreibt sie auf.

Dann sagt Maggie: »Eigentlich gab es doch jemanden, der immer wieder Interesse gezeigt hat.«

»Wer?«

»Eine Polizistin aus Bristol. Pat Maxwell. Ein paar Monate vor Adrian York hatte es eine versuchte Entführung gegeben. Nur wenige Kilometer entfernt. Ein kleiner Junge namens Thomas Kintry.«

»Sie sah da einen Zusammenhang?«

»Sie schien ziemlich sicher zu sein. Sonst offenbar niemand.«

»Wann haben Sie zum letzten Mal mit Pat Maxwell gesprochen?«

»Meine Güte, das ist Jahre her. Sie müsste jetzt in Rente sein, vermute ich. Falls sie überhaupt noch lebt.«

Luther und Howie gehen schweigend durchs Büro zurück zum Aufzug. Die Tür geht auf. Sie treten hinein.

Howie drückt den Knopf fürs Erdgeschoss.

Die Tür schließt sich.

Sie fragt: »Also, was meinen Sie?«

»Wozu?«

»Pete Black?«

»Entweder ist er ein Stalker«, sagt Luther, »irgendein Freak, der tatsächlich seit über fünfzehn Jahren ein Fan dieser Frau ist. In dem Fall würde man irgendeinen früheren Kontaktversuch erwarten.«

»Oder?«

»Oder er ist der Mann, der Adrian York gekidnappt und getötet hat. Und vielleicht versucht hat, diesen anderen kleinen Jungen zu entführen.«

»Kintry. Also warum dieser Anruf?«

»Vielleicht, weil Maggie die Einzige war, die je verfolgt hat, was er getan hat. Aber ich weiß nicht. Es fühlt sich nicht richtig an. Fühlt es sich für Sie richtig an?«

»Nein.«

»Gut, denn es ist nicht richtig, oder? Es ist nicht richtig.«

»Glauben Sie, dass er das Baby ernsthaft zurückgeben will?«

»Ich weiß nicht. Ich verstehe ihn nicht. Ich sehe ihn nicht vor mir.«

Die Tür geht auf. Sie treten aus dem Aufzug, durchqueren die helle Lobby, schieben sich durch die Nachrichtenteams und gehen weiter in den regnerischen Abend.

Dann bleibt Luther stehen.

Pendler, Einkaufsbummler und Touristen fließen an ihm vorbei wie Wasser, das an einem Felsbrocken vorbeirauscht.

»Adrian York«, sagt er. »Das ist eine Entführung, die niemand je als Entführung erkannt hat. Richtig?«

Howie nickt, weiß, dass sie ihn nicht unterbrechen soll.

»Also. Einführung in die Opferwissenschaft: Was, wenn er sich Adrian York *deswegen* ausgesucht hat? Die andere Entführung, der Kintry-Junge, wenn sie wirklich zusammenhängen … sie klingt wie ein ungeplanter Blitzzugriff, der schiefgegangen ist.«

»Ein Probedurchlauf«, sagt Howie.

»Genau. Also, sagen wir, er hat daraus gelernt. Seine Methoden verfeinert. Er versucht es mit roher Gewalt am helllichten Tag. Das klappt nicht. Vielleicht war er näher dran, geschnappt zu werden, als wir denken. Also beschließt er, es auf andere Art anzugehen.«

»Ich verstehe Sie nicht.«

»Ich meine, was, wenn er von den Beschwerden der Mutter wusste?«

»Chrissie York.«

»Was, wenn er von Chrissie Yorks Beschwerden beim Sozialamt wusste? Was, wenn er wusste, dass sie nicht ernst genommen wurden? Wenn er *das* wusste, wusste er auch, dass er den York-

Jungen direkt von der Straße mitnehmen könnte. Und wenn er schnell genug ist und niemand es sieht … würde niemand glauben, dass es überhaupt *geschehen* ist.«

»Was es zur perfekten Entführung macht«, sagt Howie. »Aber das ändert nichts an der Tatsache, dass er fünfzehn Jahre lang darüber geschwiegen hat wie ein Grab. Warum fängt er also jetzt an, Radiosender anzurufen?«

»Ich weiß nicht«, antwortet Luther. »Vielleicht, weil das mit Adrian York gut gegangen ist und das mit den Lamberts nicht?«

»Inwiefern nicht? Er hat das Baby.«

»Kommt drauf an, was er damit wollte. Aber vielleicht ist es ihm peinlich. Er verspürt das Bedürfnis, zu rechtfertigen, was er getan hat.«

»Aber warum verspürt er dieses Bedürfnis jetzt?«

»Weil er ein Psychopath ist. Er hat weder Scham- noch Schuldgefühle. Er steht darüber. Er ist einzigartig. Er schaut auf uns herab. Er verabscheut uns. Aber es ist ihm wichtig, dass wir *wissen*, dass er besser ist als wir. Er braucht unsere Bewunderung.«

Auf dem Weg zum Auto ruft er Teller an. Er bittet sie, sich mit der Polizei von Avon und Somerset in Verbindung zu setzen, damit sie einen Kurier mit den Akten der ungelösten Fälle Adrian York und Thomas Kintry herüberschicken.

Er fragt nach den Kontaktdaten von Detective Inspector Patricia Maxwell, vermutlich pensioniert.

Er ruft Ian Reed zu Hause an und bittet ihn, Maggie Reillys alte Reportage zu überfliegen und zu schauen, ob ihm irgendetwas relevant oder sonderbar vorkommt.

Das sind alles Schüsse ins Blaue: Der York-Fall ist fünfzehn oder sechzehn Jahre alt. Aber es müssen alle Möglichkeiten überprüft werden.

Dann ruft er Zoe an und bittet sie, sich mit ihm zu treffen.

## 10

Luther geht durch einen abendlichen Schwarm Aktentaschen, Regenschirme, Nadelstreifenanzüge und Taxis, dann betritt er den Postman's Park. Er geht durch den eisigen Regen, bis er eine lange, hölzerne Galerie erreicht, die eine mit Keramikfliesen dekorierte Mauer überdacht.

Während er wartet, liest er, was auf einigen Fliesen geschrieben steht. Schöpft daraus einen seltsamen Trost:

*Elizabeth Coghlam, 26 Jahre, wohnhaft Church Path, Stoke Newington. Starb, als sie ihre Familie und ihr Haus rettete, indem sie brennendes Paraffin in den Hof trug. 1. Jan. 1902*

*Tobias Simpson, gestorben an Erschöpfung, nachdem er viele Menschen vom einbrechenden Eis auf den Highgate Ponds rettete, 25. Jan. 1885*

*Jeremy Morris, 10 Jahre, badete im Grand Junction Canal. Opferte sein Leben, um seinem ertrinkenden Kameraden zu helfen, 2. Aug. 1897*

Die Heldentafel heißt »Das Denkmal der heroischen Selbstopferung«. Im viktorianischen Zeitalter wusste man noch, wie man Dinge benennt.

Er dreht sich um und Zoe ist da, zitternd und nass trotz ihres Mantels, sie hält zwei Pappbecher mit Kaffee in den Händen.

»Ich hab die Nachrichten gesehen«, sagt sie.

»Tja.« Er nimmt einen Kaffee. »Schlimmer Tag.«

Sie stehen nebeneinander, lesen die Inschriften. Nippen am Kaffee.

»Lebt das Baby?«, fragt sie.

»Ich weiß es nicht. Ein Teil von mir hofft nein.«

»Kommst du heute Nacht nach Hause?«

»Ich kann nicht. Rose hat mich gebeten, länger zu bleiben.«

Eigentlich hat Teller ihm befohlen, nach Hause zu gehen und ein wenig zu schlafen.

Er wird nicht gebraucht: Sie holen Leute aus dem Genesungsurlaub. Speziell ausgebildete Überwachungseinheiten werden die Krankenhäuser, Ambulanzen und Notunterkünfte beobachten. Jetzt gerade sind Hunderte von Bullen da draußen, die darauf warten, dass Pete Black irgendwo in Londons düsterem Gesicht auftaucht, ein Baby in den Armen, lebendig oder tot.

»Ist das okay für dich?«, fragt Luther.

»Mir macht das nichts aus«, antwortet sie. »Ein Glas Wein, Arbeit nachholen. Ich hab heute zwei Stunden mit diesen Scheißschulkindern verbracht.«

»Schließ die Türen und Fenster ab«, sagt er. »Schalte den Alarm ein. Schieb die Riegel vor. Bei der Vorder- und Hintertür.«

»Ich schließe die Türen und Fenster immer ab.«

»Ich weiß.«

»Warum sagst du es dann?«

»Damit ich mich besser fühle.«

»Genau das ist das Problem dabei«, sagt sie. »Du verbringst den ganzen Tag mit diesen Sachen. Du siehst sie überall.«

»Ich weiß.«

»Sie sind nicht überall.«

»Ich weiß.«

»Als wir jung waren«, sagt sie, »als du gerade angefangen hattest, bist du in diese Wohnung gegangen. Eine alte Frau war allein gestorben. Sie hatte etwa zwei Jahre lang tot in ihrem Sessel gelegen. Sie war mumifiziert.«

»Irene«, sagt er.

»Genau. Du kamst nach Hause. Wir hatten diese kleine Wohnung in der Victoria Road, die winzig kleine mit dem Gemeinschaftsbad und dem seltsamen Paar unter uns. Wendy und Dave.«

Er lächelt traurig, als er sich daran erinnert.

»Ich bin eingeschlafen, bevor du zurück warst«, sagt Zoe. »Du kamst rein, hast dich auf die Bettkante gesetzt. Ich sah dir zu, wie du in etwa zehn Minuten einen halben Liter Whisky getrunken hast. Es war das erste Mal, dass ich dich richtig weinen sah.«

Er zuckt mit den Schultern. »Es war traurig.«

»Ich weiß, dass es traurig war, es war wirklich traurig. Ich denke immer noch manchmal an sie.«

»Ich auch.«

»Aber in der Nacht, als du betrunken warst, warst du wütend. Ich meine, richtig wütend. Erschreckend wütend.«

Er dreht sich zu ihr, erinnert sich nicht. »Wütend worüber?«

»Über die Witze, die sie machten. Die Polizisten, der Leichenbeschauer, das Ambulanzteam. Über den Mangel an Respekt. Du hast gesagt, sie machten aus ihr ein Objekt, genau wie ein Mörder es machen würde. Und du bist über dich selbst so wütend geworden, weil du nichts zu ihnen gesagt hast. Ihnen nicht gesagt hast, dass sie mehr Respekt zeigen sollen.«

»Ich war jung.«

»Und du hast dich gefragt, ob du nicht einen schrecklichen Fehler gemacht hast – das Falsche getan hast, als du zur Polizei gegangen bist.« Sie wischt sich nasse Strähnen aus den Augen. »Damals hast du zum ersten Mal davon gesprochen, die Polizei zu verlassen. Vor sechzehn Jahren. Und seither sprichst du ständig davon, aufzuhören.«

»Ich weiß.«

»Aber du hast es nie getan.«

»Ich weiß.«

»Und du wirst es auch nie tun.«

Darauf antwortet er nicht. Wie könnte er?

Sie tritt näher. Sie stehen Seite an Seite, betrachten die Fliesen. Sie fragt: »Hast du schon mal von Bipolar-II-Störungen gehört?«

Er lacht.

»Sie werden oft nicht diagnostiziert«, sagt sie. »Ich hab das recherchiert. Hypomanie äußert sich oft als hyperaktives Verhalten.«

»Ich bin nicht manisch. Ich bin erschöpft.«

»Aber du kannst nicht schlafen.«

»Das ist nicht das Gleiche.«

»Ich meine, du schläfst *überhaupt nicht*. Überhaupt gar nicht.«

»Dann hol ich mir eben Tabletten.«

»Du sagst, sie trüben deinen Verstand.«

»Das stimmt.«

»Menschen mit Bipolar-II haben ein hohes Selbstmordrisiko.«

»Ich bin nicht selbstmordgefährdet.«

»Im Ernst? Niemals? Es kommt dir nie in den Sinn?«

»Es kommt jedem in den Sinn. Ab und zu.«

»Mir nicht.«

»Es ist einfach ein Denkmuster«, sagt er. »Suizidgedanken: ›Wenn ich es machen müsste, wie würde ich es machen?‹ Es ist kein Vorhaben. Es ist ein Spiel. Mehr oder weniger.«

»Hypomanie manifestiert sich bei einer Bipolar-II-Störung in Anspannung und Schlaflosigkeit«, erklärt sie.

»Tu mir das jetzt nicht an«, sagt er. »Bitte. Nicht jetzt.«

»Wann, wenn nicht jetzt?«

»Bald. Wir reden bald darüber.«

Sie lacht, und er begreift das Ausmaß ihrer Verbitterung.

»Ich verspreche es«, sagt er.

»Du versprichst es immer. Mehr tust du nicht.«

»Dann weiß ich nicht, was ich sagen soll.«

»Vielleicht gibt es nichts zu sagen. Weil wir beide schon alles gesagt haben, hundertmal. Für mich ist es genauso langweilig, es zu sagen, wie es für dich sein muss, es zu hören.«

Er antwortet nicht.

Sie sagt: »Sieh mir in die Augen, John. Sieh mich an.«

Er dreht sich um. Er sieht sie an. Sie ist nass. Elegant. Durchnässt vom Londoner Regen. Er liebt sie unbeschreiblich.

Sie fragt: »Was siehst du?«

»Ich weiß nicht«, sagt er. »Dich eben.«

»Und genau das ist dein Problem.«

Sie wirft ihm einen Blick zu, in dem Jahre ermatteter Liebe liegen.

Er sieht ihr nach, als sie weggeht – vollkommen gefasst und vollkommen verloren für ihn.

Nachdem sie gegangen ist, trinkt er den Kaffee aus und zerknüllt den Becher, er wirft ihn in den Müll und geht zu Howie. Sie sitzt am Steuer neben einer Parkuhr, liest die Abendausgabe des *Standard*: Maggie Reilly auf dem Titelblatt, ernst und glamourös. Ein kleineres Bild zeigt den Lambert-Tatort.

»London wartet«, sagt Luther.

Howie stöhnt, faltet die Zeitung zusammen und stopft sie neben ihren Sitz. Sie hat den Motor und die Heizung laufen lassen. Im Auto ist es unangenehm warm.

»Bei Twitter geht's rund«, sagt sie. »Facebook. Die Zeitungen bringen es auf ihren Websites. Maggie Reilly ist überall. Angeblich macht sie die Nachtsendung. Sie will«, liest sie im *Standard*-Interview nach, »›zur Stelle‹ sein, wenn er anruft.«

Luther beugt sich hinüber und schaltet das Autoradio auf *London Talk FM*. Er und Howie hören den Einsamen und Verlorenen und Tobenden dabei zu, wie sie sich dafür ereifern, die Todesstrafe wieder einzuführen.

Er starrt geradeaus, auf das stetige Gewirr des Verkehrs, die verregneten Ampeln, die rot, gelb, grün leuchten. Er schaut auf die Leute. Sie huschen zu schnell vorbei, um identifiziert werden zu können. Ein Fluss aus Fleisch, sich immer verändernd, sich niemals verändernd. Die Pendler mit ihren Aktenkoffern und Laptop-Taschen, die Jugendlichen in ihren Jeans und Stadtmänteln.

Irgendwann fragt er: »Haben Sie einen Freund? Eine Freundin? Einen Mann? Sonst jemanden?«

»Ja«, sagt sie. »Robert. Webdesigner. Ein Schatz.«

»Wann haben Sie ihn zum letzten Mal gesehen?«

»Fragen Sie nicht.«

»Wann haben Sie zum letzten Mal richtig geschlafen?«

Darauf antwortet sie nicht. Schaut nur durch die Windschutzscheibe, während sie fährt.

»Gehen Sie nach Hause«, sagt Luther.

»Ich kann nicht, Boss. Nicht heute Nacht.«

»Da draußen sind Hunderte von Bullen, die nach diesem Mann Ausschau halten«, sagt er. »Gehen Sie nach Hause. Verbringen Sie Zeit mit Robert. Schlafen Sie. Kommen Sie morgen früh rein, sehen Sie sich die York- und Kintry-Akten an. Dafür müssen Sie frisch sein.«

Howie lächelt beim Fahren. Sieht aus, als wollte sie ihn umarmen.

## 11

Reed setzt sich an den Tisch, klappt den Laptop auf, öffnet Maggie Reillys Website. Er geht auf ARCHIV, scrollt dann runter zum Jahr 1995, klickt auf einen Ordner mit dem Titel SOZIALÄMTER, »EMOTIONALER SCHADEN« UND FAMILIÄRE GERECHTIGKEIT.

In dem Clip spaziert Maggie Reilly in einem Ort namens Knowle West vor ein paar heruntergekommenen Sozialwohnhäusern entlang.

Sie sieht ziemlich gut aus, selbst bei einem *Walk and Talk*, bei dem sie mit übertriebenem Pathos in die Kamera spricht:

> »Ein vom Gericht beauftragter Psychologe, den wir aus rechtlichen Gründen nicht namentlich nennen können, entschied, die Mutter habe ihren Sohn zur Lüge angestiftet und dem Kind dadurch ›emotionalen Schaden‹ zugefügt. Alle diese Fälle haben gemeinsam, dass den Müttern vorgeworfen wird, sie würden ihre Kinder der Gefahr eines sogenannten ›emotionalen Schadens‹ aussetzen. Im letzten Jahr kamen mehr Kinder auf die Risikoliste wegen dieses angeblichen ›emotionalen Schadens‹ als wegen körperlicher Gewalt oder sexuellen Missbrauchs …«

Es klingelt an der Tür.

Reed stoppt das Video und humpelt zur Tür.

Vor ihm steht Zoe Luther.

Er lächelt. Dann erstarren seine Züge. Zoe ist völlig aufgelöst.

»Darf ich?«, fragt sie.

»Ja«, antwortet Reed und macht einen Schritt zurück. »Ja, natürlich.«

Sie tritt über die Schwelle. Reed schließt die Tür. Sie folgt ihm durch den Flur ins Wohnzimmer und tropft dabei aufs Parkett.

»Tee?«, fragt er.

»Tee wäre toll.«

»Ich hätte auch was Härteres, wenn du willst?«

»Wenn ich jetzt anfange zu trinken, weiß ich nicht, ob ich wieder aufhören kann.«

»Dann also einen Tee. Was ist denn los?«

»Schlimmer Tag.«

»Anscheinend für alle. Was kann man da machen?«

»Ich weiß es nicht, Ian. Was kann ich machen?«

Sie lässt den Kopf hängen und fängt an zu weinen.

Reed kommt zu ihr. Er legt den Arm um sie. »Na«, sagt er, »na, na, na«.

»Kannst du John anrufen?«, fragt sie.

»Warum?«

»Weil ich will, dass du dich versicherst, dass es ihm gut geht.«

»Es geht ihm gut«, sagt Reed. »Es ist alles okay. Er ist gestresst, aber ich glaube, es ist alles okay.«

»Ist es nicht. Er macht sich selbst krank.«

»Sch«, macht Reed. »Sch.«

»Rede mit ihm«, sagt sie. »Er liebt dich. Er wird auf dich hören.«

»Er liebt auch dich.«

Sie lacht, als wäre das ein bitterer Scherz.

»Zoe«, sagt Reed. »Ich schwöre bei Gott, ich kenne niemanden, der seine Frau auch nur halb so sehr liebt, wie John dich liebt.«

Für einen Augenblick herrscht eine verlegene Vertrautheit zwischen ihnen, sie ist beinahe normal genug, um sie beide zum Lachen zu bringen und so tun zu lassen, als würde das hier nicht geschehen.

Zoe füllt ein Glas mit Wasser. »Hast du Aspirin da?«

»In der Schublade ist Nurofen«, sagt er. »Ich hab auch etwas Codein. Das solltest du mal probieren. Ich bin konvertiert.«

Sie macht die Schublade auf und schüttet sich ein paar Schmerztabletten in die Hand.

»Okay«, sagt Reed. »Pass auf. Diese Sache, die Sache, die gerade läuft. Das ist ziemlich schlimm. Du hast recht, es hat ihn wahrscheinlich ganz schön mitgenommen. Sobald sich eine Gelegenheit bietet, knöpfe ich ihn mir vor. Rede ein ernstes Wort mit ihm.«

»Er wird sich umbringen«, sagt sie. »Er kann nicht so weitermachen wie bisher.«

Er fasst sie an den Schultern, hält sie auf Armeslänge. »Hör zu«, sagt er. »Das werde ich nie zulassen, klar? Denn ihr beide, John und Zoe, ihr seid diejenigen, die dem Rest von uns Hoffnung geben.«

»Dann möge Gott dir beistehen«, sagt sie.

Bill Tanner wohnt in einem kleinen, zweigeschossigen Reihenendhaus in Shoreditch.

Es ist viel weniger wert als vor drei Jahren, aber viel mehr als damals, als der ursprüngliche Besitzer George Crouch es 1966 erwarb.

Luther klingelt an der Tür. Drinnen bricht ein kleiner Hund in wütendes Kläffen aus. Die geblümten Vorhänge werden einen Spaltbreit zurückgezogen.

Im Bewusstsein, dass er beobachtet wird, hebt Luther die zwei *Tesco-Metro*-Tüten, die er in den Armen hält, in die Höhe. »Ich habe angerufen. Ich bin ein Freund von Ian Reed. John.«

Die Vorhänge schließen sich und das Licht im Flur geht an. Nach einer Weile öffnet Bill Tanner die Tür.

Obwohl Luther ihn schlurfen gehört hat und er nun gebeugt dasteht, hat Tanner noch immer etwas von der Ausstrahlung des kräftigen Mannes, der er einst war: breite Schultern und riesige, knotige Fäuste am Ende fleischiger Unterarme. Er hat dichtes, weißes Haar auf dem Kopf, nur auf dem Scheitel eine kahle, rosafarbene Stelle. Noch mehr weißes Haar sprießt in dicken Büscheln aus seinen Nasenlöchern und Ohren. Er trägt eine braune Strickjacke.

Zu seinen Füßen sitzt ein magerer, triefäugiger Yorkshire Terrier. Er kläfft weiter, während Tanner mit zitternder Hand in seine Tasche greift.

Er fischt einen zerknitterten Fünf-Pfund-Schein heraus und will ihn Luther geben – der abwinkt, er hält noch immer die schweren Tüten in den Händen. »Schon gut. Das geht aufs Haus. Gehört alles zum Service.«

Bill nickt mit seinem alten Löwenkopf und stopft den Fünfer wieder in die Tasche. »Danke, mein Junge. Möchten Sie dann auf ein Tässchen reinkommen?«

Luther zögert. Dann sagt er: »Na gut. Aber nur eins.«

Er tritt in den Flur.

Die Teppiche, Vorhänge und Möbel sind alt, viele Jahre lang sorgfältig gepflegt, aber nun schmuddelig wie bei alten Leuten eben; Luther entdeckt mehr als ein Hundehäufchen in dunklen Ecken, eins unter der Musikanlage.

Yorkies neigen dazu. Luther weiß das, denn seine Oma hatte einen.

Er folgt Bill in die Küche und zieht einen Vinyl-Stuhl heran. Er ist mit leuchtenden Sonnenblumen bedruckt, etwas, worauf die Hipster aus Shoreditch ganz scharf sind. Bill könnte die

Stühle am Spitalfields Market verkaufen und damit gutes Geld machen.

Bill setzt Wasser auf und versenkt einen *Tesco-Value*-Teebeutel in einer Tasse, deren Innenseite Luther lieber nicht näher untersucht.

Er macht den Kühlschrank auf, holt eine Schachtel Milch heraus, stellt sie auf der Arbeitsfläche ab. »Zucker?«

»Ein Stück, bitte.«

Bill fängt an zu zittern. Luther steht auf, stützt den alten Mann am Ellbogen. Hilft ihm, sich zu setzen.

Bill Tanner setzt sich mit gesenktem Kopf. Er hält noch immer die Milchpackung fest. Luther kann sie riechen.

»Was ist los?«

»Ich habe keinen Zucker im Haus.«

»Macht nichts«, sagt Luther. »Dann trink ich ihn eben ohne.«

»Ich hasse Tee ohne Zucker. Ohne Zucker ist es Pisse.« Er bebt. »Ich habe zu viel Schiss, um zu den Läden zu gehen, das ist das Problem. Stellen Sie sich das vor. Ein erwachsener Mann, und ich habe zu viel Schiss, mein eigenes Haus zu verlassen. Wenn es nachts an der Tür klingelt, krieg ich fast einen verdammten Herzkasper.«

»Das geht jedem so, wenn es nachts an der Tür klingelt«, sagt Luther. »Bleiben Sie sitzen. Ich mache den Tee.«

Nachdem sie den Tee getrunken haben, leert Luther die Einkaufstüten und zählt auf, was er gekauft hat: Brot, Milch, richtige Teebeutel, Instantkaffee, Dosenbohnen, Irish-Stew-Dosen, Suppendosen, Toilettenpapier, Toilettenreiniger, Lammkoteletts, Taschentücher, eine Buttercremetorte, Schokokekse, Vanille-Doppelkekse. Dann, zum Schluss, stellt er zwölf kleine Dosen Cesar-Hundefutter vor sich hin. »Zeigen Sie mir, wo das alles hinkommt«, sagt er. »Ich räum das weg.«

»Das müssen Sie nicht.«

»Sie sind ein Kumpel von Ian«, sagt Luther. »Ich habe versprochen, dafür zu sorgen, dass man sich um Sie kümmert. Er hält große Stücke auf Sie.«

»Er ist ein anständiger Bursche, dieser Ian«, sagt Bill Tanner.

»Das ist er.«

Nachdem Luther die Einkäufe eingeräumt hat, fragt er nach der Hundeleine und geht mit dem tatterigen alten Yorkie einmal um den Block. Er pinkelt an jeden dritten Laternenpfahl, hockt sich schließlich an der Ecke hin, um zu kacken.

Luther nimmt, ohne es zu wollen, jeden wahr, der im Vorbeigehen kichert: ein junges Pärchen, Hand in Hand, eine Gruppe weißer Jugendlicher, die vor einem China-Imbiss herumlungern.

Die Jugendlichen sehen ihn bösartig an, rufen ein paar Beleidigungen. Es ist ihm peinlich, wie der kleine Hund mit seinen steifen, kurzen Beinchen neben ihm hertrippelt. Aber er wirft ihnen einen ungerührten Blick zu, einen Blick, der deutlich macht, dass er keine Angst hat, und ihre Blicke gleiten still von ihm ab.

Er bringt den Hund zurück nach Hause und schließt sich selbst die Tür auf.

Er hilft dem alten Mann die Treppe hinauf und in sein muffiges Bett.

Dann trottet er nach unten. Er setzt sich in den Lehnstuhl und stellt das Kofferradio auf *London Talk FM*.

Er hört zu. Aber er kann nicht still sitzen. Er kann nicht aufhören, nachzudenken. Sein Kopf ist eine Stadt. Er geht auf und ab. Er reibt sich mit der Handfläche über den Schädel.

Der Hund läuft freudig neben ihm her, zeigt die Spitze seiner winzigen rosa Zunge.

Das Radio murmelt vor sich hin.

Howie geht zur Haustür hinein, schleppt sich zwei Treppen hinauf und öffnet die Tür zu ihrer Wohnung.

Robert schläft und sie will ihn nicht wecken. Also schleicht sie in das winzige zweite Schlafzimmer, rollt sich als Kissen einen Fleecepulli zusammen und schläft in ihren Kleidern.

Gegen fünf Uhr morgens schreit sie auf, laut genug, dass Robert wach wird. Er tappt zu ihr. Er steht halb nackt in der Tür und fragt sich, ob er sie wecken soll oder nicht.

Er entscheidet sich dagegen. Er geht zurück ins Bett. Er kann nicht mehr einschlafen.

Zoe nimmt ein langes Bad, obwohl sie heute schon zweimal geduscht hat, dann legt sie sich in Pyjama und dicken Socken aufs Sofa, das Haar zurückgebunden. Sie lässt *News 24* lautlos im Hintergrund flimmern und hört leise Maggie Reilly auf *London Talk FM*, während sie Fallnotizen durchsieht, eine halbe Flasche Wein trinkt und weinerlich wird.

Alle fünf Minuten schaut sie auf ihr Handy.

Gegen ein Uhr nachts gibt sie auf. Sie wickelt sich in eine weiche Fleecedecke, legt die Papiere zur Seite, dreht das Radio lauter und überfliegt die Nachrichten-Websites: LAND HÄLT DEN ATEM AN FÜR BABY EMMA. BANGES WARTEN AUF BABY EMMA. LONDON HÄLT DEN ATEM AN IM »BABY EMMA«-DRAMA.

Sie gleitet in den Schlaf und direkt in einen Traum, in dem sie und Mark vögeln. Er schiebt seine Finger in ihren Mund und sie beißt zu. Die ganze Zeit über sucht John etwas im Kleiderschrank.

Sie wacht auf, bevor sie auf dem Boden aufprallt, und konzentriert sich wieder auf die Nachrichten.

Dieselben zwei Fotos von Baby Emmas Mutter und Vater.

Dieselbe Tonaufnahme des Mannes, der behauptet, ihr Mörder zu sein. Dieselben nüchternen Nachrichtensprecher, derselbe ernste, genussvolle Schauder.

Sie blendet zurück zu gestern Mittag, der Art, wie Mark und sie sich umeinander wanden, in ihrem Kopf sieht es aus, als hätten sich ihre Beine umeinander geschlungen wie Schlangen. Sie denkt an Marks Mund an ihrer Brust und zwischen ihren Beinen, seine Zunge zwischen ihren Lippen, seinen Schwanz in ihrem Mund, und sie will sich übergeben.

Irgendwann nach drei Uhr schläft sie ein.

Um 4.17 Uhr erwacht sie schlagartig aus einem weiteren Traum, der schlimmer war als der erste.

Sie sitzt da bis kurz nach fünf, mit verklebten Augen und steifem Hals, hört dem leisen, hirnlosen Gemurmel des Talkradios zu und aktualisiert die *BBC-News*-Homepage alle paar Sekunden.

Danny Hillman sitzt im engen Produktionsraum und überwacht die Newsfeeds, RSS-Feeds, Reuters.

Aber hauptsächlich wartet er darauf, dass Pete Black anruft.

Kurz vor Mitternacht meldet sich Lucy, um zu hören, wie es ihm geht. Die Mädchen schlafen friedlich, sie schicken ihm Küsschen. Dannys Dad habe angerufen, um wegen Weihnachten zu fragen. Dannys Dad ist in einem Heim und ruft acht- oder neunmal die Woche an, um wegen Weihnachten zu fragen. Nach Weihnachten wird er anfangen, sich über Ostern Gedanken zu machen. Aber sonst hat Lucy keine Neuigkeiten. Sie hofft, es gehe ihm gut.

Danny sagt seiner Frau, dass er sie liebt. Sie sagt ihm, dass sie ihn auch liebt. Und viel Glück, sagt sie. Ich drück die Daumen.

Maggie sitzt am Mikrofon und nimmt Anrufe entgegen. Sie ist erschöpft und aufgekratzt.

Die sensationsgierigen Kameras warten unten. Der Sender selbst ist eine Sensation. Die Show ist eine Sensation. Aber Maggie ist die wahre Sensation.

Sie ist für den Anlass passend gekleidet – für die improvisierte Pressekonferenz, die sie abzuhalten hofft, bevor der Tag zu Ende geht. Aber die steifen Kleider und neuen Schuhe fühlen sich falsch an auf ihrem müden Körper.

Die Uhr tickt.

Das Licht wirkt zu hell und leuchtet grell auf weiße Wände.

Sie blickt in die Ecke, und da stehen ihre neuen Schuhe, und es kommt ihr seltsam vor, das hier barfuß zu machen. Für einen solchen Anruf will man bereit sein, wenn er kommt.

Luther sitzt in dem hohen Sessel, eingehüllt in seinen Mantel. Er schließt die Augen und hört dem leisen Murmeln des Radios zu.

In der Dunkelheit hört er Bill Tanner oben schnarchen.

Er versucht, nicht darüber nachzudenken, wo das Baby der Lamberts sein mag und was der Mann, der sich Pete Black nennt, ihm gerade antun könnte. Er versucht, nicht an die Dinge zu denken, die er gesehen hat. Dieses zwanzig Jahre währende Abrutschen in Blut und Knochen und Knochenmark.

Er tut das, was er immer tut, wenn der Zug in seinem Kopf nicht anhalten will: Er denkt an seine Frau. Er denkt an den Tag, als er sie zum ersten Mal sah. Ihren Zigeunerrock und die flachen Schuhe, ihr Lächeln. Ihre Stimme, die ihm wohlige Schauer über den Rücken jagte. Das tut sie noch immer.

Er scrollt durch seine Erinnerungen an sie – sein persönliches Kōan. Ihre Universitätsabschlussfeier, der Tag, als sie zusammenzogen. Die Woche, als er Grippe hatte und sie ihn pflegte. Ihr

Hochzeitstag. Aufs Sofa gekuschelt fernsehen. Ihre Nacktheit. Zusammen im Supermarkt einkaufen. Ihre Nachsicht, während er die duftenden Reihen in Antiquariaten durchstöbert.

Aber die Erinnerungen sind wie Kopien von Kopien. Er durchsucht sie nach etwas Neuem, aber Gutem – etwas, das ihm gehört, hier und jetzt.

Er findet nichts außer Zoe heute Abend im Park, wie sie ihn auf die Wange küsst und weggeht.

Luthers Herz pumpt beklommen in seiner Brust. Er denkt darüber nach, sie anzurufen. Er tut es nicht.

Benny Deadhead geht nach Hause, zieht sich um, schlüpft in eine Jogginghose. Er überlegt, das alles mit Fernsehen aus seinem Kopf zu bekommen, vielleicht mit einer der koreanischen Horror-DVDs, die sich schon seit etwa zwei Jahren bei ihm stapeln und die ihn, noch immer unangetastet, aus dem mittleren Regal heraus vorwurfsvoll anstarren.

Stattdessen denkt er *scheiß drauf*. Er legt sich ein paar Lines, zieht sie sich rein, loggt sich ein bei *World of Warcraft*.

Für ein paar verzauberte Stunden begibt er sich in eine bessere und ehrenhaftere Welt.

Teller wandert durch die Serious Crime Unit. Das müde Personal unter grellem Licht, die flimmernden Bildschirme, die Aktenschränke mit ihren schrecklichen Geheimnissen. Der abbröckelnde Gips und die verschmierten Glasziegel.

Unten, in den dröhnenden Eingeweiden des Gebäudes, zittern die Betrunkenen und die Bandenmitglieder und die Einbrecher und die Junkies unter Neonröhren.

Sie denkt an die Leute da draußen in London heute Nacht, die zivilen und die uniformierten Polizisten, die auf Dächern und in kalten Autos warten. Männer und Frauen, die seit achtundvierzig Stunden am Stück wach sind; die Leute, die aus dem Genesungsurlaub und aus ihren Ferien zurückgekommen sind.

Sie ist müde, und ihr ist schlecht, und sie sorgt sich um ihre Tochter, die vierzehn Jahre alt ist und bei den Nachbarn übernachtet.

Über Laptops und Handys verbreiten sich Meme und verkünden:

> … jemand hat mir gerade erzählt, ihre freundin hat letzte nacht in ihrem garten ein baby schreien gehört!!! und sie hat bei der polizei angerufen, weil es spät war und sie es komisch fand die polizei hat gesagt ÖFFNEN SIE AUF KEINEN FALL DIE TÜR!!! wir haben schon einen einsatzwagen geschickt ÖFFNEN SIE NICHT DIE TÜR!!! Er hat gesagt, sie glauben, es ist ein SERIENMÖRDER!! Der mann hat in manchester 2 mädchen gekidnappt und ist jetzt in london und hat ein schreiendes baby auf tonband aufgenommen, er benutzt es, um frauen aus ihren häusern zu locken weil sie glauben, jemand hat ein baby ausgesetzt. Er hat gesagt, sie haben es nicht überprüft, aber hatten VIELE VIELE ANRUFE VON FRAUEN, DIE GESAGT HABEN, SIE HÖREN VOR IHRER TÜR BABYS SCHREIEN WENN SIE NACHTS ALLEIN DAHEIM SIND. Bitte weiterleiten!!!!! Und machen sie NICHT die tür auf wenn sie ein baby hören!!!!!!

Um 22.56 Uhr hören zwei Jungverheiratete in Finsbury Park ein Baby in ihrem Hinterhof schreien.

Sie rufen die Polizei. Es wird kein Baby gefunden.

Am Einsatz beteiligte Beamte vermuten, das besorgte Paar

könnte die Lockrufe von Stadtfüchsen gehört haben, die oft mit quengelnden Babys verwechselt werden.

Um 0.52 Uhr wählt Claire Jackson, wohnhaft in Wandsworth, die Notrufnummer und behauptet, »ein großer, schwarzer Mann« habe mithilfe der Tonbandaufnahme eines schreienden Babys versucht, sie dazu zu bringen, spät in der Nacht ihre Tür zu öffnen.

Ms Jackson gibt an, draußen »Stoßgeräusche« gehört zu haben. Sie stand auf, um nachzusehen, was los war. In dem Moment hörte sie in ihrem Vorgarten ein Baby schreien.

Sie und ihr Mann sahen den »großen, schwarzen, ganz in Schwarz gekleideten Mann« schnell von ihrem Haus weggehen.

Um 1.03 Uhr werden drei junge Schwestern, darunter ein Baby, von einer Nachbarin aus einem mit Rauch erfüllten Haus gerettet.

Allein gelassen von ihrer Mutter, die zu einem Speed Dating gegangen ist, versuchen die beiden älteren Kinder – sechs und acht Jahre alt –, Kuchen zu backen. Aus Versehen schalten sie sowohl den Grill als auch den Backofen ein.

Als sie ein schreiendes Baby hört, wählt Mo Sullivan, die zwei Häuser weiter wohnt, die 999, bevor sie hinausläuft, um an die Tür ihrer Nachbarn zu hämmern.

Der Rauch breitet sich bereits im Haus aus, als die Eingangstür von der achtjährigen Olivia einen Spaltbreit geöffnet wird. Ihr wurde verboten, Fremden die Tür zu öffnen.

Mrs Sullivan überredet Olivia, den Notruf zu wählen und die »Erlaubnis« der Polizei einzuholen, das brennende Haus mit ihren Schwestern zu verlassen.

Mrs Sullivan, eine Christin, wird den Zeitungen später sagen, es sei ein Wunder gewesen. Sie habe nur deshalb so spät noch ferngesehen, weil sie sich um das arme Baby Emma gesorgt habe. An jedem anderen Abend hätte sie ihre Tablette genommen und wäre schlafen gegangen.

Mrs Sullivan nimmt die Tabletten seit dem Tod ihres Mannes. Sie waren fünfunddreißig Jahre verheiratet gewesen und waren nie mit Kindern gesegnet worden.

»Jesus nahm mich an der Hand, um dieses kleine Schätzchen und seine Schwestern zu retten«, sagt sie. »Der Herr sei gelobt.«

Um 1.42 Uhr ist der Fahrzeugführer Matthew Alexander gezwungen, von einem Unfallort zu fliehen, nachdem er von den Männern angegriffen wurde, die ihm zunächst helfen wollten.

Auf dem Rückweg von einer Dinnerparty fährt Mr Alexander mit seinem Ford Mondeo in der Nähe von Manor Fields in Putney gegen die mittlere Leitplanke.

Als sie Mr Alexanders kleinen Sohn erblicken, der auf einem Kindersitz angeschnallt ist, beginnen die Männer – angeführt von Graeme Kershaw, 23 –, Mr Alexander Fragen über »Baby Emma« zu stellen.

Mr Alexanders Hinweise auf das Geschlecht seines Kindes werden von der Gruppe ignoriert, die gewalttätig wird, als Mr Alexander ihnen vorschlägt, sich von der Wahrheit zu überzeugen, indem sie in der Windel des Kindes nachsehen.

Mr Alexander trägt mittelschwere, aber nicht lebensbedrohliche Verletzungen davon.

Der Polizei wird Rücksichtslosigkeit vorgeworfen, nachdem vier Beamte um 3.54 Uhr das Haus eines jungen Paars stürmen, weil ein 999-Anrufer behauptet hatte, das Baby des Paars »schreit ununterbrochen, als ob da was nicht stimmt«.

Als der Laborant Sean Scott und seine Freundin Becky Walker aufwachen, finden sie zwei Polizisten in ihrem Schlafzimmer vor, die verlangen, ihre zwei Monate alte Tochter Frankie zu sehen.

Die Polizisten bringen Becky zum Weinen, als sie drohen, das Sozialamt zu benachrichtigen, verschwinden aber, nachdem sie sich versichert haben, dass Frankie gesund und wohlauf ist.

Um 5.12 Uhr wird ein Mann gesichtet, der sich dem Homerton Hospital mit »einem verdächtigen Bündel« nähert.

Er wird von einer großen Gruppe junger Männer und Teenager aufgehalten, die auf ihn losgeht. Der jüngste der Angreifer feiert in drei Wochen seinen dreizehnten Geburtstag.

Das Opfer ist Olusola Akinrele, ein Krankenhausbediensteter auf dem Weg zur Frühschicht. Das »Bündel« war seine Sporttasche.

Zum Glück für Mr Akinrele, der auf einem Auge seine Sehkraft verliert, findet die Attacke keine hundert Meter von der Homerton-Notaufnahme statt, wo er als Pfleger arbeitet.

Um 5.47 Uhr kommt Maggie Reilly ans Mikrofon und verkündet, Pete Black habe sich endlich wieder bei *London Talk FM* gemeldet.

»Pete«, fragt sie, »sind Sie das?«

Luther hört auf, hin und her zu gehen. Er schnappt sich das Kofferradio und hält es sich direkt ans Ohr.

»Ich bin durch ganz London gefahren«, sagt Pete Black, weinerlich vor Selbstmitleid. »*Überall* ist die Polizei. Ich will nur, dass London das weiß. Ich will, dass London weiß, was die Polizei tut. Ich versuche zu helfen, und das habe ich jetzt davon.«

»Sie können der Polizei keinen Vorwurf machen, dass sie ihre Arbeit tut.«

»Doch. Denn sonst wäre Emma jetzt bei den Ärzten. Aber das ist sie nicht, oder?«

»Wo ist sie dann, Pete? Wo ist Baby Emma?«

»Ich hab sie dorthin gebracht, wo ich konnte. Ich hoffe, sie ist in Sicherheit.«

»Wo ist sie, Pete?«

»Wenn sie nicht in Sicherheit ist, ist das nicht meine Schuld. Ich wollte, dass ihr das alle wisst. Ich habe mein Bestes getan. Ich habe nur versucht, zu helfen.«

»Pete, wo ist sie? Wo ist Baby Emma?«

»Die Polizei verfolgt meinen Anruf zurück«, sagt Pete Black. »Sie wird es wissen.«

Luther schaltet das Radio aus und streift sich seinen Mantel über. Er wählt Tellers Nummer.

»Wo?«, fragt er.

»King's Cross«, antwortet sie.

Luther ist schon zur Tür hinaus.

## 12

Sie sperren ein zwei Kilometer großes Gebiet um King's Cross ab, konzentrieren die Suche auf das Joy Christian Centre, die Saints Church of England, St. Aloysius Convent, das Crowndale Health Centre in der Crowndale Road, das Killick Street Health Centre, das New Horizon Youth Centre.

Luther entscheidet, sich dem Kommando anzuschließen, das das Grundstück der St. Pancras Old Church am Rande des Suchradius durchkämmt.

Es ist die größte Grünfläche des Pfarrbezirks und eine der ältesten christlichen Glaubensstätten in London. Uralte Bäume. Uralte Gräber.

Er erreicht eine alte Esche, die von einem rostigen Zaun eingefasst ist. Um den Fuß des Baums drängen sich verwitterte Grabsteine. Sie stehen da wie eigenartige Pilze. Im Lauf der Jahre sind die Baumwurzeln zwischen die Steine gewachsen, haben sie aus dem Gleichgewicht gebracht, scheinen im Begriff, sie zu zermalmen.

Ein Baby ist zwischen zwei Steine geklemmt worden, bestreut mit ein paar Händen voll Erde und verwesten Blättern.

Luther greift danach.

Er hebt das Baby vom Boden auf.

Dann legt er es wieder zurück. Es ist kalt.

Luther tritt aus dem Untersuchungszelt. Blicke gleiten über ihn. Polizisten, Schaulustige, Sanitäter.

Vor den Toren blitzen blaue Warnlichter. Uniformierte Beamte errichten Absperrgitter.

Die Medien sind hier, natürlich: Es wimmelt von Gesichtern jeder Hautfarbe und jeden Alters, die Masse geeint in ihrer Gier, einen Blick zu erhaschen.

Über allem schwebt ein Hubschrauber.

Luther vergräbt die Hände tief in den Taschen und stapft durch nasses Gras zu einer abgelegenen, verborgenen Ecke des Kirchhofs.

Er lehnt sich mit dem Rücken an die viktorianische Backsteinmauer. Sie ist dicht bewachsen mit immergrünen Kletterpflanzen. Sie ist erschreckend nass.

Er legt den Kopf in die Hände und weint.

Als er fertig ist, ist Teller da, halb sitzt sie, halb lehnt sie auf einem Grabstein.

Luthers Augen sind wund und nass. Er wischt mit dem Handrücken darüber. Er schämt sich.

Teller sagt kein Wort.

Um etwas zu tun zu haben, gehen sie in die Kirche.

Drinnen finden sie kühlen Stein und schwere Stille vor. Den süßen, staubigen Duft von altem Weihrauch.

Teller setzt sich in die Bank vor ihm, wendet sich ihm zu und legt das Kinn auf den Unterarm. Sie beobachtet ihn.

»Fuck«, sagt er.

»Ich weiß«, antwortet sie.

Draußen sind der Tatort, das Absperrband, die Spurensicherung, die Gerichtsmediziner und dahinter die Kirchentore, die zurück in die Stadt führen, das Gewühl der Leute, die Kameras, die Journalisten, die Handys, die Liebeslieder im Radio vorbeifahrender Autos.

Am Eingang der Kirche trägt eine kürzlich hinzugefügte Marmorplatte die Inschrift: *Und ich bin hier / an einem Ort / jenseits von Verlangen oder Furcht.*

Sie berührt seinen Unterarm.

Er nickt nach unten zu seinem Schoß. Dann fährt er sich mit den Händen übers Gesicht, um etwas Leben hineinzumassieren. Er steht auf. Klatscht in seine großen Hände.

Sie sieht ihm nach, wie er hinausgeht, durch die große Tür und in den Morgen. Ein großer Mann mit großen Schritten. Während die Welt sich unter ihm dreht wie ein Rad.

## 13

Henry kauft die *Mail*, den *Mirror*, die *Sun*, den *Independent* und die *Times*. Aber nicht den *Guardian*. Henry hasst den *Guardian*.

Dann geht er ins Café und bestellt ein komplettes englisches Frühstück. Er legt Mantel und Schal ab und setzt sich noch immer zitternd an einen der Tische mit roter Kunststoffplatte, die penibel am Boden festgeschraubt sind, wie es allgemein üblich geworden ist.

Das macht ihn traurig. Aber richtige Cafés, Cafés wie dieses hier, schließen jede Woche zu Dutzenden, verlöschen flackernd wie Lichterketten. Also nimmt er, was er kriegen kann.

Er streut Zucker in seinen Tee, rührt ihn mit einem schmutzigen Löffel um, fleckig von Jahren täglicher Reinigung mit Tannin.

Dann kann er es nicht länger aushalten. Er schlägt die erste Zeitung auf.

Sie erzählen die Geschichte auf die gleiche Art: LONDON HÄLT DEN ATEM AN. GEBETE FÜR BABY EMMA. TAUSENDE MENSCHEN LETZTE NACHT BESORGT ... HUNDERTE POLIZISTEN LETZTE NACHT IM SONDEREINSATZ ... WIR ALLE BETEN ... IN DUNKLEN ZEITEN ...

Henry kocht vor Wut und Scham.

Er schaut durchs Fenster auf die taunasse, erwachende Stadt: die Marktverkäufer, die Stände aufbauen, um Biogemüse und indisches Essen und gefälschte Caterpillar-Schuhe und billige Poloshirts anzubieten. Die Frauen, die zum örtlichen *Tesco* zur Arbeit gehen; die Taxifahrer, die vor dem Kiosk halten und hineinschlüpfen, um eine Zeitung und eine Packung Kippen zu kaufen.

Dann wendet er sich wieder seiner Zeitung zu – den Fotos der lächelnden Lamberts, der Frau, die er aufgeschlitzt hat wie eine reife Frucht, um die frischere Frucht aus ihrem Inneren herauszuholen. Er hatte die pulsierende blaue Nabelschnur mit einem Klappmesser durchtrennt, das er schon als kleiner Junge besessen hatte.

Er war sicher gewesen, dass die Lamberts perfekt waren; er hatte zu ihnen gehalten während der Jahre künstlicher Befruchtungen, weil er nie daran gezweifelt hatte, dass sie fruchtbar waren. Sie waren zu erlesen, um es nicht zu sein. Zwei solche Körper, das waren Brutmaschinen.

Einfache genetische Regeln legten nahe, dass auch ihr Kind perfekt sein würde. Aber das war es nicht gewesen. Es war ein wimmernder kleiner Wurm.

Es ist nicht Henrys Schuld, dass sie gestorben ist. Und wenigstens weiß London das jetzt. Die Leute wissen, dass der Mann, der sich Baby Emma geholt hat, kein Perversling war.

Zoe geht hinunter und schaltet den Fernseher ein, sieht die freundliche Sprecherin der Morgennachrichten ihr ernstes Gesicht aufsetzen.

»... zum neusten Stand dieses noch ungeklärten Falls«, sagt sie. »Einem Hinweis des Mannes folgend, der behauptete, er habe Baby Emma Lambert gekidnappt, fanden sichtlich erschütterte Polizisten heute früh bei der St. Pancras Old Church im Zentrum Londons die Leiche eines Babys, wie uns eben mitgeteilt wurde. Simon Maxwell-Davis ist vor Ort.«

Zoe sieht Liveaufnahmen eines Londoner Kirchhofs. Ein schwindelerregender Zoom – und da ist John, wie er von einem Untersuchungszelt davonstürmt. Rose Teller ist einen halben Schritt hinter ihm, heftet sich an seine Fersen wie ein Terrier.

Darauf folgen Hubschrauberaufnahmen von John, wie er an einer Mauer lehnt und offensichtlich weint.

Zoes Hand greift an ihre Kehle.

Schnitt zurück zu dem jungen Mann mit Mikrofon. Rotblond und gut aussehend, leicht pausbäckig.

»Nun, Lorna«, sagt er zu der Moderatorin, zu den Zuschauern, zu Zoe, »das hier muss der Moment sein, den alle Polizisten fürchten. Obwohl ich betonen muss, dass wir noch keine offizielle Bestätigung haben, verlauten unsere Quellen, dass die Polizei nach dem dramatischen Anruf bei einem Londoner Radiosender heute früh tatsächlich hier bei der St. Pancras Old Church im Zentrum Londons eine Babyleiche gefunden hat. Die genaueren Umstände sind zurzeit noch ungeklärt …«

Zoe schaltet den Fernseher aus und ruft John an.

Sie landet bei der Mailbox.

Er geht nie an sein verdammtes Handy. Das ist typisch für ihn. Es macht sie wahnsinnig. Er sagt, wenn man einmal anfängt, ans Handy zu gehen, klingelt es die ganze Zeit.

»John«, sagt sie, »ich bin's. Ich weiß nicht, wie spät es ist. Es ist früh. Ich hab gerade die Nachrichten gesehen. Ruf mich an, sobald du kannst. Ich will nur hören, dass es dir gut geht. Bitte. Nur … du weißt schon.«

Sie legt auf. Schiebt sich eine Haarsträhne hinters Ohr. Sie legt das Gesicht in die Hände. Sie sagt sich ihren eigenen Namen wie ein Mantra vor: *Zoe, Zoe, Zoe.*

Dann biegt sie den Hals nach hinten und schaut zur Decke.

Ihr Handy klingelt. Sofort greift sie danach. Es ist Mark. Er fragt: »Hast du die Nachrichten gesehen?«

»Ja, gerade eben.«

»Mein Gott, Zoe. Geht's dir gut?«

Sie weiß es nicht.

»Hast du was von ihm gehört?«, fragt Mark.

»Nein.«

»Glaubst du, es geht ihm gut?«

»Ich weiß es nicht«, antwortet sie gereizt. »Ich weiß überhaupt nicht, wem es gut geht und wem nicht.«

»Hör zu«, sagt er, ohne auf ihren Ton einzugehen. Sie liebt ihn dafür. »Was immer ich für dich tun kann, ich bin da. Wenn du willst, dass ich zu dir komme, komme ich sofort. Wenn du willst, dass ich dich in Ruhe lasse, lasse ich dich in Ruhe. Gib mir einfach Bescheid.«

Sie sagt: »Sieh mal. Danke. Ich weiß das zu schätzen. Ehrlich. Aber wir hatten gestern Abend einen Streit. Einen ziemlich schlimmen. Und dann ist er da, im Fernsehen, und weint. Das passt nicht zu ihm. Und … ich weiß einfach nicht. Ich weiß nicht, was ich machen soll. Ich muss gehen.«

»Wohin gehen?«

»Zur Arbeit.«

Nach einer Pause fragt er: »Ist das eine gute Idee?«

»Was soll ich denn sonst machen?«, fragt sie zurück. »Den ganzen Tag zu Hause rumhängen und die Nachrichten sehen? Wenn ich das jedes Mal machen würde, wenn John bis zum Hals in irgendeiner üblen Sache drinsteckt, dann hätte ich keine Arbeit, zu der ich gehen könnte.«

Howie kommt etwa zwei Minuten vor dem Polizeikurier aus Bristol herein. Sie hat noch nicht einmal den Mantel ausgezogen, als er ihr die Kintry- und York-Akten übergibt, verpackt in einem gebrauchten, gepolsterten Umschlag.

Howie dankt ihm, legt den Umschlag auf ihren chaotisch aussehenden Schreibtisch.

Der Kurier ist ein junger Polizist mit einem starken südwestenglischen Akzent. Sie bietet ihm eine Tasse Tee an. Er bittet stattdessen um eine der Instantsuppen, die er neben dem kalkbefleckten Wasserkocher gesehen hat. Er war die ganze Nacht wach und hat Hunger.

Er isst die Suppe. Sie unterhalten sich allgemein über den Fall. Dann spült er die Tasse aus, wünscht ihr viel Glück und geht.

Howie nimmt einen Kaffee mit an ihren Schreibtisch, setzt sich geräuschunterdrückende Kopfhörer auf, öffnet den Umschlag und nimmt die Akten heraus.

Luther ist kaum durch die schweren Türen des geschäftigen Dezernats hereingekommen, da packt Benny ihn schon am Ellbogen und zerrt ihn ins Büro, hinter dessen Tür noch immer Ian Reeds Sachen aus der chemischen Reinigung hängen.

Benny ist fahrig, ausgelaugt, hat weit aufgerissene Augen.

»Himmel, Benny. Wie lange hast du geschlafen?«, fragt Luther.

»Nicht so lange. Es hat mir keine Ruhe gelassen. Es ist schwer zu schlafen, wenn man weiß, man könnte etwas Nützliches tun – für den Fall, dass was schiefläuft.«

»Tja, es ist schiefgelaufen.«

»Das hab ich gehört. Geht's dir gut?«

»Blendend. Was hast du für mich?«

»Facebook.«

»Ich dachte, damit wären wir durch.«

»Hm, ja und nein«, beeilt Benny sich jetzt, er brennt darauf, ihm etwas mitzuteilen. Er schaltet einen Gang zurück, holt Luft und fragt: »Was ist die goldene Regel sozialer Netzwerke?«

Luther hängt seinen Mantel auf. »Finger weg?«

»Nein. Die goldene Regel ist: Lade nur Informationen hoch, die jeder sehen darf und unter die du gerne deinen Namen schreibst. Und die Lamberts scheinen sich daran gehalten zu haben, im Großen und Ganzen.«

»Aber?«

»Aber das Problem ist, wenn ich sage ›die jeder sehen darf‹, heißt das wirklich *jeder*. Das Problem mit sozialen Netzwerken und dem Internet ist, dass man leicht so tun kann, als wäre man jemand, der man nicht ist. Zum Beispiel«, er steht auf, »darf ich?«

Luther macht Benny Platz, lässt ihn an den alten beigefarbenen Computer mit 15-Zoll-Monitor, der auf seinem Schreibtisch herumsteht – bekommen hat er ihn, als das Verkehrsdezernat neu ausgestattet wurde, die haben sich ein paar hübsche Flachbildschirme zugelegt.

Benny loggt sich bei Facebook ein, drückt ein paar Tasten.

Dann schaut Luther auf seine eigene Facebook-Seite. Nur dass Luther keine Facebook-Seite hat.

Benny sagt: »Die hab ich letzte Nacht unter deinem Namen eingerichtet.«

Luther guckt auf den Bildschirm. »Wie?«

»Ganz einfach. Ich weiß, wann du Geburtstag hast, ja? Ich weiß, wo du zur Schule gegangen bist, zur Uni, bla bla bla. Diese Infos kann man leicht im Internet finden. Was ich nicht zur Hand hatte, war ein Foto von dir. Aber zufällig weiß ich, dass du David Bowie magst, richtig? Und ich kenne dein Lieblingsalbum.«

*»Low.«*

»Genau. Also suche ich das Cover von *Low* raus. Verwende das für dein Profilbild. Jeder, der dich kennt, sieht es und denkt sich: ›Typisch John Luther! Bowie-Fan!‹ So hat niemand irgendeinen Grund zu glauben, dass nicht du das bist. Jetzt muss ich nur noch ein paar alte Freunde von dir ausfindig machen. Auch das ist schnell erledigt, denn ich weiß ja, auf welcher Schule du warst. Ich schicke einen Schwall Freundschaftsanfragen raus.«

»Sag mir, dass du das nicht gemacht hast«, sagt Luther.

»Natürlich nicht. Ich will nicht im Rollstuhl landen. Aber sieh mal, der springende Punkt ist, ich hab diese Seite in zehn Minuten zusammengebastelt – zu Aufklärungszwecken. Nur, um dir zu zeigen, wie einfach es ist, im Internet jemand anders zu sein.«

»Okay. Kapiert. Internet böse. Weiter?«

»Dann hab ich mir alle Facebook-›Freunde‹ der Lamberts vorgeknöpft. Sarah Lambert hat etwa 250 Freunde, Tom Lambert hat 70. Er ist ein sehr unregelmäßiger User. Also lassen wir ihn erstmal beiseite, kommen wenn nötig später noch mal auf ihn zurück. Konzentrieren wir uns auf Sarah. Sie hat 253 Freunde: Von diesen 253 Freunden posten 185 einmal die Woche oder öfter. Die meisten der übrigen 68 sind gelegentliche User. Es kommt häufig vor, dass die Leute einen neuen Account eröffnen und munter drauflosposten: Was sie gefrühstückt haben, lustige Dinge, die die Kinder gesagt haben. Aber das verliert ziemlich schnell seinen Reiz, und ihre Posts werden immer seltener im Lauf der Wochen. Ein paar Leute melden sich an, posten einoder zweimal, entscheiden, dass es nichts für sie ist, und werden so gut wie nie mehr gesehen.«

»Wie viele davon haben wir?«

»Etwa ein halbes Dutzend: Tony Barron, Malcolm Grundy, Charlotte Wilkie, Ruby Douglas, Lucy Gadd, Sophie Unsworth.«

Luther nickt, er spürt jetzt etwas – etwas dringt zu ihm durch.

»Ich hab sie alle heute Morgen kontaktiert«, sagt Benny.

»Was meinst du damit? Offiziell?«

»Natürlich nicht. Ich hab rumtelefoniert, so getan, als wäre ich von einem Wohltätigkeitsverein. Hab sie auf der Arbeit angerufen. So was eben.«

»Du hast den falschen Job, Kumpel. Und was ist dabei rausgekommen?«

»Tony Barron, Malcolm Grundy, Charlotte Wilkie, Lucy Gadd, Sophie Unsworth – sie alle scheiden aus, oder zumindest sieht es im ersten Schritt danach aus. Es wäre keine schlechte Idee, sie einer etwas sorgfältigeren Prüfung zu unterziehen, um auf Nummer sicher zu gehen.«

»In Ordnung, wird gemacht. Aber der letzte Name?«

»Ruby Douglas.«

»Wer ist Ruby Douglas?«

»Ruby Douglas ging mit Sarah Lambert in die Unterstufe. Zog mit dreizehn weg. Es handelt sich also um eine sehr entfernte, sehr alte Bekannte – wenn man sie überhaupt so nennen kann. Jemand, an den Mrs Lambert sich möglicherweise erinnert, den sie aber tatsächlich seit mehr als fünfundzwanzig Jahren nicht mehr gesehen hat.«

»Okay.«

»Diese ›Ruby Douglas‹ hat sich vor drei Jahren bei Facebook angemeldet und sich mit den Lamberts und ein paar anderen Leuten am selben Tag befreundet. Verfasste dann nicht einen Post. Keinen einzigen Post, bis …«

»Bis?«

»Bis Mrs Lambert verkündete, dass sie schwanger ist.«

Luthers Herz schlägt nun laut in seiner Brust.

Er sagt: »Lass mich den Post sehen.«

Sarah Lambert: Wir sitzen schon seit Wochen auf heißen Kohlen und brennen darauf, es euch zu sagen. Tom und ich bekommen ein Baby! Vierter Monat!

»Dazu gibt es neunundfünfzig Kommentare, und achtunddreißigmal wurde ›Gefällt mir‹ angeklickt. In einem Fall von Ruby Douglas. Das ist ihr einziger Post. Jemals. An irgendwen.«

Nach einer Weile fragt Luther: »Hast du versucht, sie zu erreichen? Ruby Douglas?«

»O ja. Unmöglich.«

»Wir glauben nicht, dass das wirklich sie ist, oder?«

»Auf keinen Fall.«

»Also gehen wir davon aus, dass Pete Black die Lamberts auf Facebook gestalkt hat?«

»Es geht so leicht«, sagt Benny. »Im Ernst. Die Leute haben keine Ahnung, was für Menschen da draußen sind und sie beobachten.«

Luthers Triumphgefühl lässt nach. Er setzt sich. Denkt darüber nach. »Also ist die Verkündung der Schwangerschaft das, was sie getötet hat? Er hat darauf *gewartet*.«

Benny sagt nichts. Weiß, dass es nichts zu sagen gibt.

»Können wir den Benutzer zurückverfolgen?«, fragt Luther. »›Ruby Douglas‹ – ihn auf diese Art finden?«

»Wer immer es war, hat eine kostenlose Webmail-Adresse benutzt, um sich anzumelden. Nicht zurückzuverfolgen. Hat sich über verschiedene öffentliche Netzwerke eingeloggt.«

»Sind die Netzwerke irgendwie von Nutzen?«

»Eins ist ein öffentlicher W-LAN-Hotspot. Das andere ist ein Café im Osten Londons.«

»Irgendwelche Chancen, Aufnahmen von Überwachungskameras zu bekommen?«

»Nach all den Monaten? Ziemlich gering.«

»Aber einen Versuch wert. Ich werde jemanden beauftragen.«

Aber es kommt noch mehr. Er kann es in Bennys Augen sehen.

Er zwingt sich, still zu sitzen.

Benny sagt: »Das Problem beim Cyber-Stalken ist, es ist nicht wie das Pendant in der Realität. Für so jemanden ist das Internet wie ein Dessertwagen. Er kann beliebig viele Leute beobachten. Ich meine, er kann *Dutzende* von Leuten beobachten. Oder Hunderte. Er wüsste, wann sie krank sind oder gesund. Wann sie im Urlaub sind. Wann sie bei Meetings sind, verreist. Er wüsste, wie ihre Kinder aussehen, wie ihre Haustiere heißen, was sie im Fernsehen schauen. Er könnte genauso gut in ihrem Haus sein.«

Luther stellt sich Pete Black vor, da draußen, allwissend, voller Neid und Hass.

Wie er auf das nächste Kind wartet. Und das Kind danach.

Dann steht Teller in der Tür.

»Boss?«, sagt er.

»Der Tag wird nicht besser«, kündigt sie an.

Sie gehen in ihr Büro, auf dem Computer laufen die Nachrichten.

Auf einem 24-Stunden-Nachrichtensender wird Maggie Reilly von einer schlanken, jungen Angloinderin in einem Armani-Kostüm und Killer High Heels interviewt.

Maggie sieht ernst und konzentriert aus, völlig gefasst – keineswegs so, als hätte sie eine schlaflose Nacht damit verbracht, auf den Anruf eines Irren zu warten, der sie wieder berühmt machen würde.

»Wie immer die Tatsachen in dem Fall auch liegen mögen«, sagt sie, »der Mann, der sich Pete Black nennt, der mutmaßliche Mörder von Tom Lambert, Sarah Lambert und nun auch dem Baby Emma Lambert, gibt ganz eindeutig der Polizei die Schuld an der Tragödie, die letzte Nacht stattgefunden hat.«

Die Interviewerin lehnt sich nach vorne. Sie hat einen dünnen Stapel Blätter in der Hand. »Aber sicherlich kann doch niemand der Polizei einen Vorwurf machen, dass sie ihre Arbeit getan hat?«

»Niemand macht der Polizei einen Vorwurf«, sagt Maggie. »Sie hatte eine schwierige Aufgabe unter eindeutig sehr schwierigen Bedingungen zu erfüllen. Es ist nur so, dass es dieses eine Mal vielleicht nicht die optimale Vorgehensweise war, blind den Vorschriften zu folgen.«

»Wollen Sie damit andeuten, die Polizei hätte auf ›Pete Blacks‹ Forderungen eingehen und zusichern sollen, die Krankenhäuser nicht zu umstellen?«

»Das hängt natürlich von den Prioritäten innerhalb ihrer Strategie ab: einen Mörder zu schnappen oder das Kind zu retten. Ich meine nur, dass es vielleicht eine Option ist, die sie hätte in Betracht ziehen können.«

»Aber wie Sie wissen, weigert sich die Polizei, strategische Fragen zu kommentieren. Sie will einfach nicht sagen, ob sie Beamte an Krankenhäusern und Kirchen postiert hatte oder nicht.«

Maggie Reilly lacht. »Ich bin schon zu lange Journalistin, um einem ›kein Kommentar‹ der Polizei zu trauen, egal wie hübsch es verpackt ist.«

»Maggie Reilly, wir belassen es dabei. Vielen Dank.«

Luther reibt sich mit der Handfläche in langsamen Kreisen über den Schädel.

Er sagt: »Das ist alles solcher Schwachsinn. Das Baby war längst tot. Sie ist seit gestern tot. Das ärgert ihn. Dass das Baby stirbt, war nicht Teil seines Plans, was auch immer sein Plan war. Er kann sich sein Versagen nicht eingestehen, also muss jemand anders den Fehler gemacht haben. Er wälzt die Last der Schuld auf uns ab.«

»Ich weiß das, und Sie wissen das. Ob die Leute da draußen«, sie deutet mit der Hand auf den Rest der Welt, »das wirklich glauben wollen, das ist eine andere Frage.«

Luther zupft an seinem Ohr, während er nachdenkt. Er sagt: »Ich glaube nicht, dass ich das kann.«

»Was können Sie nicht?«

»Das hier.«

Sie sieht ihn mit dem Herzogin-Blick an.

»Es läuft nicht gut«, sagt er. »Zu Hause. Zwischen mir und Zoe.«

»Ich verstehe. Sie spielt die Madam, was?«

»Das ist es nicht.«

»Das ist es immer. Sie sind nicht der erste Bulle, der eine verwöhnte Zicke geheiratet hat. Sie werden auch nicht der letzte sein.«

»Boss, das ist nicht fair. Sie will nur …«

Teller breitet die Arme aus: *Will nur was?*

Luther fährt sich erschöpft übers Gesicht. Er muss sich rasieren und das Hemd wechseln. »Ich bin nicht im Reinen«, sagt er, »mit mir selbst.«

»Und was schlagen Sie vor?«

»Ich wollte um Urlaub bitten. Eine Auszeit. Wie immer Sie es nennen wollen.«

»Und wessen Idee war das? Ihre oder die von Prinzessin Etepetete?«

»Unsere.«

Teller nimmt die Brille ab, blinzelt ihn an wie eine Eule. »Wenn wir Sie jetzt aus der Sache rausnehmen, sieht das aus wie ein Schuldeingeständnis. Als würden wir erklären, dass wir etwas falsch gemacht haben.« Sie setzt die Brille wieder auf, schiebt sie auf dem Nasenrücken nach oben. »Sie werden uns verdammt noch mal alle ans Kreuz nageln.«

Luther sackt regelrecht in sich zusammen. Die Arme verschränkt, die Schultern herabhängend. »Wir sollten sowieso nicht auf diesen Schwachsinn eingehen«, sagt er. »Man kann einen Fall nicht über die Medien lösen.«

»Einen Fall wie diesen kann man nur so lösen«, sagt sie. »Das ist eine Tatsache. Wenn Pete Black die Story kontrolliert, kontrolliert er alles. Wir sehen aus wie die verdammten Keystone Cops. Deswegen haben wir eine Pressekonferenz einberufen, und deswegen werden Sie daran teilnehmen.«

Er kann nicht sprechen.

»Willkommen in der Welt moderner Polizeiarbeit.« Sie deutet auf den Computer, das endlos wiederholte Fernsehbild von Luther weinend auf dem Friedhof. »Ob es Ihnen gefällt oder nicht«, sagt sie, »dieser kleine Schnappschuss macht aus Ihnen das fürsorgliche, mitfühlende Gesicht des Metropolitan Police Service. Wenn es um den Met geht, sind die Leute mit ihrem Urteil vielleicht schnell zur Stelle. Aber jeder liebt einen großen, harten Mann, der wegen eines Babys weinen kann. Was aus Ihnen das öffentliche Gesicht der Ermittlungen macht. Herzlichen Glückwunsch.«

»Ich messe mich nicht mit diesem Psychopathen, damit die Leute sehen, wer fürsorglicher ist.«

Teller kneift sich in den Nasenrücken, als hätte sie die schlimmste Migräne der Menschheitsgeschichte. »Sie müssen da rausgehen«, sagt sie, »und tun, was getan werden muss.«

»Sonst noch was?«, fragt er. »Soll ich vielleicht ein Hündchen knuddeln?«

»Das hier ist nicht meine Idee.« Sie schaut ostentativ zur Decke. »Sie ist nicht verhandelbar. Und schlagen Sie das mit dem Hündchen nicht Cornish vor, denn er könnte darauf eingehen.«

Sie meint ihren Chef, Detective Chief Superintendent Russell Cornish.

Teller reicht ihm den Ausdruck eines Statements. Er faltet ihn zusammen und steckt ihn in die Tasche.

»Wenn wir das machen«, sagt er, »wird es nur seinem Ego schmeicheln. Uns rumrennen zu sehen wie kopflose Hühner.«

»Sein Ego interessiert uns im Moment nicht.«

Luther dankt ihr mechanisch und schiebt die Pressekonferenz in Gedanken beiseite. Noch etwas, worum er sich später kümmern muss. Er durchquert das Großraumbüro, findet Howie an ihrem Schreibtisch.

»Irgendwas in den York- oder Kintry-Akten?«

Howie dreht sich auf ihrem Stuhl um und massiert sich den Nacken. Sie reicht ihm die Adrian-York-Akte. Sie ist erbärmlich dünn. »Nicht wirklich.«

Sie erzählt ihm, dass Adrian mit seinem neuen BMX-Fahrrad draußen war und seine Mutter Chrissie ihn dabei vom Schlafzimmerfenster aus beaufsichtigte. Chrissie hatte einen direkten und unverstellten Blick auf den Park.

Das Telefon klingelte, ein Festnetztelefon. Handys waren 1996 noch nicht weit verbreitet. Die Anruferin war Adrians Großmutter, die fragte, wann sie seine Geburtstagstorte vorbeibringen könne. Als Chrissie höchstens drei Minuten später zurück ans Fenster ging, war Adrian verschwunden. Sie sah sein Fahrrad im Gras liegen und lief hinaus, um ihn zu suchen. Zehn Minuten später rief sie bei der Polizei von Avon und Somerset an. Die zuständigen Beamten begannen sofort, nach Adrians Vater David York zu suchen. Der leitende Ermittlungsbeamte war Detective Chief Inspector Tim Wilson.

Soweit Howie sehen kann, wurde nie ernsthaft versucht, eine Fremdentführung auszuschließen.

Luther überfliegt die Akte. »Wo ist David York jetzt?«

»In Sydney, Australien.«

»Und die Kintry-Entführung?«

»Wenn das derselbe Mann ist, haben Sie recht. Sieht nach einem ersten Versuch aus, und nach einer ziemlich stümperhaften Leistung. Es gab viel mehr Zeugen. Mr Pradeesh Jeganathan, ein Ladenbesitzer dort, hat angeblich beobachtet, wie ein Weißer ein schwarzes Kind zu einem kleinen weißen Lieferwagen führte. Er stellte den Fahrer zur Rede. Es kam zu einer heftigen Auseinandersetzung, bei der der mutmaßliche Entführer Mr Jeganathan nachweislich ins Ohr und in die Wange gebissen hat.«

»Gebissen? Haben sie die DNA?«

»Mr Jeganathan erlitt am Tatort einen Herzanfall. Er wurde ins Bristol Royal Infirmary gebracht, bevor das Beweismaterial sichergestellt werden konnte.«

»Bissabdrücke?«

»Von schlechter Qualität, aber aktenkundig.«

»Das ist schon mal was. Aber Zähne können sich in fünfzehn Jahren stark verändern. Weitere Augenzeugen?«

»Noch einer. Kenneth Drummond, freier Illustrator. Behauptete, er habe ein paar Minuten vor der versuchten Entführung einen kleinen weißen Van neben dem Kintry-Jungen herfahren sehen.«

»Hat er eine Beschreibung des Fahrers abgegeben?«

»Nichts, was dem widerspricht, was wir schon haben.«

»Aber auch nichts, was dem etwas hinzufügt?«

»Sorry, Boss. Die Ausbeute ist ziemlich bescheiden.«

»Fünfzehn Jahre alter Fall«, sagt er. »Das wird ein Schuss ins Blaue.«

»Es ist mehr als ein ungelöster Fall. Maggie Reilly hatte tatsächlich recht. Es ist ein Skandal.«

»Was ist mit der leitenden Ermittlerin des Kintry-Falls? Pat irgendwas. Haben wir sie kontaktiert?«

»Inspector Pat Maxwell. Pensioniert. Ich habe ein bisschen herumtelefoniert. Sie ist vor ein paar Jahren gestorben.«

Luther lässt das auf sich wirken. Alte Fälle schließen sich wie Wunden, vernarben undurchdringlich.

Er dankt Howie und geht zur Tür.

Er zögert, überlegt es sich anders, dreht sich noch einmal zu ihr um.

»Pete Black«, sagt er. »Selbstverständlich ist das nicht sein richtiger Name. Also warum hat er sich für ihn entschieden? Von all den Namen, die er zur Auswahl hatte, warum dieser?«

Howie zuckt mit den Schultern. »Es ist ein Allerweltsname«, sagt sie. »Er gibt nicht viel preis. In London muss es eine Million Pete Blacks geben. Sie werden gerade alle überprüft.«

»Hat der Name Sie an irgendwas erinnert, als Sie ihn gehört haben?«

Howie schüttelt den Kopf.

»Mich schon«, sagt er. »Mich hat er an was erinnert.«

»Wie gesagt. Es ist ein recht gewöhnlicher Name.«

»Ja«, sagt Luther. »Aber er hat sich für ihn *entschieden*. Und unsere Entscheidungen verraten uns, nicht wahr? Also tun Sie mir einen Gefallen, recherchieren Sie das. Nicht in den Akten. Holen Sie etwas weiter aus.«

»Wird gemacht, Boss.«

Howie legt die Akten der ungelösten Fälle beiseite und wendet sich ihrem Computer zu.

Luther weiß nicht, was er bei der Pressekonferenz sagen soll, bis er zwischen Teller und ihrem Chef Detective Chief Superintendent Russell Cornish sitzt und zu den Medien spricht.

»Der Mord an Familie Lambert und die Entführung des Babys Emma Lambert sind für alle Beteiligten eine Tragödie«, liest Luther ab. »Für die Opfer, für ihre Familien, für die Polizei, für das Land als Ganzes. Die Metropolitan Police möchte einen Appell an den Mann richten, der sich als Pete Black ausgegeben hat«, er macht eine Pause, und seine Augen gleiten durch den Raum: Journalisten, Kameras, Scheinwerfer, »er möge sich bitte unter der unten stehenden Nummer bei uns melden. Pete, wir wissen, dass Ihre Gefühle sehr stark in Aufruhr sind, und wir wollen Ihnen helfen. Wir wollen mit Ihnen sprechen, und wir werden keine Mühe scheuen, das zu tun. Aber wir können nicht über die Massenmedien kommunizieren. Also bitte rufen Sie die unten stehende Nummer an. Seien Sie versichert, dass wir Sie wiedererkennen werden, wenn wir mit Ihnen sprechen.«

Er blickt auf den Tisch, kämpft gegen Scham und Schande an.

»Wir möchten auch an die Familie des Mannes appellieren, der sich Pete Black nennt. Seine Stimme wird Ihnen auf vielen Nachrichten-Websites zugänglich gemacht, auf der Webseite der Polizei und auch auf einer Facebook-Hinweis-Seite, die wir zu diesem Zweck eingerichtet haben. Irgendjemand da draußen weiß, wer Pete Black ist. Er ist ein Ehemann oder ein Sohn, ein Bruder, ein Freund, ein Kollege. Deshalb bitten wir die Öffentlichkeit, sich die Aufnahme seiner Stimme anzuhören. Ist das jemand, den Sie kennen?

Wir bitten Sie dringend, zu bedenken, dass ›Pete Black‹ großes Leid durchmacht und dass Sie ihn nicht verraten, wenn Sie uns helfen, sondern dass Sie dadurch auch ihm helfen.

Noch einmal sage ich zu dem Mann, der sich Pete Black nennt: Wir bitten Sie dringend, sich in Ihrem eigenen Interesse zu melden.«

Während er die Telefonnummern erneut herunterbetet, schweift sein Blick über die Menge. Dann sagt er: »Keine Fragen zu diesem Zeitpunkt. Vielen Dank.«

Er sammelt seine Blätter ein und verlässt die lautstark protestierenden Journalisten, die schwenkenden HD-Kameras. Das leere Facettenauge.

Im Korridor lehnt er sich an die Wand und schließt die Augen.

Er wartet, bis sein Herz sich beruhigt, die Übelkeit vergeht, die Wut.

Julian Crouch wollte immer nur eins: ein Rock'n'Roll-Star sein.

Sein Dad George war der Unternehmer – hauptsächlich Immobilien und Gebrauchtwagen. Er machte das ganze Geld, heiratete mit achtundfünfzig eine ehemalige Miss UK.

Das war Julians Mum Cindy.

George hatte den verruchten Brillantine-Look eines zweitklassigen Filmhelden. George hatte einen Schneider in Soho und trug handgefertigte Schuhe. Er behauptete, mit den Kray-Zwillingen Karten gespielt und mit Nipper Reed Weihnachtskarten ausgetauscht zu haben. Er trank Whisky und rauchte Zigarren und vögelte Soho-Nutten und wurde angeblich von allen geliebt, die jemals ihre verfluchten Augen auf ihn richteten.

George war schon ein alter Mann, als Julian aufs London College of Music ging, was George vehement ablehnte. Julian und George wechselten elf Jahre lang kaum ein Wort.

Julian war dreißig, als bei George 1997, während eines langen Wochenendes in Portugal, auf der Toilette ein tödliches Aneurysma auftrat. Er las gerade die *Daily Mail*, seine toten, behaarten Fäuste hielten sie fest umschlossen.

Damals wusste Julian bereits, dass er nie ein Rock'n'Roll-Star sein würde. Er war zu alt. Aber seine geplatzten Ambitionen hatten sich neu ausgerichtet: Er konnte immer noch eine Art Simon Napier-Bell werden, ein Manager, ein Lebemann, ein Clubbesitzer, ein Unternehmer.

Also sprang er für George ein und übernahm die Familiengeschäfte. Die Autos und die Immobilien liefen hübsch weiter, kümmerten sich im Wesentlichen um sich selbst. Jenen Teil überließ er seiner Mum.

Er konzentrierte sich auf Tonstudios, Nachtclubs, Internetfirmen. Und – das muss man ihm lassen – er machte ein Vermögen. 1998 investierte er in *tookool.com*, einen Onlineshop und Lieferservice für hippe Städter, den er dann schnell wieder verkaufte.

*Tookools* größter Vorzug, die kostenlose Lieferung, erwies sich zugleich als sein Ruin. Der Shop ging 2000 Pleite. Aber zu dem Zeitpunkt hatte Julian ihn schon verkauft und damit an die zehn Millionen Pfund verdient. Nicht so viel, wie eine Internetfirma hätte bringen können, aber auch nicht übel.

Das war in etwa Julians unternehmerische Glanzleistung. Im Lauf der Jahre zerfiel eine Geldanlage nach der anderen in seinen Händen zu Staub. Dem Tonstudio *Merciless Inc.* gelang es nicht, auch nur einen einzigen größeren Künstler anzuziehen, und so schloss es seine Tore 2004. Die Nachtclubs dümpelten so vor sich hin, liefen mittelmäßig, waren nie wirklich angesagt.

Julian heiratete Natalie. Sie war keine Miss UK, und sie verursachte mit ihrem Aussehen nie ein Verkehrschaos. Gelegentlich sorgte sie jedoch für kleinere Staus.

Natalie lässt sich von ihm scheiden. Julian schätzt, dass sie ihn annähernd zweieinhalbtausend Pfund pro Orgasmus kosten wird. Vermutlich waren die ersten fünfzig Orgasmen das wert. Wahrscheinlich nicht genug, um eine Dose Red Bull zu füllen.

Dann starb Cindy, und die Weltwirtschaft kippte, und das Immobilienimperium begann unter seinen Füßen wegzubröckeln.

Irgendwo da drin lag eine biblische Metapher, irgendwas mit Sand, aber Julian war zu sehr damit beschäftigt gewesen, nicht zu versinken, um sie nachzuschlagen.

Er hatte es geschafft, das Scheitern der Nachtclubs und des Tonstudios wegzustecken. Sein Timing war schlecht gewesen, das war alles.

Der schwindelerregende Zusammenbruch des Immobilienimperiums jedoch war beängstigend.

»Kapital«, hatte George ihn gelehrt, »ist das, was man nicht ausgibt.«

Julians Kapital war ausgegeben.

Und jetzt stehen Lee Kidman und Barry Tonga triefend in seiner Eingangshalle, der Eingangshalle, die er in Kürze verlieren wird, wenn er dieses Scheißreihenhaus in Shoreditch nicht an diesen protzigen Scheißrussen aus Scheiß-Moskau-an-der-Themse verkauft.

Im Prinzip sind sie hier, um nach ihrem Geld zu fragen. Aber Julian hört nicht richtig zu.

Sein Blick schweift, wie so oft, zu Lee Kidmans Schritt. Er ertappt sich dabei, wie er das darin eingerollte Untier betrachtet, diese dicke und träge Bestie.

Julian hat keine homosexuellen Neigungen, er hat Kidman in einer ganzen Reihe Pornos spielen sehen, Pornos der britischen Sorte: Nutten mittleren Alters, die sich als Hausfrauen ausgeben; Frauen, die so aussehen, als hätten sie ihre Muschis in aller Eile mit Bic-Einwegrasierern und ohne Schaum rasiert, denen anscheinend fünfundzwanzig Mäuse für einen Fick hinten in einem Van geboten und die dann – ha ha! – allein am Straßenrand zurückgelassen werden.

Julian erkennt diese Filme als das, was sie sind: tröstende Fantasien der Verfügbarkeit, am Ende sind sie doch alle Huren, bla bla bla. Er findet sie an und für sich nicht erotisch oder erregend, bis auf ein gelegentliches unwillkürliches Zucken in seinem Schritt bei einem genussvollen Stöhnen oder einem animalischen Keuchen oder einer blassen, wippenden Brust.

Aber *Lee Kidmans Schwanz!*

Lee Kidman benutzt keinen Wegwerf-Bic. Er sieht enthaart und glatt aus wie Action Man. Sein Schwanz ist so dick wie Julians Handgelenk. Julian ist fasziniert von seiner Trägheit – der Tatsache, dass er zu groß ist, um hochzustehen. Er baumelt einfach irgendwie herum. Die Frauen stopfen ihn sich in jegliche Körperöffnung wie ein halbes Kilo rohe Wurst.

Lee Kidmans Schwanz taucht schon in Julians Träumen auf. Es ist nicht so, als wollte er irgendwas damit machen, geschweige denn ihn *in sich* haben: Der Gedanke lässt seinen Körper in Panik erschaudern – die Vorstellung, zu versuchen, das Ding in den *Mund* reinzukriegen!

Und Kidman braucht so lange, bis er *kommt*. Obwohl, um fair zu sein, Julian vermutet, dass es mit einem Mann nicht so lange dauern würde. Aber trotzdem.

Kidman ist bewusst, dass Julian auf seinen Schritt linst. Er deutet ein schiefes Lächeln an.

Julian fragt: »Ist der Alte noch immer in dem Haus?«

»Ja«, antwortet Kidman. »Aber der Bulle treibt sich nicht mehr dort rum. Was ja die Hauptsache war.«

»Und ihr habt es ihm richtig gezeigt? Die Message ist angekommen?«

»Die Message ist angekommen.«

»Und es wird keine Retourkutsche geben?«

»Nee.«

»Denn ich will nicht im Gefängnis landen, Lee.«

Julian hat eine Heidenangst vor dem Gefängnis. Sein Therapeut nennt das Cleisiophobie: die Angst, in einem geschlossenen Raum eingesperrt zu werden. Aber das ist es nicht. Es ist die Angst, in einem geschlossenen Raum eingesperrt zu werden mit Männern, die Schwänze haben wie Lee Kidman.

»Im Ernst«, sagt Julian. »Das ist ein alter Mann, der allein in einem beschissenen kleinen Haus wohnt. Was ist daran so schwer?«

Kidman und Tonga haben so viel Anstand, beschämt auszusehen.

»Ihr kriegt keinen verdammten Penny«, sagt Julian, »bis dieser alte Wichser nicht aus meinem verdammten Haus raus ist. Gott. Ihr seid unglaublich. Kommt her mit nur halb getaner Arbeit. Wo ist euer Stolz?«

Kidman sieht ihn gespielt unschuldig an.

Barry Tonga steht einfach ausdruckslos da mit seinen massigen, verschränkten Armen und mustert ihn. Und Julian mag es nicht, gemustert zu werden. Es ist ihm unangenehm.

Er träumt davon, wie er sich einfach aus dieser Scheiße rausbuddelt, einfach einen Flieger nimmt und abhaut.

Er überlegt, nach Thailand zu gehen, vielleicht eine kleine Bar zu eröffnen. Er sieht sich schon in abgeschnittenen Jeans und Flipflops den ganzen Tag nichts tun als rumhängen.

Klar, wenn Julian ins thailändische Bar-Business einsteigen würde, käme ein neuer Tsunami, und ihm bliebe nichts als Strandgut.

Aber selbst das scheint besser als das, was er hat: Scheißlondon, Scheißimmobilien, scheiß alte Leute, die zwischen ihm und seinem verfügbaren Kapital stehen. Und die beschissene, verdammte Überzeugung, dass George, sein Dad, wahrscheinlich haargenau wüsste, was zu tun ist.

Patrick hat im Park geschlafen. Das macht er immer, wenn Henry schlecht gelaunt ist.

Der Park ist die größte freie Fläche in London. Es ist, als wäre man in einer anderen Zeit. Es gibt Sümpfe und Farndickichte, uralte Eichen. Es gibt Rotwildherden, eine Dachspopulation, sogar Sittiche: Vögel mit verschiedenfarbigen, leuchtenden Federn und rosaroten Schnäbeln.

Patrick geht zurück zum Haus. Er hat einen Sack Kaninchen für die Hunde dabei.

Bevor sie hierher zogen, wohnten er und sein Dad an allen möglichen Orten. Sie wohnten sogar eine Weile im Ausland, glaubt er, möglicherweise in Frankreich. Aber da ist er nicht ganz sicher. Patrick war sehr jung und durfte mit niemandem sprechen, außer mit Henry.

Es waren lange Jahre, aber nicht unglückliche, es gab immer so viel zu tun. Und da waren nur er und Henry – der blendende Strahl von Henrys Liebe, der kalte Schein von Henrys Wut.

Jetzt geht Patrick zur Haustür hinein und findet Henry im Wohnzimmer. Patrick kann seine Niedergeschlagenheit beinahe riechen.

Wenn Henry unglücklich ist, kann man das Wesen in seinem Inneren sehen, das perverse Wesen, das Patrick sich als Dämon vorstellt. Es ist verkrüppelt und bucklig, erfüllt mit Hass und Zorn.

Patrick bleibt in der Tür stehen für den Fall, dass ihm eine weitere Tracht Prügel droht. Er fragt: »Was ist los, Dad?«

Henry schaut auf. Er ist kein großer Mann, und sein Haar ist dunkel und ordentlich. Seine Augen sind ganz anders als sonst.

Henry greift nach der Sky-Plus-Fernbedienung und spult zurück zu einer aufgenommenen Nachrichtensendung. »Schau dir das an«, sagt er. »Schau dir das verdammt noch mal an.«

Im Fernsehen sieht Patrick einen schwarzen Polizisten mit breiten Schultern. Er sitzt an einem langen Tisch zwischen uniformierten Beamten, die vermutlich von höherem Rang sind.

»Jetzt spricht er«, sagt Henry. »Jetzt spricht der verfluchte Arsch. Hör dir das an.«

Auf dem Bildschirm sagt der Polizist nun, wie sehr er mit Henry mitfühlt.

»Wir wissen, dass Ihre Gefühle sehr stark in Aufruhr sind, und wir wollen Ihnen helfen. Wir wollen mit Ihnen sprechen, und wir werden keine Mühe scheuen, das zu tun.«

Patrick wird kalt von den Füßen bis zum Kopf.

»Diese Wichser«, sagt Henry unter Tränen blinzelnd. »Diese verfluchten Wichser. Schau sie dir an. Was glauben diese Arschlöcher, mit wem sie reden?«

Henry sieht sich die Pressekonferenz noch zweimal an, spricht Wort für Wort mit. Patrick rührt sich nicht von seinem Platz in der Tür.

»Sie *fühlen* mit mir mit?«, wettert Henry. »Sie versuchen, mich verdammt noch mal lächerlich zu machen. Sie versuchen, mich verdammt noch mal zu blamieren. Wer sind sie schon, hä? Wer sind diese Wichser, dass sie mit *mir* mitfühlen?«

»Ich weiß nicht«, antwortet Patrick.

»Ich mach sie fertig«, sagt Henry. »Ich mach sie so verdammt fertig. Diese verfluchten Wichser.«

Henry geht zum Schrank und holt ein noch verpacktes Einweg-Handy heraus. Er öffnet die Schachtel, nimmt das Handy heraus, streift die Luftpolsterfolie ab und setzt die Batterie ein. Er steckt alle Teile der Verpackung in eine *Tesco-Metro*-Einkaufstüte, um sie so in den Mülleimer von irgendjemandem zu werfen.

Die ganze Zeit über murmelt er vor sich hin. *Ich mach euch fertig, ihr Wichser. Ich mach euch so verdammt fertig. Mich so verdammt zu blamieren. Ich mach euch fertig.*

Nachdem Henry das Handy und seine Brieftasche genommen hat, steht er da, in seinem feinen grauen Mantel mit dem schwarzen Wildlederkragen und den eckigen Church's-Schuhen, und wartet. Er sieht beinahe klein aus, wie ein streitlustiger Zwerghahn. Es tut Patrick weh, ihn so zu sehen.

Henry fordert Patrick auf, zum Hyde Park zu fahren. Dort sind wenige Überwachungskameras.

Henry hasst Überwachungskameras. Manchmal redet er davon, wegzuziehen, in ein Land, wo es schwieriger ist, gesehen zu werden.

Patrick und Henry fahren zum Hyde Park und setzen sich auf eine Bank.

Henry ruft beim Radiosender an und tobt.

# 14

Pete Black: »Sind wir auf Sendung?«

Maggie Reilly: »Sie sind live auf Sendung in London.«

»Gut. Ich habe gesehen, was dieser Polizist in den Nachrichten über mich gesagt hat. Die Pressekonferenz. Er hat Lügen über mich verbreitet. Der Polizist. Deswegen lassen Sie mich Ihnen eins sagen. Ich will, dass er sich *entschuldigt*. Richtig. Ich will, dass er um Verzeihung bittet für die Lügen, die er über mich erzählt hat.«

»Was für Lügen hat er erzählt? So weit ich weiß …«

»Dass ich zu bedauern bin. Dass ich leide. Ich leide nicht. Ich habe versucht zu helfen. Ich wollte dem kleinen Baby helfen. Und er geht ins Fernsehen und *beleidigt* mich. Gut, ich habe genug. Mehr als genug. Solches Dreckspack steht mir bis hier, solche Arschlöcher, die glauben, sie können mit mir reden, wie es ihnen gerade einfällt. Ich will eine Entschuldigung. Eine öffentliche Entschuldigung.«

»Ich glaube nicht, dass es dazu kommen wird, Pete. Ich glaube nicht, dass die Polizei sich bei Ihnen entschuldigt.«

»Nun, das sollte sie aber.«

»Und was soll das heißen?«

»Ich will, dass Sie einen Polizisten ans Telefon holen, und ich will eine Entschuldigung. Ich weiß, dass sie zuhören. Ich weiß, dass sie diesen Anruf zurückverfolgen. Sie halten sich für so clever. Sie halten sich für so schlau. Sie halten sich für reine Unschuldslämmer. Gut, ich habe genug.«

Stille.

»Entweder sie entschuldigen sich – oder das, was als Nächstes passiert, ist ihre Schuld.«

»Was soll das heißen, Pete? Was passiert als Nächstes?«

»Das kann ich nicht sagen. Ich will nur, dass die Polizei hierher kommt, ins Radio, in Ihre Sendung, und mich um Verzeihung bittet für das, was sie gesagt hat.«

»Pete, Sie haben offen zugegeben, dass Sie zwei Menschen getötet haben.«

»Was ist mit den ganzen Nutten und den ganzen Dealern, hä? Was passiert mit denen? Den ganzen Vandalen und den ganzen Gangstern und dem ganzen Arbeitslosen-Dreckspack? Diesem ganzen Abschaum, diesen ganzen Generationen von Schmarotzern, die in beschissenen, dreckigen, scheußlichen Sozialwohnungen wohnen. Die dürfen morden. Bei denen drückt die Polizei ein Auge zu, nicht wahr?«

»Pete, ich bin nicht sicher …«

»Wenn sie sich nicht entschuldigen, mach ich's noch mal.«

»Machen Sie was noch mal?«

»Ich glaube, Sie wissen, was ich meine.«

»Nein, ich glaube, Sie müssen für London jetzt ganz deutlich werden. Ich glaube, London muss genau erfahren, was Sie damit sagen wollen.«

»Ich erkläre euch, was ich damit sagen will. Ich habe die Schlüssel zu allen euren Häusern. Ich habe die Schlüssel zu allen Häusern in London. Wenn die Polizei sich nicht bei mir entschuldigt, dann hole ich mir alle Mummys und alle Daddys und alle ihre kleinen Babys. Ich gehe heute Nacht in das Haus von irgendwelchen Leuten und ich schlitze sie auf und ich stopfe mich mit ihren Eingeweiden voll und ich ficke sie und ich fresse sie, verdammt noch mal, ist das klar? Versteht ihr mich jetzt? Bedauert ihr mich jetzt immer noch, ihr Wichser? Klinge ich jetzt immer noch so, als würde ich leiden? Ihr verlogenen Arschlöcher. Versteht ihr mich? Versteht ihr, was ich machen werde?«

Teller stoppt die Wiedergabe mit einem Mausklick. »Das reicht, denke ich.«

Luther lehnt sich auf seinem Stuhl zurück. Sein Blick schnellt zu Cornish. »Geht es denn noch weiter?«

»Noch etwa eine Minute. Die Live-Übertragung wurde selbstverständlich unterbrochen.«

»Noch eine Minute von …«

»Von demselben Gezeter«, sagt Teller. »Wichser hier, Wichser da.«

»Ich muss das hören.«

»Das können Sie an Ihrem eigenen Schreibtisch. Ich habe genug gehört.«

»Haben wir den Ort?«

»Hyde Park. Zweieinhalb Quadratkilometer offene Parkfläche. Begrenzte Abdeckung durch Überwachungskameras. Tausende von Leuten, die sich in tausend unterschiedliche Richtungen bewegen. Er hätte genauso gut vom Mond aus anrufen können.«

Cornish krempelt sich einen Ärmel hoch. Scheint nicht zufrieden zu sein. Er krempelt ihn wieder herunter und knöpft die Manschette zu. »Wird er seine Drohung wahr machen?«

»Ja«, sagt Luther. »Er ist wie die anderen. Er ist größenwahnsinnig, eingebildet, egozentrisch. Er kann es nicht ertragen, für schwach gehalten zu werden. Er will lieber gehasst als bemitleidet werden. Und am allerliebsten will er gefürchtet werden.«

»Nun«, sagt Teller. »Wenn wir vorher ein PR-Problem hatten, dann haben wir jetzt einen Berg davon. Können wir ihn vor heute Abend finden?«

»Wie?«, fragt Luther. »Sagen Sie mir wie, und ich mach's.«

»Keine Ahnung. Verstreuen Sie ein bisschen Feenstaub. Machen Sie Ihr Ding.«

»Okay. Dann lassen Sie mich tun, was er verlangt. Lassen Sie mich zum Fernsehen gehen, zum Radio, irgendwohin, und mich entschuldigen.«

»Das kommt nicht in Frage«, sagt Cornish.

»Dann wird eine Familie in London den Sonnenaufgang morgen nicht mehr erleben. Sie können Gift drauf nehmen, dass er sie sich schon ausgesucht hat.«

Er fasst zusammen, was Benny ihm über die Wahrscheinlichkeit des Facebook-Stalkings erzählt hat. Cornish und Teller hören zunehmend mutlos zu.

Dann sagt Cornish: »Aber wenn wir diesem Arsch heute geben, was er verlangt, was will er dann morgen? Geben wir ihm das dann auch? Und wenn ja, was will er dann am nächsten Tag? Und am Tag danach? Und am Tag danach?«

Luther lässt die Schultern hängen, weiß, dass Cornish recht hat.

»Entziehen Sie mir den Fall«, sagt er.

»Wie bitte?«

»Vielleicht reicht das, um ihn zu besänftigen.«

»Darüber haben wir bereits gesprochen. Wir lassen uns nicht erpressen. Vor allem darf es nicht danach *aussehen*, als würden wir uns erpressen lassen.«

»Bei allem Respekt, Boss, irgendwie müssen wir reagieren. Irgendwas müssen wir ihm geben.«

»Und wenn wir das tun«, sagt Cornish, »geben wir allen Spinnern grünes Licht, die nach ihm kommen. Wir können nicht zulassen, dass Psychopathen die Medien dazu benutzen, unsere Ermittlungen zu kontrollieren.«

»Auf lange Sicht haben Sie zweifellos recht. Auf kurze Sicht ist es die beste Taktik, die mir einfällt. Geben Sie ein Statement heraus, dass Sie mich suspendiert haben, bis meine Handhabung des Falls untersucht wurde. Werfen Sie mich den Löwen zum Fraß vor.«

»Allmächtiger«, sagt Teller. Sie beugt sich über ihren Schreibtisch, kramt in der Schublade, holt ein Fläschchen Aspirin mit kindersicherem Verschluss heraus. Hat Schwierigkeiten, es zu öffnen.

»Das können Sie problemlos machen«, fährt Luther fort. »Sie sagen, dass die Polizei nicht auf die Forderungen eines Verbrechers eingeht. Aber Sie können andeuten, dass ich etwas falsch gemacht habe. Sagen Sie, ich hätte die Beweiskette schlecht gehandhabt. Sagen Sie, ich sei emotional unfähig. Weiß Gott, das Video, in dem ich heule, läuft etwa alle zehn Sekunden. Das könnte reichen, um ihn zu beschwichtigen, seinem Ego zu schmeicheln.«

Teller antwortet nicht.

Cornish ebenso wenig.

»Wenn wir das nicht tun«, sagt Luther, »wird er wahr machen, was er gesagt hat. Heute Nacht. Und er weiß, was er tut. Er macht das schon lange, ohne dass wir das Geringste davon mitbekommen haben. Er hat vermutlich eine Liste möglicher Ziele. Familien wie die Lamberts. Häuser, die er in- und auswendig kennt. Wir können uns nicht einfach zurücklehnen und es geschehen lassen. Das können wir nicht, oder?«

Ein langes Schweigen folgt. Dann sagt Cornish: »John, ich verstehe Sie. Ehrlich. Aber wir können diesem Psychopathen nicht in den Arsch kriechen und ihn mit uns machen lassen, was er will.«

»Sir«, beharrt Luther. »Im Ernst.«

Teller warnt ihn mit einem Blick: *Mund. Halten.*

»Es spielt keine Rolle, wie wir es darstellen«, sagt Cornish. »Wir würden eine klare Botschaft aussenden. Wir würden der ganzen Welt zeigen, dass wir vor diesem Arschloch Angst haben, dass er von uns genau das bekommt, was er will. Das können wir nicht zulassen. Wir können einfach nicht. Wir können keinen Präzedenzfall schaffen.«

Luther verlässt Tellers Büro. Er kann die Augen auf sich spüren. Des ganzen Großraumbüros. Er muss geschrien haben.

Howie hebt eine Mappe von ihrem Schreibtisch hoch und winkt damit, um seine Aufmerksamkeit zu erregen. Es ist eine schüchterne, trotzig unbeschwerte kleine Geste, und in dem Augenblick liebt er sie dafür.

Er geht auf sie zu. »Wie sieht's damit aus?«

»Gut«, antwortet sie. »Übrigens, Boss, kann ich Sie einen Moment sprechen?«

»Natürlich. Bringen Sie die mit.« Er nickt in Richtung der Mappen.

Howie sammelt die York- und Kintry-Akten ein, ordnet sie, folgt Luther in sein enges Büro.

Sie nickt Benny zu und schließt die Tür. Luther lässt die Jalousien herunter.

»Kommt es mir nur so vor«, fragt Benny, »oder wird das hier tatsächlich ziemlich übel?«

»Es wird tatsächlich ziemlich übel«, sagt Luther.

Howie und Benny werfen ihm mitleidige Blicke zu. Er schüttelt sie ab – er bekommt schon den ganzen Tag welche, seit er im Kirchhof geweint hat.

Er zieht sein Jackett aus, hängt es über die Stuhllehne, lockert seine Krawatte.

Er setzt sich und reibt sich übers Gesicht. Atmet mehrmals langsam und tief durch. Schließt die Augen. Hält sie geschlossen. »Okay. Bringen Sie mich auf den neusten Stand. Wo waren wir?«

»Nun«, beginnt Howie, »wir wissen, dass wir es hier mit einer ganz besonderen Spezies zu tun haben. Wir wissen auch, dass das nicht seine erste Straftat ist, er ist viel zu selbstsicher. Zu eingebildet. Er ist narzisstisch mit einem übermäßig ausgeprägten Kränkungsempfinden. Und seiner Stimme, Wortwahl, Intonation nach zu urteilen, ist er mindestens Ende zwanzig, eher Mitte dreißig oder älter. Wenn man all das zusammen betrachtet, haben wir es sehr wahrscheinlich mit einem Serientäter zu tun.«

»Aber es ist definitiv das erste Mal mit diesem Modus Operandi.«

»Mit diesem Modus Operandi schon. Aber MO und Handschrift sind zwei verschiedene Dinge. Der MO besteht aus allem, was erforderlich ist, um das Verbrechen auszuführen: Art des Verbrechens, Opferschema, Schauplatz des Verbrechens, angewandte Methode. Der MO verändert sich. Die Handschrift nicht. Was hat er also gemacht, bevor er die Lamberts aufgeschlitzt hat? Wir haben eine anzunehmende frühere Straftat, vielleicht zwei: die Entführung von Adrian York und die versuchte Entführung von Thomas Kintry. In Bristol, Mitte der Neunziger. Das heißt, vor fünfzehn, sechzehn Jahren. Und die Kinder waren älter. Adrian York war sechs. Thomas Kintry war zwölf.«

»Schon das ist abnormal«, wirft Benny ein. »Solche Männer haben gewöhnlich eine sehr spezielle Vorliebe – Alter, Geschlecht, Ethnie, Haarfarbe.«

»Okay«, fasst Howie zusammen. »Er entführt also Kinder. Wir wissen nicht, nach welchen Kriterien, denn selbst wenn wir annehmen, dass diese Fälle tatsächlich in einem Zusammenhang stehen, scheint das Opferschema inkonsequent. Bestenfalls geht er nun anscheinend nach einer fünfzehnjährigen Pause mit einem grundverschiedenen Modus Operandi vor. Wir können annehmen, dass er während dieser fünfzehn Jahre entweder dem Drang widerstanden hat, straffällig zu werden, dass er im Gefängnis war oder ...«

»Oder dass er unterhalb des Radars weitergemacht hat«,

schließt Luther. »Also, wie weit sind wir mit dem Namen? Pete Black?«

»Nun«, sagt Howie. »Dazu komme ich jetzt. Genau darüber wollte ich sprechen. Es könnte Zufall sein, aber …«

»Aber was?«

Sie schluckt trocken, ist aufgeregt und nervös. Sie zieht einen Zettel aus der dünnsten Mappe und liest davon ab: »In den Niederlanden ist der ›Zwarte Piet‹, was Schwarzer Peter heißt, ein Helfer von Sinterklaas. Er bringt am fünften Dezember Geschenke, und …« Sie schaut zu Luther.

Er hat die Augen geöffnet. Er sieht sie an.

»In den leeren Säcken nimmt er unartige Kinder mit«, fährt sie fort. »In manchen Geschichten wurden die Zwarten Pieten selbst als Kinder gekidnappt, und die gekidnappten Kinder bilden die nächste Generation von Zwarten Pieten.«

»Was zur Adrian-York-Entführung passt«, sagt Luther, »die eine Kindesentführung war, ohne dass jemand daran überhaupt *glaubte*. Nicht, bis es zu spät war.«

»Aber was, wenn er in den letzten fünfzehn Jahren *nicht* inaktiv oder im Gefängnis war? Was, wenn er einfach *unauffällig* war?«

Sie beginnt, Ausdrucke auf Luthers Schreibtisch auszubreiten. Währenddessen erklärt sie ihm, dass zahlreiche Kulturen einen mythischen Schwarzen Mann haben, der mit einem Sack auf dem Rücken dargestellt wird, ein Mann, der unartige Kinder mitnimmt.

»Es gibt *El Hombre de la Bolsa*, was ›der Sackmann‹ heißt. In Armenien und Georgien ist es ›der Taschenmann‹. In Bulgarien ist es der *Torbalan*. In Ungarn ist es der *zsákos ember*, ›der Mensch mit einem Sack‹. In Nordindien ist es der *Bori Baba* oder ›Vater Sack‹. Im Libanon ist es *Abu Kees*, das heißt wörtlich ›der Mann mit einer Tasche‹. Im Vietnam ist es der Herr Drei Taschen. In Haiti ist es ›der Jutesackmann‹.«

Luther sieht sich die Bilder an: Trolle und Oger und verkrüppelte Märchenwesen, knochige, adlernasige alte Männer, die heulende Kinder wegtragen.

Er steht auf. Seine Beine lassen ihn nicht still sitzen. Er geht im Zimmer auf und ab. Er sagt: »Ich glaube, das ist gut. Ich glaube, das hat etwas zu bedeuten. Benny, ich möchte, dass ihr beide die Strafregister durchforstet, nach einer Verbindung zu irgendeiner dieser Figuren sucht. Schwarzer Peter. Der Jutesackmann. Vater Sack, wer auch immer. Wenn ihr auf irgendwas stoßt, irgendwas, gebt mir sofort Bescheid.«

Um 16.07 Uhr nehmen Cornish und Teller an der zweiten eilig einberufenen Pressekonferenz des Tages teil.

DCI Luther ist nicht anwesend.

Cornish verliest folgendes Statement:

»Wie Sie wissen, untersucht der Metropolitan Police Service momentan eine schwerwiegende Straftat und hat bezüglich irgendwelcher Drohungen durch den Mann, der sich Pete Black nennt, keinen Kommentar abzugeben.

Ich möchte Sie bei dieser Gelegenheit daran erinnern, dass wer immer diese Ungeheuerlichkeiten an Mr und Mrs Lambert und ihrem Kind begangen hat, von niemandem dazu gezwungen wurde. Er oder sie hat diese Gräueltaten aus freien Stücken verübt. Wenn der Täter dieser Verbrechen tatsächlich der Mann ist, der sich Pete Black nennt, dann spricht der Metropolitan Police Service ihm gegenüber noch einmal den aufrichtigen Wunsch aus, er möge sich den zuständigen Behörden stellen. Er sei versichert, dass er in völliger Übereinstimmung mit dem Gesetz behandelt wird.

Wir sind der Ansicht, dass die Anrufe bei einem Londoner Radiosender in der Tat der Hilferuf eines zutiefst verzweifelten Mannes sind. Und wir sind willens, die benötigte Hilfe zu leisten, wenn er uns lässt.

In Anbetracht der Gefahr, die dieser Mann für die Allgemeinheit darstellt, lassen Sie mich jedoch meinen Aufruf an die Öffentlichkeit wiederholen, uns dabei zu helfen, diesen Mann zu identifizieren und zu fassen. Irgendjemand da draußen weiß, wer er ist. Um diesen Vorgang zu beschleunigen, hat der Metropolitan Police Service eine Belohnung von einhunderttausend Pfund für Hinweise ausgesetzt, die zur Festnahme und Überführung des Mannes führen, der sich Pete Black nennt.

Das Statement ist hiermit beendet. Ich werde jedoch eine oder zwei Fragen beantworten. Bitte der Reihe nach, Ladies und Gentlemen.«

Ein blitzendes, wirres Getöse bricht los:

»Werden Sie sich bei Pete Black entschuldigen?«

»Ich verweise Sie auf mein Statement, das Sie als das letzte Wort in dieser Sache betrachten können.«

»Wird Pete Black noch einmal töten, wenn Sie sich weigern zu tun, was er sagt?«

»Das zu beantworten hieße, sich auf das Gebiet wildester Spekulationen zu begeben.«

»Wie groß ist die Gefahr?«

»Das ist momentan unmöglich abzuschätzen.«

»Wenn Pete Black noch eine Familie tötet, werden bei der Polizei Köpfe rollen?«

»Ich bin mir nicht ganz sicher, ob ich diese Frage richtig verstehe.«

»Wer zeichnet verantwortlich für DCI Luthers Vorgehen?«

»Ich.«

»Wurde DCI Luther der Fall wegen Spannungen innerhalb des Ermittlungsteams entzogen?«

»Der Fall wurde DCI Luther nicht entzogen.«

»Sind Sie bereit, DCI Luther den Rücken zu stärken?«

»Absolut.«

»Haben Sie ein psychologisches Profil erstellt?«

»Kein Kommentar.«

»Was wissen wir über den Mörder? Hat er das schon mal gemacht?«

»Kein Kommentar.«

»Hätten Sie es früher wissen müssen?«

»Auch diese Frage verstehe ich nicht.«

»Haben Sie Vertrauen in Ihren leitenden Ermittlungsbeamten?«

»Ich habe absolutes Vertrauen in meinen leitenden Ermittlungsbeamten.«

»Wo ist er dann?«

»Es wird Sie freuen zu hören, dass er beschäftigt ist.«

»Ist er raus aus dem Fall?«

»Nein.«

»Sollte er das nicht sein?«

»Nein.«

»Haben Sie einen Fehler gemacht, indem Sie sich nicht bei Pete Black entschuldigt haben?«

»Nein. Das haben wir nicht.«

»Wie viele Londoner sind heute Nacht in Gefahr wegen fragwürdiger strategischer Entscheidungen von DCI Luther?«

»Falls heute Nacht irgendwelche Londoner in Gefahr sind, und ich betone das Wort ›falls‹, dann wegen eines Mannes, der sich Pete Black nennt. Ich fordere alle Londoner noch einmal auf, ihr Herz und ihr Gewissen zu prüfen. Wenn Sie wissen, wer dieser Mann ist, bitte kontaktieren Sie uns über die Hotline. Das war's. Vielen Dank, Ladies und Gentlemen, schönen Tag noch.«

Während Cornish und Teller vor dem brechend vollen Presseraum sprechen, stehen Luther und Howie an Bennys Schreibtisch zusammen.

»Ich hab die Strafregister durchkämmt«, sagt Benny. »Hab mir jeden Einzelnen in der Datenbank der Sexualstraftäter angesehen. Ich bin die Namensliste durchgegangen.«

»Lacht uns irgendjemand an?«

»Ich habe nicht das Gefühl. Also hab ich auch ein wenig außerhalb der Datenbank gesucht, bin meiner Spürnase gefolgt.«

»Wohin?«

»Ich denke mir: Was, wenn unser Pete während der Jahre unterhalb des Radars keine Kinder *entführt*. Vielleicht *kauft* er welche.« Er zeigt Luther ein Fahndungsfoto. »Das ist Vasile Sava. Er ist Kinderhändler. Er hat illegale Adoptionen von Babys aus ganz Osteuropa organisiert. Wenn jemand in London Leute kennt, die versucht haben, ein Baby zu kaufen oder zu verkaufen, ist er das.«

»Und warum genau lacht er uns an?«

»Weil, als er festgenommen und seine Datenbank durchsucht wurde, ein ›Mr Torbalan‹ auf seiner Kundenliste stand. Das ist einer der Namen für den Kerl, der die bösen Kinder klaut.«

Luther klopft ihm auf die Schulter. »Gute Arbeit, Ben. Wo wohnt er?«

Benny reicht ihm einen Ausdruck.

»Nimm Desinfektionsmittel mit«, sagt er. »Und vielleicht Knoblauch und ein Kruzifix.«

Bill Tanner sieht die 12-Uhr-Nachrichten, weil er das immer macht.

Er ist überrascht, den Bullen, der neulich abends bei ihm vorbeigekommen ist, zusammengesunken an einem Tisch bei irgendeiner Pressekonferenz sitzen zu sehen, er scheint sich eingesperrt und unwohl zu fühlen.

Bill fühlt mit ihm; er ist ein anständiger Kerl, und es ist immer traurig mit anzusehen, wie ein großer Mann klein gemacht wird.

Bill schaltet durch alle Sender, aber es läuft nichts anderes. Er versucht es eine Weile mit Radio 2: dieselbe Geschichte. Er bekommt Bruchstücke davon mit, genug, um zu wissen, dass sie fürchterlich ist – eine Geschichte, die er nicht hören will, ein weiterer Beweis dafür, dass die Welt den verdammten Bach runtergeht.

Dot hat es gut, nicht mehr da zu sein.

Der Gedanke an sie verursacht dieses zittrige Gefühl in Bills Schenkeln. Er vermutet, es ist die Einsamkeit, aber Einsamkeit ist so ein dummes Wort, ein Popsong-Wort, ein beschissenes Herman's-Hermits-Wort. Es hat kaum etwas zu tun mit diesem scheußlichen Gefühl in seinem Bauch und im oberen Teil seiner Beine. Er weiß, wenn er sitzen bleibt, wird es seinen Rücken hinauf und um seinen Hinterkopf kriechen, und er wird anfangen zu weinen wie ein beschissenes Baby. In solchen Momenten merkt er, dass das Haus nach Kälte und Dreck stinkt.

Er schnappt sich die Hundeleine und das Halsband vom Haken an der Rückseite der Küchentür. Der kleine Paddy dreht durch. Er dreht immer durch bei einem Spaziergang.

Bill schlurft weiter, um die graue Windjacke und die Hush Puppies zu holen. Er zieht den Reißverschluss der Jacke bis zum Kinn hoch und setzt die Bommelmütze auf, die Dot ihm gekauft hat.

Dann treten er und Paddy ins Freie.

Es ist alles ein bisschen umständlich. Bill braucht einen Gehstock, und eine Hand ist noch in Gips. Also muss er die Schlaufe der Leine über den Gips ziehen und dort irgendwie festklemmen. Glücklicherweise hat Paddy ein bisschen Arthritis in den Hüften – Yorkies bekommen das –, und es genügt ihm, neben Bills Fersen herzutrotten, wobei er ab und zu stehen bleibt, um das Bein zu heben. Er ist ein unerschrockenes kleines Geschöpf, und Bill bewundert das.

Es gab eine Zeit, da wäre ihm der kleine Paddy peinlich gewesen. Er war eigentlich Dots Hund. Er war kein Männerhund, ein Mann will einen Gefährten, keins dieser lächerlichen, grimmigen Mistviecher, die alle jungen Leute heutzutage haben, die gemeinen kleinen Dinger mit den winzigen Augen und der geblähten Brust und den O-Beinen. Als Bill jünger war, hatte man Angst vor Deutschen Schäferhunden und Dobermännern.

Wenn man in den Sechzigern und Siebzigern bei der Müllabfuhr arbeitete, erzählte man sich Geschichten über grimmige Hunde. Die Hunde, über die man sich Geschichten erzählte, waren immer schwarz und gelbbraun.

Aber jene Hunde waren intelligent und schön; selbst ein verwahrloster und unterernährter Deutscher Schäferhund hatte Verstand in den Augen, deswegen setzte die Polizei sie ein. Und Dobermänner wurden aus gutem Grund als Wachhunde gehalten. Diese muskelbepackten kleinen Viecher, nichts als Kiefer und Brust, schauten drein wie Vollidioten, wie Frauenschläger.

Bill und Paddy trotten etwas wackelig, aber tapfer voran.

Er schaut bei Mr Patel vorbei, um sich eine Ausgabe der *Racing Post* und zwanzig Benson & Hedges zu holen, dann spaziert er weiter zu *William Hill*. Selbst das Wettbüro ist nicht mehr das, was es einmal war.

In einem Wettbüro herrschte immer eine bedrückte, kollegiale Stimmung, die ganzen Arbeiter und die Taxifahrer und die Säufer. Er schaute vorbei, nachdem seine Schicht zu Ende war, es war noch früh. Dot war dann noch bei der Arbeit. Er verwettete ein oder zwei Pfund, ging nach Hause und machte ein Nickerchen. Dann räumte er ein wenig auf: Dot fand immer ein sauberes Haus vor, obwohl das nichts war, worüber man im Pub sprach.

Aber Bill war bei der Navy ausgebildet worden, er wusste, wie man die Dinge ordentlich und sauber und an ihrem Platz hielt – und Dot machte Überstunden und kam mit wunden Füßen nach Hause.

Bill machte nie die Wäsche, und er kochte in seinem ganzen Leben nie ein Essen, außer manchmal ein bisschen Ei mit Toast für die Kinder, wenn Dot krank war. (Meist schickte er sie aber zur Frittenbude, und sie aßen ein schönes Stück Kabeljau, während sie *Nationwide* sahen – diese Sue Lawley und ihre Beine.)

Aber er saugte gern ein wenig, spülte das Frühstücksgeschirr, räumte auf, wischte ein bisschen Staub, machte das Bett (er genoss es, die Laken richtig straff zu spannen). Er putzte die Fenster, werkelte ein wenig im Garten, wenn das Wetter gut war. Dann verbrachte er oft eine Stunde im Schrebergarten und war rechtzeitig zum Abendessen wieder da.

Es kam ihm so vor, als sei jene ganze Welt – schwarzweiß, drei Sender, Sue Lawley und ihre Beine, ein anständiges, schäbiges Wettbüro, Spiegelei-Sandwiches, ein Pub, in dem einem nicht den ganzen Tag lang schreckliche Scheißmusik in die Ohren dröhnte –, als sei das alles verschwunden, so wie Männer mit Hüten.

Bill wettet um ein bisschen Kleingeld, verfolgt ein paar Rennen, gewinnt keinen Penny, aber amüsiert sich trotzdem.

Dann geht er hinaus. Der arme kleine Paddy ist an einen Laternenpfahl gebunden. Seine kurzen Beine zittern vor Kälte und der Angst, verlassen zu werden, und er sieht mit einer Art flehender Erleichterung zu Bill hoch. Bill fühlt sich ein bisschen schuldig. Er sagt: »Tut mir leid, alter Junge. War ich lange weg? War ich das?«

Es ist ihm egal, ob jemand zuhört. Er ist ein alter Knacker mit einem alten Hund, verdammt noch mal.

Es geht nur langsam, aber er bückt sich und lässt den Hund in seine Arme springen. Der kleine Paddy schmiegt sich an seine gewölbte Brust, als versuchte er, in Bill hineinzukriechen.

Ein Sikh-Junge, den ersten Flaum eines dunklen Barts am Kinn, schlendert auf ihn zu. »Alles in Ordnung, Kumpel?«

Als Bill im Alter des Jungen war, wäre es ihm nie in einer Million Jahren, hundert Millionen Jahren eingefallen, jemand Älteren »Kumpel« zu nennen. Dafür hätte man ihm eine gescheuert. Aber der Junge möchte nicht respektlos sein, ganz im Gegenteil. Bill antwortet mit den Worten: »Ja, mir geht's gut, danke, Kumpel.«

Ein Zwölfjähriger und ein Fünfundachtzigjähriger, die einander Kumpel nennen. Darin muss doch etwas Gutes stecken, oder?

»Sind Sie sicher?«, fragt der Junge.

»Ich bin ein bisschen steif in den Knochen, aber es ist alles in Ordnung«, antwortet Bill.

Der Junge nickt etwas verlegen, wie Bill findet, und geht weiter.

Bill macht sich auf den Heimweg. Er ist jetzt geschlaucht, und die Beine tun ihm weh, er muss ein paar Tabletten einwerfen. Aber er ist froh, dass er an der frischen Luft war. Paddy ist leicht wie ein Vogel, und an Bills Brust gekuschelt, strahlt er eine Art verzweifelte Zufriedenheit aus, eine Glückseligkeit, einfach nur dort zu sein.

Bill ist fast zu Hause, als die zwei stämmigen Kerle aus dem Durchgang zwischen den Häusern treten. Der große Weiße Lee

Kidman mit seiner Lederjacke und dem gefärbten Haar, der fette, asiatisch aussehende Barry Tonga in seinen tief hängenden Shorts und riesigen weißen Turnschuhen, ein beschissenes Taschentuch oder so was um den Kopf gebunden.

Das Erste, was passiert, bevor Bill den Mund aufmachen kann, ist, dass er sich vor Angst bepisst. Er merkt kaum, dass es geschieht – eine große, warme Lache breitet sich über seine Hose und an seinem Bein entlang aus und wird dann schlagartig kalt. Es ist wahrscheinlich über siebzig Jahre her, dass Bill sich das letzte Mal nass gemacht hat, aber er erinnert sich sofort an das Gefühl, am liebsten würde er weinen vor Wut und Scham. Er drückt den kleinen Hund an seine Brust, weil er nicht will, dass er es sieht. Er weiß, wie dumm das ist, aber Paddy ist das letzte bisschen von Dot, das er noch hat, sie hat den kleinen Köter geliebt, und der kleine Köter liebt Bill, und eigentlich ist er ein schwaches kleines Geschöpf, nichts als Haut und Knochen.

Die Schläger stoßen Bill an der Brust in den Durchgang.

»Du blöder alter Wichser«, sagt Kidman. Er sieht aus, als würde er sich toll finden; einer dieser Typen, die meinen, sie wären ein Geschenk Gottes, bei denen es die Frauen aber eigentlich schüttelt.

Der andere Typ, ein großer Mondkopf auf massigen Schultern, ist ein Rätsel. Er hat Tattoos überall auf den Armen und Beinen. Er trägt eine Dreiviertel-Shorts. Bei diesem Wetter.

Kidman packt Bills kaputtes Handgelenk, und ein heftiger Schmerz durchzuckt seinen Arm. Kidman sagt: »Nimm sein Angebot an. Nimm sein Geld. Schau dich an. Du bepisst dich. Du gehörst ins Heim.«

»Du verdammtes Arschloch«, sagt Bill und stellt mit Entsetzen fest, dass er weint. Er will nicht weinen, aber er kann nichts dagegen tun. Und ihm fällt nichts ein, was er sagen könnte. Er hat stundenlang im Bett gelegen und darüber nachgedacht, was er diesen Typen sagen würde, sollten sie noch einmal auftauchen. Er hatte sie wieder und wieder geprobt, die vernichtende Verachtung, die Würde, auf der er beharren wollte. Aber nun sind all die Worte fort, und er steht da, tropfnass von seiner eigenen Pisse, und er weint – die Worte sind geradewegs aus seinem Kopf davongeflogen. Er umarmt den kleinen Hund. Paddy presst sich an ihn. Er zittert und bebt, spürt Bills Angst.

Kidman schubst Bill gegen die Wand. Bill taumelt rückwärts. Kidman reißt Bill den mageren Hund aus den Armen, hält ihn sich vors Gesicht, macht leise, komische Knutschi-Knutschi-Geräusche.

»Wen haben wir denn da?«, fragt er in affektiertem, schwulem Tonfall, widerlich bei einem so kräftigen Mann. »Wer ist denn dieses kleine Tierchen, dieses süße kleine Tierchen da?«

»Lass ihn in Ruhe«, sagt Bill. »Er ist nur ein Hund.«

Kidman wendet sich nicht direkt an Bill. Er spricht mit dem bibbernden, triefäugigen Paddy, krault ihn unter der spitzen Schnauze mit einem dicken, spatelförmigen Finger, manikürt und mit rosafarbenem Nagel.

»Ich mach dich fertig«, sagt Kidman zu Paddy. »Ich mach dich fertig, kleines Hündchen, o ja, das werde ich.«

»Nicht«, sagt Bill. »Lass ihn in Frieden.«

»Denn dein Daddy hat nicht auf meinen Daddy gehört«, sagt Kidman, »nein, das hat er nicht. Das hat er nicht, was? Und jetzt mach ich dich fertig, kleines Hündchen. Ich mach dich fertig. Sag jetzt bye-bye. Sag bye-bye zu Daddy!«

Er hebt Paddys Pfote mit Daumen und Zeigefinger hoch, lässt Paddy Bill zuwinken.

»Du verdammter Tyrann«, sagt Bill. »Du mieser, verdammter Tyrann.«

»Das bin ich«, säuselt Kidman. »Ich bin ein mieser Tyrann, nicht wahr, kleines Hündchen? Ich bin ein mieser, fieser kleiner Tyrann.«

Er nimmt Paddys Hals in eine Hand, Paddys Hüften in die andere, dann dreht er, als würde er ein Handtuch auswringen.

Paddy jault auf, als seine Wirbelsäule bricht. Er entleert seine Därme und seine Blase. Kidman lacht, macht einen Satz nach hinten, um auszuweichen, und lässt Paddy dabei auf den Boden fallen.

Paddy macht ein schreckliches Geräusch, wie Bill es noch nie zuvor gehört hat. Er wüsste nicht einmal, wie er es nennen soll.

Bill brüllt. Er holt mit einer Faust aus, die einmal gefürchtet war, ein großer Hammer von einer Pranke, aber nun ist sie fleckig und zittrig. Er macht trotzdem einen Schritt vorwärts.

Aber Tonga schiebt sich dazwischen und fixiert ihn mit einem Doppelnelson. Bill kann sein süßliches Aftershave riechen.

»Genug jetzt, Opi«, sagt Tonga beinahe sanft. »Genug jetzt.«

Bill fuchtelt und rudert mit den Armen, er versucht, Tonga auf die Füße zu trampeln. Er brüllt noch einmal.

Kidman schaut auf Paddy hinunter, dann auf Bill, und blinzelt.

»Du Dreckschwein«, heult Bill. »Du fieses Dreckschwein. Du verfluchtes Dreckschwein.«

Kidman lacht laut. Dann holt er mit seinem großen Fuß aus und kickt Paddy fünf Meter weiter in den Weg hinein.

Paddy lebt noch, als er landet. Bill ist sich dessen sicher, denn seine nassen Augen sehen ihn mit ehrfürchtigem Unverständnis an, als könnte Bill das Geschehen mit nur einem strengen Befehl und einem Fingerzeig aufhalten. Weil Bill Gott ist für den kleinen Paddy, den Yorkshire Terrier seiner Dot.

Kidman schlendert den Weg entlang, grinsend und selbstbewusst. Er kommt mit seinem breiten, hübschen, widerlichen Gesicht ganz nah an Bill heran und fragt: »Wo ist deine Frau begraben?«

Bill versteht nicht.

»Ich sagte, wo ist deine Frau begraben?«

»Das geht dich nichts an.«

»Doch, wenn ich sie ausgraben und ficken will.«

Bill versucht sich freizukämpfen, aber Tonga hält ihn fest, bis seine ganze Kraft verbraucht ist. Als Tonga ihn loslässt, kann Bill nur noch auf den Boden sacken und mit dem Rücken an der Wand des Durchgangs sitzen bleiben, die Beine von sich gestreckt.

Kidman und Tonga betrachten ihn eine Weile schweigend. Kidman grinst vom einen Ohr zum anderen. Tonga sieht etwas düsterer aus. Aber er hat auch ein düsteres Gesicht.

Dann sieht Tonga auf die Uhr und nickt mit dem Kinn. Termine.

Sie gehen davon.

Zoe verlässt die Kanzlei so früh sie kann. Sie fährt mit dem gläsernen Aufzug ins Erdgeschoss und tritt hinaus auf die Straße, wobei sie den Gürtel ihres Mantels schließt.

Sie geht. Sie biegt rechts ab, dann links. Am Ende der Straße ist eine kleine Gasse, ein gewundener Weg. Und dort wartet Marks Auto, ein müde aussehender Alfa Romeo. Mark sitzt am Steuer. Ihr Herz macht einen Satz, als sie ihn sieht.

Sie gleitet auf den Sitz neben ihn – der Geruch von altem Vinyl und Leder und Selbstgedrehten. Der Aschenbecher quillt über von ausgedrückten Zigaretten.

Sie fahren zu ihm nach Hause, einem großen, zweiflügeligen edwardianischen Haus in Camberwell. Sie zünden Kerzen an und setzen sich an seinen Küchentisch im umgebauten Souterrain. Der Tisch ist verschrammt, antik, wunderschön.

Er schenkt ihnen jeweils ein Glas Wein ein, dann konzentriert er sich darauf, einen Joint zu bauen.

Sie nippt am Wein und fragt: »Was soll ich machen?«

»Was willst du machen?«

»Ich weiß es nicht.«

»Ich könnte dich hinbringen. Auf die Polizeiwache.«

»Wenn er nicht an sein Handy geht, heißt das, er will nicht reden.« Eine halbe Minute lang konzentriert sie sich darauf, ein Zigarettenpapier in winzige Fetzen zu reißen, die Schnipsel vor sich zu glätten, sie ordentlich hinzulegen. »Siehst du, genau das ist es. Genau das geschieht immer. Wenn es gut läuft, ist es gut. Aber wenn es schlecht läuft, steht er einfach auf und verschwindet. Jetzt, wo er das alles durchmacht, jetzt ist doch sicher die Zeit, wann er mich brauchen sollte.«

»Vielleicht will er nicht, dass du dir Sorgen machst.«

»Ich mache mir auch so schon Sorgen. Ich habe Angst um ihn. Ich bin es leid, Angst um ihn zu haben. Ich weiß nicht.« Sie schaut auf ihren Schoß, auf die Papierfetzen. »Ich weiß nicht.«

»Es ist ziemlich heftig«, sagt Mark. »Was er gerade durchmacht.«

»Verteidigst du ihn jetzt?«

»Gott, nein. Aber ich will auch nicht über ihn herziehen. Der Mann tut mir leid. Ich habe ihn heute wegen eines toten Babys weinen sehen. Und hier bin ich nun und schlafe mit seiner Frau.«

Sie schenkt ihm ein schelmisches Lächeln. »Bilde dir bloß nichts drauf ein.« Sie bewegt ihr Weinglas auf dem Tisch hin und her wie eine Planchette auf einem Ouijabrett.

Sie beißt sich auf die Unterlippe, denkt nach. Dann fragt sie: »Kann ich dir was sagen?«

»Alles, was du willst.«

»Mein schlimmstes Geständnis? Ich meine, es ist wirklich ziemlich schlimm.«

»Ist es etwas, was du gemacht hast?«

»Ach du Scheiße, nein. Ich hab nie irgendwas gemacht. Ich war mein ganzes Leben lang brav.«

Mark kommentiert ihre Wort nicht, wie die meisten Männer es tun würden, auf eine Doppeldeutigkeit anspielend, eine sexuelle Konnotation. Er hält einfach für einen Moment ihren Blick fest, kratzt sich an seinem kurzen Bart, zündet den Joint an.

»Hast du manchmal solche Gedanken«, fragt Zoe, »solche Gefühle, die dir um drei Uhr nachts im Kopf rumschwirren und für die du dich schämst?«

»Jeder hat so was.«

Er zieht ein paar Mal, dann reicht er Zoe den Joint. Sie zögert, bevor sie ihn nimmt.

»Manchmal wünsche ich mir wirklich, er wäre tot«, sagt sie. »Ich liege im Bett und stelle mir vor, wie er tatsächlich stirbt. Weil es einfach so viel leichter scheint auf die Art. Meine Probleme wären gelöst – ich könnte um John trauern und frei sein und mich nicht dafür hassen. Und alle hätten Mitleid mit mir, anstatt mich für eine miese Schlampe zu halten.«

Sie zieht, hält den Atem an, so lange sie kann, dann bläst sie eine dünne Rauchfahne in die Luft. Reicht Mark den Joint.

»Solche Gedanken machen dich nicht zu einer Schlampe«, sagt er. »Sie sind einfach eine Ausbruchsfantasie. Wir alle kennen so was. Den Frauen von todkranken Patienten geht es genauso. Sie sind deswegen keine schlechten Menschen. Es ist einfach nur eine Art, Dinge zu verarbeiten.«

Sie rauchen eine Weile. Die Kerzen flackern, werfen schwarze, tanzende Figuren an die Wand.

»Ich verlasse ihn«, sagt sie. »Ich hab genug von dieser Scheiße. Ich verlasse ihn.«

»Gut«, antwortet Mark.

Er greift nach ihrer Hand. Sie rauchen den Joint zu Ende und gehen nach oben.

## 15

Vasile Sava, der Baby Broker, wohnt in einem gemieteten Souterrainapartment in Maida Vale.

Howie und Luther gehen die kurze Treppe zur Eingangstür hinunter, sehen sich die vergitterten Fenster an.

Howie klopft. Sie hat ein gutes Polizistenklopfen.

Sie warten.

Es ist 17.37 Uhr.

Um 17.38 Uhr klopft Howie noch einmal.

Irgendwann kommt Sava zur Tür. Er ist barfuß und trägt ein altes Muskelshirt und eine ausgewaschene, etwas ausgefranste Levi's. Er ist aufgepumpt wie eine Hüpfburg, das braune Haar zu einem leicht militärischen Bürstenschnitt gegelt. Er sieht aus, als würde er ethnische Minderheiten zwingen niederzuknien, bevor er ihnen in den Hinterkopf schießt und ihre Leichen in einen Graben rollt.

Momentan leitet er ein Unternehmen namens *Primo Minicabs*.

Luther und Howie zeigen ihm ihre Dienstmarken, fragen, ob sie reinkommen und mit ihm reden dürfen.

Es vergehen ein paar Augenblicke mit dem üblichen Tanz: »Worüber?« »Wir möchten Ihnen nur ein paar Fragen stellen.« Dann macht Sava eine Kopfbewegung: Folgen Sie mir.

Sava scheint es gut zu gehen. Die Wohnung ist hübsch, nur etwas düster mit dem dunklen Holz und den türkisch aussehenden Teppichen. Er hat einen 46-Zoll-Breitbildfernseher mit Hochglanzgehäuse.

Der Wohnraum und die offene Küche riechen feucht, aber nicht unangenehm. Entlang der längsten Wand sind mehrere große Glasterrarien aufgestellt.

Luther vergräbt die Hände in den Taschen, bückt sich, um hineinzusehen. »Was haben wir denn da?«

»Totenkopfschaben«, antwortet Sava. Sein Englisch ist gut, hat lediglich die Spur eines Akzents. Er ist seit achtzehn Jahren hier.

»O Mann«, sagt Luther, »sind das große Biester.«

»Erschreckend groß. Aber pflegeleicht.«

»Was ist das?«

»Ein chilenischer Tausendfüßler.« Sava kniet sich hin, zeigt auf einen mehrgliedrigen, vielfüßigen blauen Albtraum so lang wie Luthers Hand. »Das hier drüben sind Rotknie-Vogelspinnen. Das hier ist eine mexikanische schwarze Königsnatter.«

Luther sieht in die gleichmütigen gelben Augen der schwarzen Schlange. Er wirft einen Blick zu Howie.

Sie steht mit verschränkten Armen drüben in der Kochnische und versucht, nicht völlig angeekelt auszusehen.

Luther betrachtet den Leguan im größten Terrarium: ein sandfarbenes Geschöpf mit einem Kehllappen und Stacheln, das auf einem knochenbleichen Ast sitzt. Dann gesellt er sich zu Howie, während Sava wie eine alte Jungfer in der Küche herumfuhrwerkt, um Kaffee zu machen. Er fragt: »Also, warum sind Sie hier?«

»Weil wir einen Rat brauchen.«

»Wobei?«

»Geklauten Babys.«

Sava ist damit beschäftigt, Kaffeebohnen zu mahlen. Die Maschine macht ein schrilles Zahnarztgeräusch.

»Wir sind nicht hier, um alte Anschuldigungen wieder auszugraben«, sagt Luther. »Wir brauchen ehrlich nur einen Hinweis.«

»Ich vermute, es geht um das Baby, das gestohlen wurde. Den verrückten Radiotypen. Die tote Frau, wie auch immer.«

Luther nickt.

»Da fragen Sie den Falschen«, sagt Sava. »Der Babyhandel geht in die *andere* Richtung. Babys kommen aus Osteuropa nach England. Nicht andersrum.« Er mustert Luther, seinen verzogenen Mund. »Was? Das gefällt Ihnen nicht?«

»Nicht besonders.«

»Natürlich! Die Menschenrechtsaktivisten sind empört! Es ist *falsch*, einen Menschen zu kaufen oder zu verkaufen! Den Schiebern geht es nur ums Geld. Sie sind Abschaum. Wo sind Sie geboren, DCI Luther?«

»London.«

»Okay. Ihre Eltern?«

»London.«

»Deren Eltern?«

»Worauf wollen Sie hinaus?«

»Ich will auf Folgendes hinaus: Wenn es etwas gibt, das schlimmer ist als ein schlechtes Zuhause in einem reichen Land, dann ist das kein Zuhause in einem armen Land. Ein ungewolltes Kind findet also ein glückliches Zuhause in London oder Barcelona …«

Er kommt ganz schön in Fahrt. Luther denkt kurz an Roid Rage, die aggressive Hypomanie, die mit Steroidmissbrauch in Verbindung gebracht wird. Er betastet das Pfefferspray in seiner Tasche, dreht es in seiner Handfläche hin und her.

»Wäre es so schlecht«, fragt Sava, »dahinterzukommen, dass

Ihre Eltern Sie so ersehnen, dass sie bereit sind, Geld für Sie zu bezahlen? Gegen das Gesetz zu verstoßen? Ein Risiko einzugehen, um Ihnen ein liebevolles Zuhause zu schenken? Wie kann das etwas Schlechtes sein? Das verstehe ich nicht. Erklären Sie mir das bitte.«

»Menschen verkauft man nicht, sie sind kein Vieh.«

»Ach nein?«

»Nein.«

»Vor zwanzig Jahren«, sagt Sava, »zeigen die englischen Nachrichten die fürchterlichen Bedingungen in rumänischen Waisenhäusern. Die Kinder sind nackt, am Verhungern, mit Scheiße beschmiert. Sie sterben. Also entscheiden sich Tausende von westlichen Familien, diese Waisen zu adoptieren, okay? Sie vor so einem schrecklichen Scheißleben zu bewahren. Aber parallel zum legalen Markt schießt ein Schwarzmarkt aus dem Boden. Rumänien ist ein gescheiterter kommunistischer Staat, vergessen Sie das nicht. Überall, wo man nur hinsieht, wird in die eigene Tasche gewirtschaftet, werden Leute geschmiert. Die alte Geschichte. Wegen dieser Korruption setzt die Europäische Union die rumänische Regierung dann unter Druck. Sie soll nicht die illegale Adoption in den Griff bekommen, sondern *Adoption in andere Länder komplett stoppen*.

All diese Babys, all diese kleinen Kinder. Ihre Adoption durch reiche westliche Familien wurde genehmigt! Offiziell genehmigt! Abgesegnet! Sie leben in Dreck und Elend wie Hunde, aber bald kommen sie da raus, gehen weg, ziehen nach Brighton, Amsterdam, Madrid. Aber nein. Dieses Verbot bedeutet, dass sie in Rumänien bleiben müssen. Sie bekommen keine Familie. Sie bekommen gar nichts. Sie bleiben dort, wo sie frieren und hungern und in den Arsch und in den Mund gefickt werden. Haben Sie je ein solches Haus gesehen?«

»Nein.«

»Aber Sie glauben, Sie haben ein paar ziemlich schlimme Dinge gesehen, nicht wahr? Das sagen alle Bullen. Das gehört zum Image. ›Oooh, was wir schon alles gesehen haben.‹ Schön, ich scheiß drauf. Und wissen Sie, was die wahre Ironie dabei ist?«

Luther betrachtet die bösartigen Haustiere in ihren schwülen Glaskästen, ihre starren Augen zwischen blassgrauen Steinen. Ein Kasten ist voller Grillen. Sie versuchen, übereinander zu krabbeln, wie Fahrgäste, die bei einem Feuer aus der U-Bahn fliehen. Hunderte davon.

Er sagt: »Ich weiß nicht. Sagen Sie es mir.«

»Wer macht später weiter mit den Misshandlungen, hä? Wer fickt später Kinder in den Arsch? Leute, die in den Arsch gefickt wurden, als sie Kinder waren! Es geht immer weiter. Beschissene Moralapostel wie Sie mit Ihren ganzen ethischen Werten und Ihrem ganzen Abscheu sagen mir also, dass es falsch ist, Menschen zu verkaufen. *Sie* sind diejenigen, die die Kinder in diesen schrecklichen Rattenlöchern verkommen lassen, weil es so *schmutzig* ist, ein menschliches Wesen zu kaufen und zu verkaufen. Gut, wenn Sie heute Nacht ins Bett gehen, will ich, dass Sie an all die Kinder denken, die damals 2001 nicht adoptiert wurden. Ich will, dass Sie sich vorstellen, wie sie von Männern in blauen Uniformen in den Arsch gefickt werden. Dann will ich, dass Sie sich vorstellen, wie diese Kinder später die Kinder vergewaltigen, die *nach* 2001 geboren wurden. Und ich will, dass Sie sich die nach 2001 geborenen Kinder vorstellen, wie sie in zehn, zwanzig Jahren die heute geborenen Kinder vergewaltigen. Und so geht es immer weiter. Wegen Arschlöchern wie Ihnen.«

Er holt Luft. Seine Hände zittern. Kabeldicke Adern treten auf seinen Armen hervor. Er trinkt seinen erlesenen kleinen Kaffee aus.

»Die Leute, die das machen wollen«, sagt er und zeigt in die Luft über ihm. »Engländer, die sich danach sehnen, ein Kind zu adoptieren. Das sind keine Monster. Die Leute, von denen sie die Kinder kaufen, sind auch keine Monster – die meisten zumindest nicht. Und Leute wie ich, Leute, deren einziges Verbrechen es ist, Angebot und Nachfrage zusammenzubringen, ich bin auch kein Monster. Wenn Sie also jemanden suchen, der einem Mann hilft, der ein Baby aus dem Bauch seiner Mutter schneiden wollte, dann scheiße ich auf Sie, denn Sie suchen am falschen Ort.«

»Okay«, sagt Luther. »Ich sehe, dass Ihnen das viel bedeutet. Aber Sie müssen sich beruhigen, okay?«

»Ich bin ruhig.«

Das ist er nicht.

»Es geht uns nicht um Sie«, sagt Luther. »Aber vielleicht suchen wir jemanden, den Sie abgewiesen haben. Jemanden, der zu Ihnen gekommen ist und denselben Fehler gemacht hat, den Sie mir unterstellen. Ein Monster, das dachte, es wendet sich an ein Monster. Möglicherweise unter dem Namen Torbalan.«

»Solche Männer, mit denen mache ich keine Geschäfte. Niemals.«

»Aber Sie wissen von ihnen. Solchen Männern.«

»Wenn ja, was wäre dann?«

»Ich verstehe nicht, was Sie meinen.«

»Die Belohnung. Ich hab's im Fernsehen gesehen. Einhunderttausend. Sind die noch zu haben?«

»Ja.«

»Muss ich irgendwas unterschreiben?«

»Ja, Sie würden ein offizielles Statement abgeben und unterzeichnen müssen. Wenn die von Ihnen gelieferten Informationen direkt zu einer erfolgreichen Strafverfolgung führen, gehört das Geld Ihnen.«

»Aber es muss auch andere Kanäle geben, richtig? Schnellere Wege.«

»Ich lasse mich auf keine Spielchen ein. Vor zwei Minuten ging es noch ausschließlich um die Kinder.«

»Nein. Vor zwei Minuten ging es noch ausschließlich um Scheinheiligkeit. Leute wie Sie, die so tun, als würde es Sie kümmern – die aber in Wirklichkeit einen Scheiß drauf geben.«

»Ich bitte Sie freundlich«, sagt Luther. »Wenn Sie einen Namen haben, geben Sie mir einen Namen. Bitte.«

»Nein.«

Luther schaut Howie an und lacht. »Nein?«, wiederholt er.

»Geben Sie mir Geld, dann gebe ich Ihnen einen Namen.«

»Welchen Namen?«

»Den Namen des Mannes, der Mr Torbalan zu mir geschickt hat.«

»Sie könnten damit Leben retten«, sagt Luther. »Stattdessen wollen Sie das hier tatsächlich durchziehen?«

»Ich hätte die ganzen letzten sechs Jahre lang Leben retten können. Und kinderlose Menschen glücklich machen.«

»Ich verstehe, dass Sie verbittert sind.«

»Ich bin nicht verbittert. Ich bin arm.«

Luther denkt nach. Er sagt: »Okay. Ich werde sehen, was ich tun kann. DS Howie, würde es Ihnen etwas ausmachen, kurz hinauszugehen und unseren Anweisungsbefugten anzurufen? Fragen Sie bitte nach, ob es möglich ist, eine beschleunigte Barauszahlung an Mr Sava zu arrangieren.«

Howie holt ihr Handy heraus, winkt damit. »Mach ich, Boss.«

Luther und Sava warten schweigend, bis Howie draußen ist.

Dann lockert Luther seine Krawatte.

»Das Schlimmste daran ist«, sagt er, während er die aufgerollte Krawatte in seine Tasche gleiten lässt, »dass Sie vorhin ein ziemlich gutes Argument gebracht haben. Nicht eins, dem ich zustimmen würde, aber eins, über das ich nachdenken müsste, wenn ich versuchen würde, es zu widerlegen. Sie sind offensichtlich ein kluger Mann.«

»Ein kluger Mann, der etwas hat, was Sie wollen.«

Luther gibt das mit einer Handbewegung zu.

Sava lächelt, zuckt mit den Schultern.

Luther schlägt ihm ins Gesicht, eine kurze Gerade, in der das ganze Gewicht seiner Schulter liegt.

Sava geht zu Boden. Luther tritt ihn in die Rippen, dann packt er ihn am Kragen, zieht ihn auf die Füße und rammt ihn mit dem Kopf voran in die Front der Glasterrarien.

Kästen zerbrechen. Befreite Grillen tanzen über Savas Kopf und Schultern. Sie schwirren und springen über den Boden.

Die schwarze Schlange gleitet an Savas Arm entlang hinunter auf den Teppich.

In einem umgekippten Terrarium regen sich Vogelspinnen.

Luther zerrt Sava auf die Füße und schleudert ihn gegen den Leguankasten. Er zerbricht nicht: Er besteht aus gehärtetem Glas. Aber die Wucht wirft ihn um.

Der Boden wimmelt von hüpfenden Grillen, krabbelnden Spinnen. Eine riesige Schabe huscht über Luthers Schuh, während er Savas Handgelenk zwischen dessen Schulterblätter drückt und es umdreht.

Er presst Savas Gesicht auf den Hartholzfußboden. Einen Augenblick lang ist er versucht, immer weiter zu machen, bis Savas Schädel bricht und unter dem Gewicht seiner Hand nachgibt.

Luther beugt sich hinunter, legt die Lippen an Savas Ohr: »Sie verstehen nicht«, flüstert er. »Ich brauche ganz, ganz dringend Ihre Hilfe.«

Howie wartet draußen in der Kälte, die Hände in den Taschen, stampft mit den Füßen, um sich zu wärmen, und wünscht, sie würde noch rauchen. Aber niemand raucht mehr, das ist auch so etwas. Man raucht und die Leute starren einen an, sodass man sich ganz komisch dabei vorkommt.

Sie hört das Geräusch von zersplitterndem Glas, ein gedämpftes Brüllen.

Sie sieht sich nervös nach links und rechts um.

Sie erinnert sich daran, wie sie neun Jahre alt war, ein braves Mädchen, das schon damals Polizistin werden wollte. Ein Mädchen namens Isabel forderte sie heraus, etwas aus dem Laden an der Ecke zu stehlen. Howie nahm eine Packung *Batchelors Super Noodles* mit. Wochenlang weinte sie im Stillen, weil sie glaubte, ein Dieb könnte niemals Polizist werden, nicht einmal, nachdem sie wieder in den Laden geschlüpft war und die *Super Noodles* heimlich zurück ins Regal gestellt hatte.

Jetzt, in einer kalten Sackgasse in Maida Vale, denkt sie eine Weile nach, hört sich die Geräusche dumpfer Gewalt an und fragt sich, ob sie Verstärkung rufen soll.

Sie entscheidet sich dagegen.

Sie geht an die Ecke, wo sie nicht mehr in Hörweite ist, den Wohnungseingang aber im Blick behalten kann.

Sie steht erst eine Minute da, als Luther herauskommt und dabei seinen Mantel zuknöpft. Er geht auf Howie zu, fordert sie wortlos auf, etwas zu sagen.

Howie sagt nichts.

Luther nickt. »Wir müssen mit einem Mann namens Steve Bixby sprechen«, sagt er. »Er ist derjenige, der ›Mr Torbalan‹ mit Sava in Kontakt gebracht hat.«

»Okey-dokey«, antwortet sie. »Dann zeigen Sie mir den Weg.« Ihre Stimme zittert.

Luther geht zum Auto.

Howie bemerkt eine Bewegung auf seinem breiten Rücken. Sie joggt beinahe ein paar Schritte auf ihn zu und blinzelt.

Es ist eine riesige Grille, die Enden ihrer Chitinbeine sind im Gewebe von Luthers Mantel verhakt.

»Boss«, sagt Howie.

Er blickt über seine Schulter. »Was?«

»Großes Ungeziefer.«

Er will es wegwischen. Kann es nicht erreichen.

Howie kommt näher, zögert, dann wischt sie die Grille mit einer schwungvollen Handbewegung weg. Sie landet auf dem Bürgersteig und kriecht in den Schutz einer Mülltonne. Die Kälte wird sie bald töten.

Howie macht Luther die Beifahrertür auf, schließt sie dann hinter ihm. Sie läuft ums Auto herum zum Fahrersitz und steigt ein.

Henry begann, über anderer Leute Babys nachzudenken, nachdem alle anderen Versuche, seine kleine Familie zu gründen, auf unterschiedliche und unvorhersehbare Weise gescheitert waren.

Er begann, Leute auf der Straße zu beobachten, in Läden, im Bus, in der U-Bahn. Neidisch auf ihr Leben verliebte er sich in sie, in diese perfekten Paare, diese perfekten kleinen Familien.

Damals wie heute kleidete er sich so, dass er in der Masse unterging. An Winterabenden trug er gern einen Geschäftsanzug und einen knielangen, anthrazitfarbenen Mantel. Eine Krawatte in gedeckten Farben, Church's-Schuhe, eine Hornbrille und eine unauffällige, leicht altmodische lederne Aktentasche.

An Sommerabenden trug er Cargo-Shorts und Nike-Schuhe und hatte eine Nylon-Laptoptasche bei sich, die keinen Laptop enthielt – sie enthielt dieselbe Mord-Ausrüstung, die er auch in seiner unauffälligen, leicht altmodischen Aktentasche bei sich trug: eine Sturmhaube, ein Stück Nylonseil, ein Leatherman-Multifunktionswerkzeug, eine Rolle Klebeband, ein kleines Brecheisen, einen Schraubenzieher, eine Ahle, Spritzen, Skalpelle, eine Rolle mittelgroße Küchenmüllbeutel, ein gezacktes Jagdmesser.

Henry gefiel es, ihnen bis nach Hause zu folgen. Normalerweise stimmte immer irgendetwas nicht: Sie wohnten in einer Wohnung mit einer Sicherheitstür am Haupteingang oder mit Sicherheitskameras. Manchmal konnte er nicht benennen, was es war – ein Haus strahlte eine Atmosphäre aus, eine Aura. Es mochte vielleicht etwas mit der Architektur zu tun haben oder dem Winkel, in dem ein Schlafzimmerfenster zu einer Straßenecke lag.

Aber er erinnert sich noch mit einem aufregenden Kribbeln in den Hoden an das erste perfekte Mal.

Sie war klein, hatte olivfarbene Haut. Sie trug einen kurzen Rock, der ihre Beine lang aussehen ließ. Sie trug ihr kurzes Haar in einem fransigen Pixie-Schnitt, den er attraktiv fand. Und sie trug Turnschuhe ohne Socken. Ihre braunen Fesseln über dem weichen Futter lösten bei Henry eine starke erotische Spannung aus.

Sie stieg in Tufnell Park aus, sich seiner Anwesenheit kaum bewusst. Sie begann zu telefonieren, sobald sie in den Sommerabend hinaustrat. Die tief stehende Sonne und der Verkehr und der Geruch von heißem Beton, London im späten Juni. Ein perfekter Augenblick. Er hatte eine so harte Erektion, dass es wehtat.

Sie traf sich mit ihrem Freund vor einem Pub namens *The Lord Palmerston*. Er war groß, blond, breitschultrig, und er bewegte sich mit einer gewissen männlichen Sicherheit, die Henry mit Oxford und Cambridge in Verbindung bringt – vielleicht zu Unrecht.

Er blieb in einiger Entfernung stehen, während sie sich an einer Straßenecke umarmten, dann küssten. Er sah hingerissen zu, wie ihre Zungen umeinander glitten.

Er bekam beinahe einen Orgasmus, als der Mann, während er sich aus dem Kuss löste, mit der Handfläche über die Brustwarze der Frau strich.

Henry folgte ihnen bis nach Hause und beobachtete sie durch die Fenster.

Später brach er ein.

Er schwor sich, dass er nach Hause gehen würde, wenn sie es ihm schwer machten – aber es war eine heiße Nacht und sie hatten vergessen, das Küchenfenster zu schließen.

Er kletterte hinein und tappte durch die kleine Wohnung. Er sah ihnen beim Schlafen zu. Es war eine so heiße Nacht. Sie lagen auf entgegengesetzten Seiten des Bettes, das Laken zwischen ihnen zu einem dünnen Seil zusammengedreht von der Wildheit ihrer Fickerei.

Der Mann lag zusammengerollt und nackt da, sein Schwanz geschrumpft in einem Nest aus Schamhaar, leichte Akne auf den breiten Schultern.

Sie lag auf dem Rücken und hatte einen Arm über die Augen gelegt. Der bleiche Abdruck eines Bikinis war auf ihrem nackten Körper zu erkennen. Er schien auf ihren Brüsten etwas weniger bleich zu sein, und er fragte sich, ob sie kürzlich oben ohne gebadet hatte.

Er betrachtete die beiden von der Schlafzimmertür aus. Er machte sich keine Sorgen, bemerkt zu werden.

Nachdem er sich satt gesehen hatte, ließ er sich auf alle viere nieder und durchsuchte die Kleider auf dem Schlafzimmerboden. Sie hatte eine Hello-Kitty-Unterhose getragen, rosa mit weiß. Er hob sie auf, roch daran, dann masturbierte er hinein. Nach zwei oder drei lustvollen Bewegungen verspürte er weniger einen Orgasmus als vielmehr eine Reinigung, als stülpte er sich von innen nach außen.

Er wusste, dass er ein Risiko einging, indem er die Unterhose zurückließ – aber der Gedanke erregte ihn. Das Sperma würde bis zum Morgen getrocknet sein, dachte er. Sie würde aufwachen und die Hello-Kitty-Unterwäsche in ihre Handtasche stecken. Sie würde sie mit nach Hause nehmen und waschen, und dann würde sie sie wieder tragen. Sie würde sie wieder und wieder tragen. Henry genoss die Macht, die ihm das über die geheimen Falten ihrer Möse gab.

Also ließ er die Unterhose dort zurück, wo er sie gefunden hatte, am Zwickel vollgesogen mit seinem Sperma, und verließ die Wohnung auf demselben Weg, wie er hereingekommen war.

Es war eine Sommerromanze. Henry wurde süchtig nach dem Paar, das Richard und Claire hieß. Richard arbeitete in der City und Claire in einem kleinen Produktionsbüro in Soho – eigentlich saß sie nur am Empfang und kochte Tee, aber sie war ehrgeizig und fröhlich und beliebt. Henry bewunderte sie dafür.

Zweimal die Woche fuhr er mit Claire in der Bahn, oft genug, dass sich eine stille Bekanntschaft zwischen ihnen entwickelte und sie sich zunickten. Ein- oder zweimal wurden sie in der Rushhour aneinandergedrängt, sie hielten sich an den Schlaufen fest, und er roch sie und spürte die Kraft seines geheimen Wissens – um den bleichen Bikiniumriss, den sie auf der Haut trug, und die Art, wie sie zum Orgasmus kam. (Zuerst krümmten sich ihre Füße und dann spannten sich die Muskeln in ihren Beinen an, und die Spannung stieg durch ihren Körper hinauf und in ihren Hals und ihren Kopf und ihr Gesicht. Dann zuckte es in ihrem

Bauch und sie biss sich auf die Lippe. Sie hob die Hüften an und machte leise, intime, erstickte Geräusche, und manchmal, wenn es vorbei war, lachte sie wie Leute, die aus einer Achterbahn steigen.)

Richard und Henry schafften es nicht einmal bis zu einem Bekanntschaftsgrad, bei dem sie sich zunickten, obwohl Henry es so einrichtete, dass er genauso oft in Richards Bahn war wie in Claires.

Je besser er Richard kennenlernte, desto mehr sah er ein, dass er einen Fehler gemacht hatte. Claire war perfekt, aber Richard war es nicht. Er war wie ein knackiger, grüner Apfel, der sich beim Hineinbeißen als mehlig und trocken erweist.

Richard war einfach irgendein Typ. Er hatte nichts Interessantes zu sagen. Er hatte keine Meinungen, die er nicht mit jedem zufällig ausgewählten Mann seines Alters, seiner sozialen Schicht und Ethnie teilte.

Richard war ein Langweiler. Selbst seine Art zu ficken wurde schnell langweilig. Wenn er sein Gesicht in Claires heiliger Fotze vergrub, schaute er ab und zu an die Decke und ärgerte sich, weil es so lang dauerte, bis sie kam.

Eines Abends folgte Henry Richard in eine Bar in Soho und sah, wie er sich mit einer anderen Frau traf. Er sah ihnen dabei zu, wie sie sich betranken. Er sah Richards Hand auf ihrem Knie. Er sah, wie sie sich über den Tisch hinweg küssten.

Henry geht immer noch manchmal durch Claires Straße, und ab und zu, wenn er in der Gegend ist, schaut er in einem Pub oder einer Weinbar in Soho vorbei, die Richard früher häufig besuchte.

Er fragt sich oft, was aus den beiden geworden ist, ob sie mit anderen Menschen ihr Glück gefunden haben. Manchmal stellt er sich vor, wie die Hände eines anderen Mannes die Hello-Kitty-

Unterhose erforschen und in Claire hineingleiten. Er verspürt eine warm glimmende Sehnsucht.

Aber Richard und Claire waren eine lehrreiche Übung auf der Suche nach Perfektion gewesen: Erste Eindrücke können bezaubern, aber man muss dieses wundervolle Glücksgefühl überwinden, die grenzenlose Schwärmerei, die sich anfühlt wie eine Art Wahnsinn. Man muss alle Stimmungen des Paars kennenlernen, all seine Gewohnheiten, gute wie schlechte.

Zum jetzigen Zeitpunkt beobachtet Henry aktiv sechzehn Paare in London, manche kinderlos, manche nicht.

In einem Safe im Erdgeschoss bewahrt er Schlüssel zu allen ihren Häusern auf. Es gefällt ihm, heimlich hineinzugehen und herumzulaufen, während sie schlafen. Es gefällt ihm, sie zu fotografieren, zu filmen. Es gefällt ihm, dort zu masturbieren, obwohl er natürlich nicht mehr seine DNA zurücklässt.

Henry weiß, wie man sich in einem Haus aufhält, ohne bemerkt zu werden. Er macht das seit Jahren, lange vor Patricks Geburt.

Nun holt er den Laptop aus seinem Versteck hervor und fährt ihn hoch. Er und Patrick sitzen auf dem Sofa, während Henry durch die Liste scrollt.

Patrick ist unwillig, missmutig, möglicherweise verärgert wegen der Prügel, die Henry vorhin ausgeteilt hat.

Henry trifft seine Entscheidung schnell. Die Daltons. Gut aussehender Vater. Traumhafte Mutter. Lebhafte, hübsche kleine Tochter.

Eigentlich hatte er seine Entscheidung längst getroffen, bevor er den Laptop aufklappte. Aber er mag das Gefühl von Feierlichkeit und einem Ritual.

Er schickt Patrick los, um alles vorzubereiten.

## 16

Mit zweiunddreißig ist Caitlin Pearce nun schon seit fünf Jahren bei den Samaritern – seit ein paar Monaten nach Megan Harris' Selbstmord.

Megan war keine enge Freundin, sondern einfach jemand, den Caitlin aus der Uni kannte; sie sahen sich vor allem bei Hochzeiten und Geburtstagen, ab und zu bei einem Junggesellinnenabschied, bei Dinnerpartys. Sie verbrachten gemeinsam eine Woche in Faliraki als Teil einer Gruppe von sieben oder acht Leuten.

Caitlin hatte nicht einmal gewusst, dass Megan unglücklich war. Im Gegenteil, sie hatte sie sogar ein wenig bewundert, denn Megan wirkte ebenso sorglos, wie sie nett war.

Nach der Beerdigung begann Caitlin sich zu fragen, ob Megan nicht müde ausgesehen und sich zurückgezogen hatte bei einigen dieser ausgelassenen Frauenabende. Vielleicht meldete sich da aber auch ihr Schuldgefühl. Caitlin wusste, dass das Überlebenden-Syndrom nach einem Selbstmord Erinnerungen verfälscht, dass Hinterbliebene nach Anzeichen suchen, die es vielleicht einfach nicht gegeben hat.

Eines Abends war Megan von der Arbeit nach Hause gegangen und hatte eine Überdosis genommen. Ihre Mitbewohnerin fand sie am nächsten Morgen im Bett. Acht Tage später saß Caitlin auf einer unbequemen Kirchenbank in nagelneuer Trauerkleidung und nagelneuen Schuhen, die sie drückten. Und sie saß benommen da und starrte auf den Sarg.

Das Gefühl der dauerhaften, blitzartigen Veränderung traf sie hart, die Tatsache, dass jemand einfach aus der Welt verschwinden, platzen konnte wie eine Seifenblase.

Es ließ die Welt weniger real erscheinen. Caitlin rutschte in etwas hinein, was sie nun als eine schwache Form von Depression erkennt. Alles fühlte sich an wie eine Filmkulisse; alle ihre Bekannten wirkten wie Schauspieler. Sie sah durch das verregnete Fenster ihrer Wohnung im fünften Stock hinaus auf das Londoner Stadtbild und dachte: *Das sieht total realistisch aus.*

Nach ein paar trübseligen Monaten entschied sie, etwas dagegen zu tun – etwas Gutes zu tun. Und hier ist sie nun, nimmt freiwillig in drei Schichten pro Monat bei den Samaritern Anrufe entgegen.

Jetzt gerade ist es 17.38 Uhr, und am anderen Ende der Leitung schluchzt ein junger Mann. Als Caitlin fragt, worüber er sprechen möchte, sagt er: »Es ist wegen meinem Dad. Ich will ihn umbringen. Verdammte Scheiße, ich will ihn umbringen.«

»Was an Ihrem Dad löst diese Gefühle bei Ihnen aus?«

In der Leitung folgt ein langes Schweigen. Schließlich sagt der Anrufer: »Er hat sich das Baby geholt. Emma. Das war mein Dad.«

Abgedrehte Anrufe bekommt man ziemlich oft. Das eigene Bauchgefühl sagt einem das ganz genau, aber man muss sie ernst nehmen – denn was, wenn man sich täuscht?

»Baby Emma?«, fragt sie.

»Ich hab im Auto gewartet. Ich hab die Polizei gerufen, aber sie war zu langsam. Emma war ganz lila und zappelig. Und dann ist sie krank geworden, so richtig krank, und er wollte sie nicht ins Krankenhaus bringen.«

Caitlin hat ihre Stimme unter Kontrolle. »Und wie haben Sie sich dabei gefühlt?«

»Abgefuckt. Total abgefuckt im Hirn. Ich will ihn umbringen. Ehrlich. Es wär so viel leichter, wenn ich ihn einfach umbringen könnte.«

Caitlins Hände sind kalt.

»Es gibt da so eine Familie«, sagt der Anrufer. »Die Daltons. Er mag sie.«

»Was mag er an ihnen?«

»Ihr kleines Mädchen. Sie haben eine Tochter. Er will, dass sie ihm Babys macht. Er sagt, er hat's noch nie mit einer Jungfrau versucht. Sie ist noch klein. Sie ist erst elf.«

Caitlin hat Angst vor dem Fliegen, und jetzt gerade hat sie dasselbe Gefühl wie immer, wenn sie ein Flugzeug besteigt – als wäre ihr Blutzucker abgestürzt. Ihre Hände und Füße sind kalt. Ihre Stimme ist schwach.

Samariter benachrichtigen nie die Polizei, egal was ein Anrufer auch sagt, das würde ihren Grundsatz absoluter Vertraulichkeit brechen. Und sie dürfen prinzipiell keinen Rat erteilen. Aber Caitlin will keinen Rat erteilen, sondern eine Anweisung.

Ob der Anrufer nun die Wahrheit sagt oder eine seltsame Fantasie beschreibt, sie will ihn bitten, zu bleiben, wo er ist, und zu warten, während sie die 999 wählt und er verbunden wird, um seinetwillen.

Sie schaut sich um, blickt zu den anderen Schreibtischen, all den gesenkten Köpfen.

»Ich hasse ihn«, sagt der Anrufer. »Ich hasse ihn. Ich weiß nicht, was ich tun soll.«

»Was glauben Sie denn, was Sie tun werden?«

»Was er sagt. Sie zerstückeln.«

»Sie werden sie zerstückeln?«

»Ja.«

»Warum?«

»Weil ich muss.«

»Warum müssen Sie?«

»Weil er mein Dad ist.«

Caitlin blickt über ihre Schulter. Ihr Schichtleiter Matt ist da. Ein kleiner Mann mit dünnem Haar und einem auffälligen Leberfleck im Gesicht.

Er zieht einen Stuhl heran und setzt sich einfach neben sie. Bietet seine Unterstützung an, indem er einfach da ist. Plötzlich spürt Caitlin, dass sie der Sache bei Weitem nicht gewachsen ist.

»Ich will das nicht machen«, sagt der Anrufer. »Ich weiß nicht, was ich tun soll.«

*Mach es nicht!,* sagt sie, aber nur in ihrem Kopf.

Sie blickt in Matts ruhige Augen.

»Ich muss los«, sagt der Mann in der Leitung. »Ich bin in der Garage bei den Hunden. Er kommt. Wir fahren jetzt los.«

Bevor Caitlin noch etwas sagen kann, hat er aufgelegt.

Es bleibt eine gewisse Atmosphäre in der toten Leitung zurück. Das kommt manchmal vor, wenn etwas richtig Schlimmes passiert ist. Sie breitet sich aus wie eine Wolke.

Matt nimmt Caitlin mit nach oben in ein kleines Büro. Sie umklammert mit beiden Händen eine Tasse, pustet auf ihren Tee.

Sie fragt: »Wie können wir das machen? Wie können wir es nicht jemandem sagen?«

»Weil uns das nicht zusteht. Unser Versprechen an unsere Anrufer lautet, dass alles, was sie sagen, vertraulich ist.«

»Aber was, wenn er die Wahrheit sagt? Was, wenn da draußen heute Nacht eine Familie ist, die Daltons oder sonst wer? Und er sie zerstückeln wird?«

»Cate, ich verstehe, wie du dich fühlst.«

»Bei allem Respekt, Matt, aber da bin ich mir nicht sicher.«

Matt erzählt ihr, wie er einmal einen Anruf von einer Frau bekam, die eine Überdosis genommen hatte. Sie wollte, dass jemand am Telefon bei ihr blieb, während sie starb. Matt musste das respektieren. Also saß er da und hörte zu, während sie hinüberglitt.

Noch Jahre später sucht dieser Selbstmord ihn im Schlaf heim. In seinen Träumen sieht er sie ganz deutlich, obwohl er sie in Wirklichkeit nie zu Gesicht bekommen hat. Er sieht sie so deutlich, dass er manchmal glaubt, sie ist tatsächlich ein Geist. In den Träumen fragt er nach ihrem Namen. Jedes Mal sagt sie ihm einen anderen.

»Wenn du das Vertrauen einer Person brichst, brichst du das Vertrauen aller«, sagt er. »Und dann bedeutet es nichts mehr, ein Samariter zu sein.«

Caitlin nickt.

Dann fragt Matt: »Möchtest du mit jemandem sprechen?«

Sie lacht, denn – na ja, denn das wäre absurd.

Sie sagt nein, es gehe ihr gut. Und inzwischen ist ihre Schicht zu Ende gegangen, also zieht sie ihren Mantel an und verabschiedet sich von allen.

Sie geht kurz aufs Klo und fummelt an ihrem Make-up. Dann zieht sie los, um sich zu betrinken.

## 17

Die Hallissey-Siedlung wurde 1964 erbaut. Das Design war von Le Corbusier beeinflusst, der Ozeandampfer bewunderte und sie für das ideale Modell einer Wohnsiedlung hielt.

Die Siedlung wurde schnell und nicht gut gebaut. Schäbige Betonfestungen werden über nasskalte Gänge, dunkle Treppenhäuser und Betongalerien erreicht. Ergraute Gardinen hängen in verrotteten Fensterrahmen.

Steve Bixby wohnt im fünften Stock des Milton Tower. Er ist ein schlaksiger Mann mit Hawaiihemd und Army-Hose. Kleine Augen mit dicken Tränensäcken und schütteres Haar in einer struppigen Igelfrisur.

Er bleibt in der Tür stehen, stottert leicht, als er fragt, weshalb Howie und Luther hereinkommen wollen.

Es ist 17.51 Uhr.

Howie sagt, dass sie ihm lediglich ein paar Fragen stellen wollen.

Sie schaut nach unten. An Bixbys Knöchel lauert ein hellbraun-weißer Pitbull Terrier. Er blickt sie mit eng stehenden, stumpfsinnigen Augen an.

Bixby bemerkt ihr Misstrauen. »Machen Sie sich keine Sorgen wegen Lou«, sagt er. »Er ist ein ganz Lieber, nicht wahr, alter Junge? Nicht wahr?«

»Darf ich?«, fragt Luther.

Bixby hat nichts dagegen. Also lässt Luther sich auf ein Knie nieder und ruft den Hund zu sich, indem er mit der Zunge schnalzt und mit dem Daumen über seine Finger reibt. Lou trottet argwöhnisch auf ihn zu. Luther tätschelt ihm den knochigen, muskulösen Kopf, flüstert ihm mit leiser, beruhigender Stimme etwas zu. Er schaut zu Bixby hinauf. »Schöner Hund.«

»Mögen Sie Hunde?«

»Je besser ich die Menschen kennenlerne, desto mehr mag ich Hunde«, sagt Luther beim Aufstehen. »Lou hat Narben an den Flanken. Hat er gekämpft?«

»Er hat viele Kämpfe mitgemacht«, antwortet Bixby. »Er wurde in Waltham Forest gefunden. Man vermutet, dass er ein Trainingshund war.«

»Trainingshund?«, fragt Howie.

»Alte Hunde, die den Kampfgeist verloren haben«, erklärt Luther. »Sie werden angekettet. Damit andere Hunde an ihnen üben können.«

Howie betrachtet den breiten, dreieckigen Kopf des Hundes, seine glänzenden, kleinen Augen, seine abartig muskulöse Brust. Sie verspürt einen Stich des Mitleids. Seine heiße Zunge hängt aus seinem Mundwinkel.

»Ist es okay, wenn wir reinkommen?«, fragt Luther. »Er beißt doch nicht?«

Bixby schüttelt den Kopf und tritt zur Seite. »Der hat keinen Biss mehr, nicht wahr, alter Junge?«

Er meint das wörtlich. Dem Hund wurden fast alle Zähne gezogen.

Sie betreten eine enge Wohnung: geblümte Vorhänge und psychedelischer Teppich, zweifellos vom vorherigen Bewohner, die Art Lehnstuhl, die normalerweise mit Schonbezügen versehen wird, nun verdreckt und fettig. Ein riesiger Fernseher auf einem zarten Couchtisch. Köterkitsch: Porzellanhunde, Plastikhunde.

Bixby sitzt da und windet die Hände zwischen den knochigen Knien. Er fragt, weshalb Luther und Howie hier sind.

Luther sagt: »Ihr Name wurde im Zusammenhang mit Ermittlungen genannt. Und wir würden gerne mit Ihnen darüber sprechen.«

»Was für Ermittlungen?«

»Was denken Sie denn, was für Ermittlungen?«

»Das weiß ich nicht. Deswegen frage ich ja.«

Luther betrachtet Bixbys fahrige Hände. »Irgendwas müssen Sie denken, Steve. Es ist schwer, nichts zu denken.«

»Ich hab nichts gemacht.«

»Nun, wie gesagt: Ihr Name ist gefallen.«

»Dann lügt Sie jemand an. Sprechen Sie mit meinem Betreuer, gehen Sie zu meinem Bewährungshelfer. Fragen Sie meinen Psychiater; ich bin in Therapie – Gruppentherapie und freiwillige Einzeltherapie. Ich übernehme die volle Verantwortung für meine früheren Gesetzesverstöße. Ich vermeide Situationen mit erhöhtem Risiko. Ich geb mir ehrlich Mühe.«

»Mühe wobei?«

»Gesund zu werden.«

»Können Männer wie Sie überhaupt gesund werden?«

»Wissen Sie, wie es ist, in meiner Haut zu stecken? Glauben Sie, mir gefällt das?«

Seine Augen gleiten über Luthers Gesicht, dann Howies. Finden nichts. Keine Verurteilung. Kein Mitleid.

»Ich hab getrunken«, erzählt Bixby. »Um es auszuschalten. Wenn ich ein Bild von einem Mädchen sah, das gekidnappt wurde, dachte ich nur ›yeah, ich kann verstehen, warum er sie mitgenommen hat. Sie ist süß.‹ Ich ging zu Familiengeburtstagen und sang ›Happy Birthday‹, und die ganze Zeit dachte ich: ›Ich würd mir unheimlich gern deine Tochter schnappen und sie ficken.‹ Was glauben Sie, wie sich das anfühlt?«

Howie sieht sich das DVD-Regal an. *Top Gear. Bear Grylls. The Matrix Trilogy.*

»Das weiß ich nicht«, sagt Luther.

»Ich werd es Ihnen sagen: Sie hassen sich selbst und wollen sterben.«

»Und doch sind Sie jetzt hier. Lebend.«

Bixby sieht Luther an, als wäre er geohrfeigt worden. »Ich scheiß auf Sie«, sagt er. »Ich scheiß auf Sie.« Er ringt die mageren Hände an seinen knochigen Handgelenken. »Haben Sie je versucht, jemand zu sein, der Sie nicht sind? Jeden Gedanken in Ihrem Kopf gehasst, während sie immer weiter im Kreis herum rasen wie ein beschissener Zug, den Sie nicht aufhalten können?«

»Ich weiß genau, wie sich das anfühlt, Steve. Aber Sie müssen diese Gedanken nicht in die Tat umsetzen, oder?«

»Das hab ich nicht«, sagt er. »Ich hab nie ein Kind auch nur angefasst. Kein einziges Mal. Sind Sie schwul oder hetero?«

»Hetero, wenn Sie's wissen wollen.«

»Können Sie sich dann vorstellen, wie es wäre, niemals eine Frau anzufassen? Sich danach gesehnt zu haben, seit Sie zehn oder elf Jahre alt waren, jeden Tag Frauen zu sehen, schöne Frauen, sexy Frauen? Und sie nie, niemals auch nur mit einem Finger berühren zu dürfen, geschweige denn mit ihnen schlafen? Niemals. Als Jungfrau zu sterben. Zu wissen, dass Ihre liebevollste Berührung die Frauen *zugrunde richten* würde.«

»Nein«, sagt Luther. »Das kann ich mir nicht vorstellen. Aber ich kann mir ja auch nicht vorstellen, mit Kinderpornografie zu handeln.«

»Das hab ich gemacht, ja.«

»Also verletzen Sie Kinder indirekt. Ist Ihnen je in den Sinn gekommen, dass den Kindern auf den Fotos nie ein Leid geschehen wäre, wenn es keinen Markt mit Leuten wie Ihnen geben würde, die darauf warten, die Bilder zu kaufen?«

»Ich finde, die Leute, die die Bilder gemacht haben, hätten es sich zweimal überlegen sollen, sie zu verkaufen«, antwortet Bixby. »Nicht, sie zu machen.«

»Also«, sagt Luther. »Sie haben ein Netzwerk unterhalten. Die Leute sind zu Ihnen gekommen. Und Sie haben sie miteinander in Kontakt gebracht. Leute mit ähnlichen Interessen.«

»Nicht mehr.«

»Ich weiß. Aber wir suchen einen Mann, der möglicherweise zu Ihnen gekommen ist. Vielleicht vor einer Weile.«

»Wann?«

»Das weiß ich nicht. Aber es muss ein Mann gewesen sein, der etwas ganz Bestimmtes wollte.«

»Alle wollen etwas ganz Bestimmtes. Das ist ihr Fluch.«

»Also, Sie lieben Kinder, richtig?«

»Ja.«

»Gucken Sie die Nachrichten?«

»Manchmal.«

»Haben Sie sie heute gesehen?«

»Ich glaub schon. Keine Ahnung. Warum?«

»Ich denke, Sie wissen, warum.« Luther beugt sich vor. Spricht leise, genau wie vorher mit dem Hund, zwingt Bixby dadurch, sich ebenfalls vorzubeugen.

Der Hund ist unruhig auf dem Teppich. Winselt leise in der Kehle.

»Vorletzte Nacht hat jemand ein Kind aus dem Bauch seiner Mutter geschnitten«, sagt Luther. »Einen solchen Mann, einen Mann, der so etwas tut – ich glaube, den müssten Sie kennen. Oder von ihm *gehört* haben. Ich glaube, ein Teil von Ihnen hat darauf gewartet, dass es an der Tür klopft, seit das passiert ist. Weil Sie wissen, wer dieser Mann ist.«

Bixby blinzelt. Er klopft auf seinen Schoß. Der alte Hund klettert mühsam aufs Sofa. Bixby streichelt ihn.

»Ja, ich kannte viele solche Männer«, sagt er schließlich. »Aber vergessen Sie nicht, unter ihnen – unter uns – gibt es nicht ›den Pädophilen‹. Genauso wie es auch nicht ›den Heteromann‹ gibt. Manche Heteromänner stehen auf High Heels oder Unterwäsche oder Fesselspiele, oder sie wollen sich unterwerfen oder sich als Babys verkleiden – was auch immer. Keine Ahnung. Gottes Tiergarten ist groß, was Sex anbelangt, okay?«

Luther nickt. Lässt ihn reden.

»Genauso ist es bei Männern, die Sex mit Kindern haben wollen«, fährt Bixby fort. »Es gibt tausendundeine Variation – heterosexuell, homosexuell. Männer, die Kinder umbringen wollen. Männer, die sie anbeten, die nicht akzeptieren können, dass es einem Kind unmöglich ist, sexuelles Verlangen für sie zu empfinden. Das war mein Problem, und ich arbeite daran.«

»Und Babys?«

»Das ist selten, aber es kommt vor. Aber bei allem, was ich gesehen habe, habe ich nie, niemals, nicht ein einziges Mal in all den Tausenden von Stunden, die ich damit verbracht habe, mit diesen Männern zu kommunizieren, gehört, dass jemand darüber fantasiert hätte, ein Baby zum Zweck sexueller Befriedigung aus einem Mutterleib zu schneiden.«

»Und was schließen wir daraus?«

»Dass der Mann, den Sie suchen, kein Pädophiler ist.«

Luther lässt einen Moment verstreichen. »Also *kennen* Sie ihn?«

Bixby schaut weg. Luther sieht auf seine hektischen Hände, die dem Hund die Brust kraulen, ihm den eckigen Kopf kratzen. Ab und zu beugt er sich vor und reibt die Nase an seinem Hals.

Der Hund blickt starr auf Luther.

Luther fragt: »DS Howie, würde es Ihnen etwas ausmachen, im Auto zu warten?«

Howie sieht ihn nicht an. Sie antwortet: »Mir geht's gut, Boss. Hier drin ist es schön warm.«

Bixby bemerkt die Schwingungen zwischen ihnen.

»Steve. Es ist wichtig, dass Sie mir sagen, was Sie über diesen Mann wissen«, sagt Luther.

»Ich weiß nicht mal, ob es derselbe ist.«

»Aber Sie haben so ein Gefühl, dass er es sein könnte, nicht wahr?«

Bixby beißt sich auf die Unterlippe und nickt.

»Dann verstehe ich Ihre Zurückhaltung nicht«, sagt Luther.

»Beihilfe zur Tat.«

»Haben Sie diesem Mann in irgendeiner Weise geholfen?«

»Ich glaube, das habe ich vielleicht.«

»Und Sie haben Angst, wieder ins Gefängnis zu kommen?«

»Ganz ehrlich: Ich würde lieber sterben.«

»Wir werden sehen, was sich machen lässt, um das zu verhindern. Wenn Sie uns helfen, hier und jetzt.«

»Ich will Immunität. Vor Strafverfolgung.«

Luther lacht. Das erschreckt den Hund. Er springt vom Sofa herunter. Stellt sich vor Bixbys spindeldürre Beine, um ihn zu beschützen.

»Jeder will irgendwas«, sagt Luther. »Nur ein Hund nicht. Ein Hund freut sich einfach, da zu sein.«

»Wissen Sie, was im Gefängnis geschieht?«, fragt Bixby. »Mit Männern wie mir?«

»Keine Ahnung. Poetische Gerechtigkeit?«

»Verstehe. Vergewaltigung ist also okay, solange man das Opfer hasst.«

Der Hund bellt – oder versucht es. Seine Kehle hat Schaden davongetragen. Er fixiert Luther mit seinem gesunden Auge.

»Dieser Mann, Ihr Freund, wird jemanden umbringen«, sagt Luther. »Vielleicht schon heute Nacht. Sie wissen das. Sie haben es in den Nachrichten gesehen, Sie hören Radio. Waren im Internet.«

»Ich darf nicht ins Internet.«

»Wie auch immer. Aber Sie wissen, was er angedroht hat. Und Sie können mir helfen. Wenn Sie wollen, falle ich auf die Knie und flehe Sie an, mir zu sagen, was Sie wissen. Aber ich hab's eilig. Die Uhr tickt.«

»Dann kann ich nicht helfen. Sorry.«

»Steve«, sagt Howie. »Wir müssen niemandem sagen, woher wir diese Informationen haben.«

Bixby sieht sie an, in seinen Augen leuchtet ein Hoffnungsschimmer auf. »Wäre das möglich?«

»Selbstverständlich wäre das möglich. Das machen wir ständig. Wir würden Sie als ›anonyme Quelle‹ angeben. Wenn es uns hilft, einen dreifachen Mörder zu fassen, bevor er noch jemanden umbringt, vertrauen Sie mir: Da werden keine Fragen gestellt.«

»Aber das können Sie mir nicht garantieren, oder? Ich meine, nicht hundertprozentig.«

Luther zieht an seinem Daumen, hört das Gelenk knacken. Er lehnt sich auf dem Sessel zurück, als wäre er ein Thron oder ein elektrischer Stuhl. Er fragt: »Wissen Sie, wann ich zum letzten Mal geschlafen habe?«

»Nein«, antwortet Bixby.

»Ich auch nicht. Und ich sag Ihnen ganz ehrlich, Steve, ich hab einen schlechten Tag. Einen richtig, richtig schlechten Tag. Ich hab heute Morgen ein totes Baby aus der Erde gezogen. Und mir schwirrt dieses Zeug im Kopf rum. Übles Zeug. Jetzt gerade sagt es mir, dass es meine Schuld sein wird, wenn dieser Mann heute Nacht noch jemanden umbringt – weil ich mich nicht genug angestrengt habe, nicht genug Druck gemacht habe, um ihn zu schnappen, weil ich bei der Pressekonferenz diese Sachen gesagt habe. Kapieren Sie das?«

Bixby nickt.

»Okay«, sagt Luther. »So wie ich das sehe, haben Sie zwei Möglichkeiten. Möglichkeit eins: Sie nehmen DS Howies Vorschlag an. Der übrigens ein guter Vorschlag ist.«

»Was ist die zweite Möglichkeit?«

»Sie bleiben dort sitzen, während ich DS Howie anweise, die Wohnung zu verlassen.« Er hebt die Hüfte, greift in seine Hosentasche, holt sein Pfefferspray und seinen ausziehbaren Schlagstock heraus. Hält die Sachen in den Händen und bleibt sitzen.

Bixby ballt die Fäuste und lockert sie wieder.

»Boss«, sagt Howie.

Luther wirft ihr blitzschnell einen Blick zu. »Halten Sie den Mund, Sergeant.«

Howie hält den Mund. Sitzt zitternd da und weiß nicht, was sie tun soll.

»Helfen Sie mir, Steve«, bittet Luther. »Helfen Sie mir, diesen Mann zu fassen. Ich verspreche, dass Ihnen kein Unrecht geschehen wird. Ich verspreche es.«

Bixby hebt den Hund wieder hoch auf seinen Schoß und umarmt ihn wie einen Teddybären. Küsst seinen muskulösen Hals.

Dann sagt er: »Ein Mann ist zu mir gekommen. Vor einer Weile. Vor zwei Jahren? Drei vielleicht. Er wollte ein Baby.«

»Wie hieß der Mann?«

»Henry.«

»Henry?«

»Grady, glaub ich. Ich denke nicht, dass das sein echter Name war.«

Howie schreibt mit.

»Können Sie ihn beschreiben?«, fragt Luther. »Wie sah er aus? Schwarz? Weiß? Dick, dünn?«

»Weiß. Weder groß noch klein. Sehr durchtrainiert.«

»Wie, durchtrainiert? Muskulös, wie ein Bodybuilder?«

»Wie ein Läufer. Eine Figur wie ein Marathonläufer.«

»Haarfarbe?«

»Dunkel.«

»Langes Haar? Kurzes Haar?«

»Kurz und sehr ordentlich. Mit Scheitel. Er benutzte *Brylcreem*.«

»Woher wissen Sie das?«

»Der Geruch. Er hat mich an meinen Opa erinnert.«

»Akzent?«

»Von hier. London.«

»Wissen Sie, wo er wohnte?«

»Nein.«

»Was für ein Auto fuhr er?«

»Das weiß ich nicht.«

»Telefonnummer?«

»Er benutzte unterschiedliche Nummern. Er schien ziemlich gerissen zu sein.«

»Wie Sie.«

»Wie ich.«

»Wie war er gekleidet?«

»Schick. Immer Anzug und Krawatte. Mantel. So einer, wo der Kragen aus einem anderen Stoff ist, ähnlich wie Samt.«

»Und wie ist er? Sein Auftreten. War er offen? Zurückhaltend? Freundlich? Aggressiv? Was?«

»Keine Ahnung. Ein ganz normaler Typ eben. Er würde einem nicht auffallen.«

»Okay«, sagt Luther. »Er wollte ein Baby. Was wollte er damit?«

»Das hat er nicht gesagt. Aber er war definitiv nicht pädophil.«

»Das haben Sie jetzt schon zweimal gesagt. Warum sind Sie sich da so sicher?«

»Sind Sie schon mal in einer fremden Stadt in einen Pub gegangen und haben sofort gewusst, dass jemand, den Sie noch nie vorher gesehen haben, ein Polizist ist?«

»Okay, das leuchtet ein. Aber wenn er kein Pädophiler ist, wenn er nicht zu Ihrem Netzwerk gehört, woher weiß er dann, wo er Sie findet?«

»Über einen Freund.«

»Welchen Freund?«

»Einen Mann namens Finian Ward.«

»Und wo lebt Finian Ward?«

»Er lebt nicht mehr. Leberkrebs. Letzte Weihnachten.«

Luther bremst seine Enttäuschung. »Hat Finian Ward Ihnen erzählt, wie er und Henry sich kennengelernt haben?«

»Nein. Aber ich habe Finian vertraut. Er war ein guter Mann.«

»Und ein Pädophiler.«

»Seinen Neigungen nach ja. Nicht seinen Handlungen. Er war ein sehr sanftmütiger Mann.«

»Henry Grady kommt also über Finian Ward zu Ihnen. Sagt, dass er ein Baby will. Aber er ist kein Pädophiler. Also ist das Baby vielleicht für seine Frau?«

»Das dachte ich auch. Bis …«

»Bis was?«

Bixby kann ihm nicht in die Augen sehen.

»Steve, bis was?«

»Na ja«, antwortet Bixby. »Ich hab ihm erklärt, dass Babys nicht leicht zu bekommen sind. Es ist immer jemand *bei ihnen*. Sobald sie zwei oder drei Jahre alt sind, gibt es immer wieder Momente, in denen sie unbeaufsichtigt sind. Aber nicht als Babys. Das passiert einfach nicht. Aber das wusste er alles schon.«

»Woher wissen Sie das?«

»Eigentlich habe ich versucht, ihm die Idee auszureden, um seinetwillen – und um des Babys willen. Ich sagte ihm, wenn er wirklich nicht adoptieren kann, wäre die einzige Möglichkeit zu bekommen, was er will, ein Baby zu kaufen. Es gibt immer Frauen, die bereit sind zu verkaufen.«

Luthers Bein zuckt. »Das haben Sie also getan?«

»Ja. Ich habe ihm von einem Mann namens Sava erzählt. Kennen Sie ihn?«

»Flüchtig, ja. Wie geht es weiter?«

»Er kam wieder zu mir. Sagte, er will kein Baby von einer Fixerin oder einer Nutte oder aus dem Ausland.«

»Warum nicht?«

»Er sagte, man würde keinen Hund kaufen, ohne seinen Stammbaum zu kennen. Er wollte ein Baby mit Stammbaum.«

»Was soll das heißen?«

»Gute Eltern«, antwortet Bixby. »Gut aussehend. Intelligent. Reich. Glücklich.«

»Glücklich. Er sagte ›glücklich‹. Er hat tatsächlich dieses Wort benutzt?«

Bixby nickt. »Ich sagte ihm, dass das aussichtslos ist. Solche Leute, die lassen ein Baby niemals aus den Augen. Ich sagte zu ihm, keine Chance. Es ist einfach nicht möglich.«

»Und was hat er dazu gesagt?«

»Er sagte, es gibt immer Mittel und Wege, Dinge möglich zu machen.«

»Und was waren diese Mittel? Was waren die Mittel, um es möglich zu machen?«

»Er sagte, er braucht eine Frau«, erzählt Bixby.

»Wozu?«

»Um harmlos auszusehen. Weil die Leute einer Frau vertrauen.«

Luther denkt an die IVF-Gruppe. An das merkwürdige Paar, das den Lamberts zu viel Aufmerksamkeit schenkte. Er weiß, dass das der richtige Mann ist, der Mann, der sich Henry Grady nennt. Er hat einen Kupfergeschmack im Mund, den Geschmack von Blut und Anspannung. Sein Herz schlägt schwach und schnell.

»Und das haben Sie also gemacht? Sie haben Henry Grady mit einer Frau in Kontakt gebracht?«

»Ja.«

»Mit welcher Frau?«

»Sweet Jane Carr.«

»Und wo finde ich Sweet Jane Carr?«

»Im Holloway-Gefängnis.«

»Seit wann?«

»Seit etwa sechs Wochen. Sie ist in Untersuchungshaft.«

»Weshalb?«

»Sexueller Missbrauch von Minderjährigen«, sagt Bixby. »Sie hat Jugendliche aus der Nachbarschaft vor der Webcam missbraucht. Pay per view.«

Luther verlässt die Wohnung auf zittrigen Beinen, Howie dicht hinter ihm.

»Alles in Ordnung?«, fragt er.

»Mir geht's gut«, antwortet sie, »mir geht's prima.«

»Aber?«

»Boss, Sie haben vorhin einen Zeugen angegriffen. Und jetzt einen weiteren bedroht.«

»Mildernde Umstände.«

»Ich bin nicht sicher, ob das vor dem Gesetz gilt.«

»Wenn man es mit Pädophilen zu tun hat, schon.«

Er verschwindet ins nasskalte Treppenhaus, in die Schatten.

Howie bleibt zurück.

Sie wartet so lange dort, bis sie Luther aus dem Gebäude hinaus und in Richtung Auto gehen sieht.

Sie holt ihr Handy heraus und bittet mit zitternder Stimme darum, mit DSU Rose Teller verbunden zu werden.

»Es ist dringend«, sagt sie.

Luther tritt in den Abend hinaus.

Er weiß, dass sein Verhalten Howie verstört hat. Aber er wird es ihr auf dem Weg zum Holloway-Gefängnis erklären. Wenn es sein muss, wird er sich entschuldigen.

Er erreicht das Auto. Kein Schlüssel in seiner Tasche.

Als er sich umdreht, sieht er DS Howie auf der Betongalerie, nur ein Schatten in der nebeligen Finsternis. Sie telefoniert. Vermutlich ist es ihr nicht bewusst, aber sie geht auf und ab.

Das Auf-und-Ab-Gehen ist das Zeichen.

Luther weiß, dass er in Schwierigkeiten steckt.

Er duckt sich in die dunkleren Schatten der Siedlung und eilt davon.

Fünf Minuten später ist er in der Lavender Hill Road.

Nach weiteren drei Minuten sitzt er in einem Taxi unterwegs zum Holloway-Gefängnis.

Caitlin kennt die Bar nicht, *Café Piccolo*. Sie war noch nie hier. Das Lokal hat ein altmodisches, italienisches Flair, eher kitschig als retro. Es ist voll mit früher Abend- und After-Work-Kundschaft.

Sie setzt sich in eine Ecknische und nimmt sich eine Flasche Wein vor. Beim dritten Glas denkt sie darüber nach, Carol anzurufen, sie zum Ausgehen zu überreden und Spaß zu haben. Aber sie weiß, wenn Carol tatsächlich vor ihr steht, wird sie zusammenbrechen. Und sie könnte Carol nicht sagen, warum. Und das wäre nicht gut.

Sie steckt ihr Handy weg.

Sie überlegt, nach oben zu flitzen, ein Päckchen Silk Cut zu kaufen, sich auf eine Bank zu setzen und es leer zu rauchen. Sie entscheidet sich dagegen. Draußen ist es kalt und hier drinnen warm, sogar ein wenig schwül.

Der Kellner wirft ihr neugierige Blicke zu, als der erste Besoffene sie anmacht und fragt, ob sie auf jemanden wartet oder einfach einen schlechten Tag hatte.

Es klingt, als würde noch eine Pointe kommen, aber es kommt keine. Er will nur das Terrain erkunden, versucht herauszufinden, ob sie sitzen gelassen wurde, ob sie so eine Psychotussi ist.

Sie antwortet mit einem vernichtenden Blick, und er verpisst sich wieder zu seinen Kumpels.

Caitlin kocht innerlich, während sie weitertrinkt, dann gibt sie sich Mühe, das Mitgefühl eines Samariters aufzubringen. Sie schaut zu ihm hinüber und deutet ein reumütiges Winken an. Es soll »Entschuldigung« heißen, aber so kommt es nicht rüber, es kommt rüber wie ein Siegeswinken.

Caitlin wird ganz heiß vor Scham und sie trinkt noch einen Schluck Wein. Sie spürt jetzt, wie er schwer in ihrem Magen herumschwappt.

Sie denkt an die Daltons, die eine elfjährige Tochter haben.

Sie verdrängt den Gedanken.

Sie scrollt durch ihre Kontakte, wohl wissend, dass sie kurz davor steht, einen Kardinalfehler zu machen. Aber irgendwas muss sie tun. Mit irgendjemandem muss sie reden. Also ruft sie Gavin an.

Er meldet sich mit: »Hey, Cate. Was geht?«

Sie hasst die Art, wie er das sagt. Sie bereut jetzt schon, ihn angerufen zu haben. Aber was soll sie sonst machen?

»Hey, Gav«, antwortet sie.

»Na«, sagt Gav.

»Na«, sagt sie. »Wie läuft's bei dir so?«

»Megastressig. Arbeit und alles. Bei dir?«

»Megastressig.«

»Okay«, sagt Gavin. »Also …«

»Also, ich bin in dieser Bar«, sagt sie, »einer Trattoria.«

Sie artikuliert das Wort ›Trattoria‹ übertrieben deutlich, als wäre es eine Art Insiderwitz zwischen ihnen. Das ist es nicht.

»Okay«, sagt er.

»Und ich bin ein bisschen angetüdelt«, fährt sie fort, »ein kleines bisschen woo-hoo, und ich dachte, ich ruf mal an und sag hallo. Also: hallo!«

»Okay«, sagt er, »es ist nur so, …«

Sie will nicht hören, was danach kommt, denn es beinhaltet, dass Gav mit ihr Mitleid hat; er hat seine Kumpels da oder irgendein Mädel oder beides. Gav hat Spaß, denn Gav liebt es, Spaß zu haben.

Sie will etwas Zickiges und Sarkastisches sagen, aber ihr fällt beim besten Willen nichts ein. Also sitzt sie einfach da, mit ihrer Griechische-Göttin-Hochsteckfrisur und dem iPhone in der Hand, und will mit ihm die Ungeheuerlichkeit des Geheimnisses teilen, in das sie eingeweiht wurde. Die Dinge, die vielleicht genau jetzt, in genau dieser Sekunde, bei einer Familie namens Dalton geschehen, zu der ein elfjähriges Mädchen gehört.

Sie hat sich genügend unter Kontrolle, um »Tschüs!« zu sagen und aufzulegen, womit sie ihn völlig baff und insgeheim erfreut über den Nervenzusammenbruch zurücklässt, den sie als Folge ihrer Trennung durchzumachen scheint.

Sie leert ihr Glas und lässt sich die Rechnung bringen. Kann sich nicht mehr an ihre PIN-Nummer erinnern. Sie muss den Kellner bitten, kurz zu warten, es wird ihr noch einfallen. Schließlich geschieht das auch. Sie gibt ihm absurd viel Trinkgeld, kritzelt ihre Unterschrift hin, wirft das Portemonnaie in ihre Tasche, zieht sich den Mantel an und torkelt hinaus.

Sie geht zur Bushaltestelle und wartet, mit den Füßen stampfend und zitternd. Es ist richtig, richtig schweinekalt.

Das macht ihr nichts aus, denn davon sollte sie wieder nüchtern werden. Aber stattdessen muss sie pinkeln.

Sie holt noch einmal ihr Handy heraus. Sie denkt darüber nach, Matt im Samariter-Büro anzurufen. Aber sie weiß schon ganz genau, was er sagen wird.

Also steckt sie das Handy wieder in die Tasche und wartet auf den Bus.

Sie beobachtet die Autos und Taxis und Minicabs.

Ein Bus stottert und rumpelt auf der anderen Straßenseite vorbei, eine lang gezogene, bunte Blase voller Leute.

Ein Auto bleibt an der Ampel stehen. Ein ganz normales Auto. Ein Mann sitzt am Steuer, und seine Frau sitzt neben ihm. Sie unterhalten sich über irgendwas. Auf der Rückbank sind zwei Kinder, ein etwa fünfjähriges Mädchen und ein schlafendes Baby in einem Kindersitz.

Caitlin ist nahe genug dran, um nach einem einzigen Schritt vorwärts sanft ans Fenster klopfen und sagen zu können: *Fahren Sie nicht nach Hause, dort sind Sie nicht sicher.*

Aber das sind nicht die Daltons. Sie können es nicht sein. London ist zu groß und überfüllt mit Menschen.

Aber selbst in einer so pulsierenden und so unersättlichen Stadt kreuzen und berühren sich Lebenswege. Caitlin stellt sich vor, wie sie die Hand ausstreckt, an das Sicherheitsglas klopft, diese Leute rettet.

Die Frau, die Gattin, spürt, dass Caitlin sie anstarrt. Sie dreht den Kopf und sieht Caitlin mit der ungebändigten Angriffslust einer Löwin in die Augen – das Gesicht einer Frau, deren kleine Kinder hinten im Auto schlafen und die jeden Moment für sie töten würde.

Caitlin ist gerührt. Sie lächelt.

Die Frau reagiert mit einem befremdeten Blick, der um die Augen etwas weicher ist. Dann schaltet die Ampel um und das Auto fährt los und ist verschwunden, wird weitergepumpt durch die Adern Londons, und Caitlin weiß, dass sie diese Leute nie wiedersehen wird.

Sie denkt an Megan, die Freundin, die Selbstmord begangen hat. Und sie denkt an ihren bescheuerten Ex. Sie denkt an ihre Mum und ihren Dad und ihre Schwester und ihre Nichten und ihre Neffen.

Sie denkt an ihre Großeltern, ihren Duft und ihren bedingungslosen Glauben an das Wunder von Caitlins Dasein.

Caitlin geht zu einer Telefonzelle. Sie wirft eine Zwei-Pfund-Münze ein. Über ihr iPhone greift sie aufs Telefonbuch zu. Dann wählt sie den ersten Dalton im Londoner Verzeichnis.

Der Hörer wird beim neunten Klingeln abgenommen. Eine belegte Stimme, die Stimme eines Familienvaters, der aus dem Schlaf aufgeweckt wurde. »Hallo?«

»Hallo«, sagt Caitlin. »Das hört sich jetzt echt seltsam an, und es tut mir leid, falls ich mich täusche. Es tut mir wirklich leid. Ich hoffe, ich täusche mich. Aber ich glaube, jemand hat möglicherweise vor, Ihnen und Ihrer Familie etwas anzutun.«

Es gibt hundertsechzig Daltons im Londoner Telefonbuch.

Caitlin ruft sie alle an.

## 18

Luther hasst Gefängnisse. Holloway hasst er besonders. Es fühlt sich an wie ein schlecht konzipiertes Krankenhaus.

Er wartet in dem halbdunklen Raum für Treffen außerhalb der Besuchszeiten, als zwei Aufseher Sweet Jane Carr hereinführen.

Sie ist so hübsch, dass es beinahe obszön ist. Sie erinnert ihn an viktorianische Erotika. Aber ihre Figur ist unverhältnismäßig korpulent.

Er versucht, sie nicht anzustarren, als sie sich hinsetzt und die dicken Schinkenunterarme unter massigen Brüsten verschränkt, ihn aus lieblichen Augen mustert.

Sie fragt: »Also, was wollen Sie?«

Sie hat eine gruselige, dünne Piepsstimme. Wie Marilyn Monroe auf Helium. Sie erinnert ihn an die Geister kleiner Mädchen.

»Ich will, dass Sie mir helfen«, antwortet er. Er legt die Hände flach auf den Tisch, als wollte er sich darin verankern.

»Wobei?« Sie kräuselt die rosigen Lippen, liebreizend und amüsiert. Er erhascht einen Blick auf das wurmstichige Wesen in ihrem Inneren.

»Ein Mann, den Sie kennen«, sagt Luther. »Ein Freund von Ihnen. Henry Grady.« Er macht eine Pause, wartet ab, um zu sehen, ob der Name eine Reaktion hervorruft. Das tut er nicht. Sweet Janes Augen funkeln. Sie lächelt wie eine Porzellanpuppe.

»Er hat eine ganze Familie umgebracht«, sagt Luther. »Ich fürchte, dass er das noch mal machen wird.«

»Okay«, sagt sie. »Ich kann Ihnen definitiv alles über ihn erzählen, wenn Sie wollen.«

»Ich möchte, dass Sie das tun. Bitte.«

Sie neigt den Kopf auf eine Seite, streckt die Unterlippe vor. »Ich hasse es, hier zu sein.«

»Das kann ich mir vorstellen.«

»Es ist voll mit Kampflesben, die mich lecken wollen. Wärtern, die nachts durch die Gucklöcher spannen, diese Wichser. Das meine ich wörtlich. Man kann sie hören. Morgens ist getrocknete Wichse an meiner Tür. Man kann das Zeug mit dem Fingernagel abkratzen. Die ganzen Schlampen hier drin sind scheißeifersüchtig. Sie beklauen einen, sie drohen, sie schlagen zu, wenn keiner hinsieht.«

»Tja, es tut mir leid, dass es Ihnen hier nicht gefällt.«

Der bockige Schmollmund verzieht sich zu einem koketten Grinsen, es zuckt in ihren Mundwinkeln.

Er sagt: »Passen Sie auf. Ich hab keine Zeit für so was. Der Countdown läuft. Ich wäre nicht zu Ihnen gekommen, wenn ich nicht verzweifelt wäre. Also was wollen Sie?«

»Internetzugang.«

»Das kommt nicht in Frage. Nicht bei der Art von Straftat, wegen der Sie hier sind.«

»Es kann überwacht werden. Ich will einfach nur in meine Foren. Ich mag Katzen. Und Töpferei.«

»Nein.«

Ihr Lächeln wird breiter, lässt elfenbeingelbe Zähne erkennen. Er weiß, dass er, sollte er jemals wieder schlafen, in seinen Träumen von Horrorvisionen dieser Frau heimgesucht werden wird.

Er fragt sich kurz, wie viele Kinder sie wohl in ihren Träumen sehen, schiebt den Gedanken wieder in sein Inneres zurück wie einen Prolaps.

Dann blickt er bedeutungsvoll auf seine Hand, die flach vor ihm auf dem Tisch liegt.

Er wartet, bis sie seinem Blick gefolgt ist, dann hebt er den Daumen an. Zeigt ihr ein Tütchen Kokain.

»Das werden Sie mir nie geben«, sagt Sweet Jane Carr.

Wächter beobachten sie aus der gegenüberliegenden Ecke.

»Niemals«, sagt sie.

»Na ja«, entgegnet Luther. »Ich bin ein verzweifelter Mann.«

Er schiebt ihr das Tütchen zu. Sie nimmt es mit einer flinken, geschickten Bewegung.

»Es gibt noch mehr«, sagt er.

»Was wollen Sie?«

»Henry Grady«, antwortet er. »Wo hat er gewohnt?«

»Das weiß ich nicht.«

»Wo haben Sie sich getroffen?«

»Er ist immer zu mir gekommen.«

»Wie haben Sie kommuniziert?«

»Per SMS.«

»Niemals per E-Mail?«

»Er hat grundsätzlich keine E-Mails geschrieben.«

»Was ist mit seinem Auto? Was für ein Auto hatte er?«

»Ein normales Auto. Einen Ford Focus oder so.«

»Welche Farbe?«

»Dunkel.«

»Blau? Schwarz?«

Sie zuckt mit den Schultern.

»Alt? Neu?«

»Eher alt.«

»War es innen sauber oder unordentlich?«

»Es war wie neu. Es hat gut gerochen.«

»Können Sie sich an die Nummer erinnern?«

»Natürlich nicht, Dummerchen. Wonach sehe ich denn aus?«

Er lächelt. Würde gerne antworten.

»Erzählen Sie mir, was Sie zusammen gemacht haben.«

»Also, zuerst musste ich so tun, als wäre ich eine Sozialarbeiterin«, sagt sie und reißt dabei die Augen auf. »Wir klopften an Türen, sollten reingehen wie Mulder und Scully.«

»Wohin reingehen?«

»In Häuser mit neugeborenen Babys.«

»Wie hat er die Häuser ausgewählt?«

»Keine Ahnung. Aber er hat gesagt, er hätte das früher schon gemacht, ganz oft, in den Neunzigern. Aber noch nie bei so schicken Häusern.«

»Können Sie sich an die Stadtteile erinnern?«

»So spontan nicht.«

»Und was sollten Sie machen, wenn Sie in den Häusern drin waren?«

»Fragen, ob wir das Baby sehen können. Sagen, es hätte eine Beschwerde gegeben. Dafür sorgen, dass sie sich vor Angst in die Hosen machen.«

»Und was war das Ziel?«

»Das Baby aus dem Haus rauszuholen.«

»Und es hat nie funktioniert?«

»Nein. Es hat uns nie jemand reingelassen. Die Papiere waren nicht gut genug. Sie wollten Ausweise sehen und all so was.«

»Wie oft haben Sie das versucht?«

»Sechs- oder siebenmal.«

»Über wie lange Zeit?«

»Nicht lang. Zwei Wochen. Er wurde immer gereizter.«

»Gereizter?«

»Er ist ein sehr zorniger Mensch.«

»Warum denken Sie das?«

»Weil es stimmt. Er hasste alle. Lesben. Schwule. Farbige. Pakistani. Amis. Obdachlose. Pädos. Pädos hasste er am meisten.«

Luthers Herz setzt einen Moment aus. »Was soll das heißen, er hasste Pädos?«

»Er hat gesagt, jeder, der einem Kind was antut, sollte dafür aufgeknüpft werden. Aber vorher sollte man ihm öffentlich die Eier abschneiden.«

»Was haben Sie dazu gesagt?«

»Dass ich mit drei meinen ersten Schwanz gelutscht habe und er lecker schmecker war.«

Luther schaut nach unten auf seine Hände. Er weiß, dass der Wahnsinn dieser Frau ihn durchdrungen hat wie der Gestank von Leichengift. Er ist unmöglich abzuwaschen. Man kann waschen und waschen und waschen. Man muss warten, bis er verfliegt.

»Das haben Sie ihm gesagt?«, fragt er.

»O ja. Ich hasse es, wenn Leute sich Pädos gegenüber aufs hohe Ross setzen. Das ist alles Quatsch. Kinder lieben es.«

Er umklammert die Tischkante. Zählt von fünf an rückwärts. »Wie hat Henry reagiert, als Sie ihm das gesagt haben?«

»Er ist wütend geworden.«

»Wie wütend?«

»Er ist komplett ausgerastet. Hat gebrüllt und getobt, die Haare standen ihm richtig zu Berge. Er hat mich an Hitler erinnert. Er meint, kein Kind kann das genießen, es ist biologisch unmöglich, sie sind zu jung, um es zu verstehen. Und ich habe gefragt: ›Wenn sie zu jung sind, um es zu verstehen, wo ist das Problem?‹«

»Und was hat er dazu gesagt?«

»Dass Pädos kranke Gene haben. Dass sie sich nicht vermehren dürften.«

»Hat er das auch noch über andere gesagt?«

»Über alle. Mörder. Vergewaltiger. Juden. Araber. Schwarze.«

»Sie sollten alle …«

»Ausgerottet werden.«

»Das hat er tatsächlich gesagt? Das sind seine Worte? ›Ausgerottet werden‹?«

Sie nickt, amüsiert sich. »Zum Wohl der Menschheit.«

»Noch mal zurück«, sagt er. »Dieser Streit. Wo hat er stattgefunden?«

»Vorne in seinem Auto.«

»Wie wütend wurde er genau? Wütend genug, um Sie zu schlagen?«

»Nein.«

»Wähnten Sie sich in Gefahr?«

Sie schenkt ihm ein schwaches, herablassendes Lächeln. »Wenn ein Mann einen angreift«, erklärt sie, »zielt man auf seine Augen und seinen Sack. Mir ist egal, wie stark er ist. Augen und Eier. Das sind die Schwachstellen eines Mannes. In jeder Hinsicht.« Sie drückt die Brüste zusammen, macht den Marilyn-Schmollmund.

»Weshalb waren Sie im Auto?«

»Weil wir unterwegs zu diesem Selbsthilfetreffen waren. Das mit den unfruchtbaren Paaren.«

»Okay«, sagt Luther. »Wann hat er Sie dorthin gebracht?«

»Das war etwa ein Jahr nach der Sozialarbeiteridee. Er hat gesagt, das würde nicht funktionieren. Er könnte so nicht die Art von Baby bekommen, die er wollte. Er war echt angepisst.«

»Was meinte er mit ›die Art von Baby‹?«

»Er wollte ein gutes.«

»Ein gutes?«

Sie lächelt und nickt, ebenso vergnügt, wie Luther entsetzt ist.

»Er hat Sie also zu einer Unfruchtbarkeits-Selbsthilfegruppe gebracht?«

»Ja.«

»Und Sie fanden das nicht merkwürdig?«

»Nicht wirklich. Er hatte ein Auge auf dieses eine Paar geworfen …«

»Die Lamberts?«

»Genau. Er sagte, sie würden zur Selbsthilfegruppe gehen, obwohl die Frau schwanger war. Er war ganz aufgeregt. Er sagte, das wäre der beste Weg, um sie kennenzulernen.«

»Gehen Sie noch mal zurück. ›Er hatte ein Auge auf dieses eine Paar geworfen‹. Was heißt das?«

»Es heißt, er hatte so was wie eine Bestenliste mit Leuten, denen er ein Baby wegnehmen wollte. Ein neugeborenes Baby.«

»Was für eine Bestenliste?«

»Keine Ahnung.«

»Wie viele Leute waren da drauf?«

»Keine Ahnung. Das hat mich nicht interessiert. Ich hab nicht gefragt. Aber ich weiß, dass die Lamberts seine Favoriten waren. Er liebte sie richtig.«

»Er liebte sie? Er war verliebt in Sarah Lambert? In Tom Lambert?«

»In beide. Zusammen. Er hat gesagt, sie wären perfekt. Er hat mir ein Video gezeigt, in dem sie gefickt haben. Ich glaube, dass sie es waren. Es war im Dunkeln schwer zu erkennen. Aber er hat gesagt, dass sie es waren.«

Luther hat so ein Gefühl im Bauch. »Er hatte ein Video, in dem die Lamberts … intim miteinander waren.«

Sie nickt freudig.

»Aufgenommen ohne ihr Wissen?«

»Ja. Jede Menge. Videos von ihr auf dem Klo, Videos von ihm beim Rasieren. Videos, wo sie fernsehen. Videos, wo sie vögeln.«

Luthers Hand zittert. Er legt den Stift weg.

»Er hatte viele Videos«, sagt Sweet Jane. »Viele Familien.«

»Welche Familien?«

»Was weiß ich denn. Er wollte mir nur zeigen, wie sie sich gegenseitig bespringen. Er dachte, wenn ich normale Leute sehe, die normalen Sex haben, wie normale Leute eben, würde er mich normal machen.«

»Ist das das Wort, das er gebrauchte? ›Normal‹?«

»Das war sein Lieblingswort. Jeder hat ja so seinen Tick. Jeder hat was, was ihn antörnt. Sein Tick war, normal zu sein. Er wollte einfach normal sein.«

»Wie viele Paare hat er Ihnen gezeigt?«

»Keine Ahnung. Zehn? Zwölf? Es hat nichts bei mir bewirkt. Nur dieses eine Paar … die Frau war ein zartes, kleines Ding. Rasierte Muschi. Keine nennenswerten Titten. Nippel wie Dreipencestücke. Die war ganz lecker.«

»Und das waren keine Filme, die er aus dem Internet runtergeladen hatte?«

»Nein. Er hatte sie selbst gemacht.«

»Ohne das Wissen der Paare.«

»Offensichtlich.«

»Wie hat er die Filme gemacht?«

»Sein Sohn hat ihm geholfen.«

»Sein was?«

»Sohn.«

»Welcher Sohn? Sie haben keinen Sohn erwähnt.«

»Doch, ich glaube, das hab ich gerade.«

»Wie alt ist der Sohn jetzt?«

»Keine Ahnung. Zwanzig?«

»Haben Sie den Sohn gesehen?«

»Ein oder zwei Mal. Henry hat ihn unterwegs abgesetzt, wenn wir zur Klinik gefahren sind.«

»Wo hat er ihn abgesetzt?«

»Irgendwo. An keinem bestimmten Ort.«

»Wie heißt der Sohn?«

»Patrick.«

»Wie sieht Patrick aus?«

»Keine Ahnung. Normal.«

Das amüsierte, blaugraue Leuchten in ihren Augen wird schwächer. Sie beginnt sich zu langweilen. Er weiß, dass er nun zum Ende kommen muss.

»Und nach diesen Treffen der IVF-Gruppe«, sagt er, »saß er einfach da und – was? Beobachtete einfach Tom und Sarah Lambert. Was geschah dann?«

»Er hat versucht, sich mit ihnen anzufreunden.«

»Ist es ihm gelungen?«

»Einen Scheiß. Sie fanden ihn gruselig.«

»Warum sagen Sie das?«

»Weil es stimmt. Er war total gruselig und kriecherisch wie ein kleiner Schleimer. Sie bekam Gänsehaut. Aber ich glaube, der

Mann wollte mich ficken. Er hatte diesen Blick. Er konnte die Augen nicht von mir lassen.«

Auch Luther kann die Augen nicht von ihr lassen.

Zehn Minuten später wird Sweet Jane Carr wieder in ihre Zelle gebracht. Luther meldet sich ab und wird durch das widerhallende, nachtschwarze Labyrinth geführt. Er tritt hinaus in den Schein der Gefängnislichter. Nieselregen tanzt in ihren einsamen Strahlen.

Vor den Toren warten zwei Polizeiwagen.

Rose Teller ist da. Mit verschränkten Armen, gesenktem Kopf.

Er geht eilig auf sie zu.

»Er nannte sich Henry Grady«, beginnt er, bevor sie ein Wort sagen kann. »Ich habe eine gute Beschreibung. Er hat einen Sohn, Patrick. Und er hat eine Art Datenbank, eine Liste von Leuten, die er beobachtet – so wie er auch die Lamberts beobachtet hat. Aus welchem Grund auch immer waren die Lamberts seine Favoriten. Aber es gibt noch andere. Und er ist nicht pädophil. Er ist Familienvater ...«

Sie verschränkt die Arme noch einmal neu und verlagert ihr Gewicht. Ihr Gesichtsausdruck ist ungeduldig und finster.

»Er wünscht sich, normal zu sein«, fährt Luther fort. »Er sieht sich als Außenseiter; er war immer ein Außenseiter. Er ist in keinem konventionellen Haushalt aufgewachsen. Das könnte alles Mögliche bedeuten, eine Sekte. Hippies. Aber am nächstliegenden ist, dass er adoptiert wurde. Adoption kann sich auf manche Kinder negativ auswirken, selbst eine wirklich gute Adoption. Henry hatte nie das Gefühl, dazuzugehören. Und jetzt versucht er, sich eine Familie zusammenzustellen. Deswegen wird er so wütend. Das würde jeder Vater, wenn man ihn als Pädophilen bezeichnet. Er ist ...«

»In Ordnung«, sagt sie. »Genug jetzt.«

Die Worte stauen sich in seinem Mund, drängen sich hinter seinen Augen.

»Wir müssen einen Mann namens Finian Ward überprüfen«, spricht er weiter. »Und alle vorgetäuschten Sozialarbeiter-Aktivitäten in Bristol Mitte der Neunziger. Ich glaube, so ist er auf Adrian York gekommen. Er hat sich als Sozialarbeiter ausgegeben und ...«

»Stopp«, sagt Teller.

Er verstummt. Seine Hände fallen schlaff herunter.

Sie sagt: »Gehen Sie nach Hause.«

»Was meinen Sie damit? Er ist da draußen. Heute Nacht. Genau jetzt. Und ich komme ihm näher.«

»Hunderte von guten Bullen sind hinter ihm her. Wir speisen alles, was Sie herausgefunden haben, in die Datenbank ein.«

»Boss, das können Sie mir nicht antun. Ich habe Sie gebeten, mir den Fall zu entziehen. Sie wollten, dass ich weitermache. Und nun sind wir hier. Ich kann ihn riechen. Ich hab seinen Gestank in der Nase.«

»Und um hierherzugelangen, haben Sie einen Zeugen angegriffen und einen anderen bedroht.«

Er knirscht mit den Zähnen, denkt an Howie und den Telefonanruf vom nasskalten Betonbalkon. »Gefahr im Verzug«, sagt er.

»Das ist keine Verteidigung. Nicht vor dem Gesetz. Nicht für mich.«

»Boss«, sagt er. »Heute Nacht ist eine Familie da draußen. Er hat wahrscheinlich die Schlüssel zu ihrem Haus. Er wird reinspazieren und mit ihnen machen, was er will.« Er zeigt auf seine Uhr, den tickenden Sekundenzeiger. »Jetzt«, fährt er fort. »Heute Nacht. Sie wissen, was das bedeutet. Sie haben gesehen, was er von den Lamberts übrig gelassen hat.«

»Und Sie haben seit drei Tagen nicht geschlafen. Es macht sich bemerkbar.«

»Was meinen Sie damit?«

»Sie können nicht stillstehen. Sie gehen auf und ab.«

»Ich bin *frustriert.*«

»Sie sind überdreht.«

Sie nimmt ihn beim Ellbogen, führt ihn zur Seite.

»Ich bin ziemlich sicher, dass Sava nicht Anzeige erstatten wird«, sagt sie. »Ein Typ wie er nimmt geringfügige Belästigungen als Betriebskosten in Kauf. Und niemand wird Bixby auch nur ein Wort glauben.«

»Wo ist dann das Problem?«

»Das Problem ist, dass Sie das getan haben.«

Er atmet aus, fühlt sich hilflos und gefangen. Er streckt die Hände aus, als würde er den Mond um Gnade anflehen. »Boss, es geht mir *gut.*«

»Sie sind bei Jane Carr zu einem ganz anständigen Ergebnis gekommen«, sagt Teller. »Wie haben Sie das angestellt? Sagen Sie nicht, Sie hätten mit ihr geflirtet. Denn ich versichere Ihnen, mein Freund, Sie sind nicht ihr Typ.« Sie durchbohrt ihn mit ihrem blanken Raubvogelblick. »Was, wenn wir die Wärter bitten, ihre Zelle zu filzen? Werden sie etwas finden?«

Er steckt die Hände in die Taschen, geht ratlos im Kreis herum.

»Ich kann nicht nach Hause gehen, während all das passiert«, sagt er. »Ich kann nicht.«

»Das ist nicht Ihre Entscheidung.«

»Im Ernst«, sagt er. »Überlegen Sie es sich. Ich bin drin oder ich bin raus.«

»Gehen Sie nach Hause, John.«

Er kneift sich in den Nasenrücken. »Okay«, sagt er. »Okay, ich geh nach Hause und hau mich aufs Ohr. Aber tun Sie mir einen Gefallen?«

»Kommt drauf an.«

»Wenn irgendwas passiert, wenn Sie was Interessantes wittern, rufen Sie mich an.«

»Abgemacht.«

Er scharrt mit den Füßen. Blickt finster. »Mir geht's ehrlich gut«, sagt er.

Aber er akzeptiert es und macht sich auf den Weg nach Hause.

Es gibt kein allgemeines Register für Scherzanrufe, die in London in einem beliebigen Vierundzwanzig-Stunden-Zeitraum stattfinden.

Aber heute Nacht erfolgen viel mehr solche Anrufe als gewöhnlich.

In ganz London rufen fiese Teenager, hasserfüllte Expartner, Rassisten, zugedröhnte Studenten und Geisteskranke bei mehreren Hundert verschiedenen Familien an, um anzukündigen, dass Pete Black es auf sie abgesehen habe.

Hunderte von Menschen geraten in Panik. Mehrere Dutzend von ihnen wählen die 999. Darunter befinden sich einige Familien, die den Nachnamen Dalton gemeinsam haben.

Alle Anrufe werden aufgezeichnet, jedoch aussortiert.

Niemand glaubt, dass der Mann, der sich Pete Black nennt, vorher anruft, um seine Opfer zu warnen, dass er unterwegs ist.

## 19

Luther ist um etwa Viertel vor neun zu Hause. Zoe ist noch nicht da.

Er sieht nach, ob er Nachrichten auf dem Handy hat, bevor er durch die rote Tür in die dunkle Diele tritt. Elf Anrufe in Abwesenheit. Zoe hat dreimal auf die Mailbox gesprochen, zunehmend besorgt und verärgert. Sie hat ihre Versuche, ihn zu erreichen, vor mehreren Stunden aufgegeben.

Er fragt sich, wo sie ist.

Er schaltet das Handy aus, steckt es in die Tasche und geht weiter ins Haus hinein, legt seinen Mantel übers Treppengeländer.

Er weiß nicht, was er machen soll.

Er trottet in die Küche und schließt das Handy ans Ladegerät an.

Er geht hinauf ins Badezimmer. Er putzt sich die Zähne und wäscht sich das Gesicht. Er betrachtet sein mit Wasser benetztes Gesicht im Spiegel, dann geht er hinunter und schaltet den Fernseher ein. Er zappt dreimal durch alle Kanäle, schaltet ihn wieder aus.

Er geht durchs Haus und schaltet das Licht ein. Dann geht er zurück in die Küche, schaut auf sein Handy, räumt Zoes Frühstücksgeschirr weg, lässt die Spülmaschine laufen.

Er öffnet den Kühlschrank und betrachtet ihr gemeinsames Essen, ihre Flaschen mit Soße, ihr Obst und ihre Milch und ihren Joghurt, ausgebreitet unter chirurgisch hellem Licht. Er bleibt so lange in seinem kühlen Atem stehen, dass der Kühlschrank beginnt, ihn anzupiepsen.

Im Kühlschrank steht eine Schachtel Milch, die am Montag gekauft wurde, als das Lambert-Baby noch im Bauch seiner Mutter war. Und nun liegt das Kind mit seinen Eltern auf einer Bahre. Ihre Augen sind eingefallen und listig, die Schläue der Toten, als wüssten sie etwas, was man selbst nicht weiß – etwas, was man bald genug herausfinden wird.

Aber die Milch ist noch trinkbar, er könnte sich damit eine

Tasse Tee machen. Er starrt auf die Milch, während der Kühlschrank piepst, und er hört weder den Schlüssel im Schloss noch, wie die Tür sich öffnet oder Zoe in der Diele ihre Taschen abstellt. Er hört nicht, wie sie durch die Diele geht und in der Küchentür stehen bleibt.

Sie sagt: »Du bist zu Hause.«

Er ignoriert die Überflüssigkeit dieser Aussage. Es ist einfach nur etwas, was Menschen zueinander sagen. Die meisten Worte, die Menschen zueinander sagen, bedeuten nicht das, was sie zu bedeuten scheinen. Gesprochene Worte tragen ihre wahre Bedeutung mit sich wie Ratten infizierte Flöhe.

»Ich hab dich bestimmt hundertmal angerufen«, sagt sie. »Dein Handy war aus.«

»Wenn man sein Handy an lässt, klingelt es die ganze Zeit.«

Der Kühlschrank piepst immer noch. Er schließt die Tür. Er denkt, wenn er das mit der Milch erklären könnte, dann wäre alles gut. Er fragt: »Hast du die Nachrichten gesehen?«

Ihre Lippe zittert vor Zorn. »Natürlich habe ich die Nachrichten gesehen. Ich hab den ganzen Tag nichts anderes gemacht, als über die verdammten Nachrichten zu reden. Meine Mutter hat angerufen, um über die Nachrichten zu reden und zu fragen, ob es dir gut geht. Die ganze Welt redet über die Nachrichten. Der einzige Mensch, der mit mir nicht über die verdammten Nachrichten geredet hat, bist du.«

Er ist erschüttert über ihre Bissigkeit. Er schluckt sie hinunter und fragt: »Willst du einen Drink?«

»Nein.«

Luther auch nicht. Er schaltet den Wasserkocher ein.

Sie sagt: »In der Dose ist guter Tee.«

Sie meint die hohe Dose mit den losen Schwarzteeblättern – typisch für die Dinge, die sie vom Bauernmarkt mitbringt.

Sie hat immer große Freude daran, ihm diese Dinge zu zeigen, sie nacheinander aus Einkaufstaschen herauszuholen. Dann bleiben sie in der Küche – er trinkt richtigen Tee, Zoe trinkt irgendeine Kräutermischung –, und sie erzählt ihm alles über die Brotspezialität, das Biofleisch, die Gewürze und die Weine und das Biogemüse, die streng riechenden, hausgemachten Käsesorten. Sie reicht ihm alles zum Begutachten. Er kommentiert die Magerkeit des Rindfleischs, die angenehme Festigkeit des Specks, das Gewicht der Bioeier, das Aroma des Weins. Er ist kein großer Feinschmecker, Essen ist Essen, aber er genießt diese Samstagnachmittage im Sommer und im Herbst, wenn er hier mit seiner Frau in der Küche sitzt.

Später, wenn es ein besonders guter Tag ist, setzt er sich hin und liest, während sie für sie beide kocht. Sie ist keine geschwätzige Köchin, sie mag es, sich zu konzentrieren, den Kopf frei zu bekommen. Sie ist organisiert und geht methodisch vor, legt immer zuerst die Zutaten in genauer Übereinstimmung mit dem Rezept bereit.

Erst wenn sie weiß, dass sie alles zur Hand hat, was sie braucht, beginnt sie zu improvisieren. Genau diese Art der Improvisation bereitet ihr die größte Freude.

Es ist ihr nicht bewusst, aber sie spricht mit sich selbst, während sie kocht, sie wiederholt mit leicht geöffneten Lippen Arbeitsgespräche, macht Bemerkungen über das Essen, rekapituliert Ereignisse aus ihrer Arbeitswoche. Verarbeitet alles.

Es gefällt ihm, sich über sein Buch zu beugen, nur so zu tun, als läse er, und zuzuhören. Er liebt sie heftig und intensiv in jenen Momenten, wenn sie ihre Gedanken und imaginären Konflikte durchgeht.

Später trinkt sie ein bisschen Wein und blättert die Samstagszeitungen durch, während er den Abwasch macht. Es macht ihm nichts aus, abzuwaschen. Sie hat ihm nicht nur einmal gesagt, dass das Abwaschen in seiner Natur liegt.

Nun siedet das Wasser und Zoe sieht ihn mit Eis in den Augen an. Er ist erschöpft. Ein Muskel in seinem Oberarm zuckt. Er sagt: »Ich hätte anrufen sollen.«

»Ja, du hättest anrufen sollen.«

»Ich war …«

»Beschäftigt?«

*Ja,* möchte er sagen. Ich war *beschäftigt.* Aber er tut es nicht. Er sagt: »Es tut mir leid.«

Sie zieht den Mantel aus, endlich. Hängt ihn über die Lehne eines Küchenstuhls. Dann umarmt sie ihn, legt den Kopf an seinen Hals, sodass er ihr Haar und ihre Haut riechen kann, und sogar, dass sie heute eine heimliche Zigarette geraucht hat; wahrscheinlich ist sie geplagt von Schuldgefühlen und in Angst um ihn im kargen Raucherbereich vor *Ford und Vargas* auf und ab gegangen. Hat ihn dabei leise beschimpft, ihn gehasst, weil sie Angst um ihn hatte. Der Geruch jener Zigarette erfüllt ihn mit Zärtlichkeit und Reue.

»Ich hätte anrufen sollen«, sagt er. »Das hätte ich wirklich. Aber ich war total eingespannt. Es war ziemlich schlimm.«

»Weil es ein Baby war?«

Sie sehen sich in die Augen. »Babys sind nie einfach.«

Sie drückt sich an ihm vorbei, öffnet den Kühlschrank, nimmt den Wein heraus.

»Ich dachte, du willst keinen Drink.«

»Ich hab's mir anders überlegt. Das darf ich ja wohl. Ich darf es mir anders überlegen.«

Sie schenkt sich ein Glas ein.

Er wartet. Dann fragt er: »Was soll das heißen?«

»Nichts.«

»Nichts heißt nichts.«

»Das aber schon. Das hat nichts geheißen.«

Im Autopilot-Modus reicht sie ihm die Flasche mit dem halb zurück in den Hals gesteckten Korken. Er stellt die Flasche wieder in den Kühlschrank und lässt die schwere Tür zufallen.

Sie nimmt einen großen Schluck Wein, sagt dann: »Wir müssen reden.«

»Wir reden doch gerade.«

»Nicht darüber. Über dich und mich.«

»Was ist mit dir und mir?«

»Ich glaube, du weißt es. In deinem Herzen musst du es wissen.«

»*Was* wissen?«

»John, im Ernst. Hast du auch nur den leisesten Schimmer, wie sehr ich das hier hasse?«

»Was hasst du, Zoe? Ich weiß nicht, was du meinst.«

»Diese Ehe«, sagt sie.

Seine Beine werden schwach.

Er muss sich setzen.

»Du willst sagen, mit mir verheiratet zu sein.«

»Nein. Ich will sagen … dich und mich zusammen.«

»Ich verstehe nicht. Ich weiß nicht, was du meinst.«

»Du weißt genau, was ich meine. Ich sage das jetzt schon seit Jahren. Ich habe es immer deutlicher gesagt.«

»Willst du das jetzt wirklich tun? Heute?«

»Im Ernst, John, wann möchtest du, dass ich es sage?«

»Ich weiß nicht. Zu einem besseren Zeitpunkt.«

»Und wann ist das? Denn ich sage dir, ich hab's schon lange versucht. Ich hab's wieder und wieder versucht. Und du hörst einfach nie zu. Du kehrst mir einfach den Rücken zu, jedes Mal.«

»Wenn es um den Urlaub geht …«

»Natürlich geht es nicht um den Scheißurlaub.«

»Ich hab's ihr gesagt, ich schwöre bei Gott, ehrlich, ich schwöre bei Gott, ich habe gefragt. Himmel, ich hab versucht, mich heute *feuern* zu lassen.«

»Du verstehst nicht«, sagt sie. »Du hörst nicht zu. Das tust du nie. Du glaubst, du hörst zu, aber das tust du nicht.«

»Okay«, lenkt er ein. »Jetzt höre ich zu.«

»Der Urlaub war keine Bitte«, sagt sie. »Das war ein Ultimatum.«

»Ich verstehe dich nicht. Ich kapier's nicht.«

Sie lacht bitter. »Um zu sehen, ob du machst, was du versprochen hast, nur ein einziges Mal. Und du konntest es nicht. Du hast immer wieder gesagt, dass du es tun wirst. Aber du hast es nie gemacht. Und schließlich habe ich beschlossen: Ich frage noch ein Mal. Und wenn er mich noch ein Mal belügt, weiß ich, dass er das immer tun wird. Er wird mir weiterhin sagen, was ich hören will, Tag für Tag, aber das sind nur Worte.«

Er blinzelt vor Schmerz.

Sie bedauert ihn. Sie fährt fort: »Was immer du sagen willst, lass es. Denn es wird eine Lüge sein.«

Sie wartet darauf, dass er antwortet. Er massiert sich mit dem Handballen die Stirn. Holt Luft.

Er sagt: »Ich weiß davon.«

Sie dreht sich zu ihm. »Wovon?«

»Von dem Baby.«

»Welches Baby?«

»Unser Baby.«

Luther steht auf und geht zum Kühlschrank. Er öffnet das Gefrierfach, holt einen Eiswürfel heraus. Er reibt ihn sich über die Stirn. Kaltes Wasser tropft auf sein Hemd.

Er schließt die Kühlschranktür. Er zittert, bebt von den Füßen bis in die Fingerspitzen. Er kann das Beben in seiner Stimme hören. Er hasst es.

»Ich hab diese kleine Plastikhülse gefunden«, sagt er. »Hinter dem Mülleimer im Bad. Ich wusste nicht, was es war. Ich dachte, sie wäre von einem Thermometer. Aber das war sie nicht. Und es hat mich beunruhigt. Es hat an mir genagt, wie das eben so ist. Damals wusste ich nicht mal, warum. Ich hätte sie einfach wegwerfen sollen. Aber es hat mir keine Ruhe gelassen. Ich hab sie etwa eine Woche lang in der Tasche herumgeschleppt. Und dann hat es aus irgendeinem Grund klick gemacht. Ich wusste, was es war. Also bin ich in die Apotheke gegangen. Hab die drei gängigsten Schwangerschaftstests gekauft. Tatsächlich. Du hast dich für den Marktführer entschieden. Sehr weise.«

Sie trinkt ihren Wein aus. Holt die Flasche aus dem Kühlschrank. Schenkt sich nach.

Er fragt: »War es von mir?«

»Natürlich war es von dir.« Ihre Nerven sind so angespannt, dass sie das Glas umstößt. Sie schweigen, während sie eine Küchenrolle holt und ein paar Blätter abreißt. »Gott, John. Warum hast du nichts *gesagt*?«

»Ich hab darauf gewartet, dass du es mir sagst.«

Sie beißt sich auf die Lippe, wischt den Wein auf.

Sie lässt die weingetränkten Kleenex-Tücher in den Treteimer fallen und lehnt sich an die Arbeitsplatte. Sie streicht ihr Haar nach hinten, findet aber nichts, womit sie es feststecken kann.

»Scheiße«, sagt sie.

Luther sitzt auf einem Küchenstuhl, die Ellbogen auf die Knie gestützt. Er sieht von ihr weg und auf die sich verschränkenden geometrischen Formen aus Licht und Schatten auf dem Küchenboden, schwarz, weiß, zehn Schattierungen von grau. »Was ist dann passiert?«

»Nichts. Ich hab's verloren.«

»Warum hast du es mir nicht gesagt?«

»Was glaubst du denn? Du warst beschäftigt.«

Er zuckt zusammen unter ihrer unerwarteten Grausamkeit.

»Es gibt eigentlich nichts zu erzählen«, sagt sie. »Ich war schwanger, dann habe ich angefangen zu bluten und dann war ich nicht mehr schwanger. Ich war einen Nachmittag im Krankenhaus. An dem Abend bist du nicht nach Hause gekommen.«

»Ich dachte, du hattest einen Abbruch.«

»Wie kommst du denn darauf?«

»Weil du erst schwanger warst und dann nicht mehr. Und weil du es mir nicht gesagt hast.«

»Du hast mir keine Gelegenheit dazu gegeben.«

»Du wolltest doch nie Kinder.«

»Du auch nicht.« Sie verstummt. »O Gott«, sagt sie. »Der Bär.«

Sie meint den großen Plüschteddybären, den sie unten in Luthers Kleiderschrank gefunden hat.

»Du hast gesagt, er wäre für Rose' Enkeltochter.«

»Was hätte ich denn sonst sagen sollen?«, fragt er. »Er ist für das Baby, das du heimlich abgetrieben hast?«

»Was hast du damit gemacht?«

»Ich wusste nicht, was ich damit machen soll. Ich hab ihn zu Oxfam gebracht.«

Sie steht da.

Er sitzt. Beide blicken auf die sich verschränkenden Schatten auf dem Boden.

»Gott«, sagt sie. »Was für ein Albtraum.«

Luther lässt ein hohles Lachen hören.

Zoe greift nach ihrem Mantel.

»Wohin gehst du?«, fragt er.

»Ich weiß nicht. Raus.«

»Kommst du nachher wieder zurück?«

»Ich glaube, besser nicht.«

»Und wo schläfst du dann?«

»Wahrscheinlich bei meiner Mum.«

Da ist ein winziges Zucken, eine Falte in ihrem Mundwinkel, und er denkt, dass sie lügt. Aber er traut seinem Urteil nicht – er ist verärgert und müde und leer. Er könnte Lügen entdecken, wo keine sind. Und wenn er Zoe jetzt darauf anspricht, dann wird es, egal wie schlimm es schon sein mag, nur noch schlimmer werden.

Er sieht zu, wie sie den Mantel anzieht, und er riecht Zigaretten und weiß, dass sie nicht zu ihrer Mum oder ihrer Schwester oder einer Freundin oder zu sonst jemandem geht, den er kennt.

Mehr als alles andere wünscht er sich, dass Zoe hierbleibt, in diesem Haus, dem Haus mit der roten Tür, dem Haus mit ihrer beider Namen auf der Eigentumsurkunde, John und Zoe Luther.

Wie stolz sie gewesen waren an dem Tag, als sie einzogen. Ihr erstes richtiges Haus, zu groß nur für sie beide. Die Gegend war ein wenig unsicher, aber im Kommen, und überhaupt, wen kümmerte das schon? Luther stellte sich oft vor, wie er als alter Mann in dem Zimmer oben sterben würde – bis dann würde es eine Bibliothek mit Ledersesseln sein. Und er würde als Erster gehen. Sie würde eines Morgens mit einem Tee in einer Porzellantasse und ein paar Keksen auf einem Tablett hereinkommen, und er würde tot in seinem Ledersessel sitzen, mit einem Buch auf dem Schoß, einem guten Buch, innig geliebt und oft gelesen.

Und nun schließt sie den Gürtel ihres Mantels, wartet darauf, dass er sich äußert.

Er sagt: »Du musst nirgends hingehen.«

»Wenn ich bleibe, streiten wir.«

»Pass auf«, sagt er, und er fragt sich, ob sie die Verzweiflung in seiner Stimme hören kann. »Pass auf«, wiederholt er. »Ich kann mich heute Nacht sowieso nicht entspannen. Bei all dem, was passiert ist, und während ich auf einen Anruf warte. Ich werde verrückt, wenn ich hier im Haus rumhänge. Also bleibst du hier, okay? Du bleibst hier, und ich gehe.«

Er sieht Enttäuschung in ihren Augen aufflackern. Und ein schwindelerregendes Taumeln erfasst ihn bei dem Gedanken, dass er sie selbst jetzt, am schwankenden äußersten Rand ihrer Ehe, noch enttäuscht.

Sie steht mit zugeknöpftem und gegürtetem Mantel da. Und weil das so ist, weil sie fertig ist, um zur Tür hinauszugehen, sagt er es noch einmal: »Ich gehe.«

Sie nickt einmal langsam. »Okay.«

Er geht zur Küchentür. Zögert. »Möchtest du, dass ich dich anrufe? Dir erzähle, wie es läuft?«

Sie antwortet nicht. Als er sich umdreht, um noch einmal zu fragen, weint sie.

Er versteht nicht. Er weiß nicht, wie er das Richtige sagen soll.

»Schließ gut ab«, sagt er. »Schließ die Türen und Fenster ab.«

Er geht hinaus. Er macht die Küchentür zu und geht weg und ist verloren.

Er denkt darüber nach, zu Reed zu fahren. Aber dann müsste er vielleicht darüber reden. Und er will nicht darüber reden.

Aber irgendwas muss er machen, irgendwohin muss er gehen. Also fährt er los, um eine Tüte Pommes zu kaufen, und besucht Bill Tanner.

Er hält die leicht nach Essig riechenden Pommes in dem durchweichten Papier in der Hand, als Bill die Tür öffnet und ihm mit seinem Gebiss ein breites, strahlendes Lächeln schenkt.

Luther weiß, dass etwas nicht stimmt.

Er geht hinein, zieht automatisch den Kopf ein.

Sie essen die Pommes direkt aus der Tüte vom Resopaltisch.

Bill taucht seine Pommes in braune Soße aus einer Glasflasche. Um das Gewinde des Schraubverschlusses herum kleben rotzähnliche Soßenklümpchen.

Bill sagt: »Ich hab Sie im Fernsehen gesehen.«

»Ach ja«, antwortet Luther. »Hab ich fett ausgesehen? Die Kamera macht einen angeblich zehn Pfund fetter.«

»Ist alles in Ordnung mit Ihnen, Junge?«

Luther überlegt, dem alten Mann zu erzählen, wie wenig in Ordnung alles ist. Stattdessen fragt er: »Haben Sie Kinder, Bill?«

»Vier. Obwohl sie keine Kinder mehr sind.«

»Enkel?«

»Urenkel, Kumpel. Hunderte von kleinen Scheißern. Wie Kaulquappen.«

Luther grinst. »Wo sind sie?«

»Wer weiß? Wenn man so alt wird, dass selbst die Kinder in Heimen sind, wird einem klar, dass niemand auf der Welt sich einen Dreck drum schert, ob man lebt oder stirbt. Also bitteschön. Regel Nummer eins: nicht alt werden.«

»Da besteht keine große Hoffnung.«

»Ach. Das glauben wir alle.«

»Ich könnte sie für Sie ausfindig machen«, sagt Luther. »Ihre Enkel. Sie wissen lassen, was hier läuft.«

»Mein ältester Enkel ist in Australien«, erzählt Bill. »Ging damals als Klempner dorthin, Anfang der Neunziger. Damals haben sie Handwerker händeringend gesucht. Er hat gefragt, ob ich mit will: ›Komm und wohn bei uns, Opa.‹ Aber die gnäd'ge Frau wollte mich nicht dort haben. So was merkt man.«

»Und die anderen?«

»Ich könnte Ihnen nicht mal ihre Adressen nennen.«

»Essen Sie Ihre Pommes«, sagt Luther. »Davon werden Sie groß und stark.«

Bill schaut hinunter auf seinen Körper. Seine Schultern beben.

Luther fragt: »Bill? Ist alles okay, Kumpel?«

Der alte Mann ballt nur immer wieder die verkrüppelten Fäuste.

Luther geht ans Waschbecken, um sich das Pommesfett von den Fingern zu waschen, trocknet sich die Hände an einem alten Geschirrtuch ab, ein Souvenir von einem lange zurückliegenden Tagesausflug nach Blackpool. Dann kniet er sich neben den alten Mann, klopft ihm auf den Rücken. »Na«, sagt er. »Na. Na.«

Als er aufgehört hat zu weinen, fragt Luther: »Kann ich Ihnen eine Tasse Tee machen?«

Bill schnieft, wischt sich mit der Hand die Nase ab. »Im Schrank steht ein Whisky.«

Luther holt die halbvolle Whiskyflasche hervor und gießt etwas davon in ein trübes Glas. »Was ist denn passiert?«

Bill ist kreidebleich im Gesicht. Er sieht erledigt aus. »Ich hätte nie zu Ihren Leuten gehen sollen«, sagt er. »Sie meinen es gut. Aber erst damit, dass ich zu den Bullen gegangen bin, hab ich mir das hier eingebrockt.«

Luther sammelt die Pommes-Reste ein, schüttet sie in eine Plastiktüte.

Er dreht die Griffe der Tüte zusammen, knotet sie zu und stellt sie in die Tür, um sie später in eine Mülltonne zu werfen.

Der alte Mann schnieft.

Luther starrt auf die Plastiktüte. Er ist so müde, dass er es nicht mehr fertigbringt, einen Gedanken zu Ende zu führen.

Dann fällt es ihm wie Schuppen von den Augen.

Er fragt: »Bill – wo ist der Hund?«

## 20

Um 20.47 Uhr holt Stephanie Dalton ihren Sohn Dan von einem Theater-Abendkurs in einer Seitenstraße der Chiswick High Road ab.

Dan ist fünfzehn und will Schauspieler werden. Steph und Marcus wollen, dass er alles wird, nur das nicht, aber welche Art von Karriere können sie sich heutzutage schon für ihn wünschen? Bankdirektor ist schließlich auch in keiner Weise sicherer.

Steph wollte immer Lehrerin werden, aber mit einundzwanzig fing sie eher zufällig an zu modeln, erfreute sich einer mäßig erfolgreichen Karriere (hauptsächlich Kataloge) und verdiente etwas Geld damit; irgendwann hatte sie die Nase voll, hörte auf und bekam die Kinder. Dann wurden Dan und Mia älter und Steph begann sich dabei zu langweilen, den ganzen Tag zu Hause herumzuhängen.

Sie gründete eine Reinigungsfirma für Privathaushalte, nannte sie *Zita* nach der Schutzheiligen des Putzens – und angeblich der Menschen, die ihre Schlüssel verloren. Wobei sie diesen Aspekt nicht auf der Website erwähnte.

Nachdem sie *Zita* ins Rollen gebracht hatte, gründete sie ein Unternehmen namens *Mädchen für alles*, das handwerkliche Dienste ausschließlich von Frauen für Frauen und Senioren anbot. *Mädchen für alles* hatte einen schwierigeren Start als *Zita*, aber es ist zu einem Franchise-Unternehmen herangewachsen. Im ganzen Land fahren Mütter und Töchter, beste Freundinnen und junge Mamas in kleinen weißen Citroën-Lieferwagen herum und reparieren Wasserhähne, legen Wände trocken und schließen Steckdosen an. Steph ist stolz darauf.

Die Krise hat sie ziemlich hart getroffen, aber sie stehen es durch. Es wird wieder bergauf gehen.

Und Dan will Schauspieler werden. Das Aussehen dafür hat er schon, auch wenn er schlaksig und noch nicht ausgewachsen ist. Er hat den richtigen strubbeligen Pony und eine gewisse Art, ein Hemd zu tragen. Und seit er Unterricht nimmt, zeigt sich ein neues Selbstbewusstsein in seiner Stimme, in seinem Gang. Sie weiß nicht, ob es echt oder gespielt ist. Aber sie vermutet, dass es ja genau darum geht.

Dan kommt durch den baufälligen Eingang und sie blinkt kurz auf. Er winkt, in seinen Mantel eingepackt, und läuft über die Straße.

Sie beugt sich hinüber, um die Beifahrertür zu öffnen. Dan lässt sich auf den Sitz fallen, bringt die abendliche Kälte und Nässe herein. Nimmt seine Crumpler-Kuriertasche auf den Schoß.

Steph bemerkt seinen Gesichtsausdruck. Er ist kein so guter Schauspieler, noch nicht.

»Na, was ist los?«, fragt sie.

»Nichts.«

Sie möchte die Hand ausstrecken und ihm den strubbeligen Pony aus den Augen streichen. Aber sie weiß, dass ihm das peinlich wäre. »Es ist bestimmt nicht nichts«, sagt sie, »ich sehe dir an, dass es nicht nichts ist.«

»Na ja, bald kommen diese Agenten bei uns vorbei«, antwortet er. »Also so richtige *Agenten*, ja? Und wir können sie über das Business ausfragen.«

*Das Business,* denkt sie, gleichzeitig erschaudernd und glühend vor Liebe.

»Und dann danach«, fährt er fort, »oder davor oder so. Da machen wir so 'ne *Aufführung*, okay? Also die Besten aus dem Kurs. Und ich wurde ausgewählt, um Rosenkrantz zu spielen.«

»Wow«, sagt sie. »Das ist ja fantastisch!«

Er strahlt sie an. Er sieht rein und schön aus – irgendwo in den sonnenbeschienenen Gefilden zwischen Kindheit und Erwachsensein.

»Ruf jetzt nicht Dad an«, bittet er, »ich will's ihm selber sagen, wenn wir zu Hause sind.«

Sie tätschelt sein Knie. »Sag du es ihm. Er wird so stolz sein. Er wird platzen vor Stolz!«

Dan umarmt seine Kuriertasche.

»Was sollen wir zu Abend essen?«, fragt Steph, als sie losfährt. »Such dir was aus. Das müssen wir feiern.«

»Jetzt freu dich nicht zu früh«, sagt er.

»Mach ich nicht. Wir feiern nur diese Etappe. Eine gute Nachricht. Jeder mag gute Nachrichten.«

»Wie wär's mit KFC?«

»KFC gab's an deinem Geburtstag.«

»Ja, das ist ewig her.«

»Sechs Wochen.«

»Eben. Ewig.«

Nicht weit hinter ihnen beobachten Henry und Patrick sie aus einem gestohlenen Toyota Corolla.

Sie sehen, wie Steph losfährt, blinkt, in die Chiswicker Hauptstraße abbiegt.

»Beeil dich«, sagt Henry. »Sonst verlierst du sie.«

»Wir wissen, wo sie wohnen«, erwidert Patrick. »Wir haben einen Schlüssel. Wir können sie nicht verlieren.«

»Darum geht's nicht. Ich mag die Jagd.«

Patrick blinkt, fährt los.

»Der Junge. Der mit den strubbeligen Haaren. Wie heißt der noch mal?«, fragt Henry.

»Daniel«, antwortet Patrick. »Will Schauspieler werden.«

»Genau«, bestätigt Henry. Manchmal bringt er sie durcheinander, die ganzen Auswechselspieler auf der Beobachtungsliste. Er sagt: »Ich werd ihm seinen beschissenen Kopf abschneiden. Das wird ihn berühmt machen.«

Er grinst Patrick gierig von der Seite an.

Patrick bekommt Gänsehaut auf den Armen. Das richtige Wort dafür ist Horripilatio. Patrick weiß das, weil er es einmal in einem alten Wörterbuch nachgeschlagen hat. Das Wörterbuch lag in dem Raum, der einmal Elaines Schlafzimmer gewesen war und nun von Henry bewohnt wurde. Es lag neben der Bibel, beide Bücher hatten Wasserflecken und rochen feucht. Sie waren innen mit Widmungen in längst verblasster, blauer Tinte versehen, Elaine hatte sie als Prämie für gute Rechtschreibung bekommen, als sie ein junges Mädchen war.

Also weiß er, was Henry in solchen Momenten bei ihm auslöst: Horripilatio.

Und dasselbe löste auch das Nachschlagen im Wörterbuch bei ihm aus.

Er dachte darüber nach, wie es die Zeit überdauert und in dem Zimmer gelegen hatte, schon alt am Tag von Henrys Geburt, noch älter am Tag von Patricks Geburt. Wie es all jene Jahre in dem Zimmer gelegen hatte und durch all jene Hände gegangen war.

Nur Patrick, der Sohn des Mörders, benutzte es, um das richtige Wort für Gänsehaut nachzuschlagen, bevor er das Buch in den Müll warf. Die Besitzerin des Buches, einst ein aufgewecktes Kind, lag unter einem Komposthaufen im Garten, eine halb verweste alte Dame.

Marcus Dalton ist Architekt, und gegenwärtig dankt er Gott dafür, dass er sich nicht mit fünfunddreißig entschieden hat, eigene

Wege zu gehen. Er hat den recht langweiligen, aber recht sicheren Job bei einer großen Firma mit Sitz in Covent Garden behalten.

Jetzt gerade ist er zu Hause und spielt mit Mia auf der Wii. Sie ist elf und zockt ihn ab bei *Mario Kart*.

Marcus genießt es, abgezockt zu werden. Es erfüllt ihn mit Stolz auf sie.

Er hat ehrgeizige Eltern in Parkas und Schals und schlammigen Gummistiefeln bei Fußballspielen in der Grundschule an den Seitenlinien stehen sehen; erwachsene Männer und Frauen mit Wahnsinn in den Augen wegen eines Ballverlusts oder eines ungepfiffenen Fouls bei einem Spiel zwischen Achtjährigen.

Marcus hasst das und hasst sie und hasst sich dafür, dass er keine Freude an den sportlichen Aktivitäten seiner Kinder hat. Er verbringt lieber auf weniger aktive Weise Zeit mit ihnen. Auf der Wii geschlagen zu werden entbindet ihn davon, am Rand eines matschigen Fußballfelds, wo er unter keinen Umständen sein will, beglückwünschen oder trösten zu müssen.

In der Küche macht Gabriella die Göttliche Popcorn. Gabriella ist zierlich, Italoamerikanerin, hinreißend. Am Anfang milderte der Spitzname die Hitze, die von ihrem durchs Haus Schwirren in Hotpants und bauchfreien Tops erzeugt wurde, ein wenig ab.

Aber jetzt gehört Gabriella zur Familie. Jegliche aufkeimende Lust, die Marcus vorübergehend empfunden haben mag, hat sich längst verflüchtigt, wurde ihm durch feuchte, auf Badezimmerböden zurückgelassene Handtücher ausgetrieben, dadurch, dass Gabriella zuckersüßen Lo-Fi-Rock in ohrenbetäubender Lautstärke abspielt, dass Gabriella nie die Milch in den verdammten Kühlschrank zurückstellt.

Sie kommt mit einer großen Glasschüssel voll heißem Mikrowellenpopcorn herein, stellt sie neben sich aufs Sofa.

Sie sagt: »Wir hatten heute Abend schon wieder einen Anruf.«

Marcus konzentriert sich auf den Bildschirm. In der zweiten Runde der Kokos-Promenade lässt er seinen Avatar immer in falscher Richtung die Rolltreppe hinauffahren. »Doch nicht er schon wieder?«

»Keine Ahnung. Ich denk schon. Aber diesmal war's ein Mädchen.«

»Was hat sie gesagt?«

»So bedrohungsmäßiges Zeug.«

»Was für bedrohungsmäßiges Zeug?«

»Ich weiß nicht genau. Sie klang besoffen oder so. Vielleicht hat sie auch geweint.«

»War das schon wieder dein Freund?«, fragt Mia.

»Ja«, antwortet Gabriella.

»Er ist verrückt«, sagt Mia.

»Stimmt.«

»Verrückt vor Liiiebe«, fährt Mia fort.

Marcus schluckt seinen Ärger hinunter. Er wirft Gabriella einen Blick zu: Lass uns später darüber reden.

Mia fragt: »Um wie viel Uhr kommt Mum nach Hause?«

»Sie ist unterwegs«, antwortet Marcus. »Sie bringt KFC mit.«

»Igitt.«

»Daniel hat sich das ausgesucht.«

»Daniel darf immer aussuchen.«

Sie streckt die Zunge heraus und macht ein Würgegeräusch. Marcus gibt ihr einen sanften Klaps auf den Hinterkopf und ermahnt sie: »Benimm dich.«

»Ich benehme mich. Ich will bloß kein KFC. Das ist total fettig, und da sind überall so *Fasern.* Ich will Vegetarierin werden.«

»Sollen wir dir ein Omelett machen?«

»Spielen wir erst das Level zu Ende«, sagt Mia.

»Okay. Was willst du in deinem Omelett haben?«

»Nur Käse.«

»Wir haben noch guten Speck.«

»Nee. Nur Käse.«

»Salat?«

»Haben wir so kleine Tomaten?«

»*Solche* kleine Tomaten. Ich glaube schon.«

»Dann will ich Salat. Hab ich dir schon erzählt, dass ich Rote Bete mag?«

»Seit wann?«

»Ich hab bei Fiona welche gegessen. Das war echt lecker. Gar nicht schleimig. Haben wir welche?«

»Ich glaube nicht.«

»Können wir welche holen, wenn wir nächstes Mal einkaufen gehen?«

»Klar.«

Sie spielen das Level zu Ende. Mia gewinnt. Ihr Mii heißt *Giant Wonder Mia*.

Gabriella fragt, ob sie in der Küche Hilfe brauchen. Marcus verneint, das ist jetzt ein bisschen Vater-Tochter-Zeit.

Marcus und Mia gehen gemeinsam in die Küche. Sie ist noch jung genug, um dabei seine Hand halten zu können.

Die Küche ist groß und hell. Die Fenster sind schwarze Spiegel. Sie verbringen viel Zeit hier drin.

Mia nimmt ein paar Eier aus dem Karton, schlägt sie in eine Glasschale. Marcus macht sich auf die Suche nach der Bratpfanne. Im Schränkchen findet er sie nicht. Sie ist in der Spülmaschine, noch lauwarm vom morgendlichen Durchlauf.

Er gießt etwas Sonnenblumenöl hinein, stellt sie auf den Herd.

Mia schnappt sich eine Gabel und verquirlt die Eier. Der Trick dabei ist, dass man sie rühren, nicht schlagen muss. Sie streut ein bisschen Salz und eine großzügige Prise Pfeffer hinein. Sie mag Pfeffer.

Sie hört den Schlüssel im Schloss. Die Haustür geht auf. Das Geräusch ist ihr so vertraut wie ihr eigener Herzschlag, Mia wurde in diesem Haus geboren, in einer Geburtswanne im Esszimmer.

Sie hat nie irgendwo anders gewohnt. Das Haus ist groß, ein bisschen chaotisch. Aber sie liebt es und will es niemals verlassen. Sie ist elf Jahre alt, und ihr Zuhause ist ihr Himmelreich.

Gabriella schaufelt sich Popcorn in den Mund und schaut dabei eine auf Sky Plus aufgenommene Folge von *The Biggest Loser*.

Gabriella nimmt nie zu, egal was sie isst. Unter anderem deshalb ist *The Biggest Loser* eine ihrer Lieblingsshows. Sie genießt es, sie zu sehen, während sie Popcorn nascht oder Eis oder einmal eine Sechserpackung Donuts. Die Zuckerkristalle am Rand ihrer Lippen, die Finger ganz klebrig, während beschämte, tonnenförmige Ehemänner, Frauen und Töchter auf die Waage zugehen wie Gefangene zu ihrer Hinrichtung.

Aber Steph ist gegen *The Biggest Loser*. Steph ist gegen alle Realityshows. Sie akzeptiert jedoch, dass Gabriella sie sieht, solange die Kinder nicht in der Nähe sind.

Gabriella findet das bescheuert, aber sie hat kein Sky Plus in ihrem Zimmer – obwohl sie schon ziemlich deutliche Andeutungen gemacht hat, die allerdings auf taube Ohren gestoßen sind.

Steph macht einen Abstecher zum KFC-Drive-in, versucht mit einer abgelaufenen Bankkarte zu bezahlen: Sie hat vergessen, sie durch die neue zu ersetzen, die vor etwa drei Wochen angekommen ist. Also muss sie ihr mit Kassenzetteln vollgestopftes Portemonnaie nach Bargeld durchstöbern.

Den restlichen Weg legen sie schweigend zurück, Dans Schultern sind angespannt unter der Last der Demütigung, er balanciert den fettigen Eimer in der Plastiktüte auf seinem schmalen Schoß.

Steph bemerkt das Auto nicht, das zwei oder drei Wagen hinter ihnen fährt.

Sie hat schon typisch urbane Schreckensmomente erlebt: Es wurde schon mehrmals in ihr Haus eingebrochen – zuletzt vor weniger als einem Jahr. (Eine Weile dachte sie, ihre Hausschlüssel wären gestohlen worden. Aber dann tauchten sie auf dem Küchentisch wieder auf, als hätte ein Poltergeist sie dort hingelegt.)

Und sie hat schon einige dubiose Anrufe bekommen. Die neuste Serie, so erfuhr sie zu ihrer Erleichterung und seltsamerweise auch zu ihrer Kränkung, verdankte sie einem liebeskummergeplagten Jungen namens Will, der unsterblich in Gabriella die Göttliche verknallt war.

Steph war beunruhigt und ein wenig verletzt wegen Wills liebeskranker Fantasielosigkeit. Aber ein paar schwierige Telefonanrufe – erst bei dem Jungen selbst, dann mehrfach bei der Polizei – brachten die Dinge bald wieder in Ordnung.

Sie ist ihm seither mehrere Male auf der Hauptstraße begegnet. Er sagt Hallo und schlägt die Augen nieder und geht weiter. Jetzt bedauert Steph ihn, bedauert ihn für die Verlegenheit, in die seine unbändige Liebe ihn gebracht hat. Wenn man Teenagern erlaubt, sich zu verlieben, ist es, als erlaubte man ihnen, einen Sportwagen zu fahren. Da steckt viel zu viel Kraft in der Maschine.

Sie parkt auf der gegenüberliegenden Straßenseite, erleichtert, das Haus zu sehen, die brennenden Lichter. Sie bereut ihr spontanes Angebot, frittiertes Hähnchen zu holen, weil es stinkt und weil es schrecklich ungesund ist und weil sie die Pommes liebt, mit Salz bestreut und in klebrige Hähnchensoße getaucht, die gerade noch warm genug ist. Und sie weiß, dass sie morgen überkompensieren, ein winziges Frühstück und mittags einen Salat essen wird. Und dann, so um halb vier herum, wird sie schlechte Laune kriegen und wieder überkompensieren mit einem großzügigen Stück Karottenkuchen. Sie wird wieder Schuldgefühle bekommen und nichts zu Abend essen, außer vielleicht ein paar Nudeln. Sie wird mit Kopfschmerzen ins Bett gehen.

Sie steckt den Schlüssel ins Schloss und dreht ihn um. Sie öffnet die Tür einen Spaltbreit.

Sie wendet den Kopf, um Dan zur Eile anzutreiben. Selbst im Regen trödelt er herum. »Beeil dich«, ruft sie, »das Essen wird kalt.«

Zwei Männer laufen direkt hinter Dan.

Steph kennt sie nicht. Aber mit einem Mal kennt sie sie ganz genau. Einer von ihnen ist jung und gut aussehend und verängstigt. Der andere ist gedrungen und großspurig, das Haar mit einem akkuraten Scheitel.

Nazifrisur, denkt sie. So wurden Kinder mit solchem Haar genannt, als sie zur Schule ging.

Beide Männer tragen Rucksäcke.

Dan sieht über seine Schulter, um Stephs entsetztem Blick zu folgen. Der kleinere Mann schwingt etwas. Es ist ein Baseballschläger aus Aluminium. Er schwingt ihn tief und brutal, direkt vor dem Knie ihres Sohnes.

Dan hat lange, schlanke Beine und große Füße – Stephs Beine. Manchmal tun sie nachts noch weh vom Wachsen.

Steph hört Knochen brechen und denkt an Eiswürfel in Gläsern.

Sie holt Luft, aber bevor sie schreien kann, macht der jüngere Mann einen Satz nach vorne und drückt ihr den heißen, fettigen Hähncheneimer ins Gesicht.

Sie verschluckt sich und gerät in Panik, erstickt fast an einer Ladung gebratener Haut und Fleisch und heißem Fett.

Der junge Mann boxt sie in den Magen. Steph fällt würgend zu Boden. Der junge Mann fängt an, sie zu treten.

Patrick wendet sich von der Frau ab und geht zu dem Jungen, Dan. Er flennt wegen seines gebrochenen Beins wie ein beschissenes Baby. Patrick sieht sich nervös nach links und rechts um. Aber es gehen keine Lichter an. Niemand kommt ans Fenster. Niemand schreit. Niemand greift ein.

Das macht nie jemand.

Patrick schlägt den Jungen mit einem selbst gemachten Totschläger, einer mit AA-Batterien gefüllten Wandersocke. Er zertrümmert dem Jungen sämtliche Zähne. Der Junge hustet und heult und spuckt Zahnstücke über den ganzen Betonweg.

Der Junge greift an seinen Mund und macht ein seltsames, gedämpftes Geräusch wie jemand, der versucht, durch eine dünne Trennwand etwas Wichtiges zu sagen.

Henry zerrt die Frau an den Haaren ins Haus. Seine Finger werden ganz voll mit Hähnchen.

Marcus stellt die Omelettpfanne ab und sagt zu seiner Tochter: »Bleib hier.«

Sie starrt ihn mit großen Augen an, als er davoneilt. Sie hört, wie das Omelett auf dem Herd verbrennt. Sie kann nicht glauben, dass ihr Dad – so ordentlich, so sicherheitsbewusst – es vergessen hat. Und bei diesem Gedanken fühlt sie sich schwach und verängstigt und sehr klein. In gewisser Weise ist das schlimmer als die grässlichen Geräusche – das Schlagen und Krachen und vor allem die furchtbaren, furchtbaren Schreie –, die von der anderen Seite des Hauses kommen.

Mia muss sich groß fühlen. Also geht sie zum Herd und dreht ihn ab. Dann nimmt sie die Pfanne von der Kochplatte.

Sie stellt die heiße Pfanne ins nasse Waschbecken. Sie zischt furchteinflößend, wie eine Schlange. Mia weicht zurück.

Ein Mann in dunkler Kleidung zerrt Steph durch die offene Tür. Stephs Gesicht ist mit irgendwelchem Zeug beschmiert.

Gabriella denkt zuerst, dass es Erbrochenes sein muss, dass Steph ihr KFC gegessen hat und ihr davon schlecht geworden ist und dieser Mann sie nach Hause gebracht haben muss.

Aber das denkt sie nur einen Augenblick lang.

Der Mann sieht Gabriella und grinst wölfisch von einem Ohr zum anderen, leckt sich die Lippen. Er tritt Steph in die Rippen, dann macht er einen Schritt nach vorne und hebt dabei einen Baseballschläger.

Gabriella weicht aus. Sie stolpert über einen Schuh, einen von Mias Converse.

Der Mann schwingt den Schläger. Er trifft seitlich auf Gabriellas Kopf. Sie hört es. Sie fällt.

Der Mann stampft ihr dreimal auf den Bauch, als wollte er ein Lagerfeuer austreten.

Marcus rennt in die Diele.

Steph liegt mit offenen Augen da. Sie macht seltsame Bewegungen mit der rechten Hand.

Dan kämpft im Vorgarten mit einem jungen Mann. Der junge Mann schlägt ihm wieder und wieder ins Gesicht.

Marcus macht einen Schritt, um einzugreifen, dann bemerkt er den Mann im Wohnzimmer. Er trampelt auf Gabriellas Bauch. Er ist nur durch eine Tür von der Küche getrennt.

Marcus ruft: *»Mia, lauf!«*

Dann stürmt er ins Wohnzimmer und schlägt dem Mann auf den Hinterkopf.

Er packt den Mann an den Schultern und schleudert ihn gegen die Wand.

Der Mann lässt den Baseballschläger fallen.

Gabriella schleppt sich auf die andere Seite des Zimmers. Sie macht ein Geräusch. Marcus hofft, dass er nie wieder ein solches Geräusch hört. Er sieht sich um, sucht etwas, womit er den Mann töten kann. Das ist sein einziger Gedanke.

Sein Blick fällt auf das Stromkabel des Fernsehers. Er macht einen Schritt vorwärts, um danach zu greifen.

Der jüngere Mann tritt ins Wohnzimmer und sticht Marcus mit einem Jagdmesser in den Rücken.

Mia steht erstarrt da. Sie kann die Hitze des Herds in ihrem Nacken spüren.

Weil sie elf Jahre alt ist, war ihr bisheriges Leben voller Schrecken: der Schrecken, nachts im Bett zu liegen und sich darüber Sorgen zu machen, dass Mum und Dad bei einem Flugzeugabsturz sterben oder sich scheiden lassen.

Der Schrecken der Schranktür. Und das Ding unterm Bett. Und am allerschlimmsten der Teddybär, den Oma ihr zum vierten Geburtstag geschenkt hat. Er sitzt am Rand von Mias Bett und starrt sie aus gläsernen, boshaften Augen an. Wenn Mum und Dad ins Bett gegangen sind, bedeckt Mia Böser Bär mit einer Fleecedecke, sodass er nur noch eine vage, knubbelige Form ist. Es macht sie wahnsinnig, an seine vor Zorn funkelnden, bernsteinfarbenen Augen zu denken. Aber es ist besser, als die ganze Nacht lang von ihm angestiert zu werden. (Sie hatte ein paar Mal ins Bett gemacht und sich Ausreden ausgedacht, wie dass sie vor dem Schlafengehen zu viel Wasser getrunken hätte. Aber in Wirklichkeit war es Böser Bär.)

Eines Tages sagte Mia zum Au-pair-Mädchen (damals eine junge Spanierin namens Camilla), sie sei nun zu groß für Teddys. Es sei an der Zeit, dass ein »armes Kind« ihn bekomme (die Welt, das wusste sie mit fünf Jahren, war voller »armer Kinder«).

Camilla war gerührt von dieser Geste. Steph ebenfalls. Also setzten Steph und Mia sich in Mias Zimmer auf die Bettkante und hielten sich an den Händen.

Steph sagte: »Camilla hat mir erzählt, du bist schon zu groß für Kuschelbär.« (Mias Mum und Dad dachten, Böser Bär hieße Kuschelbär.)

Mia nickte und biss sich auf die Unterlippe. Sie konnte spüren, wie ihr die Tränen in die Augen stiegen, weil sie sicher war, dass Mum Nein sagen würde, weil Oma ihr Böser Bär geschenkt hatte, die nun verstorben war.

Steph missverstand die Tränen in den Augen ihrer Tochter. Sie strich ihr mit fester Hand über die Stirn und das weiche Haar. »Wo möchtest du denn, dass Kuschelbär hingeht?«

Mia zuckte mit den Schultern: *Weiß nicht.*

»Nun«, sagte Steph. »Ich weiß, dass im Kinderkrankenhaus immer Spielsachen gebraucht werden.«

Mia empfand ein furchtsames Schaudern bei dem Gedanken: wie Böser Bär sich über all jene Betten freuen würde, all jene schlafenden Kinder! Aber (und sie verspürt ein stechendes Schuldgefühl deswegen, selbst sechs Jahre und ein halbes Leben später) sie nickte und sagte Ja. Und damit war es vorbei. Böser Bär ging ins Krankenhaus.

Seither ist keine Angst auch nur annähernd so schlimm gewesen.

Außer jetzt. Sie steht in der Küche und grauenhafte Geräusche dringen aus der Diele. Das Geräusch von schreienden Männern und umfallenden Dingen, und etwas, was wie ein furchtbares Lachen klingt, ein kreischendes, hysterisches Lachen. Aber es ist kein Lachen.

Mia bepinkelt sich. Es läuft warm an ihren Beinen hinunter und über ihre nackten Füße und bildet Pfützen auf den Fliesen.

Dad ruft zum zweiten Mal: *»Mia, lauf!«*

Mia bleibt noch einen Augenblick erstarrt stehen. Dann macht irgendetwas in ihr klick, und sie läuft los.

Nachdem er Marcus niedergestochen hat, eilt Patrick in den Vorgarten, um Daniel ins Haus zu schleifen.

Daniel ist halb bewusstlos. Patrick lässt ihn in der Nähe seiner Mutter liegen.

Er sieht jenen Blick, den Blick, von dem Henry ihm erzählt hat.

Henry hatte recht. Es sieht wie Verehrung aus.

Patrick hasst Daniel dafür. Er stampft auf Daniels zersplittertes Knie.

Nachdem Patrick den Ehemann außer Gefecht gesetzt hat, wendet Henry sich dem Au-pair-Mädchen zu.

Obwohl er sie unter normalen Umständen gerne ficken würde, hat Henry heute Abend kein Interesse an ihr. Sie ist eher ein Haustier als ein Teil der Familie.

Also schleift er sie an den Haaren in die Mitte des Zimmers und schneidet ihr vor Marcus' Augen die Kehle durch. Ein befriedigender Strahl Arterienblut schießt hervor.

Sie zuckt ulkig, und Henry lacht. Er tauscht mit Marcus einen Blick, so wie zwei fremde Männer an der Strandpromenade einen Blick tauschen, wenn ein hübsches Mädchen vorbeiläuft.

Marcus wälzt sich über den Boden wie eine Memme. Er murmelt irgendwas mit Gott.

Henry lacht, amüsiert sich. Er streift sich den alten Schlagring über und schlägt Marcus ins Gesicht – *wumm wumm wumm.*

Marcus' Nase explodiert. Henry glaubt, dass er tot ist. Aber das ist er nicht.

»Bidde«, sagt Marcus mit seinem zertrümmerten Mund. »Bidde. Bidde. Bidde.«

Henry liebt das.

»Bidde was?«, fragt er.

Aber dann fällt ihm wieder ein, warum er hergekommen ist.

»Patrick?«, ruft er.

Patrick kommt ins Zimmer. Seine Schritte hinterlassen überall Blutspuren.

Er ist zerknirscht und missmutig, lässt die Schultern hängen.

Henry findet ihn widerlich, körperlich abstoßend. Am liebsten würde er sein dummes, beschissenes, schmollendes Gesicht mit dem Schlagring zerschmettern, *wumm wumm wumm,* und das wär's dann. Er würde ihn hier zurücklassen, mit zerschmettertem Gesicht, während sein Hirn in seinen Schoß sickert wie Play-Doh-Knete.

Henry fragt: »Wo ist das kleine Mädchen?«

»Wer? Mia?«

»Ja«, sagt Henry übertrieben langsam. »Mia.«

»Ich dachte, du hättest sie.«

»Sieht es etwa so aus, als hätte ich sie?«

Patrick antwortet nicht.

»Dann geh und hol sie«, sagt Henry.

»Was ist mit der Mutter und dem Sohn?«

Henry streift seinen Rucksack ab, öffnet den Reißverschluss, holt das neue Beil heraus. »Ich kümmer mich um sie.«

Patrick geht los, um Mia zu suchen. Er macht einen Schritt über das Au-pair-Mädchen – ihr Fuß zuckt auf groteske Weise noch leicht, als stellte sie sich schlafend, könnte aber unmöglich widerstehen, zu einem ihrer Lieblingssongs zu wippen, der in einem entfernten Radio läuft.

Aus irgendeinem Grund macht Patrick das traurig. Dieser zuckende Fuß mit einem einzelnen braunen Leberfleck auf der Sohle.

Patrick geht in die Küche. Das Haus ist groß und hat eine große Küche, aber er kennt sich aus. Er ist nicht zum ersten Mal hier.

Jemand hat ein Omelett gemacht, da ist eine mit Ei beschmierte Schüssel, eine Gabel ragt noch daraus hervor. Dort ist die schwarze Pfanne, die Pfanne eines Hobbykochs, erkaltend und fettig in der Spüle.

Patricks Sinne sind geschärft. Er kann die vom Herd abstrahlende Hitze spüren.

Hier drin ist niemand.

Er sieht nach unten. Da ist eine Pisselache auf dem Boden.

Das Schränkchen unter dem Spülbecken steht einen Spaltbreit offen.

Patrick kniet sich hin. Er öffnet die Schranktür. Sieht Putzmittel. Schwämme. Eine Rolle Mülltüten.

Keine Mia.

Er öffnet das nächste Schränkchen. Und das danach.

Er öffnet die Speisekammer.

Keine Mia.

Er klettert auf die Anrichte, sieht in den hohen Küchenschränken nach. Das wäre ein gutes Versteck. Dort würde Patrick sich vielleicht verstecken, wenn er in Mias Alter wäre. (Nur dass Patrick sich überhaupt nicht versteckt hatte, nicht wahr?)

Mia ist nicht in der Küche.

Er tappt durch die Diele. Er sieht im Schrank unter der Treppe nach. Ein Dyson-Staubsauger, ein Swiffer-Wischmopp voller Spinnweben, jede Menge Schrott. Er leuchtet mit seiner kleinen Taschenlampe in die von Spinnen bevölkerte Ecke.

Keine Mia.

Er stellt sich ans untere Ende der Treppe und leuchtet mit der Taschenlampe hinauf in die Dunkelheit.

Wenn er Mia wäre, würde er sich dort oben verstecken?

In der Dunkelheit? Während Henry unten ist?

Nein.

Patrick geht in den Garten.

Mia wollte nicht die Treppe hinauf. Es war dunkel. Sie wusste, sie säße in der Falle. Also schlich sie hinaus, in den Garten.

Der Garten ist ziemlich groß, an drei Seiten von hohen Mauern umschlossen. Die Mauern sind zu hoch für sie, um darüber zu klettern.

Ein alter Geräteschuppen grenzt an die Rückwand des Hauses. Vor langer Zeit war er ein Klohäuschen oder so was. Er ist voller Spinnen und furchtbar. Die alten Backsteine bröckeln an den Ecken ab.

Mia ist barfuß. Sie umklammert die Ecke des Klohäuschens, gräbt die Fingerspitzen und Zehen in den bröckelnden Mörtel zwischen den Backsteinen. Sie testet die Tiefe darin, dann stemmt sie sich hoch. Ihre Finger zittern vor Anstrengung.

Ihre Füße scharren. Sie reißt sich einen Zehennagel ein. Aber Dad nennt sie Äffchen, weil sie gut klettern kann.

Sie ist in der Mitte der Toilettenwand, als ein Mann in die Küche geht.

Mia erstarrt an der Wand wie ein Gecko.

Das Einzige, was sich bewegt, ist ihr Herz. Es fühlt sich verräterisch an, ein krankes, feuchtes *bumm! bumm!* in ihrer schmalen Brust.

Sie beobachtet den Mann, der ein seltsam sanftes und sorgenvolles Gesicht hat, wie ein Kindersoldat. Dann macht er einen Schrank auf und schaut hinein. Er fegt das ganze Zeug darin auf den Boden.

Mia weiß, dass der Mann nach ihr sucht. Es ist schwer, nicht hinzusehen, so wie es manchmal schwer ist, bei Gruselfilmen nicht hinzusehen, weil das Wegsehen manchmal noch schlimmer ist.

Der Mann späht durchs Fenster. Sie sieht, wie seine Augen den Garten absuchen.

Sein Blick gleitet über sie.

Ihr wird bewusst, dass in der Küche das Licht brennt und dass die Küche deshalb so hell aussieht wie ein Aquarium. Vermutlich starrt der Mann auf sein eigenes Spiegelbild.

Aber das ist schwer vorstellbar. Deswegen hält sie es für eine Falle, als der Mann sich umdreht und aus der Küche stürmt. Sie bewegt sich nicht, drückt sich an die Wand, hat zu viel Angst, um sich zu rühren.

Er ist lange weg.

Mia fängt an, weiterzuklettern.

Sie zerkratzt sich die Finger und Zehen, und einmal rutscht ihr Bein ab, sie schürft sich das Schienbein bis zum Knie auf. Aber sie schafft es. Sie stemmt sich hoch und kämpft und zieht sich aufs Dach des alten Klohäuschens hinauf.

Dann kommt der junge Mann zurück in die Küche. Er macht die Tür auf und tritt in den Garten.

Mia erstarrt auf dem Dach des Klohäuschens. Sie hockt dort wie eine Katze. Sie ist höher als der Kopf des Mannes. Wenn er nicht hochschaut, wird er sie vielleicht nicht entdecken.

Er sucht den Garten ab, erforscht die Ecken mit dem Strahl einer Taschenlampe. Als er sich in ihre Richtung wendet, sieht sie, dass sein Gesicht sich verändert hat: Es ist verzerrt, als hätte er geweint. Die eine Hälfte seines Gesichts ist ganz voll mit schwarzem Zeug, ungefähr in der Form einer menschlichen Hand. Aber Mia weiß, dass es in Wirklichkeit kein schwarzes Zeug ist, es ist rotes Zeug.

Sie schnappt nach Luft – und der Mann schaut nach oben.

Er und Mia starren sich an, völlig regungslos.

Dann kriecht Mia über den letzten Meter der Wand zwischen ihr und dem Nachbargarten. Sie lässt sich auf die andere Seite der Mauer fallen.

Ihr Knöchel knickt um und tut weh. Sie müsste schreien, aber sie denkt nicht mal daran. Sie rennt einfach weiter, beachtet den verletzten Knöchel kaum.

Sie schaut erst zurück, als sie den großen Garten durchquert hat und in die Rosenbüsche gelaufen ist, wo Dornen sie stechen.

Da ist er, kriecht über die Gartenmauer. Er springt hinunter, viel besser als sie eben. Er sieht nicht so aus, als hätte er sich den Knöchel auch nur *ein bisschen* verletzt.

Er nimmt eine geduckte Haltung ein und sprintet auf sie zu.

Mia versucht zu klettern, aber da ist nichts, woran sie sich festhalten kann; der Efeu, den die Robertsons gezüchtet hatten, bevor sie wegzogen, ist zu verschlungen und lose, er rutscht ihr einfach durch die Hände. Sie riskiert noch einen Blick, nur noch einen einzigen Blick über die Schulter.

Da steht er, der traurig aussehende junge Mann mit dem roten Handabdruck im Gesicht. Er sieht sie einfach an.

Sie weiß nicht, wie lange er schon so dasteht.

Es macht ihr Angst zu sehen, dass der junge Mann auch Angst hat, denn das bedeutet, dass in ihrem Haus etwas noch *Schlimmeres* ist – und was immer das ist, es ist da drinnen bei ihren Eltern. Mia will weinen. Ihr schlottern die Knie.

Der Mann atmet komisch. Er schaut weg, zu dem leeren Haus, in dem die Robertsons gewohnt haben und das nun zum Verkauf steht.

Er sagt: »Komm schon.«

»Nein«, antwortet Mia, wenn auch mit schwacher Stimme.

Der Mann sagt: »Hör zu. Wir haben keine Zeit. Überhaupt

keine. Mein Dad ist im Haus, und er hat mich rausgeschickt, um dich zu holen.«

Mia fängt an zu weinen. »Was will er?«, fragt sie.

»Dass du sein kleines Mädchen wirst.«

»Ich will nicht sein kleines Mädchen sein.«

»Dann komm mit mir mit.«

»Wer bist du?«

»Patrick.« Er streckt die Hand aus. »Da lang.«

Als Mia die Hand nicht nimmt, marschiert er einfach zur Küchentür des leeren Hauses und probiert, ob sie aufgeht. Sie ist natürlich abgeschlossen. Also zieht er seinen Kapuzenpulli aus und wickelt ihn um seine Faust.

Er stößt die Faust durchs Fenster, fegt Glassplitter aus dem Rahmen. Dann windet er sich wie ein Wurm durch das zerbrochene Fenster. Er taucht an der Küchentür wieder auf und öffnet sie. Und Mia schreit immer noch nicht.

Sie sagt sich, dass sie nicht mit diesem Mann mitgehen sollte, aber sie läuft barfuß zur Küchentür der Robertsons. Sie und der Mann eilen durch die schauerliche, widerhallende Dunkelheit des leeren Hauses. Die Geister aller Familien, die einmal hier gewohnt haben, beobachten sie aus den schwarzen Ecken.

Sie erreichen die Eingangstür. Patrick öffnet sie. Sie schlüpfen hinaus, zurück in die kalte Nacht.

Und dann rennen sie.

Henry ist gerade damit fertig, das Wort an die Wand zu schmieren. Er ruft: »Patrick?«

Keine Antwort.

Dann hört er ein Geräusch.

Es ist eine zersplitternde Glasscheibe. Und Henry versteht. Einfach so.

Er betrachtet die Sauerei im Zimmer. Die Sauerei auf seinen Kleidern und in seinen Haaren.

Er läuft in die Küche. Die Tür ist offen. Keine Scheibe ist zerbrochen.

Er denkt an das leere Haus nebenan.

Er geht zurück ins Wohnzimmer und packt hastig zusammen. Es dauert zu lange. Seine Sachen sind nass und seine Hände sind fahrig vor Wut.

Dann schwingt er sich den Rucksack über die Schulter und stürmt zur Eingangstür hinaus.

Er sprintet zum Auto.

Sie rennen schweigend. Patrick hat ihr gesagt, sie müsse mucksmäuschenstill sein, dürfe kein Geräusch machen, denn sonst wüsste sein Dad, wo sie sind.

Patrick ist schneller als Mia, deren Füße nackt und zu zart für den harten Bürgersteig sind.

Jetzt dreht er sich um, hüpft auf der Stelle auf und ab.

*Beeil dich! Komm schon! Bitte!*

Sie versucht es. Aber da liegt eine grüne Bierflasche im Rinnstein, und Mia tritt in eine Glasscherbe.

Sie macht nicht viel Lärm, und Patrick ist stolz auf sie.

Aber diese Straßen sind ruhig.

Henry hört ein Kind aufschreien.

Ein Mädchen.

Er rennt schneller. Er schwingt die Arme. Er hat ein Teppichmesser in der Hand.

Patrick rennt zu Mia. Seine Tränen haben das Blut auf der einen Hälfte seines Gesichts verdünnt.

»Ich weiß, es tut weh«, flüstert er. »Ich weiß. Aber bitte.«

Sie humpelt zu ihm, so schnell sie kann.

Patrick kniet sich hin. Er und Mia sind auf Augenhöhe. »Bitte lass mich dich tragen.«

Sie zögert, balanciert auf einem Bein. Aber als sie sieht, wie seine Augen ängstlich über ihre Schulter blicken, sagt sie: »Okay.«

Patrick hebt Mia mit beiden Armen hoch, spürt ihre kalte Haut, ihr warmes Inneres. Sie ist ganz knochig und dünn, aber schwerer, als sie aussieht.

Er rennt.

Das Auto ist nicht weit.

Henry biegt blitzschnell um eine Ecke und sieht sie.

Da ist Patrick, wie er mit dem Mädchen in den Armen die Straße entlangläuft.

Ihr Fuß ist schwarz von Blut.

Henry lacht, aber es klingt nicht wie ein Lachen.

Er rennt noch schneller.

Patrick erreicht das Auto und setzt Mia ab.

»Warte nur einen Moment. Behalte für mich die Straße im Auge.«

Sie lehnt sich ans Auto, beobachtet die lange, gerade Allee.

Patrick sucht in seinen Taschen nach dem Schlüssel. Seine Hand zittert.

Mia wimmert tief unten in der Kehle.

»Was?«, fragt Patrick. Er versucht, den Schlüssel ins Schloss zu stecken.

»Er kommt.«

Patrick schaut auf und sieht Henry die Straße entlangsprinten.

Wahnsinnig, blutverschmiert. Er hat ein Teppichmesser in der Hand.

Patrick weiß, dass er das Auto nicht mehr rechtzeitig starten kann.

»Mia«, sagt er. »Renn jetzt. Schrei. Mach so viel Lärm, wie du kannst.«

Mia sieht den Blick in seinen Augen. Dann rast sie los.

Sie schreit beim Rennen.

Wieder und wieder schreit sie: »Bitte!«

Patrick wartet mit dem Schlüssel in der Hand, während er Henry auf sich zustürzen sieht.

Er hat keine Angst.

Er denkt an sein Fahrrad. Ein BMX-Fahrrad.

Henry wird nicht langsamer. Er kommt näher und näher.

Patrick macht sich bereit.

Henry rammt seine Schulter in Patricks Magengrube. Patrick fliegt auf die Motorhaube.

Henry packt ihn an der Kehle, drückt ihn flach aufs Auto. Schneidet und sticht mit dem Teppichmesser zu.

Als Patrick von der Motorhaube rutscht, rennt Henry dem schreienden Kind hinterher, das Messer in der Hand.

Sie ist noch klein. Sie kann nicht weit gekommen sein.

Und Henry ist sehr, sehr schnell.

## 21

Luther fährt zum Highbury-Fields-Park und hält an einer Seite des Platzes. Er verschränkt die Hände auf dem Lenkrad und betrachtet Crouchs roten Jaguar. Er wartet lange. Er weiß nicht, wie lange. Sein Kopf ist leer vor Hass.

Dann nimmt er den Spitzhackenstiel aus dem Beifahrerfußraum und steigt aus dem Volvo.

Er durchquert den Park und schlägt das Fenster in der Fahrertür des Jaguars ein.

Das Auto beginnt panisch zu hupen und zu kreischen.

Luther holt eine volle Flasche Feuerzeugbenzin aus seiner Tasche. Er spritzt es durch das zerbrochene Autofenster aufs Armaturenbrett und die Lederpolsterung.

Die am leichtesten entflammbaren Teile befinden sich im Innenraum eines Fahrzeugs: Fußteppiche, Schaumpolster, weiches Plastik. Und brennt das Autointerieur, dann breitet sich das Feuer schnell aus.

Er sieht zu, wie das Auto in Flammen aufgeht. Er fürchtet keine Explosion – Benzintanks sind aus dickem Blech. Es ist unwahrscheinlich, dass das Auto mit zerstörerischer Gewalt explodiert. Und wenn doch, dann sei es so. Er hätte nichts dagegen.

Er steht mit dem Rücken zum Wind, dennoch tränen ihm die Augen vom Rauch.

Er wartet und wartet. Flammen versengen seine Augenbrauen.

Er hört Sirenen in der Ferne.

Und dann kommt Crouch aus seinem Haus. In Slippern, ohne Socken, verstrubbelt, hastig angezogen.

Er kommt mit einem merkwürdigen, wilden Gesichtsausdruck auf Luther zu.

Luther wartet.

Crouchs Hände und seine Stimme zittern, als er fragt: »Und wer zur Hölle sind Sie?«

Luther greift nach Crouchs Handgelenk, dreht es herum, drückt es ihm zwischen die Schulterblätter. Er führt Crouch im Polizeigriff zum brennenden Auto.

»Wenn ich Ihnen das Genick breche und Sie ins Auto schmeiße«, sagt er, »sind Sie nichts als eine Pfütze geschmolzenes Fett, bis der Notarzt da ist.«

Crouch wimmert.

Luther spürt, wie die Hitze seinen Tweedmantel verkohlt, seine Augen austrocknet.

»Lassen Sie den alten Mann in Ruhe«, sagt er.

Dann lässt er Crouch auf den Bürgersteig fallen und marschiert durch den Park davon.

Die Sirenen kommen näher. Er weiß, dass sie seinetwegen kommen. Es ist ihm gleichgültig.

Er geht zurück zum Volvo. Er setzt sich hinein und wartet.

Er sieht zu, wie die Feuerwehrleute das munter brennende Auto löschen.

Crouch ist immer noch dort. Eine Frau, die Luther für eine Nutte hält, wartet im Hintergrund.

Die Polizisten nehmen Zeugenaussagen auf. Einer von ihnen ist ein vergrämter, älterer Kriminalbeamter in zerknittertem Anzug und Mantel.

Luther ist sich nicht sicher, nicht aus dieser Entfernung, aber er glaubt, es ist Martin Schenk. Schenk arbeitet bei der Beschwerdestelle.

Wenn er recht hat, dann heißt das, Crouch hat ihn als Polizisten angezeigt.

Luther ist das egal. Er sitzt mit den Händen am Lenkrad da und kämpft gegen den Drang an, auszusteigen und hinüberzugehen, die Polizisten und Feuerwehrleute fortzuschicken, Crouch einen Stoß gegen die Brust zu versetzen, ihn am Hals zu packen und zuzudrücken.

Er denkt noch immer darüber nach, als sein Handy klingelt.

Es ist Teller. Es ist nach zwei Uhr, also weiß er im Grunde schon Bescheid.

Er geht dran.

»Tut mir leid, Sie zu wecken.«

»Kein Problem«, sagt er. »Ich war schon wach.«

Eine Pause folgt. Teller will etwas sagen. Er kommt ihr entgegen. »Wo?«

»Chiswick.«

»Wie viele?«

»Vier am Tatort. Mutter. Vater. Sohn. Aupair. Die Tochter wird vermisst.«

Er lehnt sich zurück und sieht zu, wie die Feuerwehrleute den brennenden Jaguar mit Löschschaum besprühen. Er erfreut sich an seinem geschwärzten Skelett, dem geschmolzenen Plastik. »Wie alt ist die Tochter?«

»Elf. Heißt Mia. Mia Dalton.«

Er fragt sich, wie schlimm es ist. Er sagt: »Schicken Sie mir die Adresse. Ich komme, so schnell ich kann.«

»Zuerst«, sagt sie, »muss ich Ihnen noch etwas anderes mitteilen.«

»Was anderes?«

»Wir glauben, wir haben einen von ihnen erwischt. Den Sohn.«

Ein langer Moment Schweigen, wie wenn man auf das Ticken eines Sekundenzeigers wartet. »Was?«, fragt er.

»Mehrfache Verletzungen«, fährt sie fort. »Zweihundert Meter vom Tatort entfernt. Nach Zeugenaussagen gab es eine Auseinandersetzung, zwei Männer schienen sich um ein kleines Mädchen zu streiten. Das Mädchen blutete.«

Er umklammert das Lenkrad fester, um zu verhindern, dass er fortgerissen wird. »Dieser Zeuge«, sagt er. »Er ist nicht auf die Idee gekommen, rauszugehen und ihr zu helfen?«

»›Er‹ war eine Sie. Fünfundsechzig Jahre alt.«

»Aber nicht alle, die es mitbekommen haben, waren fünfundsechzigjährige, alleinstehende Frauen, oder?«

»Nein.«

»Und der Sohn?«

»Lebt. Ist gerade unterwegs in den OP.«

»Wird er es schaffen?«

»Ich bin nicht auf dem neusten Stand. Hier geht alles ziemlich drunter und drüber. Das letzte Wort ist anscheinend noch nicht gesprochen.«

»Also kann ich ihn unmöglich verhören?«

»Nicht jetzt.«

»Kein Ausweis?«

»Nein. Brieftasche, Bargeld, Prepaid-Kreditkarte.«

»Woher hat er die Karte?«

»Das überprüfen wir gerade.«

»Sie wird nicht zurückzuverfolgen sein«, sagt er. »Dafür sind sie zu vorsichtig. Solche Karten kann man überall mit Bargeld kaufen. Oder noch besser, man steckt irgendeinem Gangster ein paar Mäuse zu, damit der für einen reingeht und eine kauft. Wird seine DNA untersucht?«

»Im Expressverfahren.«

Er kurbelt das Fenster herunter, stellt die magnetische Warnleuchte aufs Dach. Er programmiert das Navigationsgerät und biegt unbemerkt in den Fieldway Crescent ein.

Abgesehen vielleicht von Schenk, der sich in seine Richtung dreht, eine Hand an seine Stirn hält, als wollte er die Sonne abschirmen, und durch den dunklen Park späht.

Als der Abstand zwischen Luther und Schenk groß genug ist, schaltet er Blaulicht und Martinshorn ein. Er folgt seinem Klagelied den ganzen Weg bis nach Chiswick.

Er ist der letzte Clown, der beim Zirkus ankommt. Er zeigt dem Einsatzleiter seine Dienstmarke und taucht unter dem Absperrband durch und hinein in grelles Licht, das die Nacht in unerwartet harter, hoher Auflösung darstellt.

Alle sehen aus, als hätten sie seit einer Woche nicht geschlafen.

Teller sagt nichts. Nickt nur.

Luther vergräbt die Hände in den Taschen. Er denkt an seine Frau, fragt sich, was sie wohl macht.

Er tritt über die Schwelle und in die Diele.

Er riecht es.

Die Spurensicherung ist hier, Männer und Frauen mit Schutzanzügen, Atemmasken, blauen Überschuhen. Sie haben Kameras und Lineale und Absperrband bei sich.

Bevor Luther die Leichen erblickt, sieht er die umgeworfenen Möbel, das Blut an den Wänden. Das Wort.

Er starrt darauf. Er starrt auf das Wort an der Wand, von menschlicher Hand mit Blut dort hingeschmiert, dick wie Ölfarbe.

## BULLENSCHWEINE

Luther blickt zu Teller. Er sieht Mitleid in ihren Augen, und das Mitleid macht ihm Angst, weil es eine Reaktion auf seinen Gesichtsausdruck ist.

Als er aus dem Haus stolpert, weiß er, dass alle auf ihn schauen, sich Seitenblicke zuwerfen.

Draußen ist die Luft nicht kalt genug. Er will in Eiswasser eintauchen. Er will den Atem anhalten, bis es wehtut.

Teller nimmt ihn am Ellbogen, nickt mit dem Kopf.

Sie übertreten jene Zeitschwelle, wenn die Nacht in den Tag übergeht.

Sie fragt: »Wollen Sie raus aus der Sache?«

»Ja«, antwortet er. »Ich will raus.«

»Dann sind Sie draußen.« Sie lässt ihn einen Moment darüber nachdenken, dann spricht sie weiter: »Aber Sie müssen wissen: Wenn Sie den Fall abgeben, dann war's das, dann müssen Sie dazu stehen. Es zählt nicht, was Sie vorher getan haben oder was Sie in Zukunft tun. In den Köpfen der Leute werden Sie der Bulle sein, der das hat geschehen lassen und sich dann aus dem Staub gemacht hat. Ich weiß, dass das nicht fair ist. Und ich weiß, dass es nicht stimmt. Aber dieser Bastard hat angekündigt, das hier zu tun, wenn Sie sich nicht bei ihm entschuldigen. Und obwohl das unmöglich war, werden die Medien die Geschichte nicht so darstellen. In dieser Geschichte geht es um Sie und ihn. Wir *haben es so gedreht*, dass es um Sie und ihn geht. Es ist unsere Schuld. Und wenn Sie jetzt aussteigen – was ich an Ihrer Stelle tun würde, weiß Gott –, aber wenn Sie das tun, werden Sie dazu stehen müssen. Dann sind Sie der Mann, der das, was da drinnen passiert ist, hat geschehen lassen.«

Am Himmel schweben Hubschrauber. Ihre Scheinwerfer suchen die Straßen ab.

»Es ist nicht …« beginnt er nach einer langen Pause. Sie hört ihn nicht, seine Stimme ist weg. Er hustet in seine Faust, um die Kehle freizubekommen, fängt noch einmal an. »Es ist nicht ungewöhnlich für einen solchen Menschen, seine Opfer nach ihrem Tod zu demütigen. Wir haben das alle schon gesehen. So jemand lässt eine Frau mit gespreizten Beinen liegen, steckt ihr irgendwas in die Vagina. Er verstümmelt ihre Brüste und ihr Gesicht. Er wirft eine Nutte neben ein Schild mit ›Keine Müllentsorgung‹. Aber etwas Derartiges habe ich noch nie gesehen.«

Pete Black hat seinen Opfern die Köpfe abgeschnitten und sie vertauscht.

Der Kopf des Sohnes grinst auf dem Körper der Mutter.

Das Au-pair posiert im Lehnstuhl mit ihrem eigenen Kopf auf dem Schoß.

»Als hätte jemand mit Spielsachen gespielt«, sagt er. »Als hätte ein beschissenes, bockiges Kleinkind die Puppen seiner Schwester in Stücke gerissen. Dem Teddybären den Kopf der Barbie aufgesetzt. Der Puppe den Kopf des Teddybären.«

Er schaudert in seinem Mantel. Er fragt sich, ob er nach Rauch riecht. Hält es für sehr wahrscheinlich. Er scharrt mit den Füßen. »Wer sind die Opfer?«

»Stephanie Dalton, Marcus Dalton, Daniel Dalton. Gabriella Magnoli. So weit wir das beurteilen können, sind sie ziemlich perfekt. Mrs Dalton ist Geschäftsfrau. Hat früher gemodelt. Er ist Architekt, gewinnt Preise, unterrichtet, betreut Projekte. Angeblich heiß geliebt von den Studenten. Der Sohn ist hübsch, will Schauspieler werden. Die Tochter …«

»Was ist mit ihr?«, fragt Luther.

»Was soll ich sagen?«, blafft Teller, verliert die Beherrschung. Sie hat eine Tochter, die nicht viel älter ist als das vermisste Mädchen. »Sie ist elf. Was gibt es sonst noch zu sagen?«

»Genau darum geht es, nicht wahr?«, erwidert Luther. »Sie sind perfekt. Er beobachtet sie. Er ist neidisch. Er ist verbittert. Er begehrt, was sie haben. Glück. Familie. Normalität.«

Luther spürt wieder Energie. Wärme in seinem Blut. Er fragt: »Pete Blacks Sohn. Patrick. Wie alt ist er?«

»Zwanzig? Einundzwanzig?«

»Waren seine Fingerabdrücke gespeichert?«

»Nein.«

Luther lächelt. Er geht auf und ab. Er reibt sich über den Scheitel.

»Was?«, fragt Teller.

»Ich weiß nicht.«

»Doch.«

Jetzt lacht Luther. Wenn er einen Augenblick stehen bliebe, könnte er Tellers Gesichtsausdruck sehen. Aber er streift mit raubtierhafter Gier umher, klatscht in die Hände.

»John«, sagt Teller.

Er reibt sich den Kopf, geht im Kreis herum. »Boss«, verkündet er, »ich muss etwas tun.«

»Dann los«, sagt sie. »Was?«

»Kann ich Ihnen nicht sagen.«

Er wartet geduldig. Man darf sie nicht drängen.

»Auf einer Skala von eins bis zehn«, fragt sie, »wie sehr will ich nichts davon wissen?«

»Zwanzig.« Er kommt ihrem Protest zuvor. »Wenn ich den gesetzlichen Weg gehe, wenn ich warte, bis Sie alles haargenau geprüft haben und mir offiziell Ihr Okay geben, würde es Wochen dauern. Und ich muss das jetzt machen. Das heißt heute Morgen. Und falls sich herausstellt, dass ich falschliege, was nicht der Fall ist …«

»Und wenn doch?«

»Falls sich herausstellt, dass ich falschliege, wird die Hölle los sein. Sie werden mich feuern müssen. Ein Sturm der Entrüstung wird losbrechen.«

Er muss noch einmal, noch länger warten. Schließlich fragt sie: »Wird es uns helfen, das kleine Mädchen zu finden?«

»Ja.«

»Okay. Dann hauen Sie ab und tun Sie's.«

Er nickt. »Wo ist Howie?«

»Auf dem Revier«, antwortet Teller. »Seien Sie nett zu ihr.«

Als Luther losgeht, klingelt Tellers Handy. Sie schaut auf das Display.

DSU Schenk.

Sie drückt den Anruf weg, steckt das Handy ein. Will es nicht wissen.

Lange Zeit denkt Mia, dass sie tot ist, denn es ist dunkel und still, und sie kann nicht atmen.

Aber sie ist nicht tot. Sie liegt in einem Kofferraum. Sie hat irgendwas über dem Mund. Sie kann die Hände und Füße nicht bewegen.

Sie weiß jedoch, dass ihre Mum und ihr Dad tot sind, denn der Mann hat es ihr gesagt. Bevor er anhielt, um sie in den Kofferraum zu stecken, drückte er sie einfach neben sich in den Fußraum und presste beim Fahren ihren Kopf mit der flachen Hand nach unten.

Sie wimmerte nach ihrer Mum. Sie hatte Angst und ihr war kalt und alles tat ihr weh und sie hatte so ein Gefühl im Bauch.

»Halt die Klappe mit deiner Mum und deinem verfickten Dad«, sagte er, und sie hasste seine Stimme.

Sie weiß, dass er gefährlich ist, so wie der streunende Hund, der ihnen folgte, als sie damals im Urlaub in Griechenland waren.

Er hatte einen komischen, geneigten Gang und einen gruseligen Blick. Ihr Dad fürchtete sich vor ihm. Er hob Mia hoch und drückte sie ihrer Mum in die Arme – sie war damals noch klein. Ihr Dad und ihr Bruder bückten sich am Straßenrand und sammelten jede Menge Steinchen auf und warfen sie nach dem Hund, bis er wegging.

Dieser Mann ist genau wie jener Hund. Er hat die gleichen Speicheltropfen um die Lippen, die gleiche rasende Wut in den Augen.

Mia erinnert sich an die Selbstverteidigungsstunden, die sie in der Schule hatte, damals, als die Frau von der Polizei da war und mit ihnen redete.

Wisst euren Namen, eure Adresse und Telefonnummer. Geht nicht allein irgendwohin. Wenn ein Fremder euch anspricht, müsst ihr nicht antworten. Nähert euch nie einem Fremden in einem Kraftfahrzeug. Geht einfach weiter.

Wenn ein Fremder euch festhält, tut alles, was ihr könnt, um zu verhindern, dass er oder sie euch mitnimmt oder in sein oder ihr Auto zerrt. Lasst euch auf den Boden fallen, tretet, schlagt, beißt, schreit. Wenn jemand euch wegzerrt, schreit: »Das ist nicht mein Dad.« Oder: »Das ist nicht meine Mum.«

Nichts davon hatte irgendwas genutzt. Mia hatte geschrien und geschrien, und niemand war gekommen.

Aber Mia weiß, warum. Er ist kein Fremder. Er ist der tollwütige Hund in Griechenland. Er ist das Wesen, das manchmal in ihrem Kleiderschrank hauste, das durch den Spalt in der Tür lugte, wenn die Lichter aus waren und Daniel in seinem nach Käsefüßen stinkenden Zimmer schnarchte und Mum und Dad in ihr großes Bett gekuschelt waren. Er ist kein Fremder, wie könnte er das sein? Sie kennt ihn schon ihr ganzes Leben lang.

Mia betet. Sie versucht etwas Vernünftiges zu sagen, Gott um etwas Bestimmtes zu bitten; Dad hatte mit ihr darüber gesprochen, wie Gott Gebete beantwortet. Er gab einem, was man *brauchte*, hatte Dad gesagt, was nicht unbedingt dasselbe war wie das, was man wollte. So konnte man um ein Mountainbike beten, aber das war vielleicht nicht das, was Gott einem geben wollte. Oder man konnte beten, dass Melissa James mit ihren blöden Inlineskates hinfiel und sich den Knöchel brach, aber das wollte Gott einem vielleicht auch nicht geben.

Mia kann nicht glauben, dass Gott ihr das hier wünscht.

Aber andererseits hat sie heute Nacht ihren Dad schreien gehört, und obwohl sie nie zuvor jemanden sterben gehört hat, weiß sie, dass es das war. Ihr starker und schöner Dad, der in Angst und Hilflosigkeit und unter Schmerzen starb. Und sie ist ziemlich sicher, dass Gott auch das nicht gewollt haben kann. Aber es ist passiert.

Deshalb muss sie beten, aber sie ist verwirrt, und es kommt nichts als: *Bitte Gott bitte Gott bitte Gott bitte.*

Es rast immer wieder in ihrem Kopf im Kreis herum wie ein Zug.

Sie liegt zusammengerollt im Dunkeln, riecht den nassen Autoteppich.

Unter gelblichem Licht ist die Serious Crime Unit randvoll mit Personal in Uniform und Zivil.

Schlecht riechende Männer und Frauen in Hemdsärmeln, Leute, die zu Hause sein sollten, es aber nicht sind.

Sie mustern Luther, als er vorbeigeht. Er spürt ihre Augen.

Er bleibt an Howies Schreibtisch stehen. Sie hat die Schultern hochgezogen, ist rot im Gesicht. Tut so, als hätte sie ihn nicht gesehen, betet, dass er weitergeht.

Er wartet, bis sie den Kopf wendet und ein gequältes Gesicht macht. »Boss …«, beginnt sie.

»Mir ist egal, was gestern Abend war«, sagt Luther. »Sie haben das Richtige getan. Das Einzige, was mich interessiert, ist, ob Sie bereit sind, jetzt mit mir zusammenzuarbeiten? Ab sofort. Oder muss ich mir jemand anderen suchen?«

»Nein«, sagt sie. »Tun Sie das nicht.«

»Gut.«

Er marschiert in sein enges, kleines Büro, das voll ist mit Bennys Energy-Drinks und Sandwichpackungen.

Howie folgt ihm, schließt hinter sich die Tür.

»Ehrlich«, sagt sie.

»Wir müssen nicht darüber sprechen.«

»Ich fühle mich schrecklich. Ich wusste nicht, was ich tun sollte.«

»Sie haben das Richtige getan«, sagt er noch einmal. »Belassen wir's dabei.«

»Aber wenn ich nicht …«

»Was?«

»Hätten Sie ihn gefunden? Ich meine, bevor …«

»Bevor er das getan hätte? Heute Nacht?«

»Ja.«

Er sieht ihr in die Augen. Einen grausamen Moment lang überlegt er, *Ja* zu sagen. Sie damit leben zu lassen.

Er setzt sich. »Nein«, sagt er. »Ich glaube nicht. Ich hab's versucht. Ich hab's wirklich versucht, aber ich glaube nicht, dass es mir gelungen wäre.«

Sie nickt. Sie weiß nicht, ob er die Wahrheit sagt.

Luther auch nicht.

»Wissen Sie«, sagt er. »Ich hatte einen Tunnelblick. Ich hatte den Sinn für das große Ganze verloren. Sie haben recht: Ich habe jemanden gebraucht, der mich aufhält. Sie haben mir einen Gefallen getan. Und es hat Mut gekostet.«

Er denkt darüber nach, Howie von Irene zu erzählen, einer alten, längst verstorbenen Frau, die mumifiziert in ihrem Sessel gefunden wurde. Von seiner jugendlichen Scham, aufgrund der er nicht widersprochen und seine Vorgesetzten nicht zur Rede gestellt hatte wegen ihrer Witze. Wegen ihres mangelnden Respekts.

Er erzählt es ihr nicht. Er sagt nur: »Ich bewundere, was Sie getan haben.«

Es folgt ein langer, guter Moment.

»Also«, sagt Howie, »wonach suchen wir?«

»Ich brauche eine aktuelle Adresse.«

»Von wem?«

Luther sagt es ihr.

Howie blickt ihn nicht an. Erkennt den Namen nicht. Loggt sich einfach ein, tippt ihr Passwort ein, öffnet die Datenbank. Ein ungeheuerliches Universum. Gesichter gespeichert als Binärdaten. Gesichter, die auf Klassenfotos grinsen, auf Hochzeitsfotos, Gesichter, die in Zeitungen und Nachrichtensendungen grinsen.

Sie überprüft noch einmal die Schreibweise und drückt die Eingabetaste.

Und da ist sie.

Und jetzt versteht Howie. Sie dreht sich zu Luther. Auf ihrem Gesicht ist ein Ausdruck, den Luther schon kennt. Es liegt eine Art Bewunderung darin. Aber auch eine Art Mitleid.

»Was meinen Sie?«, fragt Luther.

Sie nickt.

»Drucken Sie mir das aus«, sagt er. »Und besorgen Sie mir ein Bild von Mia.«

Howie starrt ins Leere. »Heilige Scheiße«, murmelt sie.

Luther bleibt zögernd in der Tür stehen. Er will etwas Kluges sagen, etwas über den menschlichen Geist. Aber es gibt nichts zu sagen, und es gibt keine Lehren, die man ziehen könnte.

»Beeilen Sie sich«, mahnt er und lässt sie ihre Arbeit machen.

Henry fährt durch das elektrische Tor und parkt den Wagen. Er steigt aus und öffnet den Kofferraum.

Mia liegt zusammengerollt darin.

Sie steht unter Schock und ist gefügig.

Sie schaut zu ihm auf. Er denkt an den müden Blick in den

Augen eines Trainingshundes, die Hingabe, und weiß, dass er das Ketamin nicht brauchen wird.

Aber er hält es trotzdem bereit für den Fall, dass das ein Trick ist. Henry wurde schon öfter ausgetrickst. Henry hat seine Lektion auf die harte Tour gelernt.

Er löst Mias Fesseln und reicht ihr das Würgehalsband. »Sei ein braves Mädchen und leg das an.«

Sie streift sich das Halsband über den Kopf.

Henry zieht einmal sanft, aber bestimmt daran, nur um zu zeigen, dass er das kann. Dann lächelt er, damit es so aussieht, als spielte er nur.

Mias Beine sind steif, und ihr tut alles weh, und sie hat ein schwummeriges Gefühl, als würde nichts von alldem wirklich geschehen. Sie klettert aus dem Kofferraum heraus in den Garten.

Es erscheint ihr unmöglich, dass sie hier sein kann, im ersten Schimmer des Tageslichts, und dass sie in einem riesigen Garten steht, einem der größten Gärten, die sie je gesehen hat, mit einem Mann, der ganz mit getrocknetem Blut bedeckt ist. Er hat Blut in den Haaren, und es ist wie eine dünne, schwarze Schlammschicht auf seinem ganzen Gesicht festgetrocknet. Er hat schwarze Blutkrusten in den Ohrmuscheln und unter den Nägeln.

Als sie das Haus genauer betrachtet, fällt ihr auf, dass es sehr groß, aber schlecht erhalten ist. Es sieht nicht aus wie das Haus eines reichen Mannes. Es sieht aus wie ein Spukhaus. Oder ein Hexenhaus.

»Psssst«, zischt der Mann.

Mia nickt ergeben. Sie weiß, wenn sie einen Mucks macht, wird er an der Kette ziehen, und dann kann sie nicht mehr atmen.

Sie geht neben dem Mann her, folgt ihm dicht an seiner Seite zum Haus.

Er fragt: »Magst du Hunde?«

Mia nickt.

»Gut«, sagt der Mann. »Wir haben viele Hunde.«

Er führt sie ins Haus. Drinnen ist es altmodisch. Holztäfelung und Jagdbilder an den Wänden. Das Glas in den Rahmen ist so verschmiert und staubig, dass man die Bilder kaum sehen kann. Es riecht komisch, als wären die Fenster hundert Jahre geschlossen geblieben und niemand hätte je das Bettzeug gewaschen.

Der Mann führt sie zu einer Tür unter der Treppe. Er zwingt sie, daneben stehen zu bleiben. Dann schiebt er ein paar schwere Eisenriegel zurück, mit denen die Tür verschlossen ist. Er beugt sich in etwas hinein, was Mia für einen Schrank hält, und zieht an einer Schnur, um das Licht einzuschalten. Eine nackte Birne geht an, die oben ganz staubig ist. Der Staub beginnt zu riechen, als die Birne heißer wird.

»Da hinunter«, sagt er.

Mia ist unsicher. Aber der Mann reißt an der Kette, und sie tritt durch die Tür. Es ist kein Schrank. Da sind Treppen, die nach unten führen.

Hier unten ist alles aus Beton, und es hallt.

Dann folgt ein Korridor mit Regalen an den Wänden, Wischmopps und Eimer stehen darin, aber alle Wischmopps sind alt, und ihre grauen Köpfe sind vertrocknet und steif. Die Eimer sind aus verbeultem Metall. Sie riechen wie Desinfektionsmittel im Krankenhaus, ein sauberer Geruch, aber auch ein schmutziger Geruch.

Am Ende des Korridors ist eine Tür.

Die Tür ist mit Eisenriegeln und einem großen, schweren Vorhängeschloss versehen. Der Mann hängt die Schlaufe der Hundeleine über einen großen Haken hoch oben an der Wand. Mia muss sich auf die Zehenspitzen stellen, und das Atmen fällt ihr schwer. Er hat Schwierigkeiten, das Vorhängeschloss zu öffnen und die rostigen Riegel zurückzuschieben.

Hinter der Tür befindet sich ein kleines Zimmer. Es ist so ein Zimmer, mit dem man Mutproben machen würde, wer sich hineintraut, wenn man in einem solchen Haus mit seinen Freunden und seinem Bruder im Urlaub wäre.

Es ist nicht so viel kleiner als ihr Zimmer zu Hause, aber es wirkt viel kleiner, weil es keine Fenster hat. Überall sind Spinnweben, und in den Spinnweben hängen winzige, vertrocknete schwarze Käferhüllen. Es gibt nur eine Glühbirne, und die leuchtet so kränklich gelb, dass sie den Raum dunkler, nicht heller erscheinen lässt.

Der Mann nimmt die Schlaufe vom Haken und sagt: »Rein mit dir.«

Sie sagt ihm, sie kann nicht, daraufhin zerrt er an der Würgekette, bis alles um sie herum rot wird. Dann schiebt er sie sanft hinein.

Da steht ein niedriges Bett mit einer feuchten, grauen Decke und einem dünnen Kissen wie dem, auf dem Mia einmal im Frankreichurlaub schlafen musste, nur dass dieses Kissen keinen Bezug hat, und es ist voll mit großen, gelben Kreisen, Flecken, die sie an Hautkrankheiten erinnern.

»Setz dich«, sagt der Mann.

Sie setzt sich auf den Rand des widerlichen Bettes. Sie bekommt so heftige Gänsehaut, dass es sich anfühlt, als würde ihre Haut über ihre Knochen kriechen wie eine Raupe über einen Baum. Sie wagt einen Blick in eine Ecke, und in der Ecke ist ein kleines Bücherregal, und in dem Bücherregal stehen ein paar Bücher.

Es sind Kinderbücher: *Winnie Puuh baut ein Haus, Der geheime Garten, Ein Tiger kommt zum Tee.* Die Bücher sind sehr alt und haben Eselsohren, und ein paar Seiten sind lose. Als sie die Bücher sieht, steigt Panik in ihr auf. Sie wirft einen Blick zur offenen Tür und macht eine Bewegung, und der Mann gibt ihr eine Ohrfeige.

Sie bleibt auf der Bettkante sitzen. Sie kann nicht sprechen.

Der Mann geht in die Hocke. Er kommt mit seinem Gesicht ganz nah an ihres heran. Sie kann seinen Atem riechen. Er fragt: »Hast du Hunger?«

Sie schüttelt den Kopf.

»Durst?«

Sie nickt.

»Ich hol dir gleich Wasser. Okay?«

Sie nickt.

»Pass auf. Ich weiß, dass du jetzt Angst hast. Die letzte Nacht war für uns alle sehr aufregend, nicht wahr?«

Sie weiß nicht, was sie sagen soll. Sie antwortet: »Das stimmt.«

»Braves Mädchen«, sagt er. »Ich weiß, das hier ist nicht das hübscheste Zimmer der Welt, aber du wirst dich bald daran gewöhnen.«

Mia schluckt. Ihre Kehle ist trocken. Mit zittriger Stimme fragt sie: »Was meinen Sie damit?«

»Na ja. Das ist jetzt dein Zuhause.«

»Ich will nicht, dass das mein Zuhause ist.«

»Ich verstehe, wie du dich jetzt fühlst«, sagt der Mann. »Und du wirst dich noch ein Weilchen so fühlen. Aber das wird sich bald ändern, und dann wird es dir hier gefallen. Und sobald es dir ein kleines bisschen gefällt, darfst du nach oben kommen, ein wenig fernsehen. Magst du fernsehen?«

»Ja«, antwortet Mia.

»Gut«, sagt der Mann. Dann sieht er sie so an, als hätte er sie lieb und wäre froh, dass sie zu Hause ist. Davon macht sie sich noch einmal nass. Der dunkle Fleck breitet sich über die ganze Decke aus.

»Mach dir deswegen keine Sorgen«, sagt der Mann. »Das trocknet bald.«

Er schließt die Tür und Mia hört, wie der Riegel quietschend vorgeschoben wird.

Sie sitzt still da, hält sich an der Bettkante fest. Sie hat zu viel Angst, um sich zu bewegen. Sie kann nicht einmal denken. Als sie den Kopf dreht, sieht sie das Bücherregal in der Ecke, und seine Bedeutung schwillt in ihr an, bis der Gedanke zu groß für ihren Kopf ist.

Eine Stunde später, oder fünf Minuten, kommt er zurück. Sie hört, wie die Tür unter der Treppe aufgeht, seine Schritte auf den Betonstufen. Dann das fürchterliche Kreischen des rostigen Riegels und der Türangel, und er steht in der Tür.

In einer Hand hält er einen Eimer.

Er reicht ihn ihr. Er sagt: »Da kannst du dein Geschäft rein machen. Aber wenn du genau hinguckst, findest du ein Geschenk darin.«

Sie starrt in den blauen Plastikeimer. Darin sitzt ein winziges Kaninchen. Es zittert. Sie greift hinein, um es hochzuheben. Es dreht sich im Eimer herum und beißt sie in den Finger.

Sie zieht ihn schnell zurück. Sie mustert das Kaninchenbaby, das verängstigt in seinem runden, blauen Gefängnis kauert.

»Lass es einfach noch ein bisschen da drin«, sagt der Mann. »Und dann kipp den Eimer um. Lass es herumschnüffeln und sich an den Ort gewöhnen. Danach könnt ihr beste Freunde werden. Würde dir das gefallen?«

Sie nickt, weil sie zu viel Angst hat, um es nicht zu tun.

»Lächle mal«, sagt der Mann. »Ich hab dir eben ein Geschenk mitgebracht.«

Sie lächelt.

»Das ist gut«, sagt der Mann. »Wie willst du ihn nennen?«

»Weiß nicht.«

»Er muss einen Namen bekommen«, sagt der Mann.

Mia fallen keine Namen ein. Ihr fallen überhaupt keine Wörter ein. Aber sie will dem Mann gehorchen. Sie blickt verzweifelt zum Bücherregal.

»Peter«, sagt sie.

»Wunderbar«, antwortet der Mann. Dann fährt er fort: »Gut, du und Peter, ihr habt eine lange Nacht hinter euch. Wie wär's, wenn ihr jetzt ein Nickerchen macht?«

»Okay.«

»Wenn du Pipi oder Aa musst«, sagt er, »mach in den Eimer, okay?«

»Okay.«

»Ich besorg dir morgen eine richtige Toilette. So eine wie in einem Wohnwagen. Das wär doch was.«

»Ja«, antwortet sie.

»Gut«, sagt der Mann. »Dann gute Nacht.«

»Gute Nacht.«

Der Mann bleibt zögernd in der Tür stehen, er scheint noch über etwas nachzugrübeln. Dann fragt er: »Magst du Babys?«

»Ja«, antwortet Mia.

»Willst du ganz viele Babys haben, wenn du groß bist?«

»Ja«, sagt Mia.

»Gut«, antwortet der Mann.

Er schließt die Tür und verriegelt sie und geht hinauf und schließt und verriegelt auch jene Tür.

Und hier drin stinkt es nach schimmeligen Decken und muffiger Luft und den alten Büchern, die den Geruch von Alter und Verfall in sich tragen. Mia weiß, dass sie die Bücher nie aufschlagen wird, nicht einmal wenn ihr sterbenslangweilig ist, denn sie weiß, dass schon viele Kinder vor ihr in diesen Büchern geblättert haben. Es könnten Zeichnungen von einer anderen Kinderhand drin sein, und das könnte sie nicht ertragen.

Mia sitzt auf dem Bett und schaut hinunter auf das Kaninchen. Seine Schnauze zuckt, beschnüffelt äußerst wachsam seine Umgebung.

Sanft kippt Mia den Eimer um. Dann zieht sie sich zentimeterweise aufs Bett zurück, lehnt den Rücken an die kalte Wand und versucht, sich weder zu bewegen noch zu atmen, und konzentriert sich ganz auf das Kaninchen.

Nach langer, langer Zeit bewegt der Eimer sich leicht auf dem kalten Boden. Sie kann die Schnauze des Kaninchens sehen, wie sie am Rand des Eimers herumschnuppert.

Dann streckt das Kaninchen den Kopf heraus und schaut sich um. Seine Augen sind wässrig braun.

Das Kaninchen schießt so schnell aus dem Eimer, dass Mia hochschreckt und einen kurzen Schrei ausstößt.

Das Kaninchen schießt in die Ecke unter dem Bett. Dort bleibt es starr vor Schreck sitzen.

Mia weiß, dass sie es nicht stören darf. Sie weiß, dass sie ihm Zeit lassen muss. Sie beginnt langsam die Kruste an ihrem Knie abzukratzen. Sie singt ein Lied. Es ist ein fröhliches Lied, das sie an fröhliche Zeiten erinnert. Aber an fröhliche Zeiten zu denken, ist wie in den Bauch geboxt zu werden. Sie weiß nicht, was sie tun soll.

Mia verstummt. Sie rollt sich auf dem Bett zu einer Kugel zusammen. Sie steckt den Daumen in den Mund.

Während sie daran nuckelt, schläft sie ein.

## 22

Zoe stützt sich im Bett auf, fühlt sich gerädert und wie betäubt. Sie war die ganze Nacht wach und hat versucht, nicht daran zu denken.

Sie gibt auf, greift nach ihrem Laptop. Öffnet eine Nachrichten-Website.

*Mutmaßlicher Kidnapper von Mia Dalton,* hört sie in einem Video. *Mord an Familie Dalton. Zweiter Einbruchsmord innerhalb von zwei Tagen. Kein Kommentar zu vermuteter Verbindung zum Mörder von Sarah und Tom Lambert und zur Entführung des Babys Emma Lambert. London unter Schock. DCI John Luther.*

Und da ist John. Winzig auf dem Laptopbildschirm. Wie er im Nieselregen von einem Tatort davonstürmt, seinen Mantel zuknöpft, ein großer Mann mit großen Schritten.

Zoes Handy lädt an der Wand. Sie greift danach und ruft John an.

»DCI Luther«, meldet er sich.

»John«, sagt sie. »Ich bin's.«

Eine Pause folgt. Er beendet sie mit den Worten: »Nicht jetzt.« Er legt auf.

John hat sich schon oft seltsam verhalten: zerstreut, ausweichend, deprimiert, wild. Aber er war noch nie abweisend.

Er sagt immer, wie merkwürdig er es findet, dass Leute zu Fremden höflicher sind als zu den Menschen, die sie lieben. Er gibt sich Mühe, Zoe zuvorkommend zu behandeln, ist stolz darauf, und sie liebt das an ihm.

Liebte das an ihm.

In dem Moment weiß Zoe, dass es wirklich vorbei ist. Als John in die Vergangenheit rutscht.

Luther tritt aus der Wache und eilt über die Straße. Howie lehnt mit verschränkten Armen an seinem Auto, wartet im Regen.

Sie reicht ihm einen braunen Umschlag.

Er öffnet ihn. Regen tropft auf das Papier.

Er überfliegt das Blatt, dann schaut er auf. »Ich war noch nie in Swindon. Wie weit ist es?«

»Etwa hundert Kilometer. Ich fahre.«

Er zögert mit dem Einsteigen.

Er fragt: »Isobel, sind Sie sicher, dass Sie mit der Sache einverstanden sind?«

Sie kann ihm nicht in die Augen sehen. »Ja, wenn Sie sicher sind, dass Sie richtig liegen.«

»Ich liege richtig.«

»Dann bin ich sicher. Steigen Sie ein.«

Er hält einen Finger hoch.

»Noch einen Anruf«, sagt er.

Howie setzt sich ins Auto und startet den Motor.

Ihr ist schlecht.

Luther ruft Ian Reed an.

»Was gibt's?«, fragt Reed.

Er ist benommen. Er hat geschlafen. Einen Augenblick lang bringt dieser Gedanke Luther durcheinander. Ihm wird bewusst, dass er und Reed innerhalb der wenigen Tage, die sie getrennt waren, irgendwie in verschiedene Welten geglitten sind.

»Na, wie sieht's aus?«, fragt Reed.

»Kompliziert. Wie geht's deinem Hals?«

»Besser.«

»So viel besser, dass du arbeiten kannst?«

»Muss ich?«

»Kumpel«, sagt Luther. »Ich brauche dich dringend. Ich saufe hier ab.«

»Lass mich nur was anziehen. Wir sehen uns auf dem Revier.«

Luther dankt ihm, dann legt er auf und steigt ins Auto.

Er und DS Howie fahren nach Swindon.

Reed nimmt die weiche Halskrause ab und ruft Teller an, um ihr zu sagen, dass er kommt.

Sie ist zu beschäftigt, um ihm zu danken; sie informiert ihn nur kurz und sachlich über die Lage. Er trinkt eine Tasse Instantkaffee und bindet seine Krawatte.

Er sagt ihr, dass er innerhalb einer Stunde auf der Arbeit sein wird, dann holt er seine Jacke.

Er spült gerade seine Schmerztabletten mit Wasser hinunter, als es unerwartet und penetrant an seiner Wohnungstür klingelt.

Reed öffnet einem wenig gepflegten, bebrillten Mann mittleren Alters. Er strahlt die Zerstreutheit eines Kurators auf der Suche nach Fossilien aus. Reed hat ihn noch nie gesehen, aber er erkennt Detective Superintendent Martin Schenk sofort.

Schenk nimmt seine etwas alberne Mütze ab. Ein paar Haare sind elektrisiert und stehen nach oben. Er grinst Reed schüchtern an. »DCI Reed?«

»Steht vor Ihnen, Chef.«

»Sie sehen sehr gut aus, wenn man die Umstände bedenkt.«

»Es geht so. Ich will wieder zur Arbeit.«

»Ganz recht, ganz recht.« Schenk dreht die Mütze in den Händen, als wäre er nervös. Schenk ist nicht nervös. »Das war eine sehr ereignisreiche Nacht«, sagt er. »Für Ihre Kollegen.«

»Das habe ich gehört«, antwortet Reed. »Deswegen bin ich aufgestanden. Alle Mann an Deck.«

»Einer der Verursacher dieser Ungeheuerlichkeit«, sagt Schenk, »ist auf der Intensivstation, soweit ich weiß.«

»Anscheinend. Der Sohn.«

»Mit bewaffneten Wächtern.« Schenk schüttelt den Kopf, wie um den Zustand der Welt zu beklagen. »Sie packen also mit an?«

»Ich kann gehen«, sagt Reed. »Ich kann einen Telefonhörer halten. Das tatsächliche Rumgerenne werde ich anderen überlassen.«

Schenk nickt bewundernd. Die Bewunderung ist echt. Er fragt: »Würde es Ihnen etwas ausmachen, wenn wir uns vorher kurz unterhalten?«

»Theoretisch nicht, Chef«, antwortet Reed. »Aber praktisch ist es nicht der günstigste Zeitpunkt.«

»Absolut. Vermutlich habe ich deshalb solche Schwierigkeiten, Detective Superintendent Teller zu erreichen. Wenn ich ein paranoider Mensch wäre, würde ich denken, sie weicht mir aus.«

»Na ja, sie ist ziemlich im Stress.«

»Absolut. Es ist nur ... wir müssen dringend ein paar Dinge aufklären.«

»Wie gesagt«, erwidert Reed. »Ich weiß nicht, wer mich überfallen hat. Es ging ...«

»Alles sehr schnell. Absolut. Das haben Sie bereits erklärt. Absolut.«

»Worum geht's dann?«

»Kennen Sie einen Burschen namens Julian Crouch?«

»Ja, ich weiß, wer das ist. Hab von ihm gehört. Er ist ein mieses Arschloch. Verzeihen Sie meine Ausdrucksweise.«

»Ach, ich bin schon seit Urzeiten Bulle«, sagt Schenk. »Es gibt nicht viele Ausdrücke, die ich noch nicht gehört habe. Ich hab schon Leute wie Julian Crouch eingelocht, als es noch ›Polente‹, ›knorke‹ und ›Nostrils‹ hieß.«

*Nostrils* ist britischer Siebzigerjahre-Slang für eine abgesägte Schrotflinte. Reed gefällt die Bemerkung, und er beginnt, Schenk zu mögen.

Er hat Angst davor, Schenk zu mögen.

»Also, was ist mit ihm?«, fragt Reed. »Julian Crouch. Was hat er zu melden?«

»Dass Sie ihn bedroht haben.«

»Wann?«

»Letzte Nacht.«

»Was Alibis anbelangt, habe ich ein ziemlich gutes.«

»Nun, er hat angedeutet, dass es möglicherweise nicht Sie *persönlich* waren.«

»Wen hab ich dann geschickt? Meinen Dad?«

Schenk lächelt betrübt. »Jemand hat heute Morgen Mr Crouchs Wagen in Brand gesteckt.«

»Jemand hat was?«

»Seinen Wagen in Brand gesteckt. Einen Jaguar. Oldtimer.«

Reed lacht. Weiß, dass er das nicht tun sollte, kann sich aber nicht beherrschen. »Wann?«

»Vor etwa vier oder fünf Stunden.«

Das Lachen muss ansteckend sein, denn Schenk lächelt ihn so breit und offenherzig an, dass es beinahe schön aussieht.

»Sehen Sie«, sagt Reed, als er sich wieder beruhigt hat. »Der Typ ist ein Dreckschwein. Er hat sich mehr Feinde gemacht, als Sie und ich zusammen. Es könnte jeder gewesen sein. Außerdem bin ich Bulle. Ich lauf nicht rum und fackle Leuten die Autos ab.«

»Der, ähm, Bursche, der das Auto angezündet hat …«

»Hat Crouch ihn gesehen?«

»Aber ja. Hab ich das nicht erwähnt?«

»Nein. Den Teil haben Sie ausgelassen.«

»Tut mir leid«, sagt Schenk. »Ich bin durcheinander. Wenn ich so früh morgens einen Anruf bekomme, geht bei mir alles drunter und drüber, solange ich nicht ordentlich gefrühstückt habe.

Und alle anständigen Cafés schließen. Ist Ihnen das schon aufgefallen? Man will ein komplettes englisches Frühstück, aber heutzutage heißt es immer nur *niedriger GI* hier und *gutes Cholesterin* da. Man kann so was kaum noch Frühstück nennen. Ein Bulle braucht was anständig Frittiertes. Aber sagen Sie das bloß nicht meiner Frau.«

»Wie dem auch sei«, unterbricht ihn Reed.

»Ja«, sagt Schenk. »Tut mir leid.« Er holt sein Notizbuch hervor, leckt am Ende eines Bleistiftstummels. »Nun, ich werde Mr Crouchs rassistische Formulierungen nicht wiederholen, aber er beschreibt einen sehr großen Schwarzen – *verdammte zwei Meter*, so hat er sich, glaube ich, ausgedrückt. Trug einen langen Mantel. Möglicherweise Tweed.«

»Und …?«, fragt Reed.

»Nun«, fährt Schenk fort, während er das Notizbuch einsteckt, weiterhin so tut, als wäre das keine Showeinlage gewesen. »Ich weiß, dass Sie und ein DCI John Luther einander sehr nahe stehen. Und diese Beschreibung, verzeihen Sie, wenn ich falsch liege, aber klingt sie für Sie ebenso sehr nach DCI Luther wie für mich?«

»Da bin ich mir nicht sicher«, antwortet Reed.

»Aber sie schließt ihn auch nicht gerade aus, nicht wahr?«

»Das war nicht John.«

»Woher wissen Sie das?«

»Weil John nach einer Woche, wie er sie gerade durchgemacht hat, ganz bestimmt keine Zeit dafür hat, rumzulaufen und die Autos von irgendwelchen Leuten anzuzünden.«

»Nicht einmal, um einen schweren Angriff auf einen alten Freund zu rächen?«

Jetzt schweigt Reed. Er weiß, dass er darauf besser nicht antwortet.

»Bullen reden«, sagt Schenk. »Es ist allgemein bekannt, dass Crouchs Handlanger Sie zusammengeschlagen haben.«

»Klatsch ist nicht das Gleiche wie ein Beweis. Ich weiß nicht, wer mich zusammengeschlagen hat. Und John würde bestimmt nicht die Gesetze übertreten, nur weil jemand irgendwas behauptet.«

»Und da sind Sie sicher?«

»Er liebt seinen Job«, sagt Reed, »er würde ihn nicht wegen so etwas aufs Spiel setzen. Das passt nicht zu ihm.«

»Aber wie Sie selbst sagen, hat er eine traumatische Zeit hinter sich. Wer könnte es einem Mann zum Vorwurf machen, wenn er an so einem Tag ein bisschen über die Stränge schlägt?«

»Am besten«, sagt Reed, »sprechen Sie mit seiner Frau. Ich bin sicher, sie kann Ihnen sagen, wo er war.«

»Das habe ich vor. Zoe, nicht wahr?«

»Ja«, antwortet Reed. »Zoe.«

»Und wie steht es mit Zoe und John?«

»Was meinen Sie damit?«

»Na ja. Eine Ehe mit einem Bullen – das kann schwierig sein. Das wissen wir alle.«

»Da sagen Sie was«, antwortet Reed.

Schenk wirft ihm einen lammfrommen, scherzhaften Blick zu, der andeutet, dass er gerne noch mehr dazu sagen würde, wenn er die Gelegenheit hätte.

»Nun, wie auch immer«, lenkt Schenk ein. »Ich bin sicher, es ist nichts.«

Er meint das genaue Gegenteil.

Reed sieht ihn an. Leuchtend blaue Augen in einem blassen Gesicht. »Ich möchte nicht unhöflich sein«, sagt er, wobei er auf die Tür deutet.

»Ach du lieber Himmel«, ruft Schenk aus. »Wo bin ich nur mit meinen Gedanken? Kann ich Sie in meinem Wagen mitnehmen? Meinen Teil beitragen?«

»Danke, aber ich komme schon klar.«

»Bei dem Schleudertrauma?«

»Ehrlich, mir geht's gut. Codein. Ich schwöre darauf.«

»Darf ich Sie dann wenigstens zu Ihrem Auto begleiten?«

Er begleitet ihn den ganzen Weg zum Auto und bleibt am Bordstein stehen, bis Reed sich in den Verkehr einreiht.

Christine James wird von lautstarkem Hämmern an der Haustür geweckt. Zuerst denkt sie, die Nachbarn haben mal wieder Krach. Sie dreht sich um, zieht sich die Decke über den Kopf, ignoriert es.

Aber da ist es schon wieder. Als würde jemand mit einem Vorschlaghammer gegen die Tür hauen. Dann eine Stimme.

»Christine? Christine James?«

Blinzelnd zieht Christine die Decke hinunter und ruft laut: »Wer ist da?«

»Detective Chief Inspector John Luther von der Serious Crime Unit in London. Ich muss dringend mit Ihnen sprechen.«

»Weswegen?«

»Öffnen Sie bitte die Tür.«

Christine steht auf. Sie überlegt, hinunterzugehen. Stattdessen zieht sie die Vorhänge zurück.

Sie sieht eine hübsche, rothaarige junge Frau, die mit verschränkten Armen an der Motorhaube eines alten Volvo lehnt.

Christine hat genug Zeit mit der Polizei verbracht – mit Opferschutzbeamten, Kriminalbeamten, Pressesprechern, dem ganzen Rest.

Sie erkennt sie sofort.

Sie öffnet das Fenster, streckt den Kopf hinaus und beugt sich vor, um hinunterzuschauen. Ein großer, schwarzer Polizist steht vor der Tür, blickt zu ihr herauf.

Die Straße ist still. Es ist eine hübsche Straße. Christine hat nette Nachbarn. Sie hat ein angenehmes Leben, einen recht guten Job in der Zentrale von *WH Smith*. Sie hat es weit gebracht.

Sie hat dieses Gefühl im Bauch, ganz tief in ihr drin.

Es ist wie alle anderen großen Ereignisse im Leben: der erste Schultag, der erste Kuss, das erste Mal, der erste Arbeitstag, der Hochzeitstag. All diese Tage erwartet man sehnsüchtig, spielt sie in Gedanken durch, malt sie sich wieder und wieder und wieder aus. Aber wenn der Tag kommt, ist er nie so, wie man ihn sich vorgestellt hat.

Jahrelang wurde Christine von einer Mitarbeiterin der *Elise-Fox-Stiftung* betreut. »Es wird vielleicht nie zu einer Aufklärung kommen«, hatte die Frau ihr gesagt, »damit müssen Sie rechnen. Und wenn doch, dann ist das Ergebnis vielleicht nicht so, wie Sie es sich erhoffen. Damit müssen Sie ebenfalls rechnen.«

Daraufhin hatte Christine geweint, denn die Frau war freundlich und hatte selbst einiges durchgemacht.

Aber die Frau hatte gewusst, dass Christine trotzdem von diesem Tag träumen würde. Das war etwas ganz Natürliches, einfach eine Art, mit dem Nichtwissen fertig zu werden.

Christine weiß, dass dies der Tag ist.

Es ist sechs Uhr morgens, und sie lehnt sich aus dem Schlafzimmerfenster, und ein großer Polizist beugt den Kopf nach hinten, um zu ihr heraufzuschauen, und sagt mit einer leisen, tiefen Stimme, einer schönen Stimme: »Ms James. Es ist sehr wichtig.«

»Ich bin in einer Minute unten«, antwortet Christine. »Ich muss mir nur was anziehen.«

Zehn Minuten später sitzt sie hinten in einem Polizeiwagen, der mit Blaulicht und Sirene nach London rast.

Die rothaarige junge Frau fährt schneller, als Christine je gefahren ist. Eine Weile ist ihr deshalb übel.

Dann wird ihr bewusst, dass ihr nicht wegen der Geschwindigkeit übel ist. Es ist nur die alte, vertraute Übelkeit, eine so alte Feindin, dass sie schon fast eine Freundin ist.

Reed fährt fast einen Kilometer durch den immer dichter werdenden Verkehr, bevor er sich sicher genug fühlt, um Luther anzurufen.

»Na, alles klar?«, ruft Luther am anderen Ende der Leitung.

Reed kann das heulende Einsatzhorn hören. »Wo bist du?«, fragt er.

»Gerade auf der M25.«

»Und was machst du?«

»Zeugentransport.«

»Kannst du jetzt reden?«

»Worüber?«

»Jemand hat letzte Nacht Julian Crouchs Wagen abgefackelt«, sagt Reed. »Großer schwarzer Kerl. Tweedmantel.«

»Das ist aber schade«, ruft Luther. »Ich hab's nicht so mit Autos, aber das Ding war schick. Das war ein schickes Auto.«

»Also«, sagt Reed. »Jemand von der Beschwerdestelle war bei mir.«

»Jetzt schon?«

»Tja.«

»Wer kümmert sich um den Fall?«

»Martin Schenk. Kennst du ihn?«

»Ich kenne seine Arbeit.«

»Ich auch. Er ist kein Hund, den man gerne hinter sich herschnüffeln hat.«

»Ist er nicht, was? Scheiße.«

Reed stellt sich vor, wie Luther sich am Kopf kratzt und darüber nachdenkt, während die Londoner Außenbezirke an ihm vorbeirauschen, das Auto mit Blaulicht und Sirene über die Autobahn rast.

»Also«, sagt Reed. »Sobald Schenk irgendein Bulle über den Weg läuft, auf den Crouchs Beschreibung passt, steckt dieser Bulle mächtig in der Scheiße.«

»Auch wenn er beschäftigt ist?«

»Wenn er im Verdacht steht, herumzulaufen und Jaguar-Oldtimer abzufackeln, ist es egal, wie beschäftigt er ist.«

»Aber wenn sie sich den falschen Bullen vornehmen«, sagt Luther, »wäre das nicht gut für Mia Dalton.«

»Wie kommst du mit der Sache voran?«

»Ich bin nah dran. Ich kann es schaffen.«

»Okay«, sagt Reed. »Also muss Crouch seine Meinung darüber ändern, was er gesehen hat.«

»Allerdings«, sagt Luther. »Kannst du dich darum kümmern?«

»Ich kann's versuchen.«

»Wunderbar. Und wo ist Schenk jetzt?«

»Das ist es ja. Er ist unterwegs zu Zoe, um mit ihr zu reden.«

»Scheiße.«

»Tja«, sagt Reed. Dann fügt er hinzu: »Ich sag dir eins, wer auch immer Crouchs Wagen angezündet hat, ich glaube, er war nicht ganz bei Trost.«

»Das glaub ich auch«, sagt Luther. »Ich glaube, er hatte vermutlich einen schlechten Tag.«

»Das hatte er vermutlich.«

»Kannst du mir Schenks Nummer schicken?«

»Ist schon unterwegs.«

Reed legt auf, beginnt im Fahren eine SMS zu tippen.

Luther legt auf. Er dreht sich zu Howie. »Halten Sie bitte an.«

Sie wirft ihm einen Blick zu: *Sie machen Witze.*

»Es ist wichtig«, sagt er. »Dauert nur zwei Minuten.«

Howie fährt auf den Standstreifen.

Christine James sitzt hinten, reißt die Augen auf und sieht verwirrt aus.

Howie wirft ihr einen beruhigenden Blick zu.

Dann dreht Luther sich zu ihr um. Er fragt: »Dürfte ich vielleicht Ihr Handy ausleihen? Es dauert nicht lang.«

Christine blinzelt ihn an. Als könnte dieser Morgen noch seltsamer werden. Dann wühlt sie in ihrer Handtasche und reicht Luther ein zerkratztes, rosafarbenes Klapp-Motorola.

Luther geht im morgendlichen Regen auf dem Standstreifen auf und ab. Er ruft Schenk von seinem eigenen Handy aus an.

Schenk hebt schnell ab, bellt als Begrüßung seinen Namen.

Luther kann hören, dass er am Steuer sitzt und über die Freisprechanlage telefoniert.

»Hallo«, sagt Luther. »Hier DCI Luther. Man hat mich gebeten, Sie anzurufen.«

»DCI Luther! Danke, dass Sie sich so schnell bei mir melden.«

»Kein Problem. Wie kann ich Ihnen helfen?«

»Nun, es ist eigentlich kaum der Rede wert.«

Luther zwingt sich, das unkommentiert zu lassen. Er wartet zwei oder drei Sekunden, betrachtet den Verkehr auf der Autobahn, dann fragt er: »Also, was kann ich für Sie tun?«

»So nichtig die Sache auch ist, ich würde doch gerne von Angesicht zu Angesicht mit Ihnen sprechen.«

»Dann machen wir das. Wo sind Sie jetzt?«

»Unterwegs nach Peckham.«

»Könnten Sie dann einen Umweg machen? Ich bin in der Nähe der Wache. Können Sie hierherkommen?«

»Nun«, antwortet Schenk. »Ja, das könnte ich. Aber ich muss unbedingt noch diesen einen Besuch machen.«

»Ich kann nicht versprechen, dass ich später noch hier bin«, sagt Luther. »Der Tag heute ist ganz schön verrückt.«

»Sicher. Nun, wenn Sie sich in der Hobb Lane etwas Zeit für mich nehmen könnten, wäre ich Ihnen sehr verbunden.«

»Ich versuche es, ich versuche es ganz bestimmt.«

»Dann bin ich bei Ihnen, so bald ich kann.«

Luther legt auf. Er flucht, reibt sich den Kopf, geht auf und ab. Dann ruft er zu Hause an. »Zoe? Ich bin's.«

Zoe klingt müde. Die leichte Orientierungslosigkeit infolge einer schlaflosen Nacht.

»John, hör zu. Ich will nicht streiten.«

»Ich auch nicht«, sagt er. »Vergiss das mit gestern Abend.«

»Wie könnte ich das?«

»So habe ich das nicht gemeint. Ich meine nur, es geht jetzt nicht um gestern Abend. Hör zu, ich hab keine Zeit zu reden. Nicht richtig. Also mach ich's kurz, okay?«

»Na los.« Schon weniger müde. Eine warnende Spitze in der Stimme wie ein behauener Feuerstein.

»Ich muss dich um einen Gefallen bitten«, sagt er. »Keinen schönen Gefallen.«

»Was für einen Gefallen?«

»Zuerst lass mich dir sagen, dass ich dich nicht leichtfertig darum bitte. Ich bitte dich dem kleinen Mädchen zuliebe, Mia Dalton. Du hast sie in den Nachrichten gesehen. Das hast du bestimmt. Es geht um sie. Darum, sie zurückzuholen.«

»Was soll ich machen?«

»Für mich lügen.«

»Wen soll ich anlügen?«

»Einen Polizisten.«

Er erzählt ihr das Nötigste. Und als er fertig ist, seufzt sie. Er kann sie vor sich sehen, barfuß, im Pyjama, wie sie an ihren Haaren zieht.

»Du bist ein Arsch, John«, sagt sie. »Ich meine das ernst. Du bist ein Arsch, mich um so was zu bitten.«

»Ich weiß. Aber machst du's?«

»Hab ich eine andere Wahl?«

Er dankt ihr und legt auf. Dann tätigt er einen letzten Anruf mit Ms James' rosafarbenem Handy. »Boss?«

»Was?«, fragt Teller.

»Was ist mit dem Patienten?«

»Auf der Intensivstation.«

»Bei Bewusstsein?«

»Nein.«

»Okay, hören Sie zu. Ich muss Sie um einen Gefallen bitten.«

»Was denn jetzt?«

»Bitte rufen Sie mich in etwa zwei Minuten an.«

»Warum soll ich das tun?«

»Damit der Anruf registriert wird.«

»Und worum geht's bei dem fingierten Gespräch?«

»Sie beordern mich von der Wache ganz dringend ins Krankenhaus.«

»Und – jetzt wieder in der Realität – warum bitten Sie mich das?«

»Weil die Beschwerdestelle hinter mir her ist.«

»Mein Gott«, sagt sie. »Heute?«

»Heute.«

»Martin Schenk nervt mich schon die ganze Zeit«, sagt sie. »Hat mir Nachrichten hinterlassen. Jetzt weiß ich also, warum. Was haben Sie gemacht?«

»Nichts. Aber wenn Sie mir jetzt nicht helfen, wird Schenk dafür sorgen, dass man mir den Fall entzieht. Das kann ich nicht zulassen. Ich muss Mia Dalton finden. Jetzt. Heute.«

»Falls Sie ein Alibi von mir wollen«, sagt sie, »es wird nicht wasserdicht sein. Sobald die Beschwerdestelle nachhakt, fliegt alles auf. Die ganze Wache ist voller Bullen, die bezeugen werden, dass Sie zur Zeit meines Anrufs nicht da waren. Dann sind wir beide dran.«

»Das weiß ich. Es muss nur ein paar Stunden halten.«

»Warum?«

»Weil der Vorwurf zurückgezogen wird.«

»Okay, stopp, nicht weiter«, sagt sie. »Sagen Sie mir nichts mehr. Machen Sie keine Andeutungen. Geben Sie keine Hinweise. Halten Sie den Mund.«

»Okay. Aber Sie rufen mich an, ja? In zwei Minuten?«

Sie stimmt grummelnd zu. Dann fragt sie: »Von wessen Handy rufen Sie an?«

»Fragen Sie nicht.«

»John, werde ich wegen dieser Sache gefeuert werden?«

»Nein.«

Er legt auf und eilt im Laufschritt zum Auto zurück, duckt sich unter dem Regen. Er gibt Ms James das Motorola zurück, dankt ihr.

Howie fährt los. Reifen quietschen in der Nässe, drehen durch. Das Einsatzhorn heult.

Howie sieht Luther nicht an. Fragt nicht.

Eine Minute später klingelt Luthers Handy.

Er sieht aufs Display: DSU Teller.

Er sagt: »Morgen, Boss. Wir sind unterwegs. Was ist mit dem Patienten?«

# 23

Zoe öffnet einem wenig gepflegten Mann mittleren Alters in einem Mantel die Tür. Schütteres Haar, das die Kopfhaut durchscheinen lässt, ein etwas verwirrter, gutmütiger Blick. »Mrs Luther?«

»Mr Schenk?«

»Nennen Sie mich Martin. Darf ich?«

»Selbstverständlich«, sagt sie und tritt zur Seite. »John hat mir schon gesagt, dass Sie vorbeikommen.«

Schenk stutzt nur eine halbe Sekunde. »Tatsächlich?«

Zoe spürt Verlegenheit in sich emporschießen. »Er hat gerade angerufen«, erklärt sie. »Sie hatten ihm gesagt, Sie wären in der Gegend. Ich vermute, er …«

»Hat eins und eins zusammengezählt.«

Sie lächelt und nickt.

»Nun«, sagt Schenk. »Das ist sein Job. Wo wir schon dabei sind, wie sieht's mit dem vermissten Mädchen aus? Die kleine Mia Dalton. Wissen Sie etwas?«

»Anscheinend stehen sie kurz vor einem Durchbruch. Ich weiß nichts Genaueres.«

»Nun, gebe Gott, dass Sie recht haben.« Er blickt schüchtern über ihre Schulter ins Haus. »Dürfte ich vielleicht? Nur für einen Augenblick.«

»Aber ja. Bitte. Tut mir leid«, antwortet sie.

Schenk folgt ihr mit tropfnassen Füßen in die Küche. Zoe hat Mitleid mit ihm.

»Sehr freundlich von Ihnen«, sagt er hinter ihr. »Ich war die halbe Nacht auf. Und in Ihrem Haus ist es schön warm.«

»Ich bin empfindlich gegen Kälte«, erwidert sie. »War ich schon immer. Ich glaube, ich bin für den Sonnenschein gemacht.«

»Ich auch. Sonnenschein und Rotwein.«

Darüber lächelt sie, denn er sieht nicht aus wie ein Rotweintrinker. Er sieht aus wie ein Guinness- und Whiskytyp.

Sie nimmt seinen Mantel – der Tweed strömt leichten Hundegeruch aus –, sie könnte wetten, er hält Terrier. Er setzt sich auf einen Hocker an der Frühstückstheke, während sie ihnen beiden einen Kaffee einschenkt.

John hatte ihr gesagt, sie solle ein heißes Getränk bereithalten. Dann würde Schenk schneller wieder verschwinden.

»Eine schreckliche Geschichte«, sagt Schenk. »Das arme Kind.«

»Furchtbar. Haben Sie denn auch damit zu tun?«

»Du lieber Himmel, nein. Gott sei Dank.« Er nimmt ihr den Kaffee aus der Hand, dankt ihr. »Viele Beamte leiden sehr darunter.«

»Sie wissen ja, wie es ist mit Polizisten und Kindern.«

»O ja. Aber das ist noch nicht alles. Hat John es Ihnen nicht erzählt?«

»Mir was erzählt?«

»Nun, der Tatort war … ein sehr verstörender Anblick. Polizisten sehen so einiges. Aber manchmal, nun … Viele Leute, die gesehen haben, was John letzte Nacht am Tatort vorgefunden hat, wird das sehr verstört haben. Hat er es Ihnen wirklich nicht erzählt?«

»Er erzählt mir nie etwas. Er findet das respektlos gegenüber den Toten.«

»Das ist bewundernswert.«

»Na ja, er ist ein bewundernswerter Mann.«

»Das habe ich gehört. Viele gute Polizisten loben ihn in den höchsten Tönen.«

»Er ist engagiert. Er arbeitet hart.«

Sie faltet die Hände im Schoß, kämpft gegen den Drang an, ein Stück Küchenrolle in Fetzen zu reißen, imaginäre Fusseln von ihrem Revers zu zupfen.

»Der Mann oder die Männer, die diese Familie abgeschlachtet haben«, beginnt Schenk. »Und die dann dieses arme kleine Mädchen mitgenommen haben. Sie haben mit dem Blut der Opfer eine Nachricht hinterlassen. An der Wand. Das Wort *Bullenschweine*. Wenn man so etwas sieht, kann es schwer sein, damit fertig zu werden. Wahrscheinlich muss John sich danach erstmal freinehmen.«

Sie kann sich nicht beherrschen und lacht laut auf.

»Tut mir leid«, sagt Schenk. »Habe ich da an eine offene Wunde gerührt?«

»Kein Problem«, antwortet sie. »Es ist nur so – na ja, ich versuche schon seit Ewigkeiten, John zu einer Auszeit zu bewegen.«

»Und das will er nicht?«

»Er sagt, er kann sich nicht entspannen.«

»Ah«, sagt Schenk. »Ich war auch mal bei der Mordkommission, muss ich gestehen. Deswegen weiß ich, wie das ist. Ich hab meiner Avril ein paar ziemlich düstere Jahre beschert. In ständiger Sorge zu sein, das ist sehr schwer. Obwohl ich auch Johns Lage nachvollziehen kann – er würde Ihnen gerne alles erzählen, damit Sie es verstehen. Aber andererseits will er Sie auch davor bewahren.«

»Wie lange waren Sie bei der Mordkommission?«

»Fast meine ganze Karriere bei der Polizei über. Bis ich niedergestochen wurde.« Er tut ihre Reaktion mit einem lässigen Wink ab. »Ach, es war verhältnismäßig harmlos. Ein kleiner Pneumothorax. Ein, zwei Tage Krankenhaus. Dann nach Hause zu einer sehr frostigen Mrs Schenk.« Er lacht liebevoll bei der Erinnerung. »Ich sagte zu ihr, okay, ich lasse mich versetzen. Aber du musst wissen, dass man die Beschwerdestelle intern *Schnüffelkommando* nennt. Man wird mich nicht mögen.«

»Was hat sie dazu gesagt?«

»›Ich mag dich genug, um das aufzuwiegen.‹«

»Das ist sehr lieb.«

»Sie ist eine sehr liebe Frau. Sie würden sie mögen.«

»Wie lange sind Sie schon verheiratet?«

»Seit Ewigkeiten.« Er wird rot, dann zeigt er ihr seinen Ehering. Ein einfacher Goldring. »Sandkastenliebe.«

»Ach«, lacht Zoe, »damit kenne ich mich aus. Na ja, sozusagen.«

»Das habe ich gehört! Sie und DCI Luther …«

»Sind seit der Uni zusammen, ja. Woher wissen Sie das?«

»Weil ich mich leider – und ich meine wirklich leider – über Ihren Mann erkundigt habe. Ich mache mir große Sorgen um ihn.«

Da haben wir was gemeinsam, denkt sie.

Sie fragt: »Inwiefern?«

»Nun, wie gesagt. Der psychische Druck. Er verursacht viele Probleme. Bei der geistigen Gesundheit. Bei der Ehe.«

»Seine geistige Gesundheit ist in Ordnung.«

»Nun, das ist gut zu wissen. Und, wenn ich fragen darf, Ihre Ehe …«

Sie sieht ihm in die Augen und weiß, wie gefährlich es wäre, zu lügen. »Die Ehe läuft ziemlich schlecht«, sagt sie.

»Verstehe. Das tut mir sehr leid.«

»Wir werden es überstehen.«

»Nun, das wünsche ich Ihnen von Herzen. Ich frage mich also, ob DCI Luther während dieser Zeit, in der er offensichtlich unter erhöhtem Stress stand, sagen wir mal, mehr getrunken hat als sonst?«

»Er trinkt nicht. Er ist nie wirklich auf den Geschmack gekommen. Manchmal trinkt er am Wochenende ein Bierchen.«

»Nun, das ist gut. Das ist gut zu hören. Und, Mrs Luther …«

»Nennen Sie mich Zoe.«

»Danke. Sie waren schon mehr als liebenswürdig, mich hineinzubitten, obwohl Sie wussten, weshalb ich gekommen bin. Deswegen schmerzt es mich, Ihnen diese Frage stellen zu müssen …«

»Kein Problem«, sagt sie. Ihr Fuß wippt. Sie hält ihn still. »Fragen Sie ruhig. Das ist Ihr Job.«

»Könnten Sie mich darüber aufklären, wo John sich letzte Nacht aufgehalten hat?«

»Na ja, Rose hat ihn nach Hause geschickt.«

»Und wann kam er zu Hause an?«

»So um elf, halb zwölf?«

»Und was hat er gemacht, als er nach Hause kam?«

»Er hat sich aufs Bett gelegt und ist eingeschlafen. Hat nicht mal die Schuhe ausgezogen. Dann, es hat sich angefühlt wie fünf Minuten später, klingelt sein Handy. Es ist Rose. Detective Chief Superintendent Teller. Sie will, dass er zu einem Tatort kommt, vermutlich zu dem, den Sie beschrieben haben. Also steht er auf und schleppt sich hinaus. Er hat mir nichts Genaues gesagt, aber soviel ich weiß, war es letzte Nacht … ziemlich emotional.«

»Und nachdem er um halb zwölf zu Hause war und bis er wieder gegangen ist gegen …«

»Ich habe ziemlich fest geschlafen. Viertel vor drei oder so? Irgendwas um den Dreh.«

»In der Zwischenzeit war er bei Ihnen?«

»Das war er. Ja.«

Er sieht sie lange an mit jenen funkelnden Augen im weichen, säuberlich rasierten Gesicht. Schenkt ihr ein trauriges Lächeln, ein tapferes Lächeln, weil die Welt für sie beide nun mal ist, wie sie ist. »Schön, das freut mich zu hören.«

Sie nickt. Kann nicht sprechen.

Nachdem ein weiterer Moment vergangen ist, schaut Schenk auf die Uhr und sagt: »Ach du lieber Himmel. Ich muss los. Ich bin mit Ihrem Mann verabredet.«

Er nimmt seinen feuchten Mantel, schlüpft hinein.

Zoe fragt: »Was hat er gemacht?«

»Wer?«

»Der Täter«, sagt sie. »Was auch immer John vorgeworfen wird.«

»Es gibt da einen Kerl namens Crouch«, antwortet Schenk. »Eine sehr unangenehme Angelegenheit. Es geht ein Gerücht um – und ich muss betonen, es ist nur ein Gerücht –, dass Crouchs Leute DCI Ian Reed angegriffen haben. Kennen Sie DCI Reed?«

»Er ist ein enger Freund von uns. Ich kenne ihn gut.«

»Selbstverständlich. Nun, sehr spät letzte Nacht hat jemand Mr Crouchs Wagen in Brand gesteckt. Einen Jaguar-Oldtimer. Mr Crouch hat eine Beschreibung des Täters abgegeben. Seine Beschreibung passt genau auf DCI Luther.«

»Ich verstehe.«

»Aber selbstverständlich«, sagt Schenk, »war er es nicht. Weil er zu der Zeit im Bett lag, neben Ihnen.«

Sie lächelt.

»Ich finde schon hinaus«, sagt Schenk. »Bleiben Sie in dieser hübschen Küche. Fern von der Nässe. Da draußen ist es wirklich scheußlich.«

Sie starrt auf den Fleck, wo Schenk gestanden hat, bis sie die Haustür aufgehen, offen stehen, zugehen hört. Und Schenk ist weg.

Sie bleibt in der Küche. Nach einer Minute beginnen ihre

Hände zu zittern. Dann ihre Beine. Sie setzt sich. Zieht an ihrem Haar.

Reed kennt Bill Winingham schon, seit er ein normaler Bulle war. Winingham ist aus Glasgow, nun über sechzig, noch immer zäh und drahtig. Strenger weißer Bürstenschnitt, hageres Gesicht. Ein an den Ärmeln abgewetzter Strickpulli.

Er ist ein anständiger Mann der alten Schule. Er ist Geldwäscher und Reeds langjähriger geheimer Informant. Sie pflegen die Art von Beziehung, auf der gute Polizeiarbeit beruht. Im Lauf von fünfzehn Jahren hat sie sich zu einer Art Freundschaft entwickelt.

Sie treffen sich in einem Café in Shoreditch. Freigelegte Backsteinwände, Edelstahl-Espressomaschinen, alte Resopaltische und -stühle.

Sie setzen sich an einen Ecktisch und plaudern eine Weile. Winingham stellt auf subtile Weise klar, dass er nichts über Pete Black weiß. Reed tut dies mit einem Wink aus dem Handgelenk ab, verscheucht eine Mücke. Dann sagt er: »Na ja, egal. Du musst mir einen Gefallen tun.«

»Was für einen Gefallen?«

»Du weißt doch, um welche Art Gefallen ich dich normalerweise bitte? Legal und einwandfrei und alles?«

»Jep.«

»Tja, diesmal ist es nicht so ein Gefallen.«

Keiner der Männer ändert die Haltung, den Tonfall. Sie sind schon zu lange im Geschäft.

»Also, worum geht's?«, fragt Winingham.

»Ein Freund hat versucht mir zu helfen und ist deswegen in Schwierigkeiten geraten. Jetzt versuche ich ihn aus einer gewaltigen Scheiße wieder rauszuholen.«

Winingham streut Zucker in seinen Kaffee. Rührt um. »Was willst du von mir?«

»Ich brauche Stoff. Und eine Geliehene. Eine richtig schmutzige.«

Er meint eine geliehene Schusswaffe. Es gibt Leute, die illegale Schusswaffen vermieten. Viele der Waffen wurden schon in zahlreichen Verbrechen von zahlreichen verschiedenen Leuten benutzt.

Winingham atmet langsam und tief aus. Nicht um dramatisch zu wirken, sondern nur, um Reed die Größenordnung der Bitte zu verdeutlichen.

Er reißt an dem halb trockenen Plundergebäck auf dem Teller vor sich. »Das ist ein bisschen zu groß für mich.«

Reed beugt sich vor, ergreift Winninghams Ellbogen. »Du hast doch das kleine Mädchen gesehen«, sagt er. »Das Mädchen in den Nachrichten? Das letzte Nacht entführt wurde?«

»Hab ich gehört, jep.«

»Das könnte ihr helfen, Kumpel.«

»Was hast du vor? Willst du jemanden ausstatten?«

»Du weißt doch, dass du das nicht fragen sollst. Komm schon.«

Winingham leckt sich einen Gebäckkrümel von der Fingerspitze. »Ich weiß nicht, Ian. Ich weiß nicht. Das ist viel verlangt. Ich will mit so was nichts zu tun haben.«

»Ich würde nicht fragen, wenn es nicht wichtig wäre.«

»Ich weiß, ich weiß. Aber trotzdem.«

Reed lehnt sich zurück.

Winingham bewegt sich langsam, spricht langsam. Eigenschaften, die ihn langjährige Erfahrung gelehrt hat.

Reed schiebt seinen Stuhl nach hinten und springt auf, marschiert zur Theke. Er bestellt noch zwei Kaffee und eine Flasche

Wasser. Er öffnet die Wasserflasche, während er zum Tisch zurückgeht. Er setzt sich. Er wippt mit dem Fuß und nippt am Wasser. Es ist so kalt, dass es ihn an den Zähnen schmerzt.

Schließlich sagt Winingham: »Okay. Das lässt sich einrichten. Aber es wird nicht billig. Und wir werden's mit ein paar ziemlich harten Typen zu tun kriegen.«

»Geld ist kein Problem.«

»Nein, Ian. Nein, so läuft es nicht. Ich bezahle sie. Du bezahlst mich.«

Ihre Blicke treffen sich.

Reed schraubt den Deckel wieder auf die Flasche, stellt sie auf den Tisch.

»Was meinst du damit?«

»Ich bin da auf ein Schnäppchen gestoßen«, sagt Winingham.

»Kein …«

»Lass mich ausreden, Junge.«

Reed hebt die Hand. Sorry. Sprich weiter.

»Es gibt da einen Kunsthändler«, sagt Winingham. »Einen Kerl namens Carrodus. Betrügt nach Strich und Faden. Er kam vor ein paar Tagen zu mir. Er möchte ein bisschen Kapital verflüssigen. Es transportierbar machen.«

»Wie?«

»In Form von ungeschliffenen Diamanten.«

Reed nickt. Wartet ab.

»Der Grund, weshalb er die Steine will«, erklärt Winingham, »ist, dass nicht alle Bilder, die er verkauft hat, koscher waren. Ein paar russische Oligarchen haben jetzt gut gemachte Fälschungen an den Wänden. Hinzu kommt, dass der Kerl, Carrodus, verliebt ist. Er hat eine sehr schöne junge Frau. Französin. Und er will sich aus dem Staub machen, will da raus. Ein neues Leben beginnen. Und wer kann ihm das schon übel nehmen, hm?«

»Ich verstehe nicht, was der Gefallen sein soll.«

»Ich beschaffe Carrodus die Diamanten«, sagt Winingham. »Ich kassiere meine zehn Prozent.« Er trinkt einen Schluck Kaffee. »Und dann raubt mein Neffe ihn aus.«

Reed antwortet nicht. Er spielt mit einem Zuckertütchen. »So kenne ich dich gar nicht.«

»Ach, es tut niemandem weh«, sagt Winingham. »Mein Neffe könnte keiner Fliege was zuleide tun. Er ist Wirtschaftswissenschaftler, verdammt noch mal. Es ist einfach ein großer Gewinn. Eine einmalige Gelegenheit.«

»Von einem wie großen Gewinn sprechen wir?«

»Maximal acht Millionen.«

Reed sieht ihn an.

»So viel ist maximal drin, vergiss das nicht. Es könnten auch nur sechs sein.«

»Sechs Millionen mindestens? Und keiner wird verletzt?«

»Nein. Und weil wir einem Dieb gestohlene Güter klauen, muss nie jemand was davon erfahren. Am wenigsten deine Leute. Es ist was Hübsches. So ein Gewinn, auf den man ein ganzes Leben lang wartet.«

»Und wer macht den Job?«

»Niemand von hier. Niemand Bekanntes. Wir nehmen einen Freund von meinem Neffen. Amerikaner. Er fliegt her, schaut sich die Houses of Parliament und die Tower Bridge an, knipst ein paar Fotos, macht den Job und verpisst sich wieder nach Arizona oder wohin auch immer.«

Reed schiebt Zuckerkörner auf der Tischplatte hin und her. »Was mache ich dabei?«

»Halt einfach die Ohren offen«, antwortet Winingham. »Vergewissere dich, dass Carrodus nicht den falschen Leuten davon erzählt hat. Und halte die Polizei fern.«

»Und es wird ernsthaft niemand verletzt?«

»Unmöglich. Du solltest meinen Neffen sehen.«

Reeds Herz flattert in seiner Brust. »Dafür bräuchte ich mehr als diesen Gefallen. Ich bräuchte einen richtigen Anteil.«

»Du bekommst einen Anteil. Zweihunderttausend. Eine Geliehene, keine Fragen. Etwas Stoff.«

Winingham bleibt geduldig sitzen. Lässt ihn darüber nachdenken.

Am Ende leckt Reed sich über seine trockenen Lippen und streckt ihm über den Tisch die Hand entgegen.

Uniformierte Polizisten bahnen einen Weg durch die dicht gedrängten Presseleute. Howie parkt nahe am Haupteingang des Krankenhauses.

Sie steigt aus, öffnet die hintere Tür und führt eine verwirrte, fassungslose Christine James durch die automatischen Türen, durchs Foyer, zu den Aufzügen und hinauf.

Vor der Intensivstation stellt sie Ms James die Opferschutzbeamtin Cathy Hibbs vor.

Hibbs führt Ms James in ein ruhiges Zimmer, fragt, ob sie etwas Warmes trinken möchte.

Ms James scheint das nicht zu wissen. Sie ist orientierungslos. Sie blinzelt unentwegt und hat den unschuldigen Gesichtsausdruck eines frühmanifesten Alzheimerfalls.

Sie sagt kein Wort, außer dass sie Hibbs für den Becher Krankenhauskaffee dankt.

Im Foyer suchen Luther und Howie sich eine ruhige Ecke fernab der versammelten Medien.

Luther sagt: »Ich möchte, dass Sie hierbleiben und mich auf dem Laufenden halten.«

»Selbstverständlich. Wohin gehen Sie?«

»Ich bleibe in der Nähe. Ich muss nur ein paar Dinge erledigen.«

»Boss …«, beginnt sie.

»Ich mach das, so schnell ich kann«, sagt Luther.

Es ist ihm ernst. Howie kann die Anspannung in seinen Augen sehen, die dringende Notwendigkeit, etwas zu tun, was sie nicht wissen will, und es schnell zu tun.

Sie fragt nicht. Das hat sie bereits gelernt.

Sie sieht ihm nach, als er davongeht.

## 24

Barry Tongas Frau Huihana betreibt *Frangipani*, einen kleinen Blumenladen in Hackney.

Graues Winterlicht fällt durchs Schaufenster, sättigt die Grüntöne des Blattwerks, scheint die Lilien, Rosen, Tulpen und Chrysanthemen leuchten zu lassen.

Huihana schaut hinter dem Tresen auf, als Reed und Luther hereinkommen. Luther zeigt ihr seinen Dienstausweis und bedeutet ihr, still zu sein.

Die Steinplatten unter seinen Füßen sind feucht.

Huihana tritt zur Seite.

Luther und Reed finden Barry Tonga im hinteren Garten, wo er auf einem iPod Musik hört, während er einen großen Hochzeitsstrauß bindet. Auf dem Tisch vor ihm liegen Gartendraht, Floristenklebeband, elfenbeinfarbene Rosen, Eukalyptuszweige, Perlendrähte und breites Organzaband. Er hat eine Gartenschere in der Hand.

Er schaut die beiden an. Er nimmt einen seiner Ohrstöpsel heraus, lässt ihn herunterhängen. Luther kann ein zischendes

Rauschen hören, das ihm bekannt vorkommt. Er glaubt, es könnte Fleetwood Mac sein, obwohl ihm das unwahrscheinlich erscheint.

»Tag«, sagt Reed.

Tonga nickt. »Wie geht's?«

Reed lässt den Kopf kreisen. »Besser, Barry. Ja. Wie geht's Ihnen?«

»Ganz okay, danke.«

»Gut«, sagt Reed. »Gut, gut, gut.«

Luther tritt vor. Tonga ist einen Kopf größer als er.

»Wir haben's eilig«, sagt Luther. »Also tun Sie mir einen Gefallen, legen Sie den Strauß hin und kommen Sie mit.«

»Warum?«, fragt Tonga. »Wohin gehen wir?«

»In den Wald. Wir prügeln Sie windelweich, schießen Ihnen in den Kopf und schmeißen Sie in den Fluss.« Er zeigt seine Zähne – man würde es nicht lächeln nennen. »Nur Spaß.«

Barry Tonga steht mit der Gartenschere in der Hand da, überragt beide.

Seine Augen huschen von Reed zu Luther. Luther kann immer noch den blechernen Schlagzeugrhythmus aus dem herunterhängenden Ohrstöpsel hören.

Sie legen Tonga Handschellen an und fahren ihn zur Ecke der Meriam Avenue. Reed deutet auf ein niedriges Backsteingebäude. Ehemaliges Bezirksamt. Tongas Wohnung.

Drei Polizeiwagen parken davor.

»Das ist meine Wohnung«, sagt Tonga.

»Ich weiß«, antwortet Reed. »Ich war gerade drin.«

»Was meinen Sie damit? Was geht hier vor? Warum sind hier überall Bullen?«

»Folgendes geht hier vor«, sagt Reed. »Sie haben mich verprügelt, und jetzt geht Ihr Leben, wie Sie es kennen, seinem Ende entgegen.«

»Was soll das heißen?«

»Es heißt, wir haben Sie aus dem Laden Ihrer Frau weggebracht, den etwa fünf Minuten später ein Haufen Bullen gestürmt hat, um Sie zu suchen.«

»Das ist Schwachsinn, Mann. Was hab ich getan?«

»Außer einen Polizisten anzugreifen?«

»Ich hab keinen Polizisten angegriffen.«

Reed lacht, dann dreht er sich auf seinem Sitz um, bringt Tonga mit seiner plötzlichen, schockierenden Härte zum Schweigen. »Dass Sie mich verprügelt haben, gehört zum Spiel dazu, Barry. Aber Sie haben einen alten Mann bedroht, Sie feiges Arschloch. Sehen Sie sich an, wie groß Sie sind. Sie sollten sich schämen. Sie haben seinen kleinen Hund umgebracht.«

Tonga hält Reeds Blick stand, aber nicht lange. Er blickt auf seinen Schoß und rutscht ein wenig auf seinem Sitz herum. Er murmelt etwas über den Hund.

»Was?«, fragt Reed. »Das ist Ihnen peinlich, nicht wahr?«

»Ich will meinen Anwalt.«

»Er will seinen Anwalt«, wiederholt Reed.

Reed und Luther lachen.

»Sie sind nicht verhaftet«, sagt Luther. »Das hier ist eine Entführung.«

»Was meinen Sie damit? Sie sind doch ein Bulle, oder nicht? Ich hab die Dienstmarken und alles gesehen.«

Reed deutet auf die Polizeiwagen vor Tongas Tür. »Wir haben Folgendes getan«, sagt er. »Wir haben einen anonymen Hinweis bei jemandem hinterlassen, der ihn in der Tat sehr ernst genommen hat.«

»Was für einen Hinweis?«

»Dass sich eine schmutzige Waffe in den Räumlichkeiten dort drüben befindet.«

»Da ist keine Waffe«, sagt Barry Tonga. »Nicht in meinem Haus.«

»Ach, ich glaube, Sie werden feststellen, dass da doch eine ist«, erwidert Reed. »Eine, die schon bei einer Reihe von Verbrechen eingesetzt wurde. Darunter zwei Schießereien.«

Er genießt den Schweiß auf Tongas Stirn.

»Abgesehen von der Waffe«, fährt Reed fort, »wird man auch einige Gramm Heroin finden. Genug für die Annahme einer Handelsabsicht. Dafür landen Sie ein ganzes Weilchen im Knast. Lange genug, dass Ihre Frau sich einen anderen suchen kann, der ein Talent für Organza hat.«

»Das ist Scheiße, Mann«, sagt Tonga. »Das ist Scheiße. Das ist Korruption. Das ist falsch.«

»Vollkommen«, bestätigt Luther.

Tonga lehnt sich zurück. Das Auto schaukelt auf seinen Federn. Er sieht sie mit gesenktem Kopf von unten an.

»Also, was wollen Sie?«

»Dass Sie unseren Chefs erzählen, Sie hätten für uns gearbeitet. Inoffiziell.«

»Als was?«

»Als Spitzel.«

»Ich bin kein Spitzel.«

»Nein. Aber Sie tun so.«

»Und was habe ich davon?«

»Dann beschützen wir Sie«, antwortet Luther.

»Aber was heißt das, Sie beschützen mich? Wovor beschützen Sie mich?«

»Vor uns.«

»Wie?«

»Sie geben zu, dass Sie den alten Mann bedroht haben«, erklärt Reed. »Sie sagen, Sie haben auf Julian Crouchs Befehl gehandelt.«

Tonga sieht, wie zwei Beamte von der Spurensicherung aus seiner Wohnung kommen. Einer von ihnen reicht einem uniformierten Sergeant einen Beweisbeutel.

»Okay, das kann ich machen«, sagt Tonga. »Damit hab ich kein Problem. Crouch ist ein Arsch. Aber die Waffe. Eine Waffe ist ein dickes Ding. Sie können keine Waffe wegzaubern.«

»Tja, das ist das Schöne daran«, erwidert Luther. »Sie sagen, Crouch hat Ihnen die Waffe gegeben. Sie haben sie gestern zum ersten Mal gesehen.«

»Ja, aber warum sollte er das tun?«

»Weil er wollte, dass Sie den Alten aus dem Weg räumen.«

»Aus dem Weg räumen? Also umbringen?«

Luther nickt.

»Den alten Knacker?«

Luther nickt.

»Crouch?«

Luther nickt.

»Den Mumm hat er nicht. Der Typ ist ein Weichei.«

»Spielt keine Rolle.«

»Und das tun Sie ernsthaft für ihn? Für den alten Knacker?«

»Jep«, antwortet Reed.

»Waffen deponieren, Drogen deponieren, einen Zeugen zur Falschaussage zwingen?«

»Jep«, antwortet Reed.

»Das ist Fairplay«, sagt Barry Tonga. »Das respektiere ich.«

»Nett von Ihnen«, erwidert Luther. »Beeilen Sie sich. Ja oder nein.«

»Aber Sie können mit so einem Scheiß nicht durchkommen. Das geht nicht.«

Luther schreit wütend auf und schlägt mit der Hand aufs Armaturenbrett.

Das Handschuhfach springt auf, spuckt alte Zeitungen und zerdrückte Getränkebecher aus.

Tonga zuckt zusammen.

Luther startet den Motor.

»Warten Sie!«, ruft Tonga. »Wo wollen Sie hin?«

»Da rüber«, antwortet Reed und zeigt auf die Polizisten vor Tongas Wohnung.

»Was? Warum?«

»Um Sie auszuliefern, Barry. Sie werden gesucht. Und wir haben's eilig. Wir können nicht den ganzen Tag hier rumhängen und warten, bis Sie es sich überlegen.«

»Hey«, sagt Tonga. »Jetzt mal langsam.«

Luther stellt den Motor nicht ab, aber er fährt auch nicht los. Er fragt: »Was? Ich hab keine Zeit, hier rumzutrödeln.«

»Wenn ich helfe«, fragt Tonga, »ist das alles? Keine weiteren Schikanen?«

»Keine weiteren Schikanen«, antwortet Reed.

»Was ist mit Kidman?«

»Werden Sie gegen ihn aussagen?«

»Wegen?«

»Verabredung zum Mord.«

»Scheiße, ja. Der Typ ist ein Mistkerl. Es gab keinen Grund, dem kleinen Hund wehzutun. Meine Oma hatte so einen Hund.«

»Meine auch«, sagt Luther. »Also, wie sieht's aus? Ja oder nein?«

»Ja«, sagt Tonga.

Henry geht durchs Haus, zieht Vorhänge zu und schließt Türen ab.

Er weiß, dass er und Mia recht bald verschwinden müssen. Sie müssen ein neues Haus finden und von vorne anfangen. Das heißt, sie werden London verlassen, vielleicht sogar außer Landes gehen.

Aber um das zu tun, wird Henry Geld auftreiben müssen. Er hat noch nicht mal mehr fünfhundert Pfund im Safe und weniger als einhundert auf dem alten Bankkonto, das er unter dem Namen Henry Jones führt.

Aber vor allem heißt es, in den nächsten ein, zwei Wochen die Zähne zusammenbeißen, die Nerven behalten und sich nicht vom Fleck rühren.

Henry hat Durchfall. Er geht auf und ab. Er übergibt sich immer wieder ins Spülbecken.

Aber er hat so etwas schon oft genug gemacht, um zu wissen, dass das Haus sicher ist, es ist ein sicherer Ort. Es gibt nichts, was irgendjemanden hierherführen könnte. Nicht mehr, seit er Patrick getötet hat.

Man gewöhnt sich nie daran, nicht völlig. Man kommt nie zur Ruhe. Aber Henry macht es nichts aus, mit einer solchen Nervenanspannung zu leben. Er fühlt sich dadurch lebendig.

Er weiß, dass er Patrick vermissen wird. Er fragt sich, ob er in der Anfangszeit mehr elterliche Strenge hätte walten lassen sollen. Vielleicht hätte das die emotionale Prägung verstärkt.

Aber genau das ist das Problem mit adoptierten Kindern: Am Ende weiß man nie, was man bekommt.

Deswegen werden viel mehr Kinder von ihren Stiefeltern ermordet als von ihren leiblichen Eltern. Und *Stiefeltern* heißt selbstverständlich *Stiefväter*. (Um fair zu sein, Stiefmütter fordern auch oft ihren Tribut – weniger mörderisch vielleicht, aber nicht weniger barbarisch.)

Henrys größter Wunsch war immer, ein guter Vater zu sein. Es wäre leichter gewesen, wenn er selbst Kinder hätte zeugen können, aber diese Versuche hat er schon vor Jahren aufgegeben.

Es stimmte alles mit ihm. Rein körperlich. Aber er *verkrampfte* einfach immer so sehr. Wenn eine Frau winselnd und hechelnd neben ihm lag wie ein leidender Hund, schrumpfte sein Schwanz auf zweieinhalb Zentimeter schlaffe Fleischmasse zusammen wie Bindegewebe bei einem Schweinekotelett.

Dann küsste sie ihn, zupfte daran, tat, was immer ihr einfiel, um zu helfen. Aber nichts half.

In der Sekunde jedoch, als sie aus dem Zimmer ging, oder in der Minute, wenn Henry vor ihrem Fenster kauerte oder ohne ihr Wissen durch ihr Haus schlich, *zack!,* da war er, richtete sich erst auf wie eine Osterglocke und dann wie eine Eisenstange. Die Frau war eine perfekte Fantasie. Trotz ihres Cellulitearschs und ihrer Hängetitten.

Natürlich begriff Henry schnell, dass es nur darum ging, wer der Boss war. Deswegen startete er seinen ersten Versuch, eine Familie zu gründen, mit Joanne.

Joanne konnte er ganz gut ficken. Sie wusste, wer das Sagen hatte. Er konnte sie stundenlang ficken, bis sein Schwanz ganz wund war. Er hielt sie im Keller des alten Hauses angekettet, in dem Haus im Südwesten.

Aber ziemlich bald, obwohl er sie gesund und munter hielt und obwohl sie ihm immer wieder wimmernd ihre unsterbliche Liebe schwor, wurde klar, dass Joanne nie ein Kind empfangen würde.

Eine Weile wohnte Joanne mit Lindsay zusammen – im selben Keller, im selben Haus.

Henry nahm viele Vitamine und Proteine zu sich, alles, was gut war für die Spermienproduktion. Aber keine der Frauen empfing ein Kind. Sie waren beide Nutten, also stimmte wahrscheinlich bei beiden etwas mit ihrer Gebärmutter nicht. Das kam von den ganzen Abtreibungen, dem ganzen Rumgekratze in ihrem Inneren.

Und es stellte sich heraus, dass sie nur eine bestimmte Zeit lang im Keller gehalten werden konnten. Er brachte Tageslichtlampen hinunter, gab ihnen vernünftige Nahrung, viel Grünzeug und rote Beeren. Aber sie wurden trotzdem depressiv und lustlos.

Damals kaufte er seine ersten Hunde. Die Hunde fraßen Joanne und Lindsay.

Als Oona einzog (er hatte sie wegen ihrer Hüften ausgewählt und auch, weil die Gelegenheit günstig gewesen war, als sie nach einem Streit mit ihrem Freund allein vom *Reeves*-Nachtclub nach Hause torkelte), ging Henry die Sache schon zusehends halbherziger an.

Er brachte Oona in den Keller, aber sie lernte nie, es so zu genießen, wie Joanne es genossen hatte, sondern ließ den Geschlechtsverkehr in einer stoischen Stille über sich ergehen, die Henry abtörnend fand.

Sie war nicht mit ganzem Herzen dabei.

Um die Zeit herum beschloss Henry, seine Taktik zu ändern. Und diese Taktik hatte alles in allem ganz gut funktioniert.

Patrick war zu einem netten Burschen herangewachsen, bis er anfing, diesen missmutigen, aufmüpfigen Charakterzug zu zeigen. Er war spät herausgekommen – so spät, dass Henry bis dahin geglaubt hatte, sie könnten diese Phase komplett übersprungen haben. Aber am Ende machen sich die Anlagen eben doch bemerkbar.

Kurz hatte Henry überlegt, aufzugeben und einfach eine Waise aus Osteuropa zu kaufen. Aber da blieb immer noch die Frage nach den Anlagen, danach, was im Gesamtpaket enthalten war. *Ohne Gewähr.*

Darum wäre Baby Emma ideal gewesen. Ihre Anlagen waren perfekt. Die Lamberts waren perfekt. Aber dieses Fiasko hatte dazu geführt, dass nun fast ganz London glaubte, er wäre ein Kindsmörder oder ein Perversling.

So ist Henry nun an einem Punkt angelangt, den er in einer perfekten Welt gerne umgangen hätte.

Später, wenn Mia gebärfähig ist, wird sie ihn wie einen Vater lieben, was Henrys Vorhaben zu einer unheimlichen Art von Inzest macht. Henry ist das unangenehm, aber es erregt ihn auch. Er wird Mia nicht auf jene Weise berühren, bis sie es will. Aber der Gedanke daran, die Steigerung des Verbotenen, ist stimulierend. Es wird aufregend sein. Vater und Tochter, Geliebte, Eltern.

Während Henry diese Gedanken durch den Kopf gehen, ist er gezwungen, mehrmals in ein Stofftaschentuch zu masturbieren.

Das hat mehr mit Überlebenswillen als mit Genuss zu tun. Henry weiß, dass sexuelles Verlangen das logische Denken trübt. Sexuell erregt zu sein, ist, wie an einen Wahnsinnigen gekettet zu sein.

Also sitzt er mit offenem Hosenschlitz und dem durchtränkten Taschentuch da, umfasst es mit einer Hand wie eine Blüte. Er streicht sich über den Bauch und starrt auf den schwarzen Fernseher und schmiedet Pläne.

Er meint, von unten Schluchzen zu hören, aber er weiß, dass das unmöglich ist. Er und Patrick haben den Keller oft genug getestet, mit Tonbandgeräten und Geräuschmessern. Man glaubt, man hört Weinen in einem leeren Haus, aber wenn man das Band abspielt, ist nur Stille darauf.

Das Schluchzen ist nur Henrys Einbildung. Da sind nur er und der schwarze Fernseher, das Gefühl seines straffen Bauches unter seiner Handfläche. Er schaltet den Fernseher ein, zappt von Sender zu Sender. Lässt den Ton leise. Genießt die Bilder.

Das Haus in Chiswick. Bleiche Polizisten. Gierige Schaulustige. Das Absperrband, die Lampen, der Regen. Ernste Reporter.

Ein Krankenhaus. Ein Haufen Polizisten.

Und dazwischen ein Gesicht, das er kennt.

Eine Frau. Viel älter als das letzte Mal, als er sie gesehen hat. Ihr Gesicht angespannt und erschöpft, blass unter den verregneten Lichtern.

Polizisten führen sie durch die automatischen Schiebetüren des Londoner Krankenhauses.

Henrys Penis schrumpft zusammen. Sein Sack zieht sich in seinen Körper zurück.

Er verspürt ein Gefühl von Leichtigkeit, als verließe er seinen Körper.

Julian schlendert benommen über den überfüllten, verwirrenden Chapel Market, vorbei an den Obst- und Gemüseständen, den Fischhändlern, den billigen Klamotten, den Transistorradios, Batterie-Großpackungen. Es gibt sogar einen Computer-Reparaturstand, den Julian kurios und interessant fände, wenn er nicht so angespannt wäre.

Vor einer halben Stunde hatte Barry Tonga angerufen und gesagt, sie müssten sich dringend treffen. So schnell wie möglich. Irgendwo in der Öffentlichkeit. Er dürfe niemandem davon erzählen. Vor allem nicht Lee Kidman.

Tonga wollte nicht sagen, warum.

Das muss doch was Schlimmes sein, oder?

Also bahnt er sich durch die überfüllte Straße einen Weg, vorbei am Fischgeruch, dann am Bananenaroma, und versucht, Tongas riesige Gestalt irgendwo in den Menschenströmen ausfindig zu machen.

Aber er sieht nicht Barry Tonga. Er sieht Reed und Luther.

Julian überlegt kurz, wegzurennen, aber was würde das bringen? Sie würden ihn verfolgen und festnehmen und es als Grund ansehen, ihn still und heimlich zu verprügeln.

Wenn er nicht wegrennt – was können sie schon machen, zwischen all den Menschen?

»Tag«, sagt Luther.

»Hallo, beschissener Autos abfackelnder Psycho«, antwortet Julian.

Luther lacht, gereizt und überdreht.

Luther und Reed stoßen Julian ins *M. Manze*, ein *Pie-and-Mash*-Restaurant: Holzbänke, Kachelwände, Marmortresen.

Sie bestellen drei große Pasteten mit Rinderhack und Zwiebeln. Die Serviererin schöpft den Kartoffelbrei mit einem Bratenwender auf die Teller, gießt Petersiliensoße in die Mitte.

Sie holen ihr Besteck und suchen sich eine ruhige Nische mit hohen Wänden. Luther richtet es so ein, dass Julian direkt an der Wand sitzt, dann zwängt er sich neben ihn.

Er runzelt die Stirn, finster und fahrig. Er spielt mit den Salz- und Pfefferstreuern herum. Strahlt den dringenden Wunsch aus, woanders zu sein.

Reed verteilt großzügig Chiliessig über sein Essen. Dann macht er sich genüsslich über die Pastete her.

Er sieht Luther an. »Isst du nicht?«

Luther zuckt mit den Schultern, abwesend und unruhig.

An die Wand gepresst, blickt Julian voller Entsetzen vom einen zum anderen.

»Tut mir leid, Sie zu drängen, Julian. Aber wir haben nicht viel Zeit«, sagt Luther.

»Kann ich mir vorstellen«, antwortet Julian. »In London muss es jede Menge Autos geben, die Sie noch nicht angezündet haben.«

Luther wendet ihm das Gesicht zu. Starrt Julian durchdringend und brutal an.

Julian muss pissen. Er schaut sehnsüchtig zu einem vorbeigehenden Gast, einem Bauarbeiter mit einer Zeitung unter dem Arm. Aber der Bauarbeiter geht vorbei, ohne ihn zu bemerken, schreibt eine SMS.

»Na«, sagt Luther, »Sie haben Freunde bei der Polizei, was?«

»Mein Anwalt hat welche. Wieso?«

»Ich hab mich nur gefragt, warum die Beschwerde-Leute so schnell zur Stelle waren. Ein Typ schnüffelt mir hinterher. Martin Schenk.«

»Ja, ich kenne ihn. Wird das hier aufgenommen?«

»Nein«, antwortet Luther. »Nein, das hier ist privat.«

»Werden Sie mich schlagen?«

»Was, hier drin? Halten Sie mich für dumm?«

»Sie haben ja auch mein Auto angezündet.«

»Gutes Argument. Aber hören Sie, Julian, wir müssen uns dringend unterhalten.«

»Ich wüsste nicht, worüber.«

Reed grinst mit dem Mund voll Pastete.

»Wir wissen, dass Sie in Schwierigkeiten stecken«, sagt Luther. »Finanziell.«

»Sie wissen nicht mal die Hälfte davon.«

»Das glaube ich gern. Und wissen Sie, was ich noch glaube?«

»Nein«, antwortet Julian Crouch. »Was glauben Sie noch?«

»Ich glaube, Sie sind nicht so ein Riesenarschloch, wie es aussieht. Alte Männer zu bedrohen. Kriegshelden. Ich glaube, eigentlich schämen Sie sich ganz schön dafür. Tief in Ihrem Inneren.«

Crouch sagt nichts, er ist eng an die Wand gedrückt, während Reed sein Mittagessen in sich hineinschaufelt und Luther finster mit Salz und Pfeffer herumspielt, als könnte er es nicht erwarten, aufzubrechen, woanders hinzukommen.

»Das Problem ist«, sagt Luther, »dass alle wissen, dass Sie finanziell tief in der Scheiße stecken. Tief genug, dass Sie den alten Mann ganz, ganz dringend loswerden wollen.«

»Und?«

»Und die Liste mit Mordmotiven ist sehr kurz«, antwortet Luther. »Sex und Geld stehen darauf ganz oben. Sie machen gerade eine garstige Scheidung durch. So viel zu Ihrem Sexleben. Und was Ihr Business-Portfolio betrifft – na ja. So viel zu Ihrem Geld. Sie stecken ganz schön im Dreck, was? Ganz schön im Dreck.«

Julian runzelt die Stirn, streckt die Unterlippe vor. Er spult im Kopf zurück. Dann fragt er: »Was meinen Sie mit Mordmotiven?«

»Ich meine Folgendes«, antwortet Luther. »Sie stehen kurz vor einer Anklage.«

»Weswegen?«

»Verabredung zum Mord.«

Julian will aufstehen. Luther sagt: »Bleiben Sie ruhig. Und bleiben Sie sitzen.«

Julian bleibt sitzen.

»Wir haben die Waffe gefunden«, sagt Luther.

»Welche Waffe? Was meinen Sie?«

»Ach, ich glaube, Sie wissen schon, welche Waffe.«

»Nein, ich weiß nicht, welche Waffe. Welche Waffe? Ich hab keine Waffe. Sehe ich aus, als hätte ich eine Waffe?«

»Das mit der Waffe ist so«, sagt Luther. »Sie wurde in Barry Tongas Wohnung gefunden. Kennen Sie Barry Tonga?«

»Nein, ich denke nicht. Barry wer?«

Luther grinst ihn breit und raubtierhaft an. »Das ist die richtige Einstellung. Im Zweifelsfall immer lügen.«

Julian ändert den Kurs. »Was ist mit Tonga? Was hat er damit zu tun?«

»Also. Jetzt mal ganz im Vertrauen: Barry arbeitet für uns. Sozusagen als geheimer Informant. Schon seit Jahren. Und er wird aussagen, dass Sie ihm fünf Riesen dafür gezahlt haben, im Haus des alten Mannes einen Einbruch vorzutäuschen. Und ihn zu erschießen.«

»Aber das ist nicht wahr. Das ist eine verdammte Unverschämtheit. Es ist nicht wahr. Das kann er nicht sagen.«

»Er sagt es.«

»Wie kann er es sagen, wenn es nicht wahr ist?«

»Wir haben die Waffe gefunden.«

»Welche Waffe? Es gibt keine Waffe. Welche Waffe?«

»Die Waffe, die Sie ihm gegeben haben«, erklärt Reed. »Die Waffe, von der die Forensische Ballistik herausfinden wird, dass sie schon in allen möglichen anderen Verbrechen benutzt wurde. Darunter eine Schießerei.«

»Zwei Schießereien«, korrigiert Luther.

»Sorry«, sagt Reed. »Vollkommen richtig. Zwei Schießereien.«

Julian starrt sie mit offenem Mund an.

»Das können Sie nicht machen«, sagt er. »Das können Sie nicht.«

Schweigen.

»Scheiße«, sagt Julian. »Und was mache ich jetzt?«

»Ins Gefängnis gehen.«

»Ich kann nicht ins Gefängnis. Ich habe eine Phobie.«

»Das ist mal was Neues«, sagt Reed.

»Es stimmt. Sie hat einen Namen. Es ist ein Syndrom.«

»Darauf könnte ich wetten.«

»Also, wie auch immer«, sagt Luther. »Deswegen sind wir eigentlich hier. Um Ihnen einen Rat zu geben.«

»Ich verstehe Sie nicht. Was geht hier vor? Ich kapiere nicht, wovon Sie reden, verdammt noch mal. Sie sprechen in Rätseln.«

»Beruhigen Sie sich einfach und hören Sie zu«, erwidert Luther. »Und sprechen Sie ein bisschen leiser.«

Julian beruhigt sich und hört zu. Er spricht ein bisschen leiser.

Luther sagt: »Sie sind hier fertig, Julian. Das wissen Sie. Sie sind schon lange fertig. Ihnen muss das doch alles zum Hals raushängen. Dieser ganze Scheiß, den Sie veranstalten, nur um sich über Wasser zu halten. Gläubiger, Exfrauen, Kredite, Bankdarlehen, unkündbare Mieter. Das muss ein Albtraum für Sie sein. Wissen Sie, was ich an Ihrer Stelle tun würde?«

»Nein.«

»Ich würde meinen Steuerberater anrufen. Dann würde ich nach Heathrow fahren und ein Ticket kaufen. Und ich würde es sehr, sehr bald machen.«

Julian blinzelt ihn an. Er sagt: »Sie verlangen von mir, mein Zuhause zu verlassen.«

»Das ist richtig«, erwidert Luther.

»Und all das wegen dem Alten in dem Haus?«

Luther antwortet nicht. Er schraubt den weinroten Deckel vom Malzessig ab. Dann schraubt er ihn wieder drauf.

Julian fragt: »Oder, weil es ohne mich keine Vorwürfe gegen Sie geben würde?«

Luther grinst. Dann vibriert sein Handy in seiner Tasche. Er schaut aufs Display.

Es ist eine SMS von Howie: PATRICK BEI BEWUSSTSEIN.

Luther liest die SMS, steckt das Handy ein.

Er sagt: »Wir haben Tonga für sechsunddreißig Stunden versteckt. Das ist genügend Zeit für Sie, um Ihre Koffer zu packen und abzuhauen. Danach liefern wir ihn aus, er macht seine Aussage – und Sie stecken in gewaltigen Schwierigkeiten.«

Luther quetscht sich aus der Nische hinaus, wischt sich den Mund mit einer Papierserviette ab, wirft die Serviette auf den Tisch und geht.

Reed bleibt noch ein wenig, um seine Pastete aufzuessen. Dann klopft er Julian auf die Schulter, sagt: »Gute Reise, Arschloch«, und folgt Luther.

Henry eilt in die Garage.

Als er an den Hunden vorbeikommt, kann er ihre stumpfen, bernsteinfarbenen Blicke spüren. Sie warten darauf, dass er ihnen ein Kaninchen oder eine Katze zuwirft.

Aber Henry ignoriert sie jetzt und läuft stattdessen zum hohen Metallspind an der hinteren Garagenwand. Er öffnet ihn mit einem kleinen Schlüssel und macht eine kurze Bestandsaufnahme: Dexamethason, Talivin, Codein, Procain-Penicillin, Testosteron, Ketamin.

Katheter, Nadeln, Spritzen, Verbandsmull, Wasserstoffperoxid, Betadine-Lösung, chirurgische Nadeln, Klammergerät und Klammerentferner, chirurgische Scheren, Zangen.

In der hintersten Ecke, ganz von Spinnweben umhüllt, steht eine rostige Sauerstoffflasche. Noch intakt.

Er weiß, dass auf dem Dachboden ein geräumiger, leerer Waffenkoffer steht. Im Schränkchen unter der Spüle liegt eine große Packung Klebeband.

Man kann nicht genug Klebeband haben.

Die Bestandsaufnahme beruhigt ihn. Er geht noch einmal alles durch, und noch einmal. Nachdem er dreimal alles abgehakt hat, weiß er, was er tun muss.

Während er die erste Amphetaminspritze vorbereitet, entschuldigt er sich bei den Hunden.

## 25

Reed hält ein Taxi an. Etwa zwanzig Minuten später ist er auf dem Revier.

Als er hereinkommt, sieht er, dass Benny Deadhead seinen Schreibtisch in Beschlag genommen hat.

»Sorry«, sagt Benny.

»Schon in Ordnung«, antwortet Reed. Er hängt seinen nassen Mantel über Luthers Stuhllehne und loggt sich ein.

»Was macht der Hals?«, fragt Benny.

Reed wackelt mit dem Kopf, um zu zeigen, wie viel besser es ihm geht.

Luther nickt den uniformierten Wachen an der Tür zu, zieht den Kopf ein und tritt leise in Patricks Krankenzimmer. Er hat eine dünne, braune Mappe bei sich.

Das Zimmer ist in künstliches, grünliches Dämmerlicht getaucht. Der Junge hängt an einem Beatmungsgerät, einem Herzfrequenzmesser.

Howie ist hier, döst auf einem Plastik-Schalensessel, ihr Kopf ist auf ihre Brust gesunken.

Sie zuckt zusammen, schaut auf, sieht Luther. Sammelt sich.

»Hat er schon was gesagt?«, fragt Luther.

»Nein.«

Luther schüttelt den Kopf, als hätte er die Frage gar nicht stellen brauchen. Er tritt näher ans Bett heran, an den bandagierten Jungen am Morphiumtropf.

Der Junge öffnet die Augen. Weiß, dass Luther da ist.

Luther nimmt sich einen Stuhl und geht mit seinem Gesicht nahe an das des Jungen heran.

»Du erwartest wahrscheinlich, dass ich Mitleid mit dir habe«, sagt er. »Und das habe ich auch. Ich finde es grausam, was dein Dad dir angetan hat. Aber jeder, der jemals jemanden umgebracht hat, war einmal ein Baby, deswegen bist du letzten Endes für das verantwortlich, was du getan hast. Aber du kannst uns helfen. Du kannst uns helfen, das wieder in Ordnung zu bringen.«

Der Junge dreht den Kopf auf dem Kissen. Von Luther weg.

»Ich weiß, dass du ihn liebst«, fährt Luther fort. »Ich weiß, dass du ihm nicht wehtun willst. Dafür kannst du nichts, so sind wir nun mal. Liebe kann eine Art Überlebensmechanismus sein. Manchmal lieben wir die Menschen, die wir brauchen, *weil* wir sie brauchen. Wie Hunde. Aber das bedeutet nicht automatisch, dass du gern getan hast, was ihr zusammen gemacht habt, diese schrecklichen Dinge. Denn das hast du nicht. Weißt du, woher ich das weiß?«

Der Junge starrt ihn an. Das eine Auge ist zugeschwollen.

»Ich weiß, dass du die 999 gewählt hast«, sagt Luther. »In der Nacht, als er die Lamberts getötet und ihr Baby entführt hat. Ich weiß, dass du wolltest, dass wir ihn erwischen.«

Der Junge schaut weg, blinzelt zur Decke.

»Und es waren nicht nur die Notrufe, nicht wahr? Denn letzte Nacht hat jemand alle Familien in London mit dem Nachnamen Dalton angerufen. Hat sie gewarnt. Oder es versucht. Warum sollte jemand das tun, was glaubst du?«

Luther greift in die Mappe, nimmt ein Foto von Mia Dalton heraus. Sie lächelt irgendwo an einem Strand. »Jetzt hat er sich Mia geholt. Aber das weißt du, nicht wahr? Du weißt genau, was er vorhat – denn du hast versucht, Mia dabei zu helfen, ihm zu entkommen.«

Er lehnt sich zurück, verschränkt die Arme, hält das Bild von Mia wie eine Spielkarte, die er einsetzen will.

»Viele Leute«, sagt er, »und damit meine ich *viele* Leute, glauben, du hast versucht, sie dir für dich zu holen; sie glauben, dass du mit ihr Dinge tun wolltest. Heimlich. Wenn du verstehst, was ich meine. Aber ich glaube nicht, dass das stimmt. Ich glaube, du hast versucht, sie zu beschützen. Du wolltest nicht, dass es ihr so schlimm ergeht wie dir.«

Der Junge ballt schwach die Fäuste. Muskeln bewegen sich in seinen mageren Unterarmen. Er starrt mit einem Auge an die Decke.

Luther beugt sich weiter vor. Sieht, wie sich das grüne Licht im Meniskus der Tränen auf der Augoberfläche des Jungen bricht.

»Ich könnte dir alles über sie erzählen«, sagt er. »Ich könnte dir erzählen, dass sie Ponys und Justin Bieber mag. Aber Tatsache ist, damit würde ich meine Zeit verschwenden, nicht wahr? Denn du und dein Dad, ihr wisst das schon. Ihr wisst alles über sie.«

Nichts.

»Bloß, er ist nicht dein Dad«, sagt Luther. »Das dürfen wir nicht vergessen, nicht? Das ist die Hauptsache. Er ist nicht dein echter Dad.«

Der Junge schließt die Augen.

»Vor Gericht zählt das nicht«, sagt Luther. »Aber ich habe dein Herz auf dem Bildschirm da verfolgt. Die Maschine mit dem Ping.« Er grinst. »Hast du den Sketch mal gesehen? Wahrscheinlich nicht. Das war vor deiner Zeit. Damals, Anfang der Achtziger, als ich ein kleiner Junge war. Aber egal, die Maschine mit dem Ping sagt mir, wann du lügst und wann nicht – selbst wenn du schweigst. Denn als ich gesagt habe, er ist nicht dein Dad, hat die Linie einen großen Zacken gemacht.«

Der Junge murmelt etwas, vielleicht einen Widerspruch. Es ist zu leise, um es zu verstehen.

Luther tut einen langsamen, beruhigenden Atemzug. Dann

beugt er sich noch weiter vor, so weit, dass er das Ohr des Jungen mit den Lippen berühren könnte.

»Der Mann, der sich dein Dad nennt«, sagt er. »Der Mann, der sich Henry Grady nennt. Er hat dich am 8. September 1995 gekidnappt. Du warst gerade sechs geworden.«

Die Lippe des Jungen bebt.

Luther zieht ein weiteres Foto aus der Mappe. Er hält es hoch. »Erkennst du dich?«

Der Junge kneift die Augen zu. Weigert sich, hinzusehen.

Luther steht auf. Er hält das Foto dicht vor die Augen des Jungen.

»Das bist du«, sagt er. »Oder warst du.«

Der Junge ballt so fest die Fäuste, dass seine Haut weiß wird. Stellenweise leuchtend purpurrot.

»Die DNA-Analyse wird es beweisen«, sagt Luther leise und nachdrücklich. »Wir wissen, was er dir angetan hat, dein Dad. Und wir wissen, dass du versucht hast, ihn aufzuhalten. Zweimal. Und das hast du nun davon. Also warum hilfst du uns nicht? Warum hilfst du Mia nicht?«

Noch immer keine Antwort.

Nichts als Spitzen und Zacken auf dem Herzfrequenzmesser.

Luther tauscht einen Blick mit Howie.

Luther tappt zur Tür. Er öffnet sie, streckt den Kopf um die Ecke. Flüstert: »Okay. Sie können jetzt reinkommen.«

Sie warten lange.

Die Augen des Jungen sind auf die Tür gerichtet, als Christine James, die während ihrer Ehe York hieß, ins Zimmer trottet.

Ihr Gesicht ist eingefallen, voller Falten und feiner Furchen. Sie zwirbelt den Riemen ihrer Handtasche mit beiden Händen. Sie zittert so heftig, dass die Opferschutzbeamtin sie stützen muss.

Luther weicht Howies anklagendem Blick aus.

Patrick beginnt zu beben. Er stößt ein leises Wimmern aus und schaut weg.

Er sagt: »Tut mir leid, Mum. Es tut mir leid, Mum. Es tut mir leid, Mum.«

Adrian York hatte das Fahrrad zum Geburtstag bekommen. Es war ein Samstagvormittag. Beinahe Mittagszeit. Er und Jamie Stuart waren im Skateboardpark herumgefahren; man konnte ihn vom Haus aus sehen. Seine Mum passte vom Schlafzimmerfenster aus auf.

Adrian wollte allein raus, weil er ein großer Junge war.

Jetzt ist Jamie Stuart nach Hause gegangen, und Adrian sitzt auf dem Bordstein am Rand des Platzes, das Fahrrad ist an einen Laternenpfahl gelehnt. Er kann den Garten hinterm Haus sehen. Er trinkt eine Dose Fanta. Er fühlt sich ziemlich gut. Er ist sechs Jahre alt.

Ein Lieferwagen nähert sich. Der besorgt aussehende Fahrer steigt aus und läuft über die leere Straße. Er fragt: »Kumpel – wie heißt du?«

»Adrian.«

»Adrian und wie weiter?«

»Adrian York.«

»Gut. Ich dachte schon, dass du es sein musst.«

»Warum?«, fragt Adrian York.

»Tut mir leid, Kumpel. Es gab einen Unfall. Komm am besten mit mir mit.«

Der Mann atmet komisch. Als Adrian zögert, leckt der Mann sich über die Lippen und sagt: »Man hat mich geschickt, um dich zu deiner Mum zu bringen. Steig lieber ein.«

»Lieber nicht«, sagt Adrian York.

»Deine Mum könnte sterben«, sagt der Mann. »Du solltest dich lieber beeilen.«

Adrian York blickt zum Fenster. Er sieht, dass seine Mum nicht dort ist, wo sie sein sollte, um auf ihn aufzupassen. Er fragt sich, ob der Mann die Wahrheit sagt.

Er fängt an zu weinen.

»Ich krieg Ärger, wenn ich ohne dich zurückkomme«, sagt der Mann. »Die Polizei hat mich geschickt, um dich zu holen. Wir kriegen beide mächtig Ärger.«

»Was ist mit meinem Fahrrad?«, fragt Adrian York.

Aber der Mann antwortet nicht. Er nimmt Adrian York einfach in die Arme und trägt ihn zum Lieferwagen.

Eines der Bremslichter ist zerbrochen.

Die Opferschutzbeamtin, Luther und Howie warten in den Ecken des Zimmers wie Leichenbestatter.

Sie gewähren Christine James ein paar Minuten mit ihrem Kind. Es sind ein paar Minuten mehr, als sie verkraften kann.

Sie umklammert Adrians Hand, drückt sie, presst sie an ihr Gesicht. Sie weint, tief erschüttert und verstört. Sie ruft Gott an. O Gott, sagt sie. O Gott, o mein Gott, o mein Gott, o mein Junge, mein Junge, mein Junge.

Adrian liegt da. Er kann nichts sagen als: »Tut mir leid, Mum. Tut mir leid, tut mir leid, tut mir leid.«

Irgendwann führt die Opferschutzbeamtin eine trottende, fassungslose Christine James aus dem Zimmer zurück ins Krankenhauslicht.

Luther spürt Howies Blick auf sich.

Er glüht vor Scham.

Dann kehrt er sacht an Adrians Seite zurück.

»Wie heißt er?«, fragt er. »Wie heißt er wirklich?«

Nach langer Zeit flüstert der Junge: »Henry.«

»Henry und wie weiter?«

»Clarke. Nicholl. Brennan.«

»Aber immer Henry?«

Der Junge bewegt den Kopf. Es ist beinahe ein Nicken.

»Aber du musst es wissen«, sagt Luther. »Nach all den Jahren musst du seinen richtigen Namen kennen.«

»Madsen.«

*Henry Madsen.*

Luther juckt es in den Fingern. Er will sich einen Stift schnappen, sein Notizbuch herausholen, den Namen aufschreiben, einkreisen, unterstreichen.

Er beißt sich auf die Innenseiten seines Mundes. Zwingt sich zu warten.

»Adrian«, sagt er. »Patrick. Wo wohnt ihr, du und Henry?«

## 26

Henry Madsen wohnt in einem riesigen, weitläufigen, alten Herrenhaus, das auf einem tausend Quadratmeter großen Grundstück steht, von seinen Nachbarn abgegrenzt durch hohe Hecken und einen Schirm aus Bäumen. Es hat Blick auf den Richmond Park.

Das Haus steht schon in Flammen, als die Ersthelfer eintreffen.

Der Brand hat sich ausgebreitet, bis die Feuerwehrmannschaft ein paar Minuten später auftaucht. Dicht gefolgt von der Armed Response Unit, einer bewaffneten Einsatztruppe, und den Rettungssanitätern.

Mehrere Pitbull Terrier rennen frei über das Gelände. Sie greifen die Ersthelfer an, dann die Feuerwehrmannschaft. Das behindert den Einsatz.

Es erfolgt der Befehl, die Hunde zu erschießen.

Inzwischen hat das Feuer an Kraft gewonnen.

Auf dem Weg zum Richmond Park ruft Luther Benny an.

»Wenn wir fünfundzwanzig Jahre zurückgehen«, sagt Benny, »haben wir sechs Henry Madsens. Vier können wir direkt ausschließen: Wirtschaftskriminalität, Verkehrsdelikte, so was eben.«

»Niemand auf der Liste der Sexualstraftäter?«

»O doch. Henry John Madsen. Eine Reihe von Straftaten als Jugendlicher: Einbruch, Vandalismus, Diebstahl, Körperverletzung, Brandstiftung.«

»Brandstiftung?«

»Versuchter Mord an seinen Adoptiveltern.«

»Was ist passiert?«

»Er ist in ihr Haus eingebrochen und hat ihre Betten angezündet.«

»Das ist unser Mann«, sagt Luther. »Was geschah danach mit ihm?«

»Er sitzt seine Zeit ab. Kommt mit achtzehn frei. Macht eine Therapie. Wird mit neunzehn erneut straffällig: schwere Körperverletzung nach einem Gespräch über Abtreibung in einer Kneipe. Anscheinend ist er dagegen. Er wird in eine psychiatrische Anstalt eingewiesen. Kommt mit einundzwanzig wieder raus. Danach verschwindet er vom Radar.«

»Was nicht heißt, dass er untätig war. Hast du Fotos?«

»Alte.«

»Wie sieht er aus?«

»Kurzes Haar. Sehr ordentlich.«

»Scheitel?«

»Links.«

»Keine Brille, kein Backen- oder Schnurrbart?«

»Nein.«

»Wunderbar. Bringen wir sein Arschgesicht in alle Nachrichten.«

»Wird ihn das nicht in Panik versetzen?«

»Es wird ihn dazu bringen, unterzutauchen«, sagt Luther. »Ihn zwingen, sich irgendwo zu verkriechen. In London zu bleiben.«

»Ja, aber wo?«

»Tja, Kumpel. Das ist die Frage.«

Zwanzig Minuten später ist Luther vor Ort. Er trägt eine Leuchtjacke über dem Parka, den er im Kofferraum des Volvos aufbewahrt. Den Mantel musste er wegschmeißen. Er hatte nach Benzin und Rauch gestunken.

Er geht auf Teller zu. Nickt in Richtung des brennenden Gebäudes. »Wie lange dauert es, bis das Haus sicher ist?«

Es kann Tage dauern, bis ein Gebäude richtig abkühlt und die Beschädigung der Bausubstanz eingeschätzt werden kann. Normalerweise würde es mindestens bis morgen dauern, bis Luther Zugang zum Haus gewährt wird.

Aber Teller tätigt ein paar Anrufe. Sie schreit und schmeichelt und bettelt. Sie beruft sich auf Gefahr im Verzug, die Bedrohung von Mia Daltons Leben.

Die Feuerwehrleute sind noch dabei, die glimmende Glut zu ersticken, als Luther sich einen Cromwell-600-Helm und ein Atemschutzgerät aufsetzt, dann an den Hundeleichen vorbei durch den hohen Sprühregen der Löschschläuche in das verkohlte Haus geht.

Die Eingangshalle ist geschwärzt von Ruß, Asche und Rauch. Die Fenster sind zerplatzt. Alles ist nass. Er hatte nicht mit so viel Wasser gerechnet. Es regnet ihm noch immer auf den Kopf. Löcher in der Wand legen rosafarbenes Isoliermaterial frei. Die aufgequollene Decke droht einzustürzen.

Oben findet er ein Kinderzimmer vor. Ein Gitterbett, eine Wickelauflage. Kleider auf einer Stange: für Jungen und Mädchen. Viele sind noch mit Preisschildern versehen. An der Wand hängen verbrannte Drucke von Winnie Puuh. Im Gitterbett sitzt ein alter, durchnässter Teddy.

Luther betrachtet den Teddybären.

Er wirft einen Blick in zwei Erwachsenenschlafzimmer. Triefend nasse Betten, verbrannte Kleidung. Alles mit Brandbeschleuniger übergossen und angesteckt.

Unten eine abgebrannte Bibliothek. Nazis. Eugenik. Hundeerziehung. Biologie. Verbrannte Porträts führender Nationalsozialisten. Speer und Hitler. Edle Hunde.

Alles unbrauchbar für forensische Zwecke.

Die Küche wurde weniger vom Feuer berührt. Sie ist nass und vom Rauch stark beschädigt, aber ein paar Fenster sind nicht zerplatzt, sondern nur mit schwarzen Schlieren überzogen.

Luther schaut in die Speisekammer. Konserven. Er schaut in die Schränke. Töpfe und Pfannen. Er schaut in den hohen Schrank direkt neben der Küchentür. Ein Flaschen-Sterilisierungs-Set.

Mehrere Flaschen. Alle geschwärzt.

Er öffnet den Kühlschrank. Und dort, so gut wie unbeschädigt, stehen Reihen um Reihen von Milchfläschchen für Babys.

Er nimmt eins der Fläschchen aus dem Kühlschrank. Schüttelt es. Hält es sich direkt vors Gesicht. Aber er sieht es durch einen Schleier.

Sein Herz schlägt.

Er durchsucht den Kühlschrank. Ganz hinten findet er eine Tafel Schokolade, halb aufgegessen. Zahnabdrücke.

Ein Feuerwehrmann führt ihn durch eine verstärkte Tür hinunter in den Keller. Luther spürt das Gewicht des Hauses über sich. Sie tasten sich einen dunklen, stark verrauchten Korridor entlang. Er konzentriert sich auf seine Atmung, fürchtet, hier unten in Panik zu geraten.

Sie gelangen zu einem Raum, der möglicherweise einmal eine Lagerkammer für Gemüse war. Eine weitere verstärkte Tür.

Der Feuerwehrmann öffnet sie.

Ein Bett. Ein Bücherregal.

Luther betrachtet die Bücher. Von Wasser beschädigt. Er weiß, dass er sie ungern ohne Handschuhe anfassen würde. Er glaubt nicht an Geister, aber es scheint ihm, dass Dinge, die mit menschlichem Leid vollgesogen sind, Spuren davon in sich tragen.

Er verlässt den schrecklichen Keller, sein Atem geht schnell und laut in seinen Ohren. Er eilt die Treppe hinauf und ins Freie. Das Wasser aus den Löschschläuchen bildet einen Nebel über seinem Kopf. Überall sind rutschige Schlammpfützen. Ein Hubschrauber über ihm.

Hinter einem Regenbogen im Nebel steht Rose Teller. »Irgendwas?«

»Er ist weg. Mia ist bei ihm.«

»Gut, danken wir Gott für kleine Gaben.«

Er grummelt etwas. Betrachtet die Rauchschwaden, die vom Haus aufsteigen, sich ausbreiten und immer dünner werden vor dem blassen Zelt des Londoner Himmels.

»Er wird London verlassen müssen«, sagt Luther.

»Glauben Sie, der Sohn kann uns helfen? Uns sagen, wohin er sich wahrscheinlich wendet?«

»Madsen hat ihm nichts gesagt.«

Er runzelt die Stirn.

Er betrachtet die Hundeleichen, die wie Pilze überall auf dem nassen Rasen verteilt sind.

Er hält sich eine Hand vor den Mund.

Er geht zur nächsten Hundeleiche.

Er kniet sich hin.

Ihm schießt etwas durch den Kopf – eine Erinnerung, neben der Leiche eines Hundes zu knien, eines gelbbraunen Hundes, eines Retrievers in einem seltsamen Flur. Und dann ist die Erinnerung – wenn es eine Erinnerung war – wieder verschwunden.

Dieser Hund, ein Pitbull Terrier, wurde an der Schulter von einem Schuss getroffen. Danach ist jemand von der Armed Response Unit herübergelaufen und hat ihm eine Kugel durch den Kopf gejagt, als Gnadenakt.

Die Kugel ist durch den Schädel des Hundes in den Boden gedrungen.

Der Hündin fehlt auf einer Seite ein Stück der Oberlippe. Aber das ist eine alte Wunde, längst verheilt. Ihre Schnauze ist verstümmelt.

Luther streckt einen Zeigefinger aus, fährt ihr damit übers Fell. Sie ist noch warm. Er spürt es durch den Latexhandschuh.

Ihre Brust und ihre Flanken sind kreuz und quer mit alten Narben übersät.

Er tätschelt die Hündin liebevoll. Er streicht gegen die Wuchsrichtung ihres Fells. Spürt den leichten, angenehmen Widerstand.

Dann geht er durch den Garten zu einem anderen Hund: hellbraun mit einer weißen Blesse. Die Kugel hat ihm das halbe Gesicht zerfetzt. Es ist unmöglich, irgendwelche Vernarbungen darauf zu erkennen. Aber ein ganzes Geflecht von Narbengewebe überzieht seinen Rücken und seine Rippen. Er hat schwere Verletzungen an den Hinterläufen.

Der dritte Hund hat mehr von einem Staffordshire als von einem Pitbull. Luther hat eine Schwäche für Hunde, so wie Reed für alte Soldaten. Vor allem für Staffies. Staffies verfügen über Eigenschaften, die Luther bewundert. Ein Staffie würde bis zum Tod kämpfen, um ein Kind zu beschützen. Er beißt zu und lässt nicht mehr los.

Luther trottet ums Haus herum zur Doppelgarage. Er geht hinein. Findet Käfige voller panischer, weißäugiger Hunde. Sie springen am Gitter hoch. Sie fletschen die Zähne. Sie rollen die wahnsinnigen, blutrünstigen Augen.

Sie bellen nicht.

Luther beobachtet sie. Er verspürt die perverse Versuchung, eine Hand durch die Stangen des Käfigs zu stecken. Nur um zu sehen, was sie damit machen.

Dann dreht er sich um und geht.

Teller wartet in dem Rechteck aus Licht am Ende der Garage. Er geht an ihr vorbei.

Er sagt: »Geben Sie mir Bescheid, wenn jemand irgendwas findet.«

Er drängt sich durch die Leute draußen, die Schaulustigen und die Medienvertreter.

Er sieht sich um und findet Howie. Sie trinkt rasch einen Kaffee mit einem Rettungsteam und ein paar uniformierten Beamten.

Er führt sie am Ellbogen zur Seite.

»Was gibt's?«, fragt sie.

»Isobel«, sagt er. »Ich stelle Sie jetzt vor die Wahl.«

»Ich verstehe nicht, was Sie meinen.«

»Madsen weiß, dass wir ihm auf den Fersen sind«, sagt Luther. »Es wird dreckig werden.«

»Dreckiger, als es jetzt schon ist?«

»Ja.«

»Boss, ich verstehe nicht, was Sie von mir wollen.«

»Wenn Sie mit mir kommen«, erklärt er, »könnte das ein Nachspiel für Sie haben. Wenn Sie hierbleiben, nicht. Ich überlasse es Ihnen. Aber wenn Sie mitkommen, halten wir zusammen. Komme, was da wolle. Verstehen Sie mich jetzt?«

Howie zögert. Aber nur für einen Augenblick. Sie schmeißt ihren Kaffeebecher weg und folgt Luther im Laufschritt zum Auto.

Henry fährt sie an einen ruhigen Ort: Hier sind Bäume und keine Verkehrsgeräusche. Er hält am Straßenrand. Das Geräusch von Reifen auf nassen Blättern.

Er drückt Mia noch tiefer in den Fußraum des Beifahrersitzes und beugt sich herüber, um das Handschuhfach zu öffnen. Er nimmt einen Notizblock heraus und beginnt etwas zu kritzeln. Er schreibt schneller, als Mia glauben kann.

Er schreibt etwas, streicht es durch, schreibt es noch einmal ordentlicher.

Nachdem viel Zeit vergangen ist, sagt er: »Setz dich auf.«

Mia sieht ihn durch ihre Haare an. Sie zittert.

»Setz dich her«, sagt er. »Neben mich.«

Sie setzt sich neben ihn.

Er legt ihr den Notizblock auf den Schoß und knipst die Innenbeleuchtung an. »Kannst du das lesen? Kannst du meine Schrift lesen?«

Mia nickt.

»Gut«, sagt er. »Wir spielen jetzt jemandem einen Streich. Ist das okay?«

Mia nickt.

»Es ist eine Art Scherz. Was du sagen sollst, ist nicht wahr. Aber wenn du nicht machst, was ich will, muss ich dich bestrafen, okay? Ich möchte das nicht, aber ich werde es tun.«

Mia schnieft und nickt.

»Wunderbar«, sagt er. »Fertig?«

Sie nickt wieder.

Er holt ein Handy heraus. Mia weiß, dass es ihrem Dad gehört. Das iPhone gehört ihrem Dad, und es ist voll mit Fotos von ihr und ihrem Bruder und ihrer Mum. Ihr Dad blamiert sie immer, indem er ständig jedem die Fotos zeigt.

Henry wählt auswendig eine Nummer, dann hält er Mia das Handy ans Ohr.

Mia hört, wie es am anderen Ende der Leitung klingelt, dann sagt eine nette Stimme: »Hallo?«

Mia blickt den Mann aus den Augenwinkeln an, der ihr zunickt.

»Mein Name ist Mia Dalton«, liest Mia vom Block ab.

Sie muss eine Pause machen, bevor sie den Rest vorliest. Die Stimme bleibt ihr im Hals stecken, und sie sieht den Mann ängstlich an.

Aber es scheint ihm nichts auszumachen.

Je verängstigter sie klingt, desto besser scheint es ihm zu gefallen.

## 27

Howie stoppt nahe am Milton House. Sie stellt den Motor ab, blickt zu Luther. »Alles in Ordnung mit Ihnen, Boss?«

»Ja. Wieso?«

»Sie sehen nicht gut aus.«

»Wenn wir Mia Dalton wiederhaben«, sagt er, »leg ich mich eine Woche in mein Bett.«

»Ich auch«, erwidert Howie. Dann errötet sie von der Brust bis hoch zum Haaransatz. Sie ist ein rothaariger Typ, deswegen sieht man es deutlich. »Womit ich nicht meine ...«

»Ich weiß, was Sie meinen«, sagt Luther. »Warten Sie hier. Behalten Sie alles im Auge.«

Sie sieht ihm nach, wie er auf die tristen grauen Säulen zustolziert. Sie fragt sich, ob diese Selbstdarstellung in einem gegensätzlichen Verhältnis zu seinem Selbstvertrauen steht; je unsicherer der Mann, desto größer die Schritte.

Luther geht an einem skelettartigen, vor sich hin rostenden Kinderspielplatz vorbei. Keine Kinder spielen darauf. Ein magerer Hund trottet selbstvergessen im Kreis herum. Glasscherben auf dem fröhlichen, rissigen Mosaik.

Er nickt mit dem Kinn zu einer Gruppe von Jugendlichen, die wie Krähen auf dem stillstehenden Karussell hocken. Dann zieht er den Kopf ein und tritt ins immerwährende Dämmerlicht des Milton House.

Luther nimmt drei Stufen auf einmal. Sie stinken.

Er ist außer Atem und schlecht gelaunt, als er an Steve Bixbys Tür klopft.

»Steve. DCI Luther. Machen Sie auf.«

Keine Antwort.

Er hämmert gegen die Tür. Sie wackelt im Türrahmen. Luther kann den Widerstand von Sicherheitsriegeln und Einsteckschlössern spüren.

Er tritt einen Schritt zurück, wischt sich mit dem Handrücken über den Mund.

Die Tür der angrenzenden Wohnung geht auf. Eine Frau, vielmehr ein Mädchen, starrt ihn an. Bleiches Gesicht. Kappa-Klamotten.

In genau so einer Sozialsiedlung hatte Luther zum ersten Mal eine dreißigjährige Großmutter getroffen.

Er nickt zu Bixbys Tür. »Ist er da?«

»Sie wecken das Baby.«

»Wissen Sie, wo er sein könnte?«

»Sehe ich aus wie Derren Brown?«

»Was wissen Sie über ihn?«, fragt Luther. »Den Mann, der neben Ihnen und Ihrem Baby wohnt?«

Das ist genug für Bixby, der von der anderen Seite der Tür zuhört.

Er ruft: »Schon gut!«

Luther wartet, während Bixby das ganze Prozedere des Türaufschließens und -öffnens durchläuft.

Er stellt sich in die Tür, der Hund zu seinen Füßen. »Was denn jetzt schon wieder?«

Luther legt Bixby eine Hand auf die Brust und stößt zu. Bixby fliegt im Bogen nach hinten. Fällt auf seinen knochigen Arsch.

Luther geht hinein. Die Wohnung stinkt nach Bixby, Hund und Bratfett.

Der Hund weicht zurück. Er postiert sich in eine Ecke und blickt ihn drohend an, warnt ihn, eine Bewegung zu machen.

Luther dreht sich um.

Die Nachbarin steht in der offenen Tür, das Handy in der Hand. Sie filmt ihn.

»Das können Sie nicht machen«, sagt sie. »Er hat Menschenrechte.«

Luther packt ihr Handgelenk, dreht es herum, beschlagnahmt das Handy, steckt es ein, schiebt sie aus der Wohnung und knallt die Tür zu.

Sie presst das Gesicht ans Fenster. Drückt sich die Nase daran platt. Sieht Bixby am Boden.

Luther zieht die Vorhänge zu.

*»Hey! Gib mir mein Handy. Diebischer Wichser.«*

Luther stellt Bixby auf die Füße. Rammt ihn gegen die unsolide Wand.

Hundenippes stürzt auf den dumpfigen Teppich.

Der alte Pitbull sieht aus der Ecke zu. Seine Beine zittern. Er hat sich bepisst.

Luther geht mit seinem Gesicht an Bixbys heran. »Sie sind ein Lügner, Steve. Sie haben behauptet, Sie kennen Henry Madsen nicht gut. Sie haben sich irgendein Märchen über einen verstorbenen Freund zusammengesponnen, Finian Ward, der Sie beide miteinander in Kontakt gebracht hätte. Aber das war Bullshit. Denn Sie kennen ihn, nicht wahr? Sie kennen ihn.«

Bixby schluckt. Blickt zum Fenster. Die Nachbarin steht immer noch davor, klopft ans Glas, schreit Beleidigungen und Drohungen.

Luther umklammert Bixbys Kiefer. Dreht seinen Kopf, bis sie sich in die Augen sehen. »Was Sie zum Helfer nach der Tat macht.«

»Bei was?«

»Bei allem, was er gemacht hat, seit wir uns das letzte Mal gesprochen haben.«

»Sie hat recht«, sagt Bixby und nickt in Richtung Fenster. »Das ist Körperverletzung.«

Luther lacht. Dann ohrfeigt er Bixby. Einmal. Sanft. »Wo ist er?«

»Weiß ich nicht.«

Er ohrfeigt Bixby noch einmal. Nicht so sanft. Bixbys Augen werden feucht.

»Wo ist er? Wo ist Henry?«

Der Hund kommt näher und weicht wieder zurück. Schnappt nach Luthers Beinen. Luther dreht sich zu ihm um. Der Hund rennt in einem panischen Anfall davon.

Luther verdreht Bixbys Ohr. »Wo ist er?«

»Ich. Weiß. Es. Nicht. Verdammt.«

Luther denkt nach. Dann lässt er Bixby los.

Er streckt die Hand aus. Packt den zahnlosen Hund.

Er windet sich unter seinen Händen, versucht zu beißen. Er kaut am Stoff seines Parkas. Er ist noch immer stark, alles Sehnen und Muskeln. Und er ist schwer.

Luther umschließt mit der einen Faust sein Halsband und mit der anderen seine Hinterläufe. Der Hund jault und sträubt sich, versucht sich zu befreien.

Luther marschiert zur Tür. Hat Mühe, sie zu öffnen.

Er schiebt die Nachbarin aus dem Weg. Dann hält er den Hund über das Geländer des Betonbalkons.

Die Nachbarin starrt ihn an. Ihr Mund steht offen.

Bixby eilt zur Tür.

Die Nachbarin schreit, Luther solle den Hund in Ruhe lassen, dass er ja nur ein Hund sei. Dass er niemandem etwas getan habe.

Luther ignoriert sie. Er grinst Bixby an.

»Wo ist er?«

Ein Ruck geht durch die Jugendlichen am Spielplatz. Howie sucht nach dem Grund dafür. Sie schaut nach oben.

Von ihrer Position aus wirkt es stark so, als hielte DCI Luther da oben einen Hund über den Balkon und drohte, ihn fallen zu lassen.

Die Schar der Jugendlichen schreit herum, macht die Handbewegungen und halben Tanzschritte, die Howie an Rapvideos erinnern. Nur dass die Teenager weiß sind und die Jeans schlaff an ihren mageren Ärschen herunterhängen. Es sieht einfach falsch aus.

»Beeilung«, sagt Luther. »Ich kann ihn nicht mehr lange halten.«

Bixby zappelt auf der Stelle, als müsste er pissen. Er ringt die Hände. »Bitte«, sagt er.

Vom Protest der Nachbarin angezogen, beginnt sich eine kleine, neugierige Menschentraube auf der Betongalerie zu versammeln.

»Polizei«, sagt er. »Dieser Hund ist gefährlich. Bis die Beamten vom Veterinäramt hier sind, müssen Sie diesen Zugang freihalten.«

Es ist eine Lüge. Es wird gut aussehen auf YouTube. Die Schaulustigen glauben ihm nicht.

»Bitte«, sagt Bixby. »Bitte.«

Jemand sagt: »Lass das arme, verdammte Vieh in Ruhe.«

Dann sagen sie es alle.

Luther lässt den Hund weiter über die Brüstung hängen und hält Bixbys starren Blick fest, während die grimmige, übellaunige Menge zu wachsen beginnt, weiteren Zulauf bekommt über verbundene Treppenhäuser und Galerien.

»Bitte machen Sie den Zugang frei, bis eine Veterinäreinheit da ist«, sagt Luther. »Danke.«

Der Hund ist zu verängstigt, um sich zu wehren. Er stiert nur unglücklich auf den Beton tief unten.

»Er wird wirklich schwer, Steve. Meine Arme tun weh. Meine Hände zittern.«

»Bitte«, wiederholt Bixby.

»Ich kann ihn nicht mehr halten«, sagt Luther. »Ich fühle, wie meine Hände abrutschen.«

»In Ordnung«, sagt Bixby. »In Ordnung. Kommen Sie rein. Tun Sie ihm bloß nicht weh.«

Howie beobachtet, wie die Gruppe der Jugendlichen sich zusammenballt wie eine Gewitterfront. Keine Menge. Noch nicht. Aber bald.

Schon sind die Handys draußen. Bald wird Luther auf Facebook und YouTube zu sehen sein, wie er einen Hund fünfzehn Meter hoch in der Luft baumeln lässt.

Sie kann sehen, dass er etwas ruft. Weiß Gott was.

Sie rollt die Augen. Flucht. Vergewissert sich, dass sie ihr Pfefferspray dabei hat, Schlagstock, Funkgerät. Steigt aus dem Auto aus.

»In Ordnung«, sagt sie, während sie auf die Jugendlichen zugeht. »In Ordnung. Lasst den Quatsch. Macht Platz.«

Sie drehen sich zu ihr mit bleichen, grinsenden, fiesen Gesichtern. Stoßen sich gegenseitig an. Richten ihre Handys auf sie.

Sie zeigt eine Haltung gelangweilter Gleichgültigkeit. In Wirklichkeit hat sie Angst.

Einer der Jugendlichen fragt: »Was macht Ihr Kumpel da mit dem Hund, Miss?«

*Miss,* als wäre sie eine Lehrerin.

Howie kann ein paar Sekunden durchatmen, während seine grinsenden Kumpels ihn aufziehen.

Sie schaut nach oben. Sieht die Menge, die sich auf dem Balkon versammelt. Näher und näher an Luther heranrückt.

Und den armen Hund, der herunterhängt wie ein Sack Küchenabfälle.

Sie gibt auf. Geht zurück zum Auto, ruft Verstärkung. »Sie sollten sich beeilen«, sagt sie. »Officer in Gefahr.«

Dann setzt sie sich hinters Steuer. Sie beobachtet und wartet.

Luther hebt den Hund wieder über die Brüstung. Seine Hände sind taub. Der Hund kuschelt sich an ihn. Luther umarmt ihn. Der Hund will, dass er ihn lieb hat. Er hat ihn lieb.

Er knuddelt den Hund, tätschelt ihn. Er kann seinen heftigen Herzschlag spüren. Der Hund leckt ihm übers Gesicht.

Luther schiebt seine Zunge weg von seiner Haut. Drückt ihn an seine Brust. Der Hund schmiegt sich an ihn, dankbar und verängstigt. Er ist schwer wie ein Metallklotz. Luthers Arme sind taub. Seine Finger schmerzen.

Er folgt Bixby in die Wohnung. Setzt den Hund ab.

Der Hund läuft in die Küche. Luther verriegelt die Tür. Vergewissert sich, dass die Vorhänge geschlossen sind.

Draußen herrscht Stille, bis jemand an die Tür hämmert und irgendein Protestgeschrei anstimmt.

Bixby beobachtet alles mit Entsetzen, reibt sich über die Kehle.

In der Ferne das Geräusch sich nähernder Sirenen.

Die Menge draußen wird lauter. Noch einmal tritt jemand gegen die Tür, diesmal fester.

Luther packt Bixby an der Schulter und schiebt ihn in die Küche. Zwingt ihn, sich zu setzen.

Der Hund hockt zitternd neben dem Kühlschrank, sieht ihn mit einem Ausdruck unterwürfiger Angst an.

Luther sagt: »Ich hab nicht viel Zeit.« Er lehnt sich mit dem Rücken an die schwache Küchentür und verschränkt die Arme. »Also beeilen Sie sich.«

»In Ordnung«, sagt Bixby. »Er war da.«

»Wann?«

»Vor nicht langer Zeit.«

»Ein Tag? Eine Woche? *Wann?*«

»Etwa eine Stunde.«

»Eine *Stunde?* Und was wollte er?«

Bixby murmelt etwas.

»Ich kann Sie nicht hören.«

Bixby murmelt wieder etwas, schaut weg.

»Steve«, sagt Luther.

In Bixbys Augen flammen Scham und Wut auf. »Er hat gesagt, er würde mir ein Mädchen verkaufen. Okay?«

»Es Ihnen *verkaufen*?«

»Er wollte zehn Riesen. Ich hab gesagt, ich hab keine zehn Riesen. Er hat gesagt, okay, sieben Riesen. Ich hab gesagt, so viel hab ich nicht.«

»Was will er mit dem Geld?«

»Raus aus London.«

»Und waren Sie in Versuchung? Sie zu kaufen?«

»Was soll ich sagen? Ja? Glauben Sie, ich bin komplett bescheuert?«

»Was hat er zu Ihnen gesagt? Was genau? Der genaue Wortlaut. Was hat er gesagt?«

»Dass sie sehr hübsch ist. Und lieb.«

»Lieb. Mein Gott.«

»Und dass sie ganz mir gehören könnte.«

»Haben Sie sie gesehen? Haben Sie sie mit eigenen Augen gesehen?«

»Nein!«

»Aber sie war am Leben?«

»Das muss sie wohl.«

»Wie gut kennen Sie ihn, Steve?«

»Nicht so gut. Wir haben uns nur bei den Kämpfen getroffen. Er war immer da.«

»Hundekämpfe?«

»Ja.«

»Und dort hat er sich zum ersten Mal an Sie gewandt – bei einem Hundekampf.«

»Ja.«

»Er hat Ihnen gesagt, er will ein Kind kaufen.«

»Nicht sofort. Monate später. Aber irgendwann, ja.«

»Also waren Sie Freunde?«

»Nein. Ich hab ihn nur bei den Kämpfen gesehen.«

»Und nach ein paar Monaten haben Sie ihn mit Vasile Sava in Kontakt gebracht. Dann mit Sweet Jane Carr.«

Bixby nickt.

»Was geschah seitdem?«

»Eigentlich nichts. Ich sehe ihn ab und zu bei den Kämpfen. Wir sagen Hallo.«

»Was macht er bei den Kämpfen? Wettet er, ist er Tierhalter, was?«

»Er ist Züchter. Und er ist Tierarzt. Er arbeitet hauptsächlich für einen Typen namens Gary Braddon.«

»Also, nur damit ich das richtig verstehe: Sie sind keine Freunde.«

»Nein. Er hat immer ziemlich deutlich gesagt, dass er Leute wie mich verabscheut. Leute mit meinem Problem.«

»Wenn er also zu Ihnen gekommen ist, muss er verzweifelt gewesen sein, richtig?«

»Keine Ahnung. Ich vermute schon.«

»Vermuten Sie nicht. Sagen Sie mir, zu wem er noch gehen könnte, um das Mädchen zu verkaufen.«

»Ich weiß es nicht. Ich weiß es ehrlich nicht. Aber selbst wenn es jemanden geben würde – was ich bezweifle –, dann wäre derjenige doch verrückt, sich jetzt mit ihm einzulassen, nicht? Jetzt, wo er ständig im Fernsehen zu sehen ist. So blöd ist doch niemand.«

Luther ruft Ian Reed an.

»Ian«, sagt er. »Du musst dir einen Typen namens Gary Braddon vorknöpfen. Organisiert Hundekämpfe. Nimm ihn ordentlich in die Mangel. Er ist ein Hundeliebhaber, ja? Solche Leute sind sentimental. Wenn du ihm sagst, ein kleines Mädchen wurde gekidnappt, singt er in einer Sekunde. Nimm Fotos von Mia mit.« Er blickt zu Bixby. »Hübsche.«

Er legt auf, wartet, bis Verstärkung eintrifft.

Howie geht als Nachhut eines Greiftrupps durch die Menge. Sie trägt eine leuchtende Polizeiweste, hält den Schlagstock in der Hand.

Sie sieht aus der Entfernung zu, wie der Greiftrupp Bixby und Luther aus der Wohnung holt, die von wütenden Anwohnern belagert wird.

Ein paar Flaschen landen auf einigen Schutzschilden. Ein halbes Dutzend Leute wird festgenommen. Sie werden wegen Krawall angeklagt und zu gemeinnütziger Arbeit verurteilt werden.

Luther und Bixby werden unter Polizeischutz hinausgeleitet. Bixby wird zusammen mit seinem Hund hinten in einen Van gesteckt.

Luther und Howie gehen zum Volvo. Steigen ein. Eine Flasche fliegt gegen die Heckscheibe.

»Und wie oft kommt so was vor?«, fragt Howie.

»Ich habe eigentlich noch nie einen Aufstand ausgelöst«, antwortet Luther.

Während Howie rückwärts ausparkt, klatschen Eier gegen die Karosserie, die Fenster. Sie duckt sich instinktiv bei jedem Aufprall. Und dann sind sie auf der Straße. Luther sagt nichts zu ihr. Ruft nur Benny Deadhead an.

»Benny, Kumpel. Wie sieht's aus mit Madsens Adoptiveltern?«

»Jan und Jeremy Madsen«, antwortet Benny. »Sie war Apothekerin. Er Tierarzt.«

»Adresse?«

»Finchley«, sagt Benny. »Dasselbe Haus, in dem sie schon seit vierzig Jahren wohnen.«

## 28

Reed setzt sich auf Luthers Stuhl und ruft bei der Status Dogs Unit an, der Abteilung zur Überwachung von Kampfhunden. Der Anruf wird von Sergeant Graham Cooke entgegengenommen. Reed stellt sich vor, umreißt kurz die Lage.

»Hat das irgendwas mit dem kleinen Mädchen zu tun?«, fragt Cooke.

»Ja, das könnte es.«

»Dann muss ich mich eine Minute setzen. Lassen Sie mich die Tür schließen, einen Stift holen.«

Reed wartet. Dann kommt Cooke wieder an den Apparat und fragt: »Was wollen Sie wissen?«

»Beginnen wir damit, wer er ist.«

»Gary Braddon. Geboren 1963 in Caerphilly. Vorgeschichte von Verbindungen zur rechtsextremen Szene.«

»Und er mag Hunde, nicht wahr?«

»Na ja, das kommt darauf an, was Sie mit ›mögen‹ meinen. Er ist vorbestraft: Haltung eines Hundes zu Kampfzwecken, Verursachen unnötigen Leidens, indem er die Wunden eines Hundes nicht tierärztlich versorgen ließ. Außerdem Verurteilungen wegen Besitzes von Geräten, die zum Training von Kampfhunden eingesetzt werden. Fünf Anklagepunkte bezüglich illegaler Haltung pitbullartiger Hunde zu Kampfzwecken.«

»Heißt was?«

»Heißt, er darf keine Hunde halten. Also hält er sie außer Haus. Wir konnten nie nachweisen, wo.«

»Tja, ich glaube, da kann ich Ihnen vielleicht weiterhelfen. Sagt Ihnen der Name ›Henry Madsen‹ irgendwas?«

»Nein, so aus dem Stegreif nicht.«

»Er ist Braddons Tierarzt. Und Sekundant.«

»Braddons Tierarzt nennt sich Henry Mercer.«

»Das wird unser Mann sein.«

»Angeblich betreibt er den besten Trainingshof in London, obwohl wir ihn nie ausfindig gemacht haben. Mr Mercer ist ein verschwiegener Bursche.«

»Das ist er«, sagt Reed. »Also, ist da Geld im Spiel? Denn Geld ist momentan ein Problem.«

»Jede Menge. Wenn dein Hund drei Kämpfe gewinnt, ist er ein Champion. Fünf, dann ist er ein Grand Champion – danach streben alle. Also lassen sie die Hunde ein Trainingsprogramm absolvieren, bringen sie auf ein bestimmtes Kampfgewicht, genau wie Boxer. Das bedeutet Training auf dem Laufband, Diät, Konditionsaufbau, Auslauf. Und Steroide, damit sie ganz schlank werden, ohne Fett.«

»Glauben Sie, Henry könnte Braddon um Geld bitten?«

»Sie glauben, er ist der Mann, der Baby Emma und das andere kleine Mädchen gekidnappt hat?«

»Wir sind ziemlich sicher, ja.«

»Dann auf gar keinen Fall. Braddon ist ein rechtsextremer Vollidiot. Und er ist Hundeliebhaber. Steht etwas weiter rechts als Mussolini. Das ist eine gefährliche Kombination für einen Mann, der Kinder entführt. Mercer, Madsen, wie immer er auch heißt, Braddon würde ihm die Eier abschneiden und ihn den Hunden vorwerfen, sobald er sich bei ihm blicken lässt.«

»In Ordnung«, sagt Reed. »Das Problem ist folgendes: Unser Mann ist irgendwo in London untergetaucht. Und Sie haben recht, er ist sehr verschwiegen. Er hat sozusagen keine Freunde, und er hat kein Geld. Er braucht einen Ort, wo er sich verkriechen kann.«

Cooke zögert einen Augenblick, dann sagt er: »Braddons Hundekämpfe finden üblicherweise in einem von verschiedenen leer stehenden Gebäuden statt. Mercer, oder Madsen, müsste die Schlüssel zu allen haben.«

»Kennen Sie die Orte?«

»Definitiv.«

»Können Sie uns eine komplette Liste schicken, so schnell wie möglich? Und alles Material, das Sie vielleicht sonst noch zur Hand haben, um die Erlassung eines Durchsuchungsbefehls zu beschleunigen?«

»Davon hab ich jede Menge«, antwortet Cooke.

»Was trinken Sie gern?«, fragt Reed.

»Bei einem Whisky sage ich nicht nein.«

»Die Flasche ist unterwegs«, sagt Reed. »Die schulden wir Ihnen.«

Cooke bittet Reed, ihm etwas Zeit zu geben.

Fünfzehn Minuten später meldet er sich wieder mit einer Liste von fünf Gebäuden, die von Gary Braddon als Veranstaltungsorte für Hundekämpfe genutzt werden.

Noch in derselben Stunde kommt Suchteam Eins mit DS Justin Ripley als Einsatzleiter bei der ersten Adresse auf der Liste an.

Es ist ein ehemaliges Kücheneinrichtungshaus in Lewisham.

Sie finden Schränke vor, die verschoben und neu aufgestellt wurden, sodass sie einen Hundekampfplatz bilden, einem Boxring sehr ähnlich.

Eine gründliche Durchsuchung ergibt, dass das Gebäude nicht bewohnt ist. Suchteam Eins findet keine Anzeichen dafür, dass Mia Dalton oder Henry Madsen vor Ort waren.

Suchteam Zwei, angeführt von DS »Scary« Mary Lally, stößt auf einen improvisierten Hundekampf, der gerade hinter einer Reifenwerkstatt in Deptford im Gange ist.

Ein Dutzend Männer sieht dabei zu, wie zwei Pitbull Terrier sich auf einem anderthalb Quadratmeter großen und einen Meter hohen Kampfplatz leise gegenseitig zerfleischen.

An den entgegengesetzten Ecken der Kampfplätze sind diagonale *scratch lines* gezogen. Hinter diesen Linien müssen die Hunde verharren, bis der Schiedsrichter anordnet, sie aufeinander loszulassen.

Vier Festnahmen werden durchgeführt. Zwei der Hunde werden später eingeschläfert werden.

Die Polizisten finden keine Hinweise darauf, dass Mia Dalton oder Henry Madsen vor Ort waren.

## 29

Luther und Howie fahren nach Finchley.

Auf dem Royal Drive kommen sie am Gelände des Colney Hatch Lunatic Asylum vorbei, das zu einem Komplex von Luxusapartments umgebaut wurde. Ein Insasse des Irrenhauses war damals Aaron Kosminski gewesen. Luther ist sich ziemlich sicher, dass Kosminski der wahre Jack the Ripper war.

Jeremy und Jan Madsen wohnen in einer edwardianischen Doppelhaushälfte mit Giebeldach in einer Sackgasse in Finchley.

Jan Madsen kommt zur Tür. Sie ist eine imposante Erscheinung: kantiges Kinn, markante Wangenknochen. Ergrauende, wallende Locken. Sie ist zweiundsiebzig, eine pensionierte Apothekerin. Sie mustert Luther von oben bis unten mit einem abschätzigen Blick und fragt: »Geht es um meinen Sohn?«

Luther nickt. Steckt seine Dienstmarke wieder ein.

Sie bittet Howie und ihn herein. Barsch vor Anspannung.

Das Haus ist sauber. Im Wohnzimmer stehen Nippsachen und Familienfotos, ein Fernseher, der ein Spitzenprodukt war, als er vor fünfundzwanzig Jahren angeschafft wurde. Obst in einer blau-weißen Keramikschale, das Korallengeäst kürzlich verspeister Trauben. Ein alter HP-Computer ist an der Wand eingesteckt, der Bildschirm schwarz. Zwei Kreditkarten auf dem Tisch. Daneben eine Tasse Tee mit Milch auf einem Untersetzer. Spuren von Katzen, obwohl keine zu sehen sind.

Jan dreht sich zu Luther und Howie um, ihr Sohn ein Geist zwischen ihnen. »Möchten Sie eine Tasse Tee?«

Howie lächelt freundlich. »Nein danke.«

»Es ist noch ganz viel in der Kanne.«

»Wirklich nicht. Aber danke.«

»Kaffee?«

»Danke, wir brauchen nichts.«

»Wasser? Etwas zu essen?«

Howie lächelt. »Wirklich. Wir möchten nichts.«

Jan bittet sie, Platz zu nehmen.

Luther und Howie lassen sich auf der Kante eines Laura-Ashley-Sofas nieder.

Jan setzt sich in einen dazu passenden Lehnstuhl. Ringt ihre Gärtnerinnenhände, knotig von Arthritis.

Nervöse Menschen fühlen sich gezwungen, die Stille zu füllen. Also sitzen Luther und Howie einfach da und warten.

»Es ist entsetzlich«, sagt sie. »Was er getan hat. Es ist entsetzlich. Er wurde nicht so erzogen.«

»Das sehe ich«, erwidert Luther. »Sie haben ein sehr schönes Haus. Wohnen Sie schon lange hier?«

»Seit 1965.« Sie sagt das mit Stolz und einem Anflug von etwas wie Scham.

»Und ist Ihr Mann ...«

»Oben«, sagt sie. »Es geht ihm leider nicht gut. Fibromyalgie. Und diese ganze ...«

Luther nickt und weist Howie mit einer unauffälligen Geste an, hinaufzugehen und nach dem Ehemann zu sehen.

Howie erhebt sich, wendet sich an Jan Madsen: »Dürfte ich vielleicht?«

»Natürlich. Zweite Tür rechts am Ende der Treppe.«

Howie dankt ihr, dann verlässt sie das Zimmer und geht hinauf in den Geruch von Mr-Sheen-Möbelpolitur.

Sie klopft leise an die Schlafzimmertür. Hört ein geflüstertes: »Ja, bitte?«

Howie öffnet die Tür. Jeremy Madsen liegt im Bett. Ein großer, hagerer Mann mit schütterem Haar und zahlreichen Leberflecken. An die zehn Jahre älter als seine Frau.

Sie lässt den Blick durchs Zimmer schweifen, über die vollgestellte Frisierkommode und die düsteren Schränke. Lederschlappen stehen neben dem Bett.

Howie stellt sich vor, zeigt ihre Dienstmarke und flüstert: »Es tut mir leid, dass ich Sie stören muss.«

Jeremy setzt sich auf. Er hat eine leichte Lähmung. Er blinzelt durch ein Auge. »Es tut mir leid«, flüstert er zurück. »Migräne. Ganz schlimm.«

»Sie hatten einen Schock«, sagt Howie.

»Ich kann Ihre Fragen beantworten«, flüstert er.

»Ich bin sicher, das wird nicht nötig sein. Ich bin sicher, Ihre Frau kann uns alles sagen, was wir wissen müssen. Bitte.«

Jeremy nickt. Die Bewegung lässt ihn vor Schmerz das Gesicht verziehen.

Howie fragt: »Kann ich Ihnen irgendetwas bringen? Wasser?«

»Schon gut.« Seine von Leberflecken übersäte Hand zittert wie bei einem Diabetiker. »Ich muss nur – wenn es Ihnen nichts ausmacht?«

»Nein, natürlich nicht.«

Howie stützt Jeremys Schulter, spürt die Knochen durch den weichen Pyjama. Sie hilft ihm, sich wieder hinzulegen.

Sie bleibt am Rand des Bettes stehen, während er sich in eine Fötusstellung zusammenrollt.

Verlegen schlüpft Howie aus dem Zimmer und geht hinunter.

Im Wohnzimmer beugt Luther sich vor, er sitzt noch immer auf der Kante des geblümten Sofas. »Hat Henry sich bei Ihnen gemeldet?«

Jan Madsen nickt. »Ja, er hat angerufen.«

»Wann?«

»Vor etwa einer Stunde.«

»Was hat er gesagt?«

»Nichts. Da war nur ein Rauschen in der Leitung.«

»Woher wussten Sie dann, dass er es war?«

»Ich hatte schon damit gerechnet.« Sie spuckt es beinahe aus. »Er ist immer zu uns gekommen, wenn er in Schwierigkeiten war.«

Sie reibt über ihr Knie, kann Luther nicht in die Augen sehen.

»Was wollte er?«

»Geld. Was sonst?«

Howie kommt ins Zimmer und setzt sich leise.

»Henry hat angerufen«, sagt Luther. »Vor einer Stunde. Hat nichts gesagt.«

Howie steht sofort auf. »Ich lasse den Anruf zurückverfolgen.«

Luther streckt die Hand aus, hält sie am Arm fest. Schüttelt den Kopf. »Er wird längst weg sein. Ich werde per SMS darum bitten, dass sie den Anruf zurückverfolgen.«

Howie zögert, ist unsicher, dann setzt sie sich wieder neben ihn aufs Sofa. Ihre Oberschenkel berühren sich.

Luther hebt die Hüfte, holt sein Handy heraus. Beginnt ungelenk eine Nachricht zu tippen. Er runzelt konzentriert die Stirn und fragt dabei: »Ist Ihnen bewusst, dass Henry ein Verdächtiger bei einem sehr schweren Verbrechen ist?«

Jan nickt. Schaut weg. Spielt mit ihrem nackten Ringfinger. Luther betrachtet den blassen Abdruck, wo der Ehering gesteckt hatte, dann die geschwollenen, arthritischen Fingerknöchel.

»Ich muss Sie fragen«, sagt er. »Warum haben Sie nicht die Polizei verständigt, als er angerufen hat?«

»Was hätte ich denn sagen sollen? Mein mir fremder Sohn hat angerufen, nichts gesagt und dann wieder aufgelegt? Damit hätte ich Ihre Zeit verschwendet.«

Einen Moment lang unterbricht Luther sein akribisches und umständliches SMS-Tippen. »Mrs Madsen. Niemand gibt Ihnen die Schuld daran.«

Sie nickt, tut so, als glaubte sie ihm. Zupft an ihrem Ringfinger.

»Stehen Sie mit Henry in Kontakt?«, fragt Howie. »Ganz allgemein?«

»Wir haben zwanzig Jahre lang kein Lebenszeichen von ihm erhalten.«

Luther senkt die Stimme. »Wir haben gehört, Henry wurde adoptiert?«

Jan schnaubt in ihren Schoß, ein Ausdruck uralter, unermesslicher Bitterkeit. »Haben Sie Kinder?«

»Nein«, antwortet Luther.

»Tja, wir haben es versucht«, sagt Jan. »Jeremy und ich. Wir haben es immer wieder versucht. Damals gab es noch keine künstlichen Befruchtungen. Das war in den frühen Siebzigern.«

»Und wie alt war Henry, als Sie ihn adoptiert haben?«

»Zwei. Gerade zwei geworden. Er war ein hilfloses kleines Ding. Einen Hund würde man nicht so behandeln, wie seine Mutter ihn behandelt hat. Das arme kleine Ding, sie hat ihn geschlagen, ihn hungern lassen und weiß Gott was sonst noch alles. Hat ihn in einen Schrank gesperrt, wenn ihr Herrenbesuch vorbeikam. Sie hat ihn geprügelt. Ihn auf alle Arten beschimpft. Scheibenkleister hier, Scheibenkleister da.« Jenes bittere Lachen. »Gott, wir waren so aufgeregt. Aber alle hatten uns gesagt: ›Ihr werdet euch auf den ersten Blick in ihn verlieben.‹ Oder: ›Sobald ihr ihn seht, wird alles ganz selbstverständlich sein.‹ Aber als ich in das Zimmer gekommen bin, den kleinen Jungen mit den schmutzigen Knien und den ganz zerzausten Haaren gesehen habe. Da habe ich ihn angesehen, und mein erster Gedanke war: ›Du gefällst mir nicht‹.

Und ich habe mich dafür gehasst. Mich abgrundtief gehasst. Ich war von Schuldgefühlen geplagt von der Minute an, als wir ihn nach Hause brachten. Danach habe ich es … verdrängt, denke ich.«

Aus dem zögerlichen Gebrauch des Wortes hört Luther Jahre voller Qualen und Selbstanklagen heraus.

»Wenn man nicht die Liebe empfindet, von der man glaubt, dass man sie empfinden sollte«, sagt sie, »kriegen sie es mit. Sie kriegen es mit. Kinder sind so empfänglich für solche Dinge.«

»Es gibt ein sogenanntes Adoptivkind-Syndrom«, sagt Luther. »Etwa zehn Prozent der adoptierten Kinder zeigen eine Verhaltensstörung. Daran ist niemand schuld.«

»Damals gab es noch keine Syndrome«, entgegnet sie. »Zu unserer Zeit ging es immer um die Erziehung. Und die Wahrheit ist, ich hatte keine mütterlichen Gefühle für ihn.« Sie sieht auf ihre Hände. Sie beginnt nacheinander an ihren Fingerknöcheln zu ziehen. »Ich hatte *Beschützerinstinkte*«, sagt sie. »Ich konnte den Gedanken nicht ertragen, dass ihm etwas zustößt. Und ich hatte *Mitleid* mit ihm. Aber ich habe ihn nicht geliebt. Nicht so. Lange Zeit nicht. Und dann, als ich endlich so weit war, ihn wie mein eigenes Kind zu lieben, wie es sich für eine Mutter gehört, na ja. Da war es zu spät.«

»Wie alt war er, als die Probleme angefangen haben?«

»Ungefähr sieben. Jeremy und ich sind an unserem Hochzeitstag essen gegangen. Nur in dem kleinen Bistro, das damals an der Hauptstraße war. Wir haben ihn zum ersten Mal mit einem Babysitter allein gelassen. Er hat sein Bett angezündet.«

Luther verzieht das Gesicht.

»Und ab dann wurde es immer schlimmer. Wir haben alles versucht. Psychiater. Psychologen. Was immer uns einfiel, das wirken könnte, haben wir versucht.«

Sie hustet in ihre Hand und lehnt sich zurück. Erschöpft davon, alles in der Erinnerung noch einmal durchzumachen.

Luther fragt: »Kann ich Ihnen ein Glas Wasser holen?«

»Gerne, wenn es Ihnen nichts ausmacht.«

Luther geht in die Küche. Unterwegs nickt er Howie zu. Deutet auf sein Handy.

Howie runzelt die Stirn: *Was?*

Während Luther in die Küche tritt, tippt er weiter an der SMS. Er findet die Gläser in einem Hängeschrank und füllt eins mit Wasser.

Am Fenster hinter dem Waschbecken steht ein Töpfchen Vaseline. Der Deckel ist offen.

Luther blickt darauf, während er die SMS zu Ende schreibt. Er adressiert sie an Rose Teller, Ian Reed, Benny Deadhead und Isobel Howie.

Dann bringt er Jan Madsen das Wasserglas.

Sie nimmt es dankbar an. Trinkt einen Schluck. Hält es auf ihrem Schoß fest.

»Adoptierte Kinder«, beginnt Luther und setzt sich. »Sie machen sich oft Gedanken über ihre leiblichen Eltern. Vor allem die leibliche Mutter.«

»Und ob. Weiß Gott, Henry hat seine zu einer wahren Madonna erhoben. Hat sich in seiner Fantasie alle möglichen verrückten Dinge über sie ausgemalt.«

»Wie zum Beispiel?«

»Wie zum Beispiel, dass er von bösem Blut abstammt.«

»Hat er das so gesagt? Böses Blut?«

»Böses Blut. Er war besessen von der Idee.«

»Woher kam das?«

»Jeremy ist Tierarzt. Jetzt selbstverständlich in Rente. Aber das Einzige, wofür Henry je wirklich Interesse gezeigt hat, waren die Tiere. Also haben wir versucht, ihn Verantwortung übernehmen zu lassen. Wir haben ihm einen kleinen Mischlingswelpen gekauft. Digby. Wir dachten, das könnte helfen.«

»Hat es das?«

Sie nimmt noch einen Schluck Wasser. Ihre Hand zittert. Sie antwortet: »Das weiß der Himmel. Er hatte den Hund ein paar Wochen lang. Dann ist er weggelaufen und nie wiedergekommen.«

Luther glaubt zu wissen, was mit dem Hund geschehen ist. Er denkt, dass Jan Madsen es wahrscheinlich auch weiß.

Er schickt die SMS ab, dann steckt er sein Handy ein und fragt: »Was haben Sie Henry denn über seine leibliche Mutter erzählt?«

»Dass sie zu jung war. Dass sie ihn geliebt hat, ihm aber ein besseres Leben ermöglichen wollte, als sie es ihm bieten konnte. Aber er wollte uns nicht glauben. Und er hatte recht. In Wahrheit war sie eine Prostituierte. Und geisteskrank. Sie hat sich selbst regelmäßig Stromschläge am Kopf zugefügt. Mit einer Autobatterie.«

»Also haben Sie ihn angelogen.«

»Was hatten wir denn für eine Wahl? Ihn anlügen oder die Wahrheit sagen und ihm das Herz brechen? Was hätten Sie getan?«

Howies Handy vibriert, als sie eine SMS bekommt.

Sie greift danach.

»Anscheinend ist das nicht ungewöhnlich«, sagt Jan. »Verstörte Adoptivkinder neigen dazu, Ablehnung zu provozieren. Sie wollen ihre Adoptiveltern zwingen, ihre Liebe unter Beweis zu stellen, indem sie sich immer inakzeptabler verhalten. Und haargenau das hat Henry getan. Wir haben völlig die Kontrolle über ihn verloren. Er hat Tiere misshandelt. Beging Ladendiebstahl. Weitere Einbruchsdiebstähle. Sexuelles Fehlverhalten.«

Luther greift nach seinem Notizbuch, schlägt es auf. Er tastet seine Taschen ab auf der Suche nach einem Stift. »Fehlverhalten welcher Art?«

»Er hat sich entblößt«, antwortet Jan Madsen. »Vor ein paar sehr jungen Mädchen.«

Howie schaut auf ihr Handy.

Sie sieht, dass die eingegangene SMS von Luther ist:

HENRY MADSEN IST HIER.
HAUS DER ELTERN
CAVALRY CLOSE 15. FINCHLEY.
MADSEN IM OBERGESCHOSS – VATER MÖGL GEISEL

MIA DALTON OBEN? MÖGLICHE GEISEL
BITTE SOFORT UNTERSTÜTZUNG.

Howie starrt sechs oder sieben lange Sekunden auf ihr Handy. Sie liest die Nachricht ein halbes Dutzend Mal.

Ihr Blick huscht von der SMS zu Luther und wieder zurück. Luther lässt sich nichts anmerken.

Er sitzt einfach da und notiert etwas, während Jan erzählt.

»Scary« Mary Lally führt Suchteam Zwei zu einem leer stehenden Wohnhaus in einer ruhigen Straße in Muswell Hill.

Das Haus befindet sich in einem frühen Stadium der Renovierung. Ein Container steht davor. Das Haus ist voll mit den Möbeln der früheren Bewohner. Gipskarton, Mörtel, Farbdosen und Abdeckplanen.

In der Garage hinter dem Gebäude finden sie das Auto des verstorbenen Besitzers und Kisten mit persönlichen Gegenständen.

Während sie den Garten absuchen, werden die Hunde unruhig.

Lally folgt dem Hundeführer ins Haus, wo die Hunde zunehmend dringlicher anschlagen.

DS Lally ruft DCI Reed an.

»Mia war definitiv hier«, sagt sie. »Ihr Geruch ist hier überall. Im Waschbecken oben haben wir Haarfarbe gefunden.«

»Also hat er ihr die Haare gefärbt? Er will sie tarnen?«

»Sieht so aus, Chef.«

Reed dankt ihr. Er sagt: »Postieren Sie jemanden, der den Ort im Auge behält. Für den Fall, dass er noch mal zurückkehrt.«

Reed ist noch im Gespräch mit Lally, als er eine SMS bekommt. Sie stammt von Luther.

Reed überfliegt sie, dann steht er so plötzlich auf, dass er seinen Stuhl umwirft. Sein Hals verkrampft sich. Er umfasst ihn. Er sagt: »Hören Sie, Mary. Hier ist gerade was Wichtiges reingekommen. Suchen Sie weiter und halten Sie mich auf dem Laufenden.«

Er legt den Hörer des Festnetztelefons auf und dreht sich zu Benny.

Benny schaut langsam von seinem Handy auf.

»Heilige Scheiße«, sagt Reed.

Mit einer Hand am Nacken rennt er zur Tür hinaus und sprintet durch die Abteilung. Er stürmt in Tellers Büro.

Sie zieht sich schon den Mantel an.

»In Ordnung«, sagt sie. »Schnappen wir ihn uns.« Sie geht mit schnellen Schritten los, spricht ins Funkgerät.

Reed folgt ihr, tippt dabei eine hastige Antwort: BLEIB DORT! SIND UNTERWEGS.

Howie steckt ihr Handy ein und wartet Luthers nächsten Schritt ab.

Er überfliegt seine Notizen und fragt: »Wann haben Sie Henry also zum letzen Mal gesehen?«

»Als er aus dem Gefängnis freigekommen ist.«

»Damals war er, was? Einundzwanzig? Zweiundzwanzig?«

»Ja. Er hat uns besucht.«

»Und was hat er gesagt?«

»Dass er uns hasst. Dass er uns nie wiedersehen will. Und«, sie sieht Luther in die Augen, »dass er seine eigene Familie gründen wird. Eine große Familie. Fünf Söhne. Fünf Töchter. Sie würden auf einem Bauernhof wohnen. Tiere züchten. Tiere mit Stammbaum. Seltene Rassen. Er würde sie alle lieben. Die Tiere und die Kinder. Er würde ihnen alle Liebe der Welt geben. Aber von ihm aus könnten Jeremy und ich genauso gut tot sein.«

»Und seither hat er sich nicht mehr gemeldet?«

Sie schüttelt den Kopf, runzelt die Stirn. »Es kommt vor, dass das Telefon klingelt und niemand dran ist. Und ich frage mich, ob er das ist. Und manchmal, wenn ich nachts abschließe, vergesse ich, die Vorhänge zuzuziehen. Dann schaue ich hinaus und denke, da draußen ist jemand, in der Dunkelheit ganz hinten im Garten. Glauben Sie, er könnte das gewesen sein?«

»Nein«, lügt Luther. Dann reißt er die aufgeschlagene Seite aus seinem Notizbuch heraus und reicht sie ihr.

IST ER HIER?

Sie liest es. Ihre Augen füllen sich mit Tränen. Sie sieht Luther in die Augen und nickt.

Luther bleibt ganz ruhig. Seine Lippen formen die Worte: *Sprechen Sie weiter.* Er reicht ihr noch einen Zettel.

MÄDCHEN BEI IHM?

Jan schüttelt energisch den Kopf, greift nach seinem Notizbuch.

NEIN! ER HAT DAS MÄDCHEN <u>VERGRABEN</u>

Luther fragt lautlos: *Vergraben?*

»Er war ein sehr verstörter junger Mann«, sagt Luther, während er ihr das Notizbuch reicht. »Nichts davon war Ihre Schuld.«

Jan kritzelt ins Notizbuch.

MÄDCHEN AM TELEFON, NICHT HENRY.

Sie gibt ihm das Notizbuch zurück.

Luther schreibt:

MIA?!!

Reicht ihr das Notizbuch. Sie liest. Nickt. Ja, Mia.

Dann schreibt sie:

MIA HAT EINE NACHRICHT VORGELESEN
HENRY WIRD SIE VERGRABEN.
GENUG LUFT FÜR 2 STUNDEN.
HENRY GIBT UNS MIA ... WENN WIR IHM GELD GEBEN.

Ihre Augen wandern zum Computer, und Luther versteht. Die Madsens waren gerade dabei, Geld auf Henrys Konto zu überweisen, als Luther und Howie auftauchten.

WENN WIR POLIZEI RUFEN OD. HENRY VERHAFTET WIRD, schreibt Jan, STIRBT MIA. NIEMAND WIRD SIE JE FINDEN.

Luther nimmt den Zettel, überfliegt ihn, reicht ihn Howie.

Er steht auf, steckt sein Notizbuch ein.

Jan Madsen beginnt zu weinen.

»DS Howie«, sagt Luther, »bringen Sie Mrs Madsen doch kurz in den Garten an die frische Luft. Mrs Madsen, es tut mir leid, dass das so schwer für Sie war.«

Dann geht er in die Diele.

Er schaut die Treppe hinauf.

Er ruft: »Na, haben Sie alles gehört, Henry?«

Mehrere Polizeieinheiten steuern auf die Adresse in Finchley zu. Darunter befinden sich drei Armed Response Vehicles sowie ein von Jankel gepanzertes Guardian Tactical Intervention Vehicle, ein großer Allradgeländewagen mit kugelsicherer Windschutzscheibe und explosionssicherem Boden. Darin sitzen acht CO19 Specialist Firearms Officers in dunkelblauen, feuerfesten Nomexanzügen, Kevlarschutzwesten und Kampfwesten mit Blendgranaten, Tränengaskanistern, SF-10-Gasmasken und C100-Keramikhelmen.

Die Air Support Unit lässt die Helikopter India 97 und India 98 von Lippits Hill starten.

Reed sitzt auf dem Rücksitz eines gekennzeichneten BMW-Streifenwagens, der mit Blaulicht und Sirenen in einem Konvoi mit drei weiteren Fahrzeugen dahinrast. Er spannt den Kiefer an. Ballt immer wieder die Faust. London fliegt vorbei.

Neun Millionen Menschen.

Suchteam Eins durchsucht den Keller eines abrissreifen Wohnblocks in Walthamstow.

Sie finden Spuren eines blutbefleckten Kampfplatzes vor, den Gestank von Scheiße und Schweiß und Alkohol.

Das elektrische Licht knistert über ihnen.

Es gibt keine Spur von Mia Dalton oder Henry Madsen.

Luther stellt sich auf die Treppe.

»Ich weiß, dass Sie Ihrer Mum gesagt haben, sie soll uns abwimmeln«, ruft er. »Und sie hat es gut gemacht. Sie hat sich wirklich Mühe gegeben. Sie hat unsere Fragen sehr ehrlich beantwortet. Aber sie trägt keinen Ehering, nicht wahr? Für mich sieht es nicht so aus, als hätte sie ihn in vierzig Jahren je abgelegt. Und da ist eine Dose Vaseline in der Küche neben dem Wasserhahn, als hätte sie den Ring gerade abgenommen. Es ist ein hübscher Ring. Ich habe ihn auf den Fotos gesehen. Wahrscheinlich ein, zwei Groschen wert, was?«

Er wartet ein langes Schweigen ab.

»Hören Sie gut zu«, sagt er. »Ich hab Verstärkung gerufen. Eine Menge Bullen sind unterwegs. Es ist also alles vorbei. Entweder wird das hier eine harte, harte Belagerung, bei der Sie am Ende tot sind. Oder Sie kommen mit mir mit.«

Howie stützt Jan am Ellbogen. Sie führt sie zur Tür und durch die lange, schmale Küche.

Jan zittert so heftig, dass ihr das Gehen schwerfällt.

Luther bleibt auf der zweiten Stufe stehen. »In Ordnung, Henry. Ich komme hoch.«

Er holt seinen ausziehbaren ASP-Schlagstock heraus, hält ihn zusammengesteckt in der Faust.

Er geht die Stufen langsam hoch, eine nach der anderen.

Es sind fünfzehn Stufen.

Howie hilft Jan vorbei an den Einbauschränken, am Kühlschrank, einem altmodischen Vorratsschrank, einer Gefriertruhe in der Ecke.

»Das arme kleine Mädchen«, sagt Jan. »Das arme kleine Schätzchen. Was wird nur geschehen?«

»Wir werden sie finden«, antwortet Howie.

Sie erreichen den Küchenausgang.

Es ist eine altmodische Tür mit einem schweren Einsteckschloss, eines, für das man einen großen Metallschlüssel braucht.

Die Tür ist abgeschlossen.

Luther erreicht das Ende der Treppe und schiebt sich am Treppenabsatz entlang.

Er öffnet die erste Zimmertür. Es ist ein Nähzimmer.

Es liegt im Dunkeln. Lediglich Straßenlaternen scheinen durch blasse Vorhänge, lassen den Raum orange schimmern.

Hier ist niemand.

Er wendet sich zur Schlafzimmertür.

Sie steht leicht offen.

Er geht hinein.

Jeremy Madsen liegt auf dem Bett.

Howie drückt die Klinke hinunter. Dreht sich verärgert zu Jan Madsen um. »Wo ist der Schlüssel?«

Sie sieht den Ausdruck in Jans Augen.

Panik.

Howie folgt Jans Blick.

Jan schaut auf die zwei alten, schwarzen Riegel, die an der Tür angebracht sind – einer auf Kopfhöhe, der andere nah am Boden.

Sie fragt sich einem Moment, wozu sie da sind.

Dann fällt ihr auf, dass beide Riegel zurückgeschoben sind, als hätte jemand versucht, durch die Hintertür hinauszugehen.

Es ist ihm jedoch nicht gelungen, weil die Tür abgeschlossen ist und man einen Schlüssel braucht, um sie zu öffnen.

Und dann versteht Howie.

Sie dreht sich um, schiebt Jan hinter sich und greift nach ihrem Pfefferspray, als Henry Madsen aus dem Besenschrank tritt.

Sie sieht zum ersten Mal sein Gesicht, das perverse Wesen in seinen Augen, und dann blickt sie auf den langen Schraubenzieher in seiner Faust, gelber Griff, fünfundzwanzig Zentimeter, abgeflachter Stift –

Howie schreit: »Auf den Boden! Auf den Boden, sofort!«

Während Madsen ihr den Schraubenzieher zwischen die Rippen stößt, direkt unter die Brust, und ihn dreht.

Luther hört Howie schreien und Jan Madsen kreischen und sieht die animalische Angst in Jeremy Madsens Augen.

Er dreht sich um und rennt.

Er ist am oberen Ende der Treppe, als Henry Madsen die Eingangstür erreicht. Madsen blickt über die Schulter nach hinten, sieht Luther.

Er kann den Türgriff nicht fassen. Seine Hände sind nass vom Blut.

Luther stürmt die Treppe hinunter, als Henry Madsen die Tür öffnet.

Luther streckt eine Hand aus, schlägt die Tür zu.

Dann rammt er Henry Madsen mit der Schulter.

Madsen knallt gegen die Massivholztür.

Luther packt Madsen am Revers. Schleudert ihn gegen die Tür, gegen die Wand. Wieder gegen die Tür.

Er schaut auf, hält einen in sich zusammengesunkenen Madsen in den Händen.

Jeremy Madsen steht am oberen Ende der Treppe, leichenblass vor Schreck.

»Weg da«, ruft Luther. »Zurück in Ihr Zimmer.«

»Meine Frau …«

»Weg da!«, schreit Luther, und Jeremy zieht sich wie ein Gespenst zu seinem Krankenbett zurück.

Henry Madsen grinst und holt mit einer Zungenbewegung eine Rasierklinge hervor. Er klemmt sie sich zwischen die Schneidezähne und geht damit auf Luther los.

Luther weicht zurück.

Madsen rennt in die Küche.

Luther ist nur einen Augenblick hinter ihm.

Madsen rutscht auf den Pfützen aus Blut aus. Seine Beine gleiten unter ihm weg. Er rappelt sich auf.

Luther ringt ihn wieder zu Boden.

Madsen attackiert ihn mit der Klinge zwischen den Zähnen.

Luther packt Madsens Handgelenk, dreht es herum, drückt es ihm zwischen die Schultern.

Madsen schreit auf. Lässt die Rasierklinge fallen.

Er liegt mit dem Gesicht nach unten.

Luther setzt ein Knie auf Madsens Rücken. Dann richtet er sich auf, hält Madsens Arm dabei weiter im Polizeigriff und kickt ihn dreimal in die Rippen.

Er schleift Madsen über den blutverschmierten Boden und fesselt ihn mit Handschellen an den Griff der Ofentür. Es ist ein alter Ofen. Der Griff ist schwer, ein wenig fettig an der Unterseite.

Madsen liegt mit verdrehten Beinen da.

Luther eilt zu Jan Madsen. Sie liegt zusammengerollt neben der Hintertür. Ein Schraubenzieher mit gelbem Griff ragt aus ihrer Augenhöhle.

Howie lebt. Der Schraubenzieher hat ein Loch in ihre Brustwand gerissen. Blut schäumt am Rand der Wunde hervor – ihre Lunge ist kollabiert. Bald wird ein irreversibler Schock eintreten. Sie stirbt.

Luther greift hastig in seine Tasche, holt sein Portemonnaie hervor. Nimmt eine Kreditkarte heraus. Er reißt Howies Bluse auf. Die sprudelnde Wunde auf ihrer blassen, mit Muttermalen gesprenkelten Haut kommt ihm obszön vor. Er presst die Karte auf das Loch, das schäumende Blut.

Er fragt: »Isobel. Isobel, können Sie hier draufdrücken?«

Er führt ihre Hand. Sie ist leicht in seinem Griff. Er wartet, bis sie auf die Kreditkarte drückt.

Ihr Gesicht hat die falsche Farbe.

Er sagt: »Halten Sie sie gedrückt.« Er rennt zu den Küchenschubladen. Macht sie auf und wieder zu.

Henry beobachtet ihn vom Boden aus, ein verschlagenes kleines Grinsen im Gesicht.

Luther will hineintreten.

In der untersten Küchenschublade findet Luther eine Rolle Frischhaltefolie.

Er packt sie, rennt zu Howie. Kniet sich hin. Er sagt: »Kommen Sie. Setzten Sie sich auf. Nur einen Augenblick.«

Er versucht, ihr in eine sitzende Position zu helfen. Aber sie schafft es nicht. Sie bekommt Panik. Sie kann nicht atmen. Ihr Atem ist ein hässliches, saugendes Keuchen.

Okay.

Luther legt sie auf den Boden. Reißt ein Stück Frischhaltefolie ab. Presst das auf die Wunde. Howies nächster Atemzug saugt es ein wenig hinein, verschließt damit das Loch.

Luther wickelt immer mehr Frischhaltefolie um Howies Körper. Das Zellophan ist blutverschmiert und glitschig.

Er kniet da und konzentriert sich, sagt ihr, alles wird gut, alles wird gut, alles wird gut.

Nachdem Luther für Howie getan hat, was er konnte, kehrt er zurück zu Madsen.

»Henry, wo ist Mia?«

Madsen grinst ihn besiegt und bitter an.

Luther verlassen die Kräfte.

Er schaut um sich, auf das Blut und das Chaos. Howies Atmen unter Todesqualen. Jan Madsen, ermordet von ihrem eigenen Kind.

Auf diese Küche, in der zehntausend eheliche Gerichte zubereitet, zehntausend Tassen Tee gekocht wurden. Ein ganzes Eheleben, das auf diesen einen Abend zusteuert. Zerschellt wie ein Schiff an einem Eisberg.

Luther setzt sich auf den blutigen Boden neben Henry. Er lehnt den Rücken an die Küchenschubladen.

Die herannahenden Sirenen klingen hektisch.

Luther fragt: »Sie werden es mir nicht sagen, stimmt's?«

Madsen zuckt mit den Schultern.

Luther schaut auf die Küchenuhr. Sie hängt über der Tür. Sie tickt dort schon, seit Margaret Thatcher Premierministerin wurde und versprach, Hoffnung zu bringen, wo Verzweiflung herrschte.

Es ist 23.19 Uhr.

»Wie lange hat sie noch?«

»Etwa bis Mitternacht.«

Luther lacht.

»Wir verhaften Sie also. Und Sie sitzen schweigend da und genießen jede Minute. Die Macht, die Ihnen das verleiht, was? Die Kontrolle. Zu wissen, dass dieses kleine Mädchen irgendwo im Dunkeln stirbt. Und Sie sind von all diesen Bullen umgeben, die nichts dagegen tun können. Das muss ein ziemlicher Kick sein. Für einen Mann wie Sie. Zu wissen, wie viel besser Sie sind als alle anderen.«

Madsen sitzt einfach da.

Luthers Schädel platzt auf wie ein Kokon. Spinnen krabbeln heraus.

Er eilt zu Howie. Er küsst sie auf die Wange.

Er sagt: »Halten Sie durch. Die Sanitäter sind fast da. Können Sie sie hören?«

Sie macht ein Geräusch. Er ist nicht sicher, ob es eine Antwort ist oder nicht.

Er nimmt die Autoschlüssel aus ihrer Tasche und kehrt zurück zu Madsen. Er löst seine Handschellen.

Er zerrt Madsen auf die Füße. Schiebt ihn im Polizeigriff zur Tür.

Madsen wehrt sich. »Wohin gehen wir?«

Die Sirenen kommen näher.

Luther muss sich beeilen.

Er führt Madsen über den Bürgersteig.

Er schließt die Autotür auf und drückt Madsen in den Fußraum des Beifahrersitzes.

Während er das tut, biegt ein Krankenwagen in die Straße ein.

In ein paar Sekunden werden sie ihn sehen.

Als der Krankenwagen anhält, steigt Luther in den Volvo und startet den Motor.

Im Rückspiegel sieht er zu, wie die Sanitäter ins Haus der Madsens stürmen.

Hinter ihnen halten die ersten Polizeiautos. Beamte strömen heraus.

Luther fährt los. Er holt sein Funkgerät heraus. »Hier spricht DCI Luther«, sagt er. »Habe zu Fuß Verfolgung des Verdächtigen aufgenommen, bei dem es sich vermutlich um Henry Madsen handelt …«

Als er fertig ist, wirft Madsen ihm einen Blick zu.

Es ist erfreulich, die ersten Anzeichen wirklicher Angst in seinen Augen zu sehen.

Er fragt: »Wohin fahren wir?«

»Dorthin, wo wir ungestört sind.«

»Wozu?«

Luther fährt.

Er lässt die Polizeilichter weit hinter sich, die in der Dunkelheit blau und lautlos blitzen.

# 30

Teller und Reed kommen an, als Howie gerade in den Krankenwagen geschoben wird.

Jan Madsens Leiche liegt noch in der Küche. Jeremy Madsen sitzt auf der Rückbank eines Streifenwagens und betrachtet die blau blitzende Straße, als wäre nichts von alldem real.

Teller nimmt Reed am Ellbogen und führt ihn vom Absperrband weg. »Jetzt mal im Vertrauen«, sagt sie.

Reed nickt. Sein Hals verkrampft sich. Er umfasst, massiert ihn. »Im Vertrauen«, wiederholt er.

»Wo zum Teufel ist Luther hin?«

»Rose, ich habe keine Ahnung. Ich schwöre bei Gott. Ich weiß es nicht.«

»Ist er jetzt komplett durchgedreht?«

»Meinen Sie, ob er eine Dummheit machen wird?«

»Ja. Ich meine, wird er eine Dummheit machen?«

»Das kommt drauf an, was Sie mit Dummheit meinen.«

Sie stellt sich ganz nah vor Reed, direkt vor sein Gesicht. »Das ist jetzt nicht der richtige Zeitpunkt«, zischt sie. »Ich habe eine schwer verletzte Polizistin, ich kann mich kaum noch retten vor Toten. Ich habe ein vermisstes Mädchen, einen vermissten Tatverdächtigen und einen vermissten Polizisten. Darunter hat mein Sinn für Humor ein kleines bisschen gelitten.«

Reed löst die Spannung, indem er in seine Tasche greift. Er öffnet den Deckel eines Plastikfläschchens und schluckt trocken eine Faust voll Codein hinunter.

»Scheiße«, sagt Teller. Sie fährt sich durchs Haar.

Reed schluckt und verzieht das Gesicht. Codein tut gut, aber schmecken tut es nicht. Er fragt: »Wollen Sie wirklich meine Meinung hören?«

»Ja, Ian. Das will ich wirklich.«

»Das ist nur meine Meinung, Rose. Sie beruht nicht auf Tatsachen.«

»Schießen Sie los.«

»Was immer er tut, er tut es aus einem bestimmten Grund.«

»Das weiß ich, verdammt noch mal. Aber was ist diesmal der Grund?«

Sie schickt ihn mit kaltem Blick weg. Er stapft mit den Händen in den Taschen davon.

Teller ruft Zoe an.

Es klingelt lange, bevor Zoe ans Handy geht.

»Rose? Was ist los?«

»Was ich Ihnen jetzt sage«, schreit Teller, um den Lärm zu übertönen, »sollte ich Ihnen eigentlich nicht sagen. Denn wir stecken hier in der Scheiße, und wenn irgendjemand davon Wind kriegt ...«

»Hat das was mit Schenk zu tun?«

»Was ist mit Schenk?«

»Er war heute Morgen bei mir ...«

»Ich muss Sie hier unterbrechen, Zoe. Genau hier. Es gibt Dinge, die ich besser nicht mitbekomme.«

»Tut mir leid. Ich dachte, Sie hätten deswegen angerufen.«

Teller blickt zu Reed. Er steht mit verschränkten Armen in der Mitte der Straße und reckt den Hals, um dabei zuzusehen, wie der Scheinwerfer eines Hubschraubers Straßen und Gärten absucht.

»Nein«, entgegnet Teller. »Darum geht es nicht. Na ja, das glaube ich zumindest.« Sie massiert sich die Schläfen. Sie hat sich seit achtundvierzig Stunden weder umgezogen noch geduscht. »Verdammte Scheiße«, sagt sie. »Wer kann schon irgendwas sicher wissen, wenn es um John geht?«

Zoe wartet ab. Teller kann ihren Gesichtsausdruck vor sich sehen und verspürt einen Moment lang Hass.

»Haben Sie irgendwas von ihm gehört«, fragt Teller, »in den letzten ein, zwei Stunden?«

»Nein. Warum?«

»Ist das wirklich wahr? Ich bin nicht Schenk, und wir reden hier nicht über das Spielzeugauto von irgendeinem Arschloch. Das hier ist wichtig.«

»Rose, ich habe nichts von ihm gehört. Warum?«

»Weil wir ihn verloren haben.«

»Was meinen Sie mit ›Sie haben ihn verloren‹?«

»Wenn das nach außen dringt, Zoe, ich meine, wenn das irgendjemand mitkriegt, dann sind wir komplett am Arsch. Haben Sie das kapiert? Er hat uns alle miteinander verarscht.«

»Rose, niemand wird es mitkriegen. Ich sage kein Wort.«

Teller rekapituliert die Ereignisse des Tages. Die Daltons. Mia Dalton. Patrick, der Adrian York war. Yorks Mutter. Henry Madsen und seine toten Hunde und sein brennendes Haus und die schreckliche Zelle im Keller. Sie erzählt Zoe von Madsens Adoptiveltern. Von seiner Mutter, abgeschlachtet in der Küche ihres Hauses. Und von DS Howie, die mit einer Stichwunde unter der Brust in einem Krankenwagen ums Überleben kämpft.

Zoe ist bei Mark.

Sie sind im Wohnzimmer, nackt aneinandergekuschelt unter einer weichen Decke. Sie haben eine DVD geschaut, zusammen eine Flasche Wein getrunken und einen Joint geraucht.

Jetzt sitzt Mark mit der DVD-Fernbedienung in der Hand da, schwebt mit dem Daumen über der Pause-Taste, während Zoe Teller zuhört.

Ihre Augen weiten sich, und ihre Hand greift langsam an ihre Kehle.

Sie sieht zerbrechlich und wunderschön aus, und einen Moment lang hat Mark Mitleid mit Luther, weil er diese Frau liebt und sie verliert.

»Ich verstehe nicht«, fragt Zoe. »Was versuchen Sie mir zu sagen?«

»Wie ich die Lage einschätze«, schreit Teller durch den Lärm ihrer weniger behaglichen Umgebung, »gibt es zwei Möglichkeiten. Möglichkeit eins: Die kleine Mia ist tot, und John hat Henry Madsen still und heimlich entführt, um ihn umzubringen.«

Sie lässt Zoe einen Moment Zeit, um das zu verarbeiten.

»Was ist Möglichkeit zwei?«

»Wir wissen nicht, was Möglichkeit zwei sein könnte.«

Als Zoe wieder sprechen kann, ist ihre Stimme sehr schwach. Sie sagt: »Rose, ich habe nichts von ihm gehört. Ich schwöre es Ihnen hoch und heilig.«

»Sie müssen deutlicher sprechen. Es ist laut hier.«

*»Er hat nicht angerufen!«*

»In Ordnung«, sagt Teller. »Aber kein Wort zu irgendjemandem, klar? Denn das könnte wirklich böse enden.«

»Kein Wort.«

»Und wenn er sich meldet …«

»Rufe ich Sie an. Sofort.«

»Sofort.«

»Auf jeden Fall. Augenblicklich. Rose?«

»Ja?«

»Geht es ihm gut?«

»Um ehrlich zu sein – nein, ich glaube nicht.«

Es gibt nichts mehr zu sagen. Zoe murmelt ein Danke und legt auf.

Sie starrt auf das Handy.

Mark fragt nicht. Er legt nur einen warmen Arm um ihre

nackten Schultern. Sie schmiegen sich einfach aneinander, nackt auf dem Sofa, unter einer Decke, die leicht nach Sex riecht, in diesem guten Haus mit seinem Hauch von Gras in der Luft und frischen, grünen Pflanzen und Büchern und Leder.

Luther fährt in die Colney Hatch Lane, biegt mit hoher Geschwindigkeit ab.

Madsen schlägt gegen die Fenster, gestikuliert in Richtung der anderen Autos, der Leute auf den Straßen.

Luther rast weiter. Er biegt auf zwei Rädern in die Hampden Road ein, dann in die Sydney Road.

Allmählich werden die Straßen leerer. Luther bremst nicht ab.

Er biegt in die Alexandra Road ein. Sie ist still, bis auf den dröhnenden Motor des alten Volvo. Die Straße ist von zweckmäßigen, sauberen Backsteinhäusern aus den 1930er-Jahren gesäumt. Dann hören die Häuser auf und die Straße entpuppt sich als Sackgasse – bis auf einen Pfad, der an einem grellbunten Zaun entlang von der Straße weg zu einem Park führt.

Luther bringt den Wagen schlitternd zum Stehen. Er und Madsen bleiben einen Augenblick sitzen.

»Steigen Sie aus«, sagt Luther.

»Nein.«

Luther lacht.

»Das können Sie nicht machen«, sagt Madsen.

Luther zerrt Madsen aus dem Auto. Madsen schreit auf. Er brüllt und bettelt. Seine Stimme überschlägt sich. Aber Luther weiß, dass niemand Madsen zu Hilfe kommen wird, denn Luther weiß, dass das nie jemand tut.

Er klemmt den Unterarm um Madsens Halsschlagader und drückt zu. Innerhalb weniger Momente werden Madsens Beine schwach, drohen unter ihm wegzuknicken.

Luther führt ihn im Polizeigriff halb bewusstlos in den Park.

Es scheint ein blanker, weißer Vollmond. Darüber ziehen Wolken, leicht wie Kanonenrauch.

Er schiebt Madsen vorbei am Spielplatz, an den roten Schaukeln, dem fröhlichen Karussell, in die dahinterliegende Dunkelheit – ein städtisches Brachland, das von wilden, jungen Birken und Eschen umgrenzt ist.

Madsens Kopf wird wieder klarer. Er holt tief Luft, will um Hilfe schreien. Luther wirft ihn auf den Boden. Zerrt ihn weiter.

Auf diesem Gelände gab es einmal eine Kläranlage, dann eine Müllhalde. Seit 1963 ist es ungenutzt. Vor fünf Jahren kam Luther hierher zum Tatort eines Mordes. Eine Prostituierte namens Dawn Cadell.

Er schleift Henry durch die bleichen, wuchernden Schösslinge in ein buschiges Grasland, auf dem sich hartnäckige Rhododendren, Schmetterlingsflieder und Japanischer Staudenknöterich ausgebreitet haben. Das Mondlicht leitet ihn durch das hüfthohe Blattwerk.

Er stellt Madsen wieder auf die Füße und drängt ihn zwischen die Bäume – einen dichten jungen Wald aus Eichen und Eschen.

Unter seinem rauschenden Kronendach ist es still. Das Auge des Mondes schließt sich. Da ist nur das abgehackte Geräusch ihres angestrengten Atems, der Nachtwind in den wilden Sträuchern. Der schwache Schein der elektrischen Lichtverschmutzung um sie herum.

Menschliche Füße haben zwischen den Bäumen ein Wegenetz entstehen lassen. Solche Trampelpfade heißen *desire paths*, Sehnsuchtswege.

Luther hat der Ausdruck immer gefallen.

Er führt Henry den breitesten Pfad entlang.

Sie kommen an eine Lichtung. Der weiße Mond strahlt hell auf eine dicht von Unkraut bewachsene Wiese, die mit den Skeletten rostiger Autos übersät ist. Ohne Räder. Ohne Fenster. Ohne Glas. Ein Friedhof von Metros, VW-Käfern, einem umgedrehten Postwagen, verstreut wie die Hüllen riesiger Insekten.

Und nahe an die Bäume geschmiegt, halb verdeckt von Fingerhut und Lupinen und Dornengestrüpp, liegt das verrottende Skelett eines Wohnwagens.

Luther treibt Henry zum Wohnwagen und stößt ihn hinein.

Es riecht stark nach Nässe und Fäulnis.

Luther zwingt Henry, sich auf die U-förmige Bank zu setzen, die um den noch immer im Boden verankerten Esstisch herum verläuft. Der Vinylbezug der Bank ist zerrissen und der Schaumstoff darunter kommt zum Vorschein. Er wimmelt und kribbelt von Insekten.

Sie sitzen in Dunkelheit und Stille.

Madsen schaudert und grinst wie ein Affe.

Als er wieder zu Atem gekommen ist, fragt Luther: »Also, wo ist sie, Henry?«

Madsen schlingt die Arme um seinen Körper, um sich zu wärmen. »Wie spät ist es?«

»23.32 Uhr. Wo ist sie?«

»Wenn Sie mich umbringen, werden Sie es nie erfahren.«

»Tja, das stimmt. Aber für Sie geht es auch nicht gut aus, nicht wahr?«

Ein langer Moment des Schweigens.

»Eine halbe Stunde«, sagt Madsen. »Können Sie das aushalten?«

»Nein. Und Sie?«

Madsen lacht.

Luther lehnt sich zurück. Mustert ihn durch die dichte,

schwammige Dunkelheit. Gestank verwesender Blätter. Verrottetes Sperrholz. Sich auflösendes Gummi.

Madsen beugt sich vor. »Sie können mir antun, was Sie wollen«, sagt er. »Aber dafür kriegen Sie lebenslänglich. Und ich werde Ihnen nicht den geringsten beschissenen Hinweis geben.« Sein Zittern beginnt nachzulassen, als Dominanz und Kontrolle wieder in ihn zurückkehren. »Immerhin«, sagt er. »Wenigstens wissen Sie dann, dass sie als Jungfrau gestorben ist.«

Sie atmen dieselbe stinkende Luft ein.

Madsen bricht das Schweigen. »Wie spät ist es jetzt?«

»23.38 Uhr.«

»Knapp über zwanzig Minuten.«

Luther schaudert vor Kälte.

»Wenn Sie mich umbringen wollten«, sagt Madsen, »hätten Sie es im Haus meiner Mutter tun müssen. Wer hätte je herausgefunden, ob es Notwehr war oder nicht, hä? Deswegen glaube ich Folgendes. Ich glaube, mehr als alles andere auf der Welt wollen Sie die kleine Mia zurück.«

»Ja«, antwortet Luther.

»Also muss es einen Ausweg geben, nicht? Es muss einen Weg geben, dass ich bekomme, was ich will, und Sie bekommen, was Sie wollen.«

Ratten kriechen durch das von Geschwüren befallene Fahrgestell des verrotteten Wohnwagens. Reptilienartige Schwänze gleiten über Rostblasen.

»So funktioniert das nicht«, sagt Luther schließlich. »Wenn ich Sie laufen lasse und Sie gelogen haben, habe ich nichts in der Hand. Und Sie sind ein Lügner, Henry. Das ist Ihr Problem. Sie sind ein Lügner.«

Sie sitzen da.

Madsen fragt: »Wie lange noch?«

Luther schaut auf die Uhr. Er antwortet nicht.

Er steht auf. Er geht zur Tür des Wohnwagens.

Madsen fragt: »Wohin gehen Sie?«

»Meine Frau anrufen.«

Luther tritt ins Mondlicht hinaus. Nasses Gras reicht bis an seine Knie. Schmalblättriges Weidenröschen. Teile eines Kinderwagens ragen daraus hervor, der Bogen eines zerfressenen Ölfasses. Tief hängende Bäume, beschwert von frischem Regen. Der bleiche, oxidierende Wohnwagen mit seiner verdorbenen menschlichen Fracht.

Er sieht dem Strahl eines fernen Hubschraubers zu, wie er die Straßen abtastet. Auf der Suche nach ihm. Auf der Suche nach Madsen.

Er schaltet sein Handy ein und ruft Zoe an.

Ihr Handy klingelt und klingelt und klingelt.

Er wartet.

Zoe zuckt zusammen, als ihr Handy klingelt.

Sie greift hastig danach. Es ist John.

Sie blickt zu Mark, bevor sie abhebt. Er gestikuliert: *Tu, was du nicht lassen kannst.*

Also stellt Zoe sich nackt in die Mitte von Marks Wohnzimmer, in die Decke gehüllt wie eine römische Statue.

Mark bleibt splitternackt auf dem Sofa sitzen, legt sich ein marokkanisches Kissen auf den Schoß, dreht zur Beruhigung einen Joint.

In einer besseren Welt, in einer fröhlicheren Nacht, wäre das lustig.

Zoe nimmt den Anruf entgegen. »John?«

Er hört ihre Stimme seinen Namen sagen. Zwanzig Jahre Liebe darin.

»Zoe«, beginnt er. Die Einsamkeit und die Dunkelheit lassen seine Stimme beinahe wie ein Flüstern klingen.

Er sagt: »Ich weiß nicht, was ich tun soll.«

»Wo bist du? Alle suchen nach dir.«

Er sieht, wie der Scheinwerfer des Helikopters die Gärten absucht, Beete, Vorstadtschuppen. »Das kann ich dir nicht sagen.«

»Wir haben Angst um dich«, sagt sie. »Alle machen sich große Sorgen. Komm nach Hause.«

»Ich kann nicht. Ich habe mich verirrt. Ich weiß nicht, wo ich bin.« Mehr als alles andere auf der Welt will er jetzt bei ihr sein, sie nackt und warm in den Armen halten. »Ich brauche Hilfe«, sagt er. »Ich brauche deine Hilfe.«

»Was immer ich tun kann«, antwortet sie. »Was immer es ist.«

»Ich hab ihn«, sagt Luther. »Den Mann, der das getan hat. All diese schrecklichen Dinge. Ich hab ihn.«

»John, das ist …«

»Aber das kleine Mädchen, das er entführt hat. Er hat sie irgendwo vergraben. Sie lebendig vergraben. Ich weiß nicht, wo sie ist. Ihr bleiben nur noch ein paar Minuten. Sie hat Angst. Genau jetzt. Sie ist in einer Kiste unter der Erde, und sie hat Angst. Sie stirbt. Aber er sagt mir nicht, wo sie ist. Er genießt es. Den Schmerz, den er anderen zufügt. Die Macht, die er hat. Er will sie lieber sterben lassen.«

Er wartet auf eine Reaktion. Aber es ist nur Schweigen in der Leitung.

Er sagt ihren Namen.

Und immer noch dieses Schweigen.

»Ich könnte ihm etwas antun«, sagt er schließlich. »Dann, glaube ich, könnte ich sie finden.«

Jetzt kann er hören, dass sie schluchzt. Versucht, es zu unterdrücken.

»Aber ich müsste ihm etwas Schlimmes antun«, fährt er fort. »Ich meine, etwas wirklich Schlimmes. Deswegen musst du mir sagen, was ich machen soll. Was ist das Richtige? Du musst es mir sagen. Ich brauche deine Hilfe.«

Zoe weint. »Ich weiß nicht, was ich sagen soll«, antwortet sie. »Ich weiß es nicht. Ich weiß nicht, was ich sagen soll. Es tut mir leid. Ich weiß es nicht.«

»Nein«, sagt Luther. »Nein, natürlich nicht.«

Er legt auf. Er schaltet das Handy aus.

Er schaut zum Mond, bis sein Herz sich beruhigt hat und seine Stimme wieder etwas Kraft gewonnen hat. Dann schaltet er das Handy wieder ein und ruft Ian Reed an.

Henry hört den Inhalt des ersten Gesprächs nicht. Aber er kann Körpersprache gut deuten.

Er sieht, dass Luther sich zu etwas entschlossen hat. Sein Kopf lastet schwer auf seiner Brust.

Henry wendet sich zum Fenster des Wohnwagens, versucht es aufzuschieben.

Es gelingt ihm nicht.

Es ist zugerostet.

Dann fährt er mit einem gierigen Finger die Fensterdichtung entlang. Das Gummi ist hart und rissig geworden. Es ist brüchig und zerbröckelt, wenn man es berührt.

Henry stemmt sich gegen den Esstisch. Er presst die Handflächen ans Fenster.

Er drückt und drückt.

Der Fensterrahmen quietscht.

Es ist ihm gleichgültig.

Mit einem lang gezogenen Kreischen springt das Fenster aus dem Rahmen.

Henry quetscht sich durch das Loch. Er springt in die Nesseln und Brombeersträucher.

Er wählt einen Trampelpfad und rennt.

Luther hört zu, wie Henry sich aus dem Wohnwagen freikämpft.

Er schaut auf die Uhr.

Endlich hebt Reed ab. »John, verdammt noch mal. Wo steckst du?«

»Habt ihr sie gefunden?«

»Wir haben alle fünf Gebäude auf der Liste durchsucht. In einem davon waren sie kurz. Als das Suchteam dort ankam, waren sie schon wieder weg.«

»Was für ein Gebäude?«

»Ein Haus. Wird gerade umgebaut.«

»Wo war es?«

»Muswell Hill.«

»Wie weit von Madsens Eltern entfernt?«

»Keine Ahnung. Drei Kilometer? Etwas weniger?«

»Sie ist dort.«

»John, das ist sie nicht.«

»Er wollte sie seinen Eltern verkaufen. Also musste sie in der Nähe bleiben. Sie ist dort.«

»Wir haben gesucht. Wir hatten Hunde dabei. Dort ist nichts.«

»Habt ihr im Garten nachgeschaut?«

»Garten, Geräteschuppen, Garage. Überall.«

»Warst du dort? Du persönlich? Hast du das Haus gesehen?«

»Nein.«

»Dann fahr hin, Ian.«

»John, Kumpel. Jetzt mal langsam.«

»Sie ist dort. Sie ist irgendwo in dem Haus. Er hat sie vergraben, und sie ist dort. Du hast etwa zehn Minuten. Sie erstickt.«

Reed schwankt. Dann sagt er: »Bin unterwegs.«

»Gut.«

»Wo bist du?«

»Ich folge einer Spur. Ich melde mich.«

Luther legt auf.

Er schiebt sein Handy in die Tasche.

Er kann Madsen sehen, schwarz auf schwarz, wie er geschmeidig wie ein Stadtfuchs zwischen den Bäumen hindurchgleitet.

Er folgt ihm.

Henry rennt durch die Bäume.

Er ist schnell, und er hat Angst. Seine Füße berühren kaum die feuchte, festgetretene Erde. Der Wintermond leuchtet ihm den Weg.

Hin und wieder dreht er sich um und sieht den großen Mann hinter sich herkommen. Ohne Eile.

Der Weg verläuft parallel zu einem schmalen, schlammigen Bach. Aber das Ufer ist steil und auf der anderen Seite dicht mit Nesseln und Gestrüpp bewachsen. Unmöglich zu durchqueren.

Also hastet er weiter.

Als der Weg eine lange Biegung macht, kommt Henry an ein großes Nessel- und Rhododendrongebüsch. Dahinter führt ein spitzer, mit Müll gespickter Gitterzaun an einem Bahneinschnitt entlang.

Jenseits des glitzernden, schwarz-silbrigen Flusses der Eisenbahnschienen liegt ein Industriegelände.

Henry watet durch die Nesseln, folgt dem Zaun. Er sucht eine Waffe oder einen Ausweg. Es gibt immer einen Ausweg.

Nach zwanzig oder dreißig Metern findet er eine Lücke im Zaun und schlüpft durch. Er schlittert die Böschung hinunter, dann rennt er über die Eisenbahnschienen.

Er blickt über seine Schulter. Und da ist Luther. Er quetscht sich durch die Lücke im Zaun, schlittert die Böschung hinunter. Unerbittlich.

Henry klettert an der anderen Seite des Einschnitts hinauf. Kommt an einen Maschendrahtzaun. Er zieht sich am Zaun hoch, schwingt sich oben über die Stange. Landet auf Asphalt.

Er ist übersät mit Ölflecken, dicken, kreisrunden Moospolstern, Glasscherben.

Henry dreht sich um, die Finger zwischen den Maschen des Zauns, von hinten beleuchtet vom orangefarbenen Natriumdampflicht in der Ferne, und späht in die Dunkelheit.

Einen Moment lang kann er Luther nicht sehen. Nicht, bis seine Augen sich ans Dunkel gewöhnt haben.

Und dann sieht er ihn.

Luther läuft über die Eisenbahnschienen.

Henry dreht sich um, streckt die Brust heraus, rennt.

Luther klettert die Böschung hinauf, hält sich dabei an Grasbüscheln fest. Oben angekommen, späht er durch den Zaun. Sieht, wie Madsen in dem heruntergekommenen Industriepark verschwindet.

Luther steigt am Zaun hoch, schwingt sich darüber, landet auf Asphalt.

Henry kennt den Ausweg nicht.

Der Industriepark ist verlassen und scheinbar endlos. Voller dunkler Ecken, ausrangierter Maschinenteile, Glasscherben. Verbeulte, leere Ölfässer liegen umgekippt am Boden.

Die meisten Gebäude befinden sich im Verfall, Laderampen sind verbarrikadiert mit Blech und Sperrholz. Betonzufahrtsrampen zugewachsen mit Disteln und Weidenröschen.

Ein alter Bewegungsmelder geht flackernd an, beleuchtet Henry so schonungslos und deutlich wie der Suchscheinwerfer eines Helikopters.

Er rennt ins Dunkel, sprintet eine breite, einsame Zufahrtsstraße entlang, die von leer stehenden Gebäuden gesäumt ist.

Der Wind bewegt die unbefestigte Ecke einer Wellblechplatte. Sie bedeckt den Eingang zu einer riesigen, längst stillgelegten Brauerei aus rotem Backstein.

Geblendet vom Bewegungsmelder läuft Henry darauf zu. Er ertastet den Rost auf dem Eisen wie Zucker auf einer Tischplatte, die bröckelnden, scharfen Kanten unter seinen Fingerspitzen.

Er zieht an der Ecke und gleitet in die unermessliche, feuchte Schwärze der alten Laderampe.

Luther verliert Madsen aus den Augen. Aber dann, um eine Ecke, sieht er ein Licht angehen.

Er blickt sofort in eine andere Richtung, um seine Nachtsicht zu bewahren. Steht mit geschlossenen Augen da, ein weiches Moospolster unter seinem Fuß. Er zählt bis dreißig.

Während er zählt, hört er das Kreischen von Metall auf Beton.

Als er die Augen öffnet, ist der Bewegungsmelder bereits ausgegangen.

Er folgt Henrys Schritten, wendet sich aber nach rechts, wo Henry nach links gegangen ist. Geht um die Außenmauern der Worldwide-Tyres-Lagerhalle herum, biegt links und noch einmal links ab.

Bei ihm geht der Bewegungsmelder nicht an.

Er biegt um die Ecke und kommt auf eine breite Zufahrtsstraße. Auf der anderen Seite ist eine alte Brauerei mit einem Turm.

Er steht lange dort und schöpft Atem. Sieht Wolken über das blanke Auge des Mondes jagen.

Er wartet.

Sieht eine Bewegung. Der Wind ergreift die lose Ecke einer Wellblechplatte.

Luther geht los.

Er erreicht das Wellblech, zieht es zur Seite. Es stößt einen Schmerzensschrei aus.

Er betritt die Laderampe.

Die Dunkelheit riecht nach Ziegelstaub und Schimmel, hundert Jahren Brauereitradition. Dem Ammoniakgestank von Taubenscheiße.

Er kommt an einem Haufen alter Schallplatten vorbei, die in einer Ecke zurückgelassen wurden. Einem Stapel Zeitschriften, der umzukippen droht, aufgequollen und pilzbefallen vom Alter. *Pike Fishing.* Grinsende Männer aus den 1970ern halten meterlange Fische hoch.

Er hört ein schallendes Echo. Metall auf Beton.

Es kommt aus einem entfernten, dunklen Korridor.

Luther ist ruhig. Er folgt dem Echo.

Teller und Reed halten vor einem baufälligen Zwanzigerjahre-Doppelhaus in Muswell Hill.

Das Suchteam ist noch hier, ein komplettes Kommando von Einsatzfahrzeugen.

Eine uniformierte Polizistin ist am Tor postiert. Teller springt aus dem Auto und rennt auf sie zu.

»Nichts?«

»Nein, Ma'am.«

»John zufolge ist ihr Sauerstoff vor etwa zwei Minuten ausgegangen.«

Reed ist ein paar Schritte hinter ihr. Er hastet vorbei. »Wenn John sagt, dass sie hier ist, ist sie hier.«

Er betritt das Haus.

Es riecht nach neuem Verputz und alter, aufsteigender Feuchtigkeit. Es ist voll mit Polizisten, Bogenlampen, riesigen Schatten. Er geht in den mit Flutlicht beleuchteten Garten, findet Lally. Sie trägt Gore-Tex-Kleidung und schwere Stiefel.

»Haben Sie noch einmal alles abgesucht?«, fragt er.

Sie nickt. »Garten, Keller, Garage, Geräteschuppen. Da ist nichts. Keine Anzeichen dafür, dass der Boden aufgegraben wurde. Er lügt, Chef.«

Reed schaut auf die Uhr.

Lally fragt: »Wie lange hat sie noch?«

Reed kann nicht antworten. Er geht im ausgeleuchteten Garten hin und her, folgt seinem eigenen Schatten. Tippt eine SMS.

HAUS NOCH MAL DURCHSUCHT!! KEINE SPUR. BIST DU SICHER??

Luther schreitet über den Beton. Madsen ein huschender Schatten vor ihm.

Er schreibt im Gehen zurück.

SUCHT WEITER

Henry sprintet einen verfallenen, gefliesten Flur entlang.

Er endet an einer Metalltreppe, die zu einer stählernen Galerie weiter oben führt.

Hinauf oder zurück.

Und er kann nicht zurück.

Er späht in die dunklen Ecken, um zu sehen, ob dort irgendetwas lauert. Er sieht nichts. Da ist nur das Geräusch von tropfendem Wasser, sein eigener heftiger Atem.

Bis.

Ein Schritt.

Irgendwo dort drüben. In den Schatten.

Henry stürmt die Leiter hinauf.

Reed rennt hinaus, sieht Teller, wie sie das Bild von Mia Dalton betrachtet.

Sie schaut auf. Kann ein Flackern der Hoffnung in ihren Augen nicht verbergen.

»Nichts«, sagt Reed.

Teller beißt die Zähne zusammen und schaut weg.

Henry weicht einen Schritt zurück. Und noch einen. Geht rückwärts, während die widerhallenden Schritte in der Unermesslichkeit dieses schrecklichen Ortes näher und näher kommen.

Er klettert die zweite rostige Leiter hinauf, rennt die hohe, eiserne Galerie entlang.

Die Galerie endet bei einer dritten Leiter. Sie führt ihn auf eine vierte Ebene. Dann eine fünfte.

Als er ganz oben ist, erkennt er im Mondlicht, welches durch schmutzige Giebeldachfenster hereinfällt, dass die Eisengalerie an einem Stahlgerüst entlangläuft, das ursprünglich die gigantischen Gärtanks der Brauerei gestützt hat. Dort, wo früher die Tanks standen, befinden sich jetzt riesige, kreisförmige Löcher. Das hinterste von ihnen wird von einer sehr einfachen Brücke überspannt.

Die Brücke führt zu einer Stahltür.

Die Stahltür ist der einzige Ausweg.

Henry mustert die Brücke und den Abgrund, den sie überquert. Ein Sturz ins Nichts.

Er wendet sich ab.

Er wird nicht auf der zerfressenen Brücke über diese grässliche Leere gehen.

Schwer atmend blickt er sich um, sucht einen anderen Ausweg.

Und hört jenes Geräusch in der Stille.

Luther, der näher kommt.

Henry wartet.

Luther erreicht die obere Galerie. Er geht auf Henry zu.

Henry überquert die Brücke, nähert sich der Tür. Die Konstruktion ächzt unter seinem Gewicht.

Er ist fast drüben, als etwas herunterfällt, eine abgerissene Schraube. Sie stürzt hallend in die Tiefe.

Henry ignoriert es.

Er erreicht die andere Seite, die genietete Stahltür.

Sie ist abgeschlossen.

Er tastet auf allen vieren um sich. Er fährt mit den Händen über das Gemäuer, bis er auf ein Stück Eisenrohr stößt. Es ist schwer.

Er rüttelt und zieht daran, schließlich reißt er das Rohr aus der bröckelnden Wand. Er dreht sich um, packt das Rohr mit beiden Händen und will damit auf den Türgriff einschlagen.

Dann sieht er Luther.

Er steht auf der anderen Seite der Brücke und schaut ihm zu.

Luther und Madsen stehen am jeweiligen Ende des Übergangs, sehen sich in die Augen.

Luther fletscht die Zähne wie ein Hund.

Henry hebt das Rohrstück. Er hat schon Leute mit weniger umgebracht.

Sie gehen aufeinander zu, erst langsam, gehen auf die Mitte der Brücke zu.

Luther knurrt.

Henry hebt das Rohr, brüllt vor Hass und Wut.

Sie rennen.

Die Brücke schwankt unter ihrem Gewicht. Dann bricht sie unter Henrys Füßen ein.

Henry fällt.

Er lässt das Eisenrohr los. Es stürzt taumelnd ins Nichts.

Henry packt das herunterhängende Ende des Stegs.

Er hält sich zappelnd daran fest. Er versucht daran hochzuklettern.

Aber er kann nicht. Sobald er sein Gewicht verlagert, stöhnt das Gerüst klagend auf, droht komplett zusammenzustürzen.

Luther geht so nahe er kann an das Loch in der Brücke heran. Er hält sich fest.

»Sie werden runterfallen, Henry.«

Madsen versucht sich hochzuziehen.

Er kann nicht.

Die Brücke wackelt, bricht noch ein paar Zentimeter weiter ab.

Madsen wird durchgeschüttelt. Hält sich aber fest.

Tragseile reißen mit einem unheimlichen Kreischen und Krachen.

Luther beugt sich vor, so weit es geht. »Wo ist sie? Wo ist Mia?«

Madsens Füße treten in die Luft, suchen einen Halt, den es nicht gibt.

»Im Wohnzimmer! Verdammt noch mal, sie ist im Wohnzimmer. Da ist ein Hohlraum hinter der Gipswand.«

Luther holt sein Handy heraus. »Seien Sie präzise.«

Reeds Handy klingelt. Es ist Luther.

Er greift augenblicklich danach. »John?«

»Du hast doch gesagt, das Haus wird renoviert?«

»Ja, es ist ein einziges Chaos, Kumpel.«

»Er hat gelogen. Sie ist nicht in der Erde. Sie ist hinter der Gipswand im Wohnzimmer. Dort ist ein Hohlraum.«

Reed flucht. Rennt ins Haus, ins zugestellte und hektische Wohnzimmer.

Luther wartet.

Henry hängt da. Seine Hände sind blutleer vom Festhalten am fettigen, bröckeligen Eisen. »Bitte!«, ruft er.

Luther kniet sich hin.

»Die Sache ist die«, sagt er, »was ist, wenn Sie lügen? Denn das wäre ja nicht das erste Mal, nicht wahr? Sie haben gelogen und gelogen und gelogen.«

»Ich lüge nicht! Bitte!«

Reed rast in das winzige, zugestellte Wohnzimmer.

Teller und sechs uniformierte Mitglieder des Suchteams folgen ihm.

Gemeinsam schieben sie ein altes Nussbaumregal beiseite. Damit legen sie eine große, frisch verputzte, quadratische Gipsplatte frei.

Reed schnappt sich ein Brecheisen und stemmt es gegen eine feuchte Ecke der Gipsplatte.

Die anderen helfen ihm. Sie hämmern und reißen an der Gipskartonwand, reißen sie Stück für Stück ein.

Luther sieht zu, wie Madsen kämpft. Er hört zu, wie er bettelt und fleht.

Er schaut auf die Uhr.

0.04 Uhr.

Hinter der Gipsplatte, hinter einer Schicht rosa Glasfaserisoliermaterial, finden sie einen aufrecht stehenden, sarggroßen Koffer. Er ist mit der Mineralwollummantelung des Warmwasserspeichers umhüllt.

Der Sarg ist mit einer kleinen Sauerstoffflasche verbunden. Der Zeiger am Druckmesser der Flasche steht auf *leer*.

Reed greift nach seinem Handy. Die Leitung steht noch. »John, ich glaube, sie ist hier!«

Luther sieht hinunter in Madsens Augen. Spricht ins Handy. »Lebt sie?«

Der Sarg ist ein großer Waffenkoffer, luftdicht verschlossen mit Klebeband und gesichert mit sechs Schnappriegeln.

Vier Polizeibeamte, darunter Reed, ziehen ihn aus dem Loch in der Wand und legen ihn flach auf den Boden.

Reed holt sein Taschenmesser heraus, schneidet am Klebeband entlang, lässt die Riegel einen nach dem anderen aufspringen.

Er hebt den Kofferdeckel.

Darin ist Mia Dalton. Augen geschlossen. Arme auf der Brust gekreuzt. Sie sind mit Klebeband umwickelt, um sie daran zu hindern, an den Wänden ihres Sargs zu klopfen oder zu kratzen. Das zu sehen, macht es ihm bewusst.

Reed steht auf und weicht zurück.

Plötzlich ist er wie erstarrt.

Teller tritt vor. Sie zerrt Mia aus dem Sarg, ein zartes, kleines, dunkelhaariges Mädchen. Sie legt sie ausgestreckt auf den verdreckten Boden. Hält ein Ohr an ihre Brust.

Scheiße.

Sie dreht Mias Kopf, macht ihre Atemwege frei. Dann überstreckt sie ihn. Hält ihr die Nase zu. Legt ihren Mund auf Mias Mund und zwingt sanft Luft in ihre Lungen.

Mias Brust hebt sich.

Luther blickt hinunter auf Madsen. Es ist still, bis auf das Echo seines Flehens.

Reed behält das Handy am Ohr, während Teller die Wiederbelebungsmaßnahmen fortsetzt.

Am anderen Ende der Leitung kann er widerhallende Schreie hören.

Er lässt das Handy sinken und beobachtet Teller.

Bis Mia Dalton heftig keuchend nach Luft schnappt und sich aufsetzt – blinzelnd, verwirrt, zutiefst verschreckt.

Teller schreit auf und umarmt das Kind. »O, tapferes Mädchen«, sagt sie. »Tapferes Mädchen. Tapferes Mädchen.«

Reeds Knie werden weich. Er stützt sich an der Wand ab, hebt das Handy hoch. »Wir haben sie!«

»Gut«, antwortet Luther.

Reed hört die Schreie.

*Bitte. Bitte. Ich falle. Ich falle gleich.*

Er denkt einen Augenblick nach. Dann legt er auf, steckt das Handy in die Tasche.

Er tritt zur Seite, um den herbeieilenden Sanitätern Platz zu machen.

Teller hält Mia fest in den Armen. Wiegt sie, nennt sie ein tapferes Mädchen, ein tapferes Mädchen.

Die Sanitäter müssen dreimal fragen, bevor sie Mia loslässt.

Luther starrt auf Madsen, der in der Luft baumelt.

»Bitte«, sagt Madsen. »Ich kann mich nicht mehr halten.«

Luther denkt darüber nach. »Erzählen Sie mir von den anderen, Henry.«

»BITTE«, fleht Madsen.

»Wie viele gab es noch?«

»Keine!«

»WIE VIELE NOCH? Es gab Adrian, nicht wahr? Es gab Baby Emma. Ich hab sie selbst aus der Erde gezogen. Aber ich bin zu spät gekommen. ALSO WIE VIELE NOCH?«

Es kommt keine Antwort.

Aber Madsens Angst verfliegt. Kontrolle kehrt in ihn zurück.

Er starrt zu Luther hinauf. In den Augen Todesqualen. Und Trotz.

In Luther wallt Hass auf. Er steigt von seinen Füßen in ihm hoch. Er breitet sich in seiner Brust und seinen Schultern aus wie sich entfaltende Flügel.

Luther streckt einen Fuß aus.

Er zögert.

Er sieht Madsen in die Augen.

Dann setzt er den Fuß auf Madsens Finger.

Madsen schreit auf.

Luther drückt seinen Fuß nach unten. Er setzt sein ganzes Gewicht ein.

Und dann tritt er zurück.

Madsens Hände rutschen.

In wahnsinniger Aufregung sucht er nach einem Halt.

Dann fällt er in die Schwärze.

Er fällt tief. Tiefer und tiefer.

Luther sieht nicht, wie er auf dem Boden aufschlägt, aber er hört es: ein nasses Knirschen. Ein langes, schallendes Echo.

Seine Kräfte versagen. Er taumelt zurück zur Galerie und setzt sich. Er lässt die Füße über den Rand baumeln.

Er schaut hinunter. Er kann Madsens Leiche nicht sehen. Schaut aber trotzdem hinunter.

Er versucht nachzudenken.

Er ist noch immer dort und versucht nachzudenken, als die Polizei eintrifft.

## Danksagung

Eigentlich sollte es so ablaufen.

Man ist Schriftsteller, man schreibt ein paar Bücher, in denen eine Serienfigur vorkommt. Man hat Glück und die Rechte an der Figur werden von einer Produktionsfirma erworben; dann adaptiert jemand die Geschichten für einen Film oder eine Fernsehserie.

DCI John Luther hat, wie von ihm nicht anders zu erwarten, den entgegengesetzten Weg genommen. Obwohl ich mich immer noch hauptsächlich als Romanschriftsteller sehe, schreibe ich auch fürs Fernsehen. *Luther* war eine Fernsehserie, bevor ein Buch daraus wurde, wodurch die Figuren, die ich in Drehbüchern eingeführt hatte, von den Schauspielern, die sie darstellten, mehr Substanz, Nuancen und Details erhielten.

Ich habe bereits an anderer Stelle gesagt, dass es für mich in dem Moment, als Idris Elba jenen Mantel anzog und in den Raum trat – ein großer Mann mit großen Schritten –, unvorstellbar wurde, dass je irgendjemand sonst die Rolle hätte spielen können. Idris hat Luther geschaffen. Ich hoffe, dieser Roman wird ihm gerecht.

Ich möchte mich bei Saskia Reeves, Stephen Mackintosh, Warren Brown, Dermot Crowley, Paul McGann und Indira Varma bedanken, weil die Figuren von Rose Teller, Ian Reed, Justin Ripley, Martin Schenk, Mark North und Zoe Luther ebenso von diesen wunderbaren Schauspielern stammen wie von mir.

Katie Swinden ist nun schon seit Jahren meine Waffenschwester. Niemand hat ein besseres Gespür fürs Geschichtenerzählen; viele Probleme dieses Buches entwirrten wir während eines legendären Spaziergangs über das unerbittliche Gesicht Londons im frühen Januar 2011.

Ich möchte mich ebenfalls bei Phillippa Giles bedanken, ohne deren Begeisterung *Luther* überhaupt nicht existieren würde … und ohne deren Freundschaft ich wahrscheinlich den Verstand verloren hätte, anstatt ihn nur, Sie wissen schon, mehrfach kurzzeitig zu verlegen.

Ich schulde Simon Morgan Dank, der mich auf meine zahlreichen verfahrensrechtlichen Ungenauigkeiten hinweist, ohne je zu lachen.

Mein Dank geht auch an Doreen Lally und Tracy Harwood für ihr verfahrensrechtliches und medizinisches Verständnis. Und dafür, dass sie lachen wie durchgeknallte Wahnsinnige.

Von den vielen Quellen, die ich herangezogen habe, bin ich besonders *Adoption: Uncharted Waters* von David Kirschner, PhD (Juneau Press, 2006), Paul Tallings *Derelict London* (Random House Books, 2008) und *Edgelands* von Paul Farley und Michael Symmons Roberts (Jonathan Cape, 2011) zu Dank verpflichtet.

Viel von Maggie Reillys Kampagne habe ich aus Camilla Cavendishs *Times*-Artikel »We Can't Just Trust Experts on the Risk to a Child« (10. November 2010) übernommen.

Vasile Savas glühende Verteidigung seiner Missetaten verdanke ich zum großen Teil Minette Marrins *Times*-Artikel »Baby Trafficking May Not Be All Bad« (8. Oktober 2006).

Schließlich geht mein Dank an Francesca Main und Gordon Wise, meine Lektorin und meinen Literaturagenten. Ich habe ihnen einen richtigen Roman versprochen, und ich habe versprochen, ihn fristgerecht abzuliefern.

Bei Letzterem habe ich kläglich versagt: Wäre dies ein Film, dann würde jetzt jemand hinter mir stehen und ungeduldig darauf warten, mir dieses Blatt in dem Augenblick aus der Hand zu reißen, in dem ich es aus der Schreibmaschine ziehe.

Wenn dies ein richtiges Buch geworden ist, dann nur, weil ihre Überzeugung und ihre gelegentliche liebevolle Strenge mich vorangetrieben haben.

Ebenso wie das unerschütterliche Vertrauen meiner Frau Nadya und die bloße Existenz meiner beglückenden, wundervollen Söhne Ethan und Finn. Mein größter Dank gilt, wie immer, ihnen.

## LESEN SIE VOM SELBEN AUTOR:

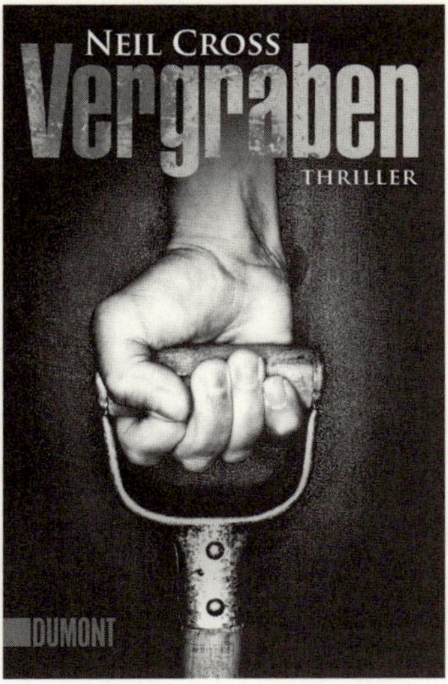


**Neil Cross**

**Vergraben**

Thriller
288 Seiten, Taschenbuch,
9,99 € (D)
ISBN 978-3-8321-6168-2

**Die Wahrheit lässt sich nicht begraben**

Nathan kann die schrecklichste Nacht seines Lebens nicht vergessen: die Party, nach der eine junge Frau auf entsetzliche Weise ums Leben kam. Er und sein Freund Bob sind die Einzigen, die wissen, was damals wirklich geschah. Und sie haben beschlossen, dass das auch so bleibt.
Jahre später steht Bob plötzlich vor Nathans Tür – mit einer Nachricht, die die Vergangenheit auferstehen lässt und Nathans Leben zu zerstören droht. Denn er hat mittlerweile eigene Geheimnisse, und Bob ahnt nicht, wie weit Nathan gehen wird, um sie zu schützen …

»Zwingend, eiskalt und überwältigend.« *Peter James*